W0348175

LE VOLEUR DE COEUR

Rawia Arroum

LE VOLEUR DE CŒUR

Michel LAFON

© Éditions Michel Lafon, 2016
118, avenue Achille-Peretti
CS70024 – 92521 Neuilly-sur-Seine Cedex
www.lire-en-serie.com

Polluées seront les âmes. Désarticulés seront les corps. Quand les cœurs ne battront plus, seule la musique sauvera le monde.

Anonyme, XXIe siècle.

Prélude

Le monde disparut en neuf mois, telle une naissance inversée. Une civilisation venait de s'éteindre à jamais.

Quand les derniers corps retournèrent à la terre et que les dernières armes tombèrent, le temps des trompettes du Jugement dernier n'était cependant pas encore venu. L'Histoire transforma son point final en une virgule déterminée. Quelques cœurs battaient encore, emplissant le silence mortuaire des terres esseulées de leur rythme régulier.

Dix survivants. Dix miraculés. Ceux qui ont joué leur salut pendant que les armes crachaient leur haine, que le sang coulait, que les immeubles ployaient, que les bombes explosaient. Alors que le monde s'écroulait, ils jouaient, désireux de mourir en soutenant leur religion jusqu'à la dernière note : la musique.

De leur requiem commun naquit Melody, rivière particulière qui devint la mère de la nouvelle civilisation. De son sein germèrent de nouvelles forêts, une nouvelle faune, une nouvelle flore… Et de nouvelles traditions. Mais l'eau dit que ce nouveau monde serait fait d'harmonie, et ils le nommèrent Symphonie. Un monde fraternel, solidaire, uni.

Mais cela ne dura qu'un temps…

Introduction

Les arbres se déracinent et tombent en une pluie insolite. On dirait que les planètes se détachent du ciel pour venir s'écraser sur terre, faucher autant de vies que possible. Pourtant, les râles des victimes sont presque imperceptibles.

Seule la musique est là.

Je vibre au rythme de la violente mélodie. Je ne peux détacher le regard de mon guerrier de père. En tête de troupe, le menton haut, concentré, il s'applique à se battre. Le médiator danse de corde en corde entre ses doigts. Il ne fait aucune fausse note, avançant à une cadence militaire sans cesser de jouer. La mélodie qui émane de son instrument fait se dresser les poils de ma nuque. Elle m'arrache des larmes. Elle malmène ma respiration. *Requiem d'un trépassé* a toujours cet effet-là sur moi. Il pénètre dans mon cœur et y sème le chaos avant de s'attaquer à mes pensées pour les chambouler sans état d'âme. Maintes fois, j'ai tenté de résister à l'émotion. Maintes fois, j'ai lutté afin de rester neutre face à pareille musique. Mais j'ai toujours échoué. *Requiem d'un trépassé* ne me demande pas mon avis, il me happe complètement.

La mélodie de mon père se mêle à celle de ses compatriotes. Malgré leurs efforts, *Requiem d'un trépassé* domine. Il est cruel, insatiable, destructeur.

Déployés en arrière-plan, les autres sont moins calmes que mon père. Ils jouent avec rage, ils hurlent et ne rougissent pas des faux accords. La polyphonie de la troupe du clan de Hard est puissante, inflexible. Elle fait trembler la forêt environnante. Elle fissure le sol, détruit les habitations alentour. Chaque grattement de cordes engendre un dégât.

Chaque son de guitare effrite un peu plus ma patience.

Bientôt, il n'y a plus que le chaos. Les ennemis du clan de Hard sont morts ou s'enfuient par la mer. Un regard vers elle m'apprend qu'ils ne vont pas survivre. La musique a déchaîné les flots. Les vagues atteignent des hauteurs gigantesques.

– Le coup de grâce ! lance Kaïs.

Il ne vient pas de donner un ordre, contrairement à ce qu'il paraît, mais de demander l'autorisation à mon père, le chef du clan de Hard. C'est sa façon de faire. Kaïs est de loin le plus sauvage de tous. Laissez-le seul avec une guitare dans les mains et il vous détruit le monde en quelques minutes. Heureusement que mon père sait se faire respecter.

– Non, l'entends-je dire.

La musique s'est complètement tue. Sa voix résonne étrangement dans la désolation. Il regarde son œuvre. La fumée. La forêt déracinée. Les eaux chaotiques. Les maisons éventrées ; leur contenu se déversant comme le sang hors d'une plaie. Les corps trop abîmés pour que j'ose les observer plus d'une seconde. Le ciel s'est ouvert : il pleut à torrent. Ce n'est pas la première fois que j'assiste à un tel carnage, mais ça me fait toujours le même effet. Mes jambes sont lourdes. Même si la musique s'est arrêtée, le souvenir du grondement des guitares continue à faire vibrer mon corps. L'excitation n'a pas disparu. J'ai tellement l'habitude de regarder de loin mon père se battre avec son clan, que je suis en mesure de dire qui a fait quoi.

La mer qui bouillonne aussi sûrement que la lave au cœur d'un volcan, c'est l'œuvre de la Captain's de Julian. Depuis son enfance, son instrument parle à sa place, traduisant ses émotions, celles d'un cœur plein de rancœur et de chagrin. Il m'a toujours évoqué une eau secouée de vagues impossible à apaiser. Son histoire est pourtant tristement ordinaire. Sa mère a été enlevée. D'elle, nous n'avons retrouvé que sa guitare, cabossée, désaccordée. Morte. Rien ne vit sans musique.

Sans mélodie, tout se meurt.

Les arbres déracinés qui gisent pêle-mêle, la forêt les doit à la basse de Kaïs. Ce grand gaillard n'a pas eu une enfance malheureuse, loin de là. Fils unique, pourri gâté, il s'est vite découvert une passion pour la violence gratuite. Mon père l'a engagé pour lui apprendre à canaliser ce trop-plein d'énergie, et depuis qu'il a failli l'achever lors d'un duel, Kaïs lui voue une totale adoration.

Le sol craquelé, fissuré, creusé de cratères fumants, est signé Coral. Il manque une corde à sa Jolie, mais elle ne s'est jamais donné la peine de la réparer. Son instrument souffre, sa mélodie est instable mais, selon elle, c'est ce qui lui donne encore plus de force. Moi, je pense que sa guitare va finir par se retourner contre elle un jour ou l'autre. Ce n'est qu'une question de temps. Les instruments ne sont pas des esclaves qu'on domine, mais une véritable partie de nous-mêmes.

À la droite de mon père, le front luisant de sueur, mon frère aîné Logan. L'incendie qui dévore goulûment les maisons est sa signature. Sa LogOne est encore jeune et fragile, mais Logan la manie assez bien pour assurer le front. Mon père est fier de lui.

À l'horizon, Liwath, le volcan de la région de Ténor, avale tout sur son passage. Il a été tiré de son sommeil par Slash, la guitare de mon père. Son instrument a toujours su parler aux éléments. Liwath n'était pas entré en éruption depuis des siècles. À présent, il anéantit ce qui reste du peuple de Ténor. De là où je suis, je peux le regarder se déchaîner. Je peux clairement voir sa lave engloutir aussi bien la faune et la flore que l'espoir des survivants. Certains essaient encore de jouer de leur instrument pour se défendre, mais ils se rendent vite à l'évidence : c'est sans espoir.

– On se retire.

L'ordre de mon père est sans appel. Je me tasse encore plus derrière mon arbre, et je regarde la troupe du clan de Hard s'éloigner sans se presser. Ils abandonnent derrière eux le chaos et reprennent la direction de Hard, tels des agriculteurs qui quittent leurs champs. Ça me fascine autant que ça me fait enrager.

Le tableau est écœurant. Mon père et ses hommes dormiront bientôt dans leurs lits. Leurs victimes dormiront dans cette fosse commune improvisée qu'est devenu Ténor.

Mon père passe son bras autour des larges épaules de Logan, Coral embrasse sa guitare. Kaïs taquine les blessés de la troupe. Et moi, je reste immobile. Piégé. Cette guerre n'en est qu'à son prélude. Ce n'est qu'une première bataille, une première réplique de Hard face au harcèlement incessant de Ténor, face aux incendies.

Et quelle réplique ! L'éruption de Liwath détruit tout. Elle se rapproche dangereusement, mais ce corps ne craint pas le feu. Alors, malgré les fumées âcres qui commencent à nous encercler, malgré la chaleur que je sens à peine, je reste. J'attends. J'attends que leurs silhouettes ne soient plus que des points à l'horizon. J'attends que le soleil plonge derrière les falaises.

Là, je ferme ces yeux qui ne sont pas les miens.

Là, je prends ma décision.

Le voleur de cœur doit payer.

She is holding on my heart like a hand grenade
Green Day, ***She's a rebel***

I

– Attends !

Kana force sur ses jambes mais je suis plus rapide qu'elle. Son mètre soixante ne fait pas le poids face à mon mètre quatre-vingts. Depuis dix ans qu'on se connaît, elle n'a jamais réussi à me rattraper.

– Ralentis !

Son rire a toujours été ma mélodie préférée, juste après *Sweet Child O'Mine* des Guns N'Roses, même si je ne l'avouerai jamais de vive voix.

Parfois, j'ai envie de m'enfuir avec elle, son cœur comme seul bagage. J'ai envie de me perdre quelque part dans le monde avec sa voix pour seul guide. Mais ça aussi, je le tais.

Si tu as des mains, c'est pour caresser ton instrument. Si tu as un cœur, c'est pour qu'il batte au rythme de ta mélodie. La musique est plus jouissive qu'une femme, fiston.

C'est avec ce refrain que j'ai grandi.

La musique est plus précieuse que l'amour, chez nous. Elle est vitale. Tomber amoureux est vu comme une faiblesse pour certains, comme un « flirt passager », pour d'autres.

Je suis le seul à voir l'amour comme une porte sans serrure. Elle s'ouvre pour m'accueillir et se referme pour me protéger.

– Attends, Dylan !

Je fais mine de ralentir. Quand Kana arrive enfin à ma hauteur, échevelée, je repars de plus belle. Elle peste sans pouvoir s'empêcher de rire, cependant.

– Tu es impossible !

– Aussi rapide qu'une note de musique ! répliqué-je, en effectuant une pirouette dans ma course.

Je manque d'en faire tomber mon étui à guitare dans lequel repose mon précieux instrument.

Le vent s'empare de mon souffle ; il me tire des larmes, il met le bazar dans mes cheveux. J'aime courir sans but, à perdre haleine. J'aime que l'air frais nettoie mes poumons de jeune fumeur passif.

Je finis par piler net aux abords de Melody. Essoufflé, je regarde le courant modéré emporter les flots vers la cascade de notre rivière-mère, en aval. Là, j'essaie de retrouver un rythme cardiaque normal. Kana est encore loin derrière, occupée à pousser sur ses petites jambes. Je profite du paysage luxuriant en attendant de retomber dans ses bras nus.

Le bruit de l'eau est apaisant. Il a vite fait d'agir comme un calmant sur moi. Je suis zen. Détendu. La nature est ma drogue préférée.

Fendant les herbes hautes sans demander la permission, la rivière serpente majestueusement dans la végétation. Elle passe entre les arbres, coupe un chemin sans prévenir. Profonde, splendide, elle est la reine qui s'impose et que la nature laisse passer sans rechigner.

Comme tous les enfants de Symphonie, j'ai été baptisé dans ces eaux sacrées. Comme tous les enfants de Symphonie, j'ai grandi avec une mélo-âme en moi, gracieusement offerte par Melody. Un cadeau empoisonné, pour ma part.

– Ça va, ma beauté ?

Je m'accroupis sur la rive et la contemple de plus près. Mon reflet est parasité par les remous de l'eau. Je me regarde attentivement et je me souris. Ces cheveux châtains, ce nez droit, ces yeux clairs… je suis un beau gosse. Voilà au moins une chose dont je suis fier.

La venue au monde d'un enfant est suivie de son baptême, au cœur de cette rivière particulière. C'est un événement sacré, le plus important d'une vie. C'est par lui que le reste de notre existence peut se poursuivre correctement. Sans ce passage obligé, seule la mort nous attend.

Une fois le nourrisson immergé, Melody chante les premières notes de la musique qui rythmera la vie de cet enfant. Et ce faisant, lui attache à jamais une mélo-âme : une âme musicale, une âme magique.

Mais toute âme a besoin d'un corps, et une mélo-âme ne fait pas exception. L'instrument de musique qui lui permettra de vivre est fabriqué par les luthiers et souffleurs de verre de Clavier. Cet instrument devient une extension de soi. Un membre supplémentaire. Un membre vital. Le perdre, c'est la mort assurée.

Mon baptême a eu lieu un 16 décembre, dans le froid et sous la pluie. Ce jour-là, la rivière-mère a fait résonner quelques notes et ma guitare a été fabriquée dans la foulée. Un grand moment que mes parents ont fait immortaliser sur une immense toile qui trône dans l'une de nos salles à manger. Ils sont toujours émus quand ils évoquent cet événement.

Moi, je ris jaune chaque fois.

Melody est une garce.

Lentement, je me redresse. Je la regarde de haut. La rivière-mère sait aussi bien donner que reprendre. Maltraiter son instrument ou négliger sa mélo-âme attise sa colère et il arrive qu'elle récupère son don, condamnant par la même occasion le délinquant.

Nous baigner ici ne nous est autorisé qu'une fois dans notre vie, à la naissance. Si quelqu'un se risque à le faire après ça, il s'expose à des sanctions. C'est du moins ce qu'on raconte. Je ne suis pas un grand superstitieux. J'ai pris de mon père, de ce côté-là. Ma mère, elle, est capable de parler de malheur s'il ose pleuvoir en été…

– Dylan !

Kana me rejoint enfin, mais je ne détache pas mon regard du bleu clair épuré de Melody. Cette rivière est censée être la mère adoptive de tous les musiciens de Symphonie. Quand le monde d'Avant s'est éteint, c'est elle qui nous a fait naître, en quelque sorte.

Son eau cristalline laisse apparaître les roches moussues et les poissons gras qui vivent en son sein. Ils sont très nombreux et, rien qu'à les regarder, j'en ai l'eau à la bouche. Bien évidemment, il nous est interdit de les pêcher, ça aurait été trop beau… Paraît-il que Melody pourrait se mettre en colère, si on osait.

– Kana, on tente le diable ? proposé-je quand j'entends ses pas se rapprocher.

Je saisis mon étui à guitare passé en bandoulière et le dépose dans l'herbe en vue d'une bêtise à venir.

– Kana ?

Pas de réponse. J'ai beau m'y attendre, quand elle me saute brusquement au cou je lâche un cri particulièrement peu viril. Nous basculons dans la rivière tête la première, morts de rire.

J'ai l'impression d'être un morceau de charbon ardent jeté dans un lac glacé. C'est exaltant. Il n'y a pas meilleure sensation au monde que celle de l'eau fraîche sur une peau brûlée par le soleil. Je profite de ces quelques instants de plénitude avant d'émerger. Kana remonte à la surface à son tour, prise d'une quinte de toux. Je constate qu'elle est encore en train de rire.

– Comment un corps aussi masculin peut-il abriter une voix si féminine ? se marre-t-elle.

– Il y a des mystères insondables dans ce monde, mini-femme. Celui-ci en fait partie.

Non sans grelotter, elle monte sur mon dos et dépose un baiser furtif sur ma nuque. J'en frissonne. Mes réactions sont celles de l'adolescent que je suis : spontané et irréfléchi. Je réagis toujours de la même façon depuis dix ans que je la connais. Elle joue de moi comme on joue d'un instrument.

– Quand vas-tu arrêter de me fuir, monsieur le mystère ? me chuchote-t-elle, faussement contrariée.

– Je ne te fuis pas, je te guide, réponds-je avec malice.

Prenant appui sur mes bras, elle vient se planter devant moi et passe ses jambes autour de ma taille pour ne pas couler. Kana n'a jamais su nager sans mon aide. J'ai toujours cru que c'était un prétexte pour se rapprocher de moi. Quand un jour je l'ai jetée dans la rivière pour vérifier et qu'elle a coulé comme une pierre, j'en ai déduit que je m'étais trompé.

– Tu es un piètre guide !

Elle me regarde avec un sourire apaisé.

Quand j'ai rencontré Kana, elle ne savait même pas ce qu'était un sourire. J'ai passé des années à le lui enseigner et à lui en montrer les bienfaits. Aujourd'hui, quand je la vois aussi sereine, je me sens comme un pied délesté d'une épine. Ou comme un garçon amoureux. Ma compagne est semblable à cette satanée note de musique haute et difficile d'accès qui donne du fil à retordre à tout musicien qui se respecte. Elle est la plus rare, la plus mélodieuse. Celle qui n'arrive qu'une fois dans une vie. Et je l'ai eue ! Son absence de sourire m'a fait succomber et, à présent, c'est son sourire qui fait battre mon cœur aussi fort que les tambours de Tam. Je crois même que mon cœur s'est définitivement mué en tambour.

– Tu me guides vers les ennuis ! dit-elle avant d'embrasser l'eau d'un grand mouvement de bras.

Ce faisant, elle manque être emportée par le courant qui se fait de plus en plus violent.

Melody se fâche.

Je hausse les épaules et la retiens par la taille.

– Ne fais pas la sainte, minifemme. Si je ne m'abuse, une jeune fille qui te ressemble trait pour trait vient me réveiller presque toutes les nuits pour braver les interdits à mon côté, pieds nus et robe retroussée jusqu'aux hanches.

– Tu es chanceux alors ! Les femmes courageuses et fougueuses sont rares, de nos jours.

– Je suis d'accord.

Sur ce, je l'attire à moi pour goûter ses lèvres perlées d'eau. Et puis soudain, j'ai tout ce que je désire. La fraîcheur d'une soirée d'avril, la nature sauvage, Kana.

– Tu entends ? me demande-t-elle quand notre baiser prend fin.

– Oui.

Je ne peux qu'entendre. Le souffle d'un alizé venu des mers de Cordes, le bruit de la cascade, en aval. Et puis le chant de Melody. Une plainte plus qu'un chant, en fait. La rivière pleure notre indiscipline. Elle est constamment en train de fredonner, sauf quand Kana et moi osons troubler sa paix. Là, elle nous offre ses complaintes les plus aiguës. Le son se répercute contre les arbres. On ne va pas tarder à nous trouver là.

Kana et moi nous moquons des règles de Symphonie. Nous nous baignons ici aussi souvent que possible. Il nous arrive même de nous aimer là toute la nuit. Nous partageons ce goût de l'interdit et du danger. Et tant pis si on nous regarde de travers ou si Melody n'est pas contente. Une humeur, ça se change !

– On va avoir des ennuis, chuchote Kana.

– Comme c'est excitant !

Je la regarde sans rien ajouter. Ses yeux vairons cernés de cils humides sont braqués sur moi. L'œil vert brille d'intelligence et de malice, le marron est sans éclat. Ce regard atypique est un excellent résumé du caractère de ma Kana. De mes Kana. Souvent, j'ai l'impression qu'elles sont deux, dans ce corps fantasmatique.

– À quoi tu penses ?

Je hausse les épaules avant de lui adresser un sourire malicieux. Kana sait que je la chéris malgré son tempérament de furie. Elle aime me l'entendre dire.

Ma compagne est un trompe-l'œil. Elle paraît fragile et douce, mais pour avoir déjà goûté à ses « corrections bien méritées », je peux affirmer qu'elle est habitée par l'esprit d'un boxeur. Kana parle beaucoup avec ses poings, une façon comme une autre de masquer le mal-être causé par sa cécité partielle. Son œil marron n'y voit rien. « C'est un tunnel sombre sans fin, sans lueur », m'a-t-elle dit.

Ses mains, petites et hâlées, savent aussi bien me mener au paradis qu'en enfer.

Quand le courant nous pousse brusquement en avant, je me hisse sur la rive et l'aide à faire de même. L'étui de son instrument attend sagement près du mien. Ma guitare et son violon forment un beau couple. J'en suis ridiculement fier.

Nos vêtements mouillés collent à la peau avec le vent, mais c'est agréable. Serrés l'un contre l'autre, nous frissonnons en chœur et ça nous fait bêtement rire.

Les alentours sont déserts. Personne ne se risque ici en milieu de mois, sauf pour célébrer un baptême, toujours encadré par la garde de Symphonie. D'après le calendrier des naissances, aucun événement de ce type n'est prévu pour le moment.

– Tu penses au massacre de Ténor ?

Je m'assombris. Kana a le don d'être toujours à côté de la plaque quand il s'agit de deviner mes pensées.

– Maintenant, oui.

Comment ne pas y penser…

Il y a une tradition à Symphonie : tuer ses voisins. La guerre entre les clans du Nord et les clans du Sud à Symphonie dure depuis le début de la Nouvelle Ère. Et elle vient de reprendre de plus belle maintenant que le Nord a attaqué plusieurs de nos clans côtiers. Il paraît que nous étions obligés de riposter. Le Sud a attaqué le Nord et détruit Ténor, le clan détenant le principal port où étaient conçus et d'où partaient les navires ennemis. Une riposte intelligente et mesurée, selon mon père. Un génocide injustifiable, selon moi.

Nous sommes en désaccord sur la question. Je trouve ces batailles cruelles et inadmissibles. Injustes. Barbares. Je ne comprends pas pourquoi nous devons nous entretuer plutôt que de chercher une solution pacifique. Si l'homme est doué de parole, ce n'est pas pour rien ! La parole, c'est bien ce qui nous sépare de l'animal, n'est-ce pas ?

– Il n'y a eu presque aucun survivant, me sens-je obligé de dire.

Mon père me l'a annoncé lui-même, et je me suis surpris à penser que j'étais ravi d'être né deuxième. Jamais je n'aurais pu assumer un combat. Je préférerais mille fois porter le fardeau de la lâcheté que le poids des vies que j'aurais prises.

Kana saisit ma main et soupire.

– Avec une mélo-âme aussi puissante que *Requiem d'un trépassé*, je me demande comment il pourrait y avoir le moindre survivant.

Je ne dis rien. Elle a raison. Mon père est un musicien terrifiant. Melody l'a doté de sept notes juvéniles. Mon père en a fait la mélodie la plus vigoureuse, la plus entraînante, la plus addictive, la plus « complète » de notre clan. Il la travaille chaque jour avec application. Il la nourrit de notes qui font leur effet. Il est non seulement chef de clan, mais aussi général de l'armée de Hard. Il a fait de sa mélo-âme une mélo-arme. Mon père est devenu musicien-soldat, comme bien des habitants de Hard, visiblement animés par une grande soif de combat.

Requiem d'un trépassé sait parler à la terre. Ses riffs savent déchaîner les sables, ses accords creuser les sols. Il sait réveiller les volcans et endormir les tempêtes.

– Oublie, Dylan. Viens dîner à la maison, ça te changera les idées.

– Peux pas. Ce soir, y a le banquet.

– Oh…

Kana n'ajoute rien, mais je sais très bien à quoi elle pense. Sa sensibilité est aussi profonde que les plaies qu'elle m'inflige quand elle est en colère…

Fêter une victoire de guerre en festoyant est pour elle un manque de respect total, une insulte à la mémoire des victimes. Elle serait plutôt du genre à pleurer les morts, quel que soit le clan auquel ils appartenaient. Un jour, elle m'a forcé à assister à l'enterrement d'un furet ! J'ai découvert là un aspect très particulier de ma future femme. Je lui ai dit qu'elle était trop délicate. Elle m'a rétorqué qu'elle était juste humaine. Depuis, je cogite. Suis-je inhumain juste parce que la mort d'un furet ne m'atteint pas ?

– Tu veux venir ? proposé-je.

Elle a un rire sans joie.

– Pour qu'on me surnomme encore « la maîtresse de l'héritier de Hard » ? Pour qu'on fasse une allusion déplacée à mon clan ? Pour boire à la santé de la guerre ?

Je fais la grimace.

– Les miens sont mal élevés et grossiers, je sais. Mais il va bien falloir que tu t'intègres un jour ou l'autre ! Comment on fera quand on vivra ensemble, si tu ne comprends pas mon clan ?

Elle me lance un regard aigu. Kana n'est pas du genre à donner raison si facilement. Elle est aussi têtue qu'un moustique qui a décidé de vous provoquer toute la nuit et de repartir avec des litres de votre sang.

– Je suis ta fiancée, Dylan. Je suis la mère de tes futurs enfants. Une future Hard. Ça fait dix ans que les tiens m'ont rencontrée. Ils m'ont connue comme étant ta camarade de jeu, puis ta meilleure amie, puis ta fiancée. Et pourtant, je suis toujours « la fille de Classique ». Je ne mérite pas un peu de respect ? Dois-je simplement l'accepter ?

Je passe un bras autour de ses épaules et je réfléchis. La nouvelle de mon mariage avec Kana a été très mal accueillie par mon clan. Les miens sont d'avis qu'un Hard doit s'unir à une Hard pour créer une lignée « cent pour cent pure ». Il paraît que, de cette façon, les générations à venir seront « en bonne santé ». Des conneries auxquelles je ne crois pas, bien sûr. La vraie raison de cette stupide tradition, c'est que le commerce entre Classique et Hard n'a jamais été au beau fixe et que le chef de clan préférerait une union un peu plus… *lucrative.* Il faut dire que Classique cumule les handicaps : non seulement ses habitants ne sont pas très enclins à traiter avec nous, mais en outre ils se refusent à « manger des cadavres ». Et comme nous vivons en partie de l'exportation de viande de cerf, l'équation ne donne pas un bon résultat.

À la base, je ne voulais pas spécialement m'unir à Kana par le mariage. Mais c'est elle qui a demandé ma main et je me suis senti obligé d'accepter pour ne pas lui faire de peine. Et aussi parce que j'avais peur qu'elle me frappe. Non pas que je ne comptais pas finir ma vie avec elle, mais je voulais justement éviter une rixe entre nos clans respectifs.

– Ils sont là ! Blasphème !

Kana et moi nous mettons sur pied d'un bond. La garde de Melody se rapproche sur ses immenses chevaux. Comme chaque fois que je vois les soldats assignés à la sécurité de la rivière-mère, je dois retenir un fou rire.

La garde de Melody, menée par l'officier Violin, du clan de Clavier, est une mauvaise blague. Boudinés dans leurs uniformes colorés, incapables de faire obéir leurs montures plus de trente secondes, ces soldats sont risibles. Kana et moi les regardons pester. Certains tombent de selle, d'autres restent accrochés par un pied à la croupe de leur bête : les chevaux sauvages de Tam sont inapprivoisables, mais Violin s'entête à vouloir prouver le contraire.

– Tu es sûre de ne pas vouloir venir ? Je les empêcherai de dire quoi que ce soit, insisté-je, reportant mon attention sur Kana, ignorant superbement les pseudo-gardiens.

– Non, je ne veux pas. Mais toi, tu es toujours le bienvenu.

Je ne peux la contredire. Chaque fois que je me rends à Classique, dans sa famille, j'ai l'impression d'être ce que je suis : le fiancé de Kana. Ni plus, ni moins que ça. Je me sens juste moi et j'arrive à parler sans surveiller mes mots ou ma gestuelle. Je sais qu'Ezra, son père, aurait préféré qu'elle épouse un Classique, voire un fils de Vent avec qui Classique a de bons rapports commerciaux. Mais il m'a toujours bien accueilli et respecté. Quand il m'a appris que les hommes de chez eux étaient libres et indépendants dès l'âge de onze ans, je lui ai demandé de m'adopter. C'est pas demain la veille que ceux de mon clan arrêteront de rapporter mes faits et gestes à mon paternel !

Les miens ne sont pas aussi dociles. La première fois que j'ai amené Kana au sein de mon clan, tout le monde a pensé qu'elle n'était que mon « loisir du soir ». Pour eux, il était impensable qu'un héritier de Hard, et fils de chef qui plus est, construise une histoire sérieuse avec « une femme lambda d'un autre clan ». Il paraît que nous sommes incompatibles, que notre mariage est voué à l'échec, que nos enfants souffriront de notre union.

Moi, j'ai toujours dit que les glaçons et les braises faisaient de beaux bébés.

– Comment osez-vous vous baigner dans la rivière sainte ?

Violin semble avoir réussi à dompter sa bête. Pour le moment. Il arrive sur nous à grands renforts de sermons, suivi de près par les autres soldats. Tous ont dégainé leurs instruments, prêts à jouer *L'Arrestation,* une mélodie de cinq notes qui ne m'atteindra jamais. Ils n'ont pas le droit de me toucher ; c'est gravé dans le code de Symphonie, décret 7, alinéa 3 :

L'arrestation d'un héritier de chef de clan liée à un conflit mineur ou majeur devra se faire en présence du chef en charge de l'héritier impliqué. L'inverse entraînera des sanctions.

En d'autres termes, ça veut dire que si j'ai envie de plonger tout nu dans la rivière-mère et de nager sous les yeux de Violin et de ses sbires, il ne m'arrivera rien. Pour m'arrêter, ils devront aller jusque chez mon père pour en demander l'autorisation. Je jouis donc de certains privilèges. Mais je ne peux pas en user quand je suis avec Kana. Non seulement elle déteste que je me serve de mon statut, mais en plus elle n'est pas protégée comme je le suis.

– On se tire ! lancé-je.

Nous ramassons nos instruments.

– Ne pensez pas fuir, voyous !

J'ignore les injures pour embrasser ma fiancée à pleine bouche, histoire de provoquer davantage les gardes.

– Bonne nuit, minifemme.

– Bonne nuit, géant.

Nous déguerpissons à toute vitesse, chacun dans une direction, profitant de la luxuriante végétation pour disparaître rapidement. Je sais que cet enfoiré de Violin va laisser Kana s'en tirer pour me donner la chasse. Je fais exprès d'emprunter le chemin le plus escarpé et je ris à pleins poumons quand Violin s'en rend compte, trop tard.

Every step that I take is another mistake to you…
Linkin Park, *Numb*

II

Mon père avise mes vêtements et mes cheveux trempés, un sourcil touffu en l'air. Avec son verre à la main et ses longues dreadlocks noires, il a l'air d'une pieuvre pompette sortie de l'océan pour prendre l'air. Il est habitué à me voir raccompagné par la garde de Symphonie, et chaque fois, j'ai l'impression de lui faire honte. Mais chaque fois, il se contente de secouer la tête avec un petit ricanement.

– Grand Kellan, je vous prie de bien vouloir prendre des dispositions ! La rivière sacrée est prévue uniquement pour les baptêmes de nouveau-nés et non pour les batifolages d'adolescents en chaleur ! s'égosille Violin, à bout de nerfs.

Sa voix est plus haute que son pauvre corps qui peine à grandir. Violin fait partie de ces hommes de trente ans qui n'ont pas été gâtés par la nature. Pas de poils, pas de muscles, pas de cerveau.

– Je comprends Violin, je m'en occupe, dit mon père.

Il n'en fera rien. Mon père préfère laisser les tracas de l'éducation à ma mère et boire avec ses fils. Il y a pourtant bien longtemps que maman ne nous « éduque » plus.

– Viens t'asseoir, Dylan.

J'offre un sourire mielleux à Violin. Je pousse même l'audace jusqu'à lui souffler un baiser avant de sautiller jusqu'à ma chaise. Pour faire bonne figure cependant, mon père me donne une tape sur la tête. Je gémis deux secondes trop tard. Violin, visiblement contrarié, s'incline raide comme un piquet et repart en jurant comme un charretier. Il ne manque pas de me jeter un regard plein de haine avant de regagner sa monture. Ce mec me déteste depuis que Kana a décidé d'unir sa vie à la mienne. Sa jalousie est proportionnelle à son chagrin de cœur, aussi j'essaie de ne pas *trop* le provoquer.

Le cœur, c'est précieux. Moi qui vis grâce à une greffe, je le sais mieux que quiconque.

Sans lui prêter plus d'attention, je me penche pour remplir mon assiette avant de me rendre compte qu'il ne reste rien. Je ne suis en retard que de quelques minutes et les plats sont déjà tous vides.

– Bande de crève-la-faim, pesté-je.

Dépité, je me rabats sur un os de cerf déjà rongé.

– Tu devrais utiliser ton temps libre pour travailler ta mélo-âme au lieu de mener la vie dure à Violin.

Je balaie la remarque de mon père d'un geste de la main. Je sens son regard sur moi, mais je n'ai pas l'intention de m'y confronter. Je sais qu'il a cette expression dure et lointaine d'après-guerre. Une expression qui froisse ses traits, qui lui donne un air grave. Je sais aussi qu'il porte encore ses vêtements de combat malgré la fin des hostilités, il y a bientôt une semaine. Il sent le sang, la fumée, la sueur. L'horreur. Des émanations qui viennent du Nord. Qui ont traversé l'océan sans s'estomper. L'uniforme de mon père est leur tombe.

La tradition veut qu'un guerrier victorieux garde son uniforme durant la semaine qui suit son combat afin que sa mélo-âme s'imprègne de son triomphe. Personnellement, je trouve qu'ils ne font qu'absorber leur propre puanteur. Nos émotions et accomplissements personnels inspirent les musiciens que nous sommes. Ainsi, nous noircissons nos partitions de notes enjouées et fortes. Elles alimentent nos mélo-âmes qui nourrissent nos instruments. La mélo-âme de mon père, déjà forte à la base, ne va faire que gagner en puissance.

Logan, en face de moi, porte aussi son uniforme, comme Kaïs, Coral, Julian et tous les autres musiciens-soldats qui ont débarrassé Symphonie de Ténor.

Mon frère a les yeux fatigués. Il transpire à grosses gouttes, mais sa bonne humeur semble inébranlable. Il a ramené ses dreadlocks brunes en une queue-de-cheval et il s'empiffre comme quatre. À la table voisine, des filles coulent vers lui des regards timides et se mettent à glousser comme des poules quand il se tourne vers elles. Logan joue les insouciants, mais son sourire fier ne me trompe pas. Je lui lance mon os de cerf rongé en pleine face, espérant effacer de son visage cette expression prétentieuse. Comme je m'y attendais, il a le réflexe de l'esquiver sans cesser de se goinfrer.

– Un problème, frérot ? m'interroge-t-il la bouche pleine.

Je lui offre un joli doigt d'honneur. Moi aussi j'aimerais pouvoir être aussi alerte. J'envie ses réflexes de musicien-guerrier mais, d'un autre côté, je le plains. Partir en guerre et en revenir en un seul morceau, c'est méga cool. Ce qui l'est moins, c'est ce qui se passe entre-temps ! Malgré ça, une partie de moi le jalouse. Moi aussi j'aimerais parader devant Kana en uniforme et couvert de cicatrices.

– Dylan, ce majeur que tu viens de lever, aurais-tu l'obligeance de le planter dans l'œil de ce pervers de Yoan ?

Je suis le regard de mon père et constate qu'il parle de mon voisin de table. Yoan, la soixantaine bien entamée, est penché par-dessus sa chaise et a les yeux rivés sur les hanches en cœur de Liliane, la gérante du restaurant *Les Délices de Hard* – dont les mets n'ont, entre nous, rien de délicieux.

– Vos désirs sont des ordres, chef, réponds-je à mon paternel avant d'obéir.

Pendant que Yoan gémit et que mon père se marre, je me laisse aller contre mon dossier en soupirant.

Au-dessus de nos têtes, escortée par deux nuages informes, la lune, pleine et blonde, s'invite au banquet. La nuit est tiède. Quelques libellules gravitent au-dessus de nous, attirées par l'éclat des feux sur lesquels rôtissaient les cerfs et les poules bien gras qui foulaient nos bois et forêts quelques heures plus tôt. Les musiciens-chasseurs de Hard sont les meilleurs de Symphonie Sud. Avec eux, nous ne mourrons jamais de faim.

Des enfants essaient d'attraper des libellules et leurs visages concentrés me font sourire.

À l'extrémité des tables du buffet, une estrade a été installée. Kaïs et Coral sont en train de s'y affronter à coups de solos. Kaïs et sa reprise de *Highway to Hell* domine Coral et sa cover de *Smells Like Teen Spirit*. Rassemblés autour d'eux, des enfants avec leurs instruments tentent de les imiter en gloussant. Dans un coin, des couples dansent un slow, guidés par la seule mélodie de leurs cœurs. Derrière les arbres, des amants plus expérimentés passent à la vitesse supérieure, bravant les règles de décence publique. De la musique et des éclats de rire nous parviennent des casinos à la sortie de notre quartier. J'imagine sans mal mon ami sans doute en train de troquer jusqu'à ses reins contre de nouveaux jetons. Quand il n'est pas occupé à « goûter » les alcools de Symphonie, il use ses heures à jouer.

Cette paix que nous vivons au sein de notre clan me dégoûte. Je ne peux m'empêcher de penser au peuple de Ténor, décimé. Je ne suis pas censé les plaindre. Je ne suis pas censé les pleurer secrètement. Et pourtant, je le fais. Il paraît que nous ne faisons que répliquer. Protéger les nôtres et laver notre honneur. Je me demande ce que verser le sang a d'honorifique.

– Tu es bien silencieux, me lance mon père.

Je hausse les épaules.

– Je n'ai rien à dire.

– Comment va ta Classique ?

Je fais la grimace.

– Ne l'appelle pas comme ça, p'pa.

– Pourquoi ? s'indigne faussement mon paternel. N'est-ce pas son clan ?

Je soupire sans rien dire. Les clans de Symphonie Sud vivent en paix, mais les rivalités sont bien installées.

– Tu es toujours décidé à l'épouser ?

– Je ne changerai pas d'avis.

– Il était prévu que tu t'unisses à Océane, fille de Tan. Elle est un peu plus âgée que toi, mais c'est une femme pure et droite.

– Tout ce que je n'aime pas.

– Tout ce qu'il te faut.

– Tu n'as qu'à la donner à Logan.

– Logan va épouser Louane, fille de Johan.

– Celle qui ressemble à grand-père Allan ?

– Dylan !… Oui, c'est elle, concède-t-il, l'air gêné.

Mon père n'ajoute rien, moi non plus. Depuis quelque temps, l'ambiance est tendue entre nous, et pas seulement à cause de mon mariage avec une Classique. Plus je grandis, plus mon père s'aperçoit qu'il m'a « raté ». Lui, l'œuvre d'art, a un brouillon pour fils cadet. Je ne suis pas vraiment l'héritier conforme à ses espérances. Je ne tiens pas l'alcool, je n'aime pas me battre, je me passe de dreadlocks, je ne fume pas, mes enfants seront des sang-mêlé et ma mélo-âme…

Ma mélo-âme, mon père ne la connaît pas. Pas une fois je n'ai joué devant lui et je ne compte pas le faire, jusqu'à ce que la mort m'arrache à ce monde.

– Allons faire un tour, j'ai à te parler.

Je n'ai pas envie de quitter ma chaise. Je meurs de faim aussi. Mais les ordres du chef sont sans appel. À contre-cœur, je me lève et le suis à l'écart de l'agitation.

Nous laissons derrière nous le banquet et nous gagnons la route principale de graviers, celle qui mène jusqu'aux portes de Classique au nord, à trente kilomètres de là, et jusqu'à celles de Clavier au sud. De part et d'autre du chemin, de grands complexes de verre abritent des lofts de luxe. Je repère le nôtre qui s'étale au dernier étage sans se soucier d'écraser ses voisins. Les musiciens-verriers de Clavier ont fait de nos habitations des œuvres d'art uniques. L'éclat de la lune ricoche contre le verre. Nos maisons ressemblent à des joyaux qui lévitent dans l'obscurité.

Toutes les pièces de notre loft sont éclairées. Je repère la silhouette élancée de ma mère à l'intérieur, et le rouge pétant de ses dreadlocks. Elle est dans le salon en train de jouer de son instrument. Quand elle n'accompagne pas mon père dans ses déplacements officiels, elle ne fait que ça de ses journées. De temps en temps, elle se souvient qu'elle a des fils et elle apparaît quand on s'y attend le moins. Elle est distante. Il nous arrive de nous retrouver dans la même pièce toute une journée sans échanger seul mot. Et je ne peux m'empêcher de remarquer qu'elle est plus bavarde avec Logan qu'avec moi.

Je suis mon père qui s'engage sur le chemin des Jeux, un sentier menant à nos célèbres casinos. Les complexes sont derrière nous, l'oxygène, droit devant. Ici, de la verdure à en être rassasié. Les terres de Symphonie sont dénuées de bitume, ce matériau que nos ancêtres utilisaient pour bâtir leurs routes. La nature est omniprésente, chez nous. Nous vivons chez elle, c'est elle qui nous tolère et non l'inverse.

– Regarde-moi cette lune. Une vraie bombe !

Mon père pointe l'astre d'un doigt chargé de bijoux. Je me contente d'avancer en écoutant les couinements que produisent mes chaussures trempées. J'ai froid, j'ai faim, j'ai sommeil. Et je me fiche éperdument de la lune.

– Tu imagines la tuerie que ce serait de faire un concert là-haut ?

Chaque fois que mon père veut m'annoncer une nouvelle qui va me contrarier, il parle de la lune, puis du temps qu'il fait et, enfin, de mes cheveux. Du coin de l'œil je le regarde sortir sa blague à tabac de sa poche. Il roule une cigarette, en frotte l'extrémité qui s'embrase, puis il tire une bouffée sans lâcher la lune des yeux. Une odeur de plantes amères ne tarde pas à m'égratigner les poumons. L'ornac, plante sauvage et agressive qui sert aussi de combustible, ne pousse que sur les terres de Tam. C'est le tabac préféré de mon paternel.

– On la voit bien parce que le ciel est dégagé. Le mois d'avril est vraiment mon préféré, pas toi fiston ?

– Pas vraiment.

– Et sinon tes cheveux, tu comptes les laisser pousser un jour ? Tu ressembles à une serpillière qui s'est retrouvée coincée dans une tornade.

– Papa…

– Si tu ne veux pas porter les dreadlocks traditionnelles, à ton aise, mais laisse au moins tes cheveux mûrir avant de les atrophier !

– Papa, sérieusement…

– J'ai décidé de te faire participer au prochain combat que nous mènerons contre Orgue. Regarde comme les étoiles brillent !

– Quoi ?

– On dirait des diamants qui…

– Papa !

Mon géniteur cesse de marcher et de s'extasier pour me fixer d'un regard luisant. Ses yeux contiennent toutes les nuances de bleu possibles et imaginables. Des yeux aussi atypiques que sa mélo-âme. Aussi inquiétants. Il m'arrive d'avoir peur de mon père. Sa carrure imposante, son calme imperturbable, son statut, tout ça me fait secrètement flipper. Avoir un père aussi puissant, c'est comme se trouver en permanence sous le pied levé d'un géant. Je me demande comment je peux être son fils. Il est aussi courageux que je suis trouillard, aussi intimidant que je suis transparent. Il paraît que je n'ai hérité que de son grain de beauté sur la paupière droite… Je suppose que c'est mieux que rien.

– Tu as bien entendu.

Il se plante devant moi, et je suis soudain une lune qui subit une éclipse. C'est qu'il est vachement grand, mon père. Moi qui me vante sans cesse de ma taille, devant lui, je me tais.

– Tu as dix-neuf ans maintenant, il est temps de t'enrôler. Tu aurais dû t'y préparer il y a longtemps, fiston. J'ai fait une énorme exception pour toi, mais je ne peux plus me le permettre.

– T'es pas sérieux ? Mon instrument n'est pas encore prêt !

– Tu as eu des années pour t'entraîner, Dylan. Tu es destiné à être mon héritier, un musicien-soldat, et tu le sais depuis toujours.

– Je ne suis quand même pas prêt.

Il me sourit avec cet air qui signifie « je m'en cogne ». Il aspire une longue bouffée de tabac qu'il me recrache au visage. Je fais mon possible pour soutenir son regard, même si je suis à deux doigts de vomir mon dîner fantôme. L'ornac sent aussi bon que l'haleine matinale d'un putois. Et pour m'être déjà retrouvé dans un incident impliquant un bouche-à-bouche avec un putois cardiaque, je suis bien placé pour le savoir.

– Tu le sauras seulement le jour du combat. Nous n'avons toujours pas de reddition du Nord. Autant nous préparer au pire.

– Mais je risque de mourir !

– Alors ce sera ton destin.

Estomaqué, je le regarde me dire ça sans émotion aucune.

– Je suis ton fils !

– Heureusement qu'il reste Logan, dans ce cas.

– Papa !

– Dylan, ce n'est pas la guerre qui tue. C'est la mort.

– Rien à foutre !

Mon paternel se marre, moi je fulmine. Mon instrument n'est pas prêt. Ma mélo-âme n'est pas finie. Pas solide. Comme mon moral. Je ne veux pas me battre.

– Dylan, ne m'oblige pas à te l'ordonner. Je fais ça pour ton bien.

– Pour mon bien ? En quoi m'humilier me fera du bien ? Je ne suis pas prêt, je te dis !

– Logan et moi serons là pour t'aider. Tu…

– Je ne veux pas ! Et je te l'ai dit mille fois, je n'ai aucune envie de traverser la mer pour aller zigouiller je ne sais qui ! Les négociations, ça te dit quelque chose ?

Mon père cesse de fumer pour me fixer si longtemps sans bouger que je me demande s'il n'est pas soudain mort. Finalement, il lâche la guillotine sur ma tête :

– C'est un ordre.

Ça y est. Le chef a parlé. Le mois prochain, on viendra rire sur ma dépouille. On se souviendra du fils cadet de Kellan de Hard, celui qui ne savait même pas jouer assez bien pour épargner sa propre vie.

– Pourquoi ?

C'est tout ce que j'arrive à demander.

Il soupire avant de se gratter le crâne, comme s'il cherchait la façon la plus cordiale de me dire d'aller me faire voir sans me froisser.

– Être un homme n'est déjà pas facile de nos jours, alors imagine un peu ce que ça fait d'être un homme avec des responsabilités, lâche-t-il. Je suis chef, Dylan, parce que ma mélo-âme est la plus puissante de notre clan. Je ne l'ai pas forcément choisie, mais je dois assumer cette immense charge, que je le veuille ou non.

Je fais de mon mieux pour ne pas lever les yeux au ciel, et comme ça me demande un effort surhumain, j'ai l'impression de faire une crise d'épilepsie. Mon père a un peu trop tendance à s'apitoyer sur son sort. C'est vrai qu'être chef de clan, avoir la plus grande maison, les meilleurs vins, le meilleur gibier et des vêtements de la plus belle facture, c'est horrible…

– Mon fils aîné se débrouille, mais il est encore loin de m'égaler, continue-t-il. Quant à mon cadet, il est… passif. Désintéressé. Il néglige ses séances d'entraînement. Il délaisse sa mélo-âme et ne pense qu'à briser les traditions en s'unissant à une Classique.

– Papa !

– Il est temps de faire honneur à ton nom, Dylan. De *me* faire honneur. De faire honneur à tes ancêtres et à tous les musiciens du monde. Cet héritage qu'ils nous ont légué, utilisons-le comme il se doit. Si tu veux te marier avec une Classique et altérer ta progéniture, très bien, fais donc. Mais avant ça, tu vas me montrer que tu es un Hard pur et dur !

– Tu es en train de dire que je te fais honte ?

Son silence vaut tous les oui. Je sens mon cœur se découdre de ma poitrine. C'est la première fois que ça m'arrive. Il faut vite que j'aille trouver Kana pour qu'elle le rafistole. Elle est la seule à savoir guérir mon cœur malade.

– Nous partons pour Orgue ensemble. Entraîne-toi bien, d'ici là.

Sur ces mots, il s'éloigne. Son ombre me libère et je me sens soudain vulnérable. Impuissant face au temps qui s'écoule. Une seconde est déjà du passé.

Ma mélo-âme… Si mon père entendait ma mélo-âme…

Je suis un homme mort.

Am I invisible because you ignore me ?
Michael Jackson, *They Don't Care About Us*

III

– Des conneries !

Je balance mon livre contre le mur avant de m'étirer. Repenser à la discussion avec mon père m'énerve au plus haut point.

– Il va falloir que tu perdes cette habitude de balancer tout et tout le monde, peste Ethan en éclatant de rire. J'ai pas envie d'atterrir dans un mur comme la dernière fois. Mes os s'en souviennent encore.

– Tu n'as qu'à être plus solide.

Ethan secoue la tête.

– Qu'est-ce qui te met dans cet état ?

– C'est cette histoire avec mon père. Cette histoire de guerre, marmonné-je. Je ne veux pas y aller.

– Tu rigoles ? C'est une occasion en or ! Je donnerais tout pour pouvoir faire mes preuves comme ça.

Ethan passe une main dans ses cheveux noirs. Lui non plus ne porte pas les dreadlocks traditionnelles, par solidarité avec moi.

Je me lève et vais jusqu'au bout de la pièce afin de ramasser mon livre pour le jeter à nouveau, mais cette fois-ci à la figure d'Ethan.

Il l'esquive presque. Le coin heurte son menton.

– Sale bourge mal élevé ! ricane-t-il. Ça doit être joyeux avec Kana. Elle doit avoir appris à voler depuis le temps, non ?

– La seule chose que je balance d'elle, ce sont ses vêtements ! répliqué-je.

– Tu ferais mieux de balancer ton cerveau, le monde s'en porterait mieux, fait une voix froide.

Léna de Classique me toise depuis l'embrasure de la salle de classe. Vêtue de soie et de satin noués dans le dos, elle ressemble à s'y méprendre à ma Kana. Ces deux-là sont jumelles jusque dans leur démarche. Si Léna n'avait pas les cheveux si courts, je pourrais presque les confondre. Son étui à violon juché sur une épaule, elle me lance des éclairs de ses yeux vairons. Les mêmes que ceux de ma fiancée, sauf que Kana, elle, me lance des cœurs.

– Salut Léna !

Elle ne me répond pas, passe devant Ethan et moi en nous ignorant superbement pour s'installer à sa table.

Quelques minutes plus tard, la salle est bondée. J'étais en avance, mais cela ne m'arrive pas souvent. À vrai dire, je ne daigne pas souvent non plus me rendre en cours. En général, je préfère remplir ma panse que mon cerveau.

Après tout, la Tour, l'académie réputée où les enfants fortunés des clans de Symphonie Sud se côtoient, n'enseigne pas grand-chose d'intelligent. Histoire, histoire de la musique, géographie, économie. Ce n'est pas ici qu'on va apprendre à manipuler la magie de la musique… Et pour cause, chaque clan garde jalousement ses secrets, pas question de les partager en public dans une école ! Du coup nous sommes bloqués durant plusieurs heures de cours ennuyeuses par jour, et ce n'est pas maître Morgane qui va me contredire.

Cette dernière se traîne d'ailleurs en ce moment même vers l'estrade telle une condamnée qui se rend à la potence.

Maître Morgane est sympathique et agréable quand elle ne parle pas. J'admire sa volonté de fer qui la fait venir tous les jours alors qu'elle aime autant l'enseignement que j'apprécie Violin. Elle qui voulait être musicienne-guerrière s'est retrouvée catapultée professeure car elle a le malheur d'être très intelligente et cultivée. Plus que la moyenne, du moins. Je plains les érudits…

– On se tait, on se calme. C'est déjà une épreuve d'être ici… marmonne-t-elle d'une voix blasée en posant son étui à guitare.

Je m'ennuie déjà. Cette classe a le don de mettre ma patience à l'épreuve. Les tables sont trop petites pour mes trop longues jambes et les chaises réussissent à endolorir mes fesses de façon stupéfiante. Le clan de Clavier ne s'est pas donné beaucoup de mal pour nous fournir du matériel confortable.

Mais si j'étais plus honnête avec moi-même, je dirais que c'est l'ambiance qui me gêne. Une aura grésillante, alimentée par les rivalités entre clans, flotte dans l'air. Et si j'ai des affinités avec ceux du clan de Tam, je ne peux pas en dire autant des membres de Clavier, de Classique et de Vent. Nos cinq clans sont censés vivre en harmonie, mais nous sommes tous enclins à démontrer la supériorité du nôtre.

– Tu crois qu'il passe combien d'heures à se peigner tous les matins ? marmonne Ethan à mon oreille alors que maître Morgane commence son cours d'une voix monocorde.

L'élève qu'il pointe du doigt est assis bien droit, presque rigide. Luca, fils cadet de Toma, chef du clan de Classique. Chef de ma Kana. Avec ses cheveux blonds et brillants comme le miel, son menton imberbe et ses fossettes, Luca me fait penser à une poupée. La première fois que je l'ai vu, j'étais persuadé qu'il s'agissait d'une fille. J'ai même essayé de le draguer deux ou trois fois, le prenant pour une ravissante violoniste tombée du ciel rien que pour moi, avant que Kana ne me tombe dessus, elle.

Cela dit, nous nous détestons désormais cordialement. Il n'a pas apprécié que je le prenne pour une fille, et je n'ai pas apprécié qu'il dise à tout le monde que j'étais fou de lui. Moi qui aime tous les animaux de notre bonne terre, même ce cafard de Violin, je n'arrive malgré tout pas à me lier d'amitié avec ce serpent vaniteux à gueule d'ange. Enfin, depuis, j'ai Kana, et lui il a Anaïs. La fille du chef du clan de Tam est assise à côté de lui, abordant fièrement un petit ventre. Elle est enceinte de trois mois. Cette blonde possessive, un peu jalouse de l'intérêt que j'ai pu porter à son Luca, me voit comme un dangereux rival.

– Bon, fait maître Morgane, interrompant ainsi mes pensées, vu que vous daignez faire acte de présence aujourd'hui, rappelez-nous les derniers événements tragiques que nous avons vécus.

Je fronce les sourcils. « Événements tragiques », c'est trop peu pour qualifier l'horreur de la guerre.

– L'alliance des cinq clans, Hard, Classique, Tam, Clavier et Vent, est attaquée par Symphonie Nord depuis plusieurs mois. Leurs navires de guerre fondent sur nos villes côtières pour les détruire. Et nous, puisque nous sommes visiblement incapables d'utiliser nos capacités de négociation, nous ripostons bêtement, réponds-je sans parvenir à cacher ma colère.

– C'est à peu près ça, reprend maître Morgane qui ne relève pas mon cynisme.

Elle est de Hard, elle me soutient par logique.

– Depuis que les clans renégats ont été bannis de l'autre côté de la mer, ils vivent sur un continent stérile, qui donne peu de récoltes. Ils meurent de faim, et doivent céder aux exigences des contrebandiers qui leur livrent l'eau de Melody nécessaire à faire éclore la mélo-âme de leurs enfants. Ils n'ont pas une situation enviable, mais peut-être que l'un d'entre vous peut nous éclairer sur le pourquoi de la situation. Comment le Nord en est arrivé là ?

La main de Luca fonce vers le plafond à une vitesse incroyable alors qu'Ethan retient un rire moqueur.

– Les clans de Bois, Cordes, Ténor, Cuivre et Orgue ont voulu s'approprier la magie de la rivière-mère. Ils ont voulu la dénaturer, l'utiliser pour asservir le reste de Symphonie. Mais Melody a soutenu les justes, et ces clans ont été bannis au-delà de la mer des Vents. Désormais ils cherchent de nouveau à se réapproprier Melody… On leur souhaite bonne chance, conclut-il d'une voix moqueuse, suivie d'un ricanement d'Anaïs.

Maître Morgane hoche machinalement la tête. Elle a décroché depuis un moment, trop occupée à lorgner sur sa tabatière d'ornac.

– OK… pause pour tout le monde !

Le brouhaha gagne la classe. Certains élèves s'échangent des partitions comme d'autres s'échangeraient des cartes à collectionner. Je m'assois sur mon bureau et je laisse Ethan me parler de son dernier record au casino. Je l'écoute à moitié. Je n'ai pas vu Kana de la journée, et ça m'inquiète un peu. Elle n'est pas du genre à sécher les cours, surtout quand elle sait que j'y assiste. Même si je suis venu aujourd'hui dans le seul but de fuir mon père et ses : « Alors Dylan, cet entraînement, ça avance ? N'oublie pas qu'à Orgue, ils sont coriaces ! » Mon père me fout la pression. Selon Logan, c'est parce qu'il est « juste, droit et désireux de transmettre son métier à ses fils ». Selon moi, c'est parce que c'est un sadique. Point.

Enfin… Je me balance idiotement sur mon bureau et manque de me casser lamentablement la gueule. Mon cœur rate un battement. Un battement manqué qui me crucifie un instant de douleur et me plonge dans le noir le plus total.

Ça ne dure qu'une seconde, mais je grimace encore en ouvrant les yeux.

– Quel dommage, susurre Luca.

Je riposte sans même prendre le temps de réfléchir :

– La seule chose vraiment dommage, mon cher Luca, c'est que ton gosse soit un futur bâtard.

Mon rival devient rose de colère et c'est impressionnant. Sa pâleur cède la place à un lever de soleil. On dirait un verre qui se remplit de grenadine. Quand je croise le regard surpris d'Ethan, je me rends compte que je suis allé trop loin. Je n'en ai pas l'habitude. Je ne sais pas vraiment ce qui m'a pris, j'ai l'impression que mon cœur bouillonne d'un sang trop chaud. Un sang chargé de colère.

– Répète un peu, salaud !

Luca et Anaïs ont parlé en chœur, ils fulminent, à deux doigts de venir me régler mon compte. Je souris mais, en fait, j'ai peur. Luca ne m'impressionne pas vraiment. Mais Anaïs…

– On se calme, marmonne maître Morgane à la fenêtre, sa roulée à la main.

Elle peut bien parler. Quand il s'agit de défendre son honneur, personne n'a le droit d'intervenir.

Luca revient graduellement au pâle et serre la main d'Anaïs à lui en faire blanchir les jointures. Je suis allé trop loin. L'enfant de Luca sera « bâtard » seulement parce que le clan de sa mère ne le reconnaîtra pas. Comme chez nous, à Tam les naissances doivent être de préférence « pures »…

Anaïs se rassoit, toujours vexée, mais Luca ne me quitte pas des yeux.

– Mon enfant sera peut-être un bâtard, mais n'oublie pas que les tiens le seront aussi.

Je suis con comme mon orteil. Bien sûr que mes gosses auront le même souci. Nous sommes dans la même situation, lui et moi. Sauf que moi, je n'ai pas de complexe à mentir :

– Mon clan ne rejettera jamais ses héritiers, qu'importe leur sang. Tu pourras demander à Kellan de Hard, il en a décidé ainsi.

Ethan me jette un regard choqué, et la moitié de la classe semble me dévisager. Tout le monde sait que ce n'est pas vraiment dans la sensibilité de mon père. Qui n'en a d'ailleurs aucune, visiblement.

Luca me fixe intensément, et j'ai le malheur de cligner une fois de trop des yeux.

– Parfait, je le ferai, m'annonce-t-il avec un sourire triomphant.

Je me félicite d'avoir déjà choisi la couleur de mon cercueil le jour où j'ai annoncé mes fiançailles avec Kana à mon père. Je n'ai plus qu'à aller le commander et à attendre la livraison. Quand papa aura découvert non seulement que je me sers de lui pour arriver à mes fins, mais en plus que ma mélo-âme n'a aucune chance de lui faire honneur, je me serai déjà enterré moi-même depuis longtemps.

Mon génie me perdra.

Deep into a dying day, I took a step outside.
Nightwish, *I Wish I Had an Angel*

IV

Kana m'attend à la lisière de la forêt des Saules. Je la vois de loin faire les cent pas, et sa silhouette baignée dans la lumière de la lune fait bêtement danser mon cœur. Je souris intérieurement et me dérobe à sa vue. J'ai envie de la surprendre. Elle passe assez de temps à me sauter dessus pour que je m'autorise ce petit plaisir. Et je sais exactement par où passer.

La forêt des Saules surplombe Melody, et il faut que je descende vers le cours d'eau pour rejoindre ma fiancée. C'est plutôt sportif, mais je cours de bon cœur. L'alliance en onyx que j'ai offerte à Kana, taillée par un musicien-joaillier de Tam, valait le coup que je troque mon pur-sang arabe.

Je cours, je chante, je chante, je cours et… Je trébuche sur quelque chose de mou et de non identifié avant d'étouffer un cri.

Quelqu'un fait de même.

Dans la semi-obscurité, je reconnais Justin, septième fils de Collin, chef du clan de Clavier. Étalé à mes pieds, il ne prend même pas la peine de se lever. À son côté dort son accordéon chromatique, d'une transparence de joyau.

Justin est comme cette pièce en trop qu'il nous reste après avoir monté un meuble. Son père a huit enfants, et il ne s'occupe que de ses aînés et de son dernier-né. Il délaisse Justin, qui n'a à ses yeux aucune valeur.

Ce n'est pas la première fois que Justin dort à la belle étoile. J'ai bien essayé de l'aider, de lui proposer ma compagnie de temps en temps, mais il prend toujours ça pour de la prétention.

Une nuée d'oiseaux passe brusquement devant moi et j'en rote de surprise. Les animaux sont libres à Symphonie, et c'est rare d'en croiser d'aussi paniqués. Surtout qu'ils crient comme pas permis à une heure où ils devraient dormir.

– Dylan ?

La voix de Justin me fait flipper. Il est soudain debout, tremblotant. Il est petit et maigre pour son âge, faute d'entraînement. Être héritier de chef de clan nécessite un minimum de prestance, qu'on soit grand et costaud ou fin et délicat, peu importe. Même si je ne me tue pas à la tâche, je suis assez bien bâti, ne serait-ce que pour crâner devant Kana. Justin, lui, semble avoir abandonné toute volonté. Ses cheveux roux tombent en ondulations chaotiques sur ses épaules frêles, et ses vêtements sont chiffonnés comme s'ils lui servaient aussi bien à se vêtir qu'à se moucher. On dirait un vagabond. Ce qu'il est, si on y réfléchit bien.

Ses yeux clairs sont fixés sur un point, au-dessus de mon épaule.

– Dylan, c'est toi qui as fait ça ?

Bon. Le côté rouquin un peu lunaire, pourquoi pas, mais là, dans l'obscurité ambiante et loin de tous, je le trouve moyennement rassurant.

Il pointe quelque chose dans mon dos et je me retourne avant de pousser un cri d'horreur qui, pour une fois, honore ma virilité. Je fais de nouveau face à Justin. Ce dernier fixe toujours la scène macabre derrière moi.

Je risque un nouveau regard par-dessus mon épaule.

Là, dans la rivière sacrée qui n'est censée accueillir que des nouveau-nés, que les nouvelles vies et jamais la mort, gît un cerf égorgé.

À la lumière de la lune, Melody pousse une plainte funèbre.

Et son eau est teintée de rouge.

– Par Melody ! Qu'est-ce que c'est… ?

Kana surgit derrière moi en me faisant de nouveau hurler de terreur alors que Justin continue à me fixer d'un air mi-hébété, mi-inquiétant.

– Qui a fait ça ? demande ma fiancée d'une voix où perce l'angoisse.

La connaissant, je sais que le sort du cerf la touche plus que celui de Melody. Elle porte immédiatement son regard sur Justin.

– Justin, tu n'as pas…

Le garçon secoue lentement la tête avant de prendre la fuite. Il revient quelques secondes plus tard, ramasse son instrument et repart. Ce n'est qu'une fois loin de nous qu'il se met à crier.

– Alors ça, ce n'était pas spécialement convaincant, marmonné-je dans ma barbe.

Minifemme lève les yeux vers moi. Son regard bicolore s'est assombri malgré l'éclat de la lune qui s'y reflète.

– Dylan… On nous a souvent vus dans la rivière, entendus blasphémer sur Melody… Si quelqu'un nous surprend là, avec ce cerf… Ce n'est plus du blasphème, c'est du sacrilège, et tous les chefs de clan demanderont une punition…

– Je suis bien d'accord, et Justin va sûrement déguster !

Puis je réalise ce que Kana vient de dire. Violin en tête, la plupart des gardiens de Melody me détestent, et s'ils voient l'animal mort et moi à proximité, ils vont tout de suite en tirer de mauvaises conclusions. J'attrape ma femme d'une main et bondis le plus loin possible de la scène de crime. Je cours en la hissant sur une épaule dans ma course. L'adrénaline qui coule dans mes veines est si forte que je ne sens même pas son poids.

Je me précipite dans la forêt des Saules où des troncs creux servent de demeures aux étudiants n'ayant pas les moyens de vivre dans un de nos immenses complexes de verre. Kana tape sur mes épaules et je pile tout net, manquant de l'envoyer valser contre un arbre.

Je pose ce bout de femme qui ne pèse rien sur le sol, et elle m'assassine de ses yeux aux pupilles dissymétriques.

– Dylan ! chuchote-t-elle d'une voix basse mais autoritaire. Si on te voit arriver ici en courant, on va se douter que quelque chose s'est passé ! Alors tu ferais mieux d'agir naturellement !

Sur ce, elle glisse sa petite main dans la mienne et son contact me rassure. Mon cœur, un peu malmené par la course, se calme et je me sens plus serein.

Ça ne dure pas vraiment.

– 'lut Dylan, 'lut Kanaaaaaaaaaa !

Sans m'en rendre compte, j'ai couru jusqu'au tronc numéro dix-huit, celui qu'habite Ethan. Il en émerge d'ailleurs l'air passablement éméché, une écuelle vide à la main et vêtu d'un simple pagne.

– Alooors… on se promène ? Vous voulez entrer un moment ?

– Non ! répond sèchement Kana avant de s'éloigner d'un pas décidé.

– Elle a l'air en colère. Qu'est-ce que t'as fait ?

Je hausse les épaules. Ethan en fait de même avant de faire le tour de son tronc, non sans vaciller. Il sent le vin de baies salées, des fruits qui poussent dans les vergers de

Classique. Elles sont entreposées dans les grottes sèches de Tam de longues années avant d'être transformées en breuvage. C'est un alcool très fort dont Symphonie raffole, mais qui me rend malade chaque fois que je veux jouer les durs et boire cul sec.

Mon ami s'arrête, pose son écuelle par terre et commence à tâter l'écorce. Il finit par enlever le morceau qui abrite le réservoir. Sans perdre plus de temps, il pose son récipient sous le coulis de sève. Le liquide, luisant et pâteux, se déverse paresseusement. Comme la sève d'épicéa, la sève de saule pleureur est un excellent agent pour dessoûler, se relaxer et gagner en vigueur. Nous les Hard buvons plus de sève que d'eau. Je me demande si on va se réincarner en arbre, un jour. Nos cerfs s'en nourrissent à cent pour cent. Le sucre qu'ils ingèrent se stocke dans leurs bois que nous troquons ensuite quand ils tombent, en hiver.

– Dis Than, tu m'en files une fiole ?

Kana raffole de la sève de saule pleureur, mais Hard ne l'échange pas avec les autres clans qui ont plutôt des pins, des chênes et des cyprès. La sève de saule pleureur, c'est notre richesse privée.

Ethan me donne l'écuelle qu'il vient de remplir.

– Donne ça à ta chérie, ça va la calmer.

Je n'ai même pas le temps de le remercier qu'il se laisse tomber contre le tronc, la bouche sous le réservoir. Ça me fait rire. Ça me rappelle nos soirées de célibataires : on passait des heures à vandaliser les troncs des autres en les vidant de leur sève.

– Bonne nuit, mon pote !

– Kana, je…

– Ne dis rien.

Son ton est cassant.

– Je suis désolé si tu as eu peur… je…

– Peur ?

Elle aurait sans doute hurlé si nous n'étions pas au milieu de saules habités.

– Je n'ai pas eu peur, Dylan, j'ai cru que j'allais mourir de terreur ! Mais qu'est-ce qui t'est passé par la tête ? Tu as vraiment… tu sais quoi ?

– Mais bien sûr que non ! Franchement, tu me connais, tu penses vraiment que j'irais zigouiller un pauvre cerf si c'est pas pour le manger ?

– Tu trouves ça drôle ?

Elle lève le poing et j'accueille son coup en riant.

– Ce n'était pas moi, Kana, reprends-je plus sérieusement.

Elle me croit mais elle reste butée. Je soupire. Les disputes, je ne les accepte que deux fois par semaine, entre quinze et dix-huit heures. Nous avons déjà dépassé notre quota…

– Je ne me sens pas bien. J'ai déjà du mal à supporter de vous voir manger des steaks, alors là, de voir ce pauvre cerf, ça me dégoûte.

– Regarde, j'ai ce qu'il faut : de la sève fraîche ! Allons dormir à la belle étoile.

– Je vais rentrer.

Je me penche pour lui donner un baiser, mais elle me repousse.

– Laisse-moi te raccompagner au moins, il fait sombre et tu…

– J'y vois très bien, il me reste un œil, figure-toi !

Encore une fois, Kana se braque alors que je ne faisais aucunement allusion à son œil aveugle. Je ne sais plus quoi faire pour la libérer de cette honte que suscite en elle ce handicap.

J'avale le verre de sève pâteuse en la regardant s'éloigner au milieu des saules. Je ne tarde pas à ressentir les bienfaits de la boisson. Mes muscles se détendent, le sucre se répand dans mon sang et me réveille. Lorsque la silhouette de Kana disparaît dans la nuit, je fais demi-tour.

Ethan est allongé au beau milieu de la route, sa guitare par-dessus lui. Je me dépêche d'aller le rejoindre pour constater qu'il halète, comme s'il venait de fuir quelque chose.

– Than ! Qu'est-ce qui ne va pas ?

Je veux le remettre sur pied, mais sa peau est si brûlante que je retire précipitamment ma main.

– T'as une fièvre des enfers !

Il ne me répond pas, trop occupé à s'évanouir. Me maudissant d'avoir troqué mon cheval, je m'empresse de le hisser sur mon dos pour l'emmener chez une guérisseuse. J'attrape son instrument au passage. Sa guitare, une Fender au manche boisé et à la caisse verte vitrée, laisse apercevoir le cœur et les poumons de son instrument. Comme nos corps, nos instruments ont des organes, des veines, des nerfs qui permettent à notre mélo-âme de vivre et de s'exprimer. Pour le moment, ses organes semblent en bonne santé, même si le cœur, logé contre la caisse, bat un peu plus vite que nécessaire. Examiner un instrument permet d'en dire beaucoup sur la santé de son maître.

Je me hâte, si sa fièvre ne tombe pas rapidement, il risque d'en garder des séquelles. Je sens la chaleur anormale de sa peau gagner mon dos.

– Tiens bon, Than.

– J'ai chaud…

Mon ami s'agite sur mon dos.

– Je… Than…

– J'ai chaud, répète-t-il pour toute réponse.

Même si j'ai envie de le questionner, même si j'ai envie d'interroger les habitants alentour, pour savoir s'ils ont vu ce qui lui est arrivé, je continue à marcher, désireux avant tout de sauver mon ami. Je me dirige droit sur le tronc numéro dix. Trop pressé d'atteindre la porte, je m'emmêle dans des branches basses. Le souffle court, je me débarrasse tant bien que mal de mes liens avant d'aller cogner à la porte, le cœur battant comme jamais.

Une jeune femme aux cheveux nattés de mille tresses apparaît, les yeux fatigués, le corps enveloppé dans un tissu de soie.

– Mouiii, c'est pour quoi ? bâille-t-elle.

– Nine, aide-moi ! Ethan a besoin de soins, il est brûlant !

– Dylan ! s'exclame Nine quand elle réalise enfin clairement ma présence.

Cette apprentie guérisseuse est tout ce que j'ai sous la main pour le moment.

– Tu dois l'aider !

– Je… oui, bien sûr, mais je ne suis pas une guérisseuse confirmée…

Je passe devant elle sans l'écouter.

– Il a une fièvre horrible ! Fais ce qu'il faut pour le soigner. Je te paierai bien, ne t'en fais pas.

Nine se mord les lèvres, visiblement perdue. Du haut de ses quatorze ans, elle n'est peut-être pas la plus fiable des guérisseuses, mais elle est la seule à vivre dans la forêt des Saules.

Elle rentre précipitamment et je la suis. Un futon, des dizaines de livres, une table et des plaquettes de bois sont éclairés à la bougie, serrés dans un espace de la taille de mon placard à tuniques…

– Peut-être vaut-il mieux l'emmener chez une guérisseuse plus…

– Pas le temps !

Je viens de crier. Je n'aime pas voir Ethan dans cet état. Je n'aime voir personne dans cet état. Les maladies, les maux, la dépression conduisent à la mort si on ne les soigne pas. La mort me fait peur. Je ne veux pas qu'elle entre dans ma vie ou dans celle de mon entourage.

– Pourquoi tu cries, Dyl ?

Ethan se redresse avant de s'étirer et de bâiller. Nine et moi le regardons fixement, prêts à intervenir s'il se met à délirer à cause de la fièvre.

– Qu'est-ce que je fous là ?

Il regarde Nine, puis moi, puis son pagne avant de sourire d'un air entendu.

– On s'est fait un plan à trois, c'est ça ?

Nine réagit au quart de tour et lui colle une gifle. Moi je suis trop occupé à le tâter. Sa température corporelle est redevenue normale.

– Arrête de me toucher, pervers ! me lance-t-il avant de se lever.

– Than, et ta fièvre ?

Il pose une main sur son front.

– Pas de fièvre, dit-il. J'ai trop bu, je crois. Ramène-moi chez moi, Dyl. J'ai pas envie de faire ça avec vous, malgré tout le respect que je vous dois, Grand Dylan…

Il s'incline en vacillant.

De plus en plus interloqué, je me rue dehors, impatient de vérifier si mon imagination m'a joué des tours. J'ai du mal à croire que sa fièvre se soit envolée aussi rapidement. Je ne suis pas fou, il est forcément arrivé quelque chose à Ethan…

Je zigzague parmi les troncs jusqu'au numéro dix-huit. Et je me fige dans mon élan. Entre le tronc seize et le tronc vingt, là où le tronc de mon ami est censé se trouver, un tas de cendres noires et de charbon s'amoncelle. Seule la clôture est encore debout. Du tas de terre s'échappe une mince fumée inodore. Bouche bée, j'essaie de trouver une explication rationnelle au phénomène, mais je n'en vois pas une seule.

La maison de mon ami a disparu.

Show me how to lie, you're getting better all the time…
The Offspring, *You're Gonna Go Far Kid*

V

– Réessayons Dylan, voulez-vous ?

Je pousse un profond soupir.

– Ça sert à rien ! Ça marche pas, bordel !

Exaspéré, j'envoie valser ma guitare contre le mur. L'une des cibles se détache et tombe sourdement.

Cela fait deux jours que j'ai retrouvé Ethan agonisant et son tronc détruit. Il m'a supplié de retourner dans l'appartement abandonné de ses parents et j'ai réussi à convaincre mon père de l'y autoriser… mais la peur que j'ai ressentie en voyant mon ami presque mourant s'est muée en colère. Puis en frustration. Foutue mélo-âme défectueuse. Foutu instrument.

– Blasphème ! s'écrie maître Ilan, mon précepteur depuis l'enfance. Comment osez-vous ?

Le vieil homme se gifle à deux mains. Ses yeux d'érudit, habituellement plissés, s'arrondissent lentement mais sûrement. On dirait que je viens de tuer quelqu'un…

– Du calme maître, je m'en charge.

Logan, bras croisés, a un sourire moqueur et ça me met hors de moi.

– Pourquoi tu te marres, toi ?
– Parce que t'es ridicule.
– La ferme.

Son sourire se fige et l'ambiance est soudain glacée. Logan est en colère et ça arrive aussi souvent que de le voir danser en tutu dans un champ. Malgré moi, je déglutis bruyamment. Mon frère se penche pour ramasser la cible et la raccroche à côté des autres avec des gestes lents et maîtrisés. Sa silhouette fait de l'ombre à la mienne. Assez pour me rendre jaloux. Mon frère est taillé comme ces idiots de dieux grecs qui posent à poil dans les musées. Ses dreadlocks sont retenues par un ruban aux couleurs des clans sud de Symphonie : cinq verts différents. Un fier patriote, ce Logan…

Il finit par faire craquer ses jointures, marche jusqu'à moi et me colle un coup de poing dans le nez. J'ai vu le coup arriver et, par bonheur, ma joue a pris à la place de mon pif. Quelle divinité dois-je remercier pour ça ?

– Ça, c'est pour ta guitare.

J'écume de rage, mais je me tais. Quand mon père n'est pas dans les parages, c'est Logan qui dirige. Question de filiation, il paraît.

– Tu vas commencer par te calmer, frérot. On ne dompte pas son instrument avec une aussi mauvaise foi. Ta guitare est le berceau de ta mélo-âme, tu le sais non ? Si tu la jettes, c'est comme si tu jetais ton âme par la même occasion.

Je lève les yeux au ciel. Les beaux discours de Logan ne m'atteignent pas. Mon âme est toujours bien en sécurité dans mon corps de rebelle et elle n'ira nulle part sans mon autorisation.

– Melody vous a fait un don, elle peut aussi vous le retirer, renchérit maître Ilan, encore affecté par mon « blasphème » si j'en crois sa pâleur mortuaire.

– Pour ce que ça me fait…

– Si la rivière-mère décidait de vous châtier pour votre

geste, vous ne vaudriez guère mieux qu'un zombie, un sans-âme ! C'est ce qui est arrivé à Yann de Hard, arrière-grand-père de votre père ! Sa guitare a tellement souffert des coups et maltraitances de son propriétaire que Melody a décidé de lui retirer toute mélo-âme. Yann de Hard est mort vidé de son essence, d'une mort longue et pénible. Vous connaissez cette histoire, je présume ?

Je serre les poings, les dents, les fesses. Je ne supporte pas qu'on invente des histoires sur mes ancêtres. Yann de Hard, dixième chef de clan de Hard, était comme moi. Il ne croyait pas à toutes ces histoires farfelues de mélodie sacrée et autres instruments-âmes. Il a juste décidé de vivre sa vie comme bon lui semblait, et ces tarés de superstitieux l'ont tué. Mon père m'a maintes fois mis en garde : c'est ce qui risque de m'arriver si je continue à « blasphémer », fils de chef ou pas.

– Je te propose de refaire un essai, dit Logan.

Son « je te propose » sonne comme un « je t'ordonne ». Il bombe le torse, fier que je garde le silence. On dirait un paon qui se pavane devant son frère encore dans l'œuf. Son sarouel en cuir, signature des Hard, est cintré à la taille, laissant jaillir son torse garni de rectangles superposés qu'ils appellent abdominaux. Comme tous les hommes du clan de Hard (sauf moi), il orne ses biceps de motifs circulaires peints et ses doigts de multiples bagues. Sa chevalière est cependant bien visible dans cette mer de bijoux. Cet anneau se transmet de père en fils, de génération en génération ; une tradition à Symphonie. C'est un héritage aussi précieux qu'honorifique. Si un homme a plus d'un enfant, il doit en forger pour les autres.

J'attends toujours que mon père me remette la mienne.

– Récupère ton instrument, Dylan.

J'obéis à contrecœur et passe devant maître Ilan qui a dû s'asseoir un moment pour digérer mon crime. Je ne peux m'empêcher de rire en le voyant dans un tel état. Je ramasse ma guitare et l'agite sous son nez.

– Regarde ça, pas une égratignure ! Elle est solide, comme son maître.

– Viens par ici ! m'ordonne Logan.

Je vais me placer à dix mètres de la cible, à son côté. La salle d'entraînement est vaste et déserte, recluse dans le fin fond de la forêt des Saules, là où les troncs ne sont plus habités. Ici on peut se battre, s'entraîner ou se câliner en paix.

– En position !

Je me dis que plus vite Logan aura obtenu ce qu'il veut de moi, plus vite je serai libre. J'avance donc la jambe droite, fléchis la gauche. Je passe ma guitare en bandoulière et j'attends.

– Où est ton médiator ?

– Pas besoin.

Logan a un rire bref.

– Ne te surestime pas, frérot. Sors-moi ton médiator.

Je traite mon frère de tous les noms en pensée et sors mon médiator de sous ma tunique, un truc argenté en forme d'aile fourni en même temps que mon instrument. Quand on entraîne sa mélo-âme pour devenir musicien-soldat, si on possède une guitare, un violon ou une batterie, utiliser son médiator, son archet ou ses baguettes donne une direction brutale à la mélodie. Avec eux, la guerre est possible. Quelques notes sans médiator blessent. Une seule note avec médiator peut provoquer la mort.

– Les partitions, maître Ilan, je vous prie.

Mon précepteur se traîne jusqu'à nous et tend à mon frère une liasse de feuillets. Avec ses longues dreadlocks blanches, son sarouel en cuir semblable à celui de Logan, et ses multiples bijoux, il a plus l'air d'une rock star que d'un papy de soixante-cinq ans. Son corps est encore solide et ses traits vitalisés. À Symphonie Sud, les premiers signes de vieillesse apparaissent vers quatre-vingts ans. Il paraît que nous vivons plus longtemps que ceux du Nord, et que ceux du Nord vivent plus longtemps que la civilisation précédente.

– On va commencer au niveau zéro, si tu veux bien.

Je jette un regard mauvais aux quatre feuillets de partitions que Logan dispose soigneusement sur le pupitre. Chaque feuille comporte les notes d'*Harmonie*, la mélo-âme que m'a offerte Melody.

Quand je l'ai reçue, elle ne comportait que sept notes, comme pour tout le monde. En grandissant, nous sommes censés développer cette mélodie et lui donner de la puissance. Nous sommes censés la prolonger encore et encore, jusqu'à la mort, et en développer la magie en vue d'un métier. Noircir des partitions, c'est respirer. Les notes sont notre oxygène.

Pas pour moi.

À mon âge, je devrais déjà avoir noirci trente partitions, au moins. Je n'en ai que quatre, et elles sont médiocres. Quant à la puissance de ma mélo-âme, je ne pourrai jamais l'évaluer. J'ai suivi un entraînement de musicien-soldat, ma mélo-âme devrait logiquement prendre cette direction, mais nada.

– Si tu es prêt, on y va.

Je me lance à contrecœur. Ma guitare produit un son lent et décousu. Malgré le peu de notes, j'arrive quand même à me tromper deux fois.

– Médiocre ! Lamentable !

Maître Ilan ne m'épargne pas.

– On ne tient pas sa guitare comme on tient une branche d'arbre ! Vous devez la tenir comme on porte un nourrisson. Imaginez que votre instrument est votre nouveau-né.

– C'est comme ça que je porterai mon bébé…

– Tu le fais exprès !

Je sursaute. Logan me fixe avec tant d'insistance que je finis par baisser les yeux malgré moi.

– J'ai l'impression d'avoir un débutant sous les yeux. C'est impossible. Tu mens, Dylan. Tu fais exprès de jouer faux.

Pour cacher mon angoisse, je me mets à rire.

– Ce n'est pas parce que je ne suis pas doué que tu peux me traiter de menteur.

– Regarde-moi.

Je relève les yeux et prie de toutes mes forces pour ne pas me trahir. Les pupilles de Logan, deux perles vert d'eau qui lui valent dix compliments par jour, semblent sonder mon esprit.

– Ta guitare ne réagit pas. Tu me caches intentionnellement ta mélo-âme, Dylan. Tu ne veux pas que je l'entende.

Je commence à transpirer à grosses gouttes. Logan est-il devin ou une connerie dans le genre ?

– Ça dépend des jours. En plus, c'est ta présence qui me gêne. J'ai l'habitude de jouer à merveille quand je suis seul avec maître Ilan. C'est toi qui me stresses ! Pas vrai, maître ?

C'est complètement faux. Ma mélo-âme est une simple mélodie. Quand je la joue, rien ne se produit. *Harmonie* ne sonne pas comme une mélo-âme précieuse qui sort de mes tripes. Elle n'est pas en symbiose avec moi, pas plus que ma guitare. Je peux rester éloigné de mon instrument des semaines sans que je me sente mal et vice versa. Je peux ne pas écrire la moindre note des mois de suite sans que rien ne se passe. La mélo-âme que nous offre Melody est censée nous rendre unique. Avec elle, je devrais pouvoir faire de grandes choses. Je devrais pouvoir être un excellent musicien-soldat, ou exceller dans une autre fonction que j'aurais choisie. Et pourtant, je ne suis qu'un simple musicien.

Maître Ilan en est conscient, et j'espère qu'il aura assez de cœur pour ne pas me dénoncer. Je sais que mon père commence à se douter de quelque chose malgré mes efforts pour le cacher, c'est pour ça qu'il a envoyé Logan superviser mon entraînement, aujourd'hui.

– Il fait mieux, d'habitude, concède maître Ilan sans me regarder.

Il faudra que je pense à aller l'embrasser.

Logan nous observe tour à tour. Mon frère n'est pas dupe ; pourvu que cette fois-ci, il le soit.

– Ça c'est parce que tu ne t'entraînes pas assez ! finit-il par lâcher. On recommence.

Soulagé, je me remets en position, et je fais mon possible pour qu'*Harmonie* déclenche quelque chose. Je m'entraîne depuis mes huit ans, mes riffs devraient être en mesure de faire tomber mes cibles, au moins !

À la fin de ma prestation, le silence s'installe. Je n'ai fait aucun faux accord, cette fois. La mélodie était bonne. Mais mon frère n'est pas satisfait.

– Je ne sens rien. Ta mélo-âme ne m'atteint pas. J'ai simplement l'impression d'écouter une musique banale et simplette. Et ça, c'est parce que tu ne veux pas me la montrer ! Tu crois que je n'ai pas entendu que tu avais changé les notes ? La mélodie que tu viens de jouer n'est pas *Harmonie*.

J'ai envie de l'assommer avec ma guitare ! Comment fait-il pour avoir l'oreille aussi aiguisée ? Je pensais que le changement serait subtil et indiscernable.

– Ça dépend des jours, je te dis ! Je vais m'entraîner encore et ça ira mieux.

– Ce n'était pas *Harmonie*, insiste mon frère.

Mon cœur menace de bondir hors de ma poitrine et de s'en aller à jamais.

– C'était *Harmonie*. Je me suis juste trompé de notes en jouant. Je suis… j'ai besoin d'entraînement, c'est tout. Ça arrive de se tromper, non ?

Logan secoue lentement, très lentement la tête. Il ne me

croit pas. Et il a raison : je mens. Je ne veux pas jouer *Harmonie* car il se rendrait compte que c'est une simple mélodie sans pouvoirs. Je préfère simuler l'étourderie et me préserver. Je ne sais pas quel sort me serait réservé si Symphonie venait à le découvrir.

– Je ne pensais pas que tu étais aussi en retard, dit-il, entrant ainsi dans mon jeu. Tu vas devoir mettre les bouchées doubles si tu veux espérer survivre contre l'armée d'Orgue. Au stade où tu es, tu n'es même pas assez bon pour vaincre une fourmi.

Sans me laisser répondre, il se tourne vers maître Ilan :

– Depuis que vous êtes en charge de Dylan, vous n'avez fait aucun rapport sur ses lacunes à mon père. Son retard est pourtant évident et conséquent.

Il n'ajoute rien, mais la menace point clairement.

– Il s'est toujours bien débrouillé jusqu'à présent, se défend mon maître. Depuis qu'il est amoureux, il vient moins souvent aux entraînements, ce qui explique certainement sa chute. Je suis sûr que ça va s'arranger.

Ça ne m'enchante pas qu'il se serve de mon histoire avec Kana pour sauver sa peau, mais puisqu'il sauve aussi la mienne, je suppose que ce n'est pas trop grave…

Logan a cette expression qui montre qu'il ne croit personne.

– Penses-tu pouvoir t'éloigner de la Classique, au moins le temps que tu fasses des progrès ? me demande-t-il, méprisant.

– Non.

Ma réponse est claire et nette.

– Mais je serai prêt le jour J.

– Tu as intérêt.

Après un court silence, il se racle la gorge et tourne les talons.

– J'ai à faire. Je reviendrai te voir plus tard, en attendant, tu ne quittes pas cette pièce avant d'avoir réussi à pondre une mélodie respectable, tu entends ?

Je ne réponds pas. De toute façon, Logan n'attend pas que je confirme. Il lance un regard dur à mon précepteur par-dessus son épaule.

– Maître Ilan, votre sort dépend de la réussite de mon frère.

Je serre les poings. Comme partout, il y a des lois et des règles à respecter. Quand on est précepteur, s'assurer que son élève progresse en fait partie. Le chef de clan, s'il n'est pas satisfait, peut décider de punir celui qu'il a engagé. Si mon père n'a jamais fait une chose pareille pour qui que ce soit, Logan semble enclin à cette méthode. Je n'ai pas hâte qu'il devienne chef !

– Fous-lui la paix, c'est pas de sa faute si ma guitare est têtue ! lui lancé-je.

– Je n'ai rien à ajouter, répond cet arrogant apollon.

Il quitte la pièce et, quand la porte se referme, un silence de mort s'installe. Une de mes partitions vole lentement dans les airs avant d'atterrir aux pieds de mon précepteur. Ce dernier la fixe de longs instants avant de se pencher pour la ramasser. Sans me regarder, il me la tend et demande, la voix aussi basse qu'une brise :

– Quand allez-vous annoncer aux vôtres que votre guitare est morte ? Quand allez-vous leur dire que votre mélo-âme est défectueuse ?

The world is having more fun than me…
Simple Plan, ***I'm Just a Kid***

VI

Rubby est une petite beauté. Ses courbes anguleuses font d'elle une princesse atypique. Les quelques rayures qui creusent sa peau vernie lui donnent l'air rebelle et sauvage quand ses cordes sont parfaitement tendues. Ma guitare est un joyau brut. Je l'ai depuis ma naissance. Elle m'a accompagné dans mon enfance, mon adolescence, et elle voyagera encore avec moi jusqu'à la mort. Ma tombe sera la sienne. Elle s'est développée en même temps que moi. Mais elle est éteinte.

Rubby est une mort-née. Elle ne m'a jamais fait ressentir qu'on ne faisait qu'un. Elle n'est pas comme les autres instruments de Symphonie dont les propriétaires ne peuvent se passer au risque de tomber malade, voire de mourir. Un jour, pour rigoler, j'ai caché la guitare d'Ethan sous une racine de saule. Au bout de deux heures de recherches et de cris hystériques, mon ami s'est évanoui et son pouls a commencé à ralentir. Je me suis dépêché de lui rendre son instrument et il est revenu à lui, comme s'il ne s'était jamais rien passé. En ce qui me concerne, quand on me fait une blague pareille, je suis obligé de simuler un malaise.

Rubby ne se contente pas d'être morte. Tous les instruments de Symphonie sont translucides, dotés de veines, de nerfs, d'un circuit bien dessiné destiné à laisser passer la mélodie, d'un cœur qui bat en rythme avec celui de son propriétaire. Seuls les manches sont travaillés en bois. Observer l'intérieur d'un instrument est passionnant ; c'est l'un de mes hobbies.

Moi, j'ai hérité de Rubby. Une guitare totalement transparente que, très jeune, j'ai dû enduire de vernis rouge, pour cacher son intérieur : un vide béant. Rubby n'a ni cœur ni veines, ni nerfs ni âme car ma mélo-âme ne fonctionne pas. Elle est aussi déserte qu'une bouche sans dents.

Je n'ai jamais éveillé les soupçons car la chance était de mon côté. Tous les instruments viennent au monde sans organes. Quand les fabricants nous les livrent, ils ressemblent à de simples instruments. Ce n'est qu'avec les années et une fois que son propriétaire apprend à en jouer, vers huit ans, qu'il se met à vivre et se remplit. Quand j'ai compris que le mien était différent des autres, je me suis empressé de le cacher sous cette teinte rouge vive et miroitante. On m'a souvent accusé de maltraitance envers lui, mais je préfère ça que dévoiler la vérité.

Ma guitare est morte, et ma mélo-âme est une simple mélodie. Non seulement je ne peux devenir musicien-soldat, mais de plus, toutes les petites bricoles de la vie sont un handicap pour moi. Je n'arrive pas à envoyer de mélo-messages, je ne peux pas éclairer mes pas avec des mélo-lueurs. Je ne peux jouer que les hymnes et les mélodies populaires qui ne requièrent aucun pouvoir.

J'ai maintes fois essayé de ranimer Rubby en me servant d'*Harmonie*. En vain. Ma mélo-âme est censée être l'âme de mon instrument. La « pile », comme diraient mes ancêtres du monde d'Avant. Melody m'a donné une mélo-âme banale qui me condamne.

Rubby et moi avons partagé le même berceau, les mêmes précepteurs, la même vie. Mais elle n'a jamais daigné me faire signe malgré mes efforts. Maître Ilan est le seul qui soit au courant de la santé de ma guitare. Il garde le silence pour le moment, mais je crains de voir arriver le jour où il devra rendre des comptes à mon père. Même Kana, qui connaît pourtant tout de moi, ne sait pas que, d'une certaine façon, je vis sans âme.

– Tu ne penses pas avoir assez dormi comme ça, feignasse ?

Je secoue Rubby mais, bien sûr, rien ne se produit. Si on me voyait agiter mon instrument ainsi, on m'enfermerait dans les donjons de Vent à vie.

– Réveille-toi !

Il y a longtemps que j'ai abandonné l'idée de la faire vivre, mais maintenant que mon père veut partir en guerre avec moi sous le bras, je n'ai pas le choix. Je réessaie.

– Si tu ne te réveilles pas, tu vas me foutre dans la mouise, tu entends ? Je vais crever ! Alors secoue-toi un peu, OK ? On va essayer encore une fois.

Presque motivé, je vais me placer devant le seul mur de ma chambre qui est couvert de cibles de toutes tailles, de toutes sortes. Maître Ilan m'a enseigné que si je me concentrais sur Rubby et que je jouais *Harmonie*, je pourrais guider les notes hautes où bon me semblerait. Encore faudrait-il qu'elle y mette du sien !

– On va essayer d'atteindre une cible, OK ?

Je passe Rubby en bandoulière, me place à quelques mètres de la plus grosse cible et inspire profondément. Je sors mon médiator, ferme les yeux, je visualise les notes d'*Harmonie* et commence à jouer avec et sans médiator. J'abandonne au bout de trois tentatives.

– Traîtresse !

Dépité, je balance Rubby sur mon lit et j'attrape une Stratocaster basique en bois de hêtre verni. Avant de la passer en bandoulière, je vais planter le câble dans l'un des nombreux pots de fleurs qui encombrent ma chambre. C'est le meilleur ampli de la maison. Je vois les fleurs de camélia tressauter dans leur pot puis trembler tandis qu'elles envoient de l'énergie à l'instrument que je tiens. Au temps d'Avant, ils utilisaient une technologie que nous n'avons plus pour faire fonctionner certains de leurs instruments de musique et ils n'étaient pas tous musiciens. Nous en savons plus sur la civilisation qui a vu naître nos ancêtres grâce au musée du Monde qui renferme toute leur histoire.

Je vais me placer face à la baie vitrée grande ouverte et là, je me lance dans un medley endiablé, destiné à calmer mes nerfs mais surtout à me rassurer. Je ne sais pas jouer correctement avec Rubby, mais je reste un bon musicien.

Je joue *Dead*, de My Chemical Romance, un groupe datant de l'Ancienne Civilisation dont nous avons retrouvé les partitions et les paroles de chansons lors des Grandes Fouilles. Mon père m'a offert tous les textes et toutes les partitions que nous avons pu retrouver d'eux. Je suis un fan inconditionnel depuis que j'ai lu les paroles de *The Light Behind Your Eyes*.

Je ne me prive pas de chanter. Quand vous n'êtes pas obligé de prier un instrument de revenir à la vie, votre existence est plus simple.

Mes doigts courent seuls sur les cordes, comme habités d'une vie propre. La mélodie est brutale, vivante. Elle caresse mes nerfs, adoucit mon humeur, réveille mon excitation. Et, alors que j'achève ma prestation, les dernières paroles me hantent : « Si la vie n'est qu'une blague, pourquoi suis-je mort ? »

Je ne le dirai jamais à personne, mais je préfère les paroles de chansons à la musique, en général. Certains textes me font pleurer en secret, changent mon humeur, me font réfléchir des heures et me donnent de la force. Je n'écoute pas ma voix quand je chante, je n'écoute que les paroles. J'ai un carnet noirci d'ébauches de chansons, mais je n'ai pas encore trouvé le courage de composer une mélodie pour chacune. Mon but est de créer une chanson pour aller avec *Harmonie*. Peut-être qu'avec un cadeau pareil Rubby voudra bien ouvrir les yeux ?

J'enchaîne avec *Can't Repeat*, d'Offspring, un groupe dont les paroles à moitié effacées ont été remplacées par mes soins, puis je me lance dans *Homecoming*, de Green Day. En général, je joue cette dernière avec Mathis de Tam, mon meilleur ami numéro trois. Sa batterie accompagne à merveille ma guitare.

Tout en jouant, je jette un œil au coffre plein à craquer devant mon lit. Il est rempli de partitions censées être exposées au musée du Monde, mais que mon père m'a offertes. Avec ça, nous avons la preuve que la musique a toujours fait partie du monde. Peut-être que sans elle, il mourrait, comme nous ? Moi qui ne crois pas à la théorie de la fin de leur monde, je me pose souvent des questions sur la place de la musique.

Nos ancêtres ont rassemblé ces reliques qu'ils se sont léguées de génération à génération. Même si, à Hard, nous privilégions les partitions de guitare, mes trésors sont variés : Bob Dylan, Muse, Stromae, Mika, Nightwish, Yiruma, Jang Keun Suk, Rammstein, tant de noms et de langues qui me sont étrangers. Mais tant de langues que je comprends.

Le langage de la musique est universel.

Je joue *Uprising* et *Sweet Child O'Mine* avant de poser ma guitare, interpellé par un bruit d'applaudissements sous mon balcon. Je traverse ma chambre et sors sur la terrasse décorée de plantes, de pots de fleurs, d'un hamac et d'une fontaine. Je vais me pencher par-dessus la rambarde. Ethan est là, huit étages plus bas, une roulée à la bouche, sa guitare passée en bandoulière. Il m'applaudit comme si j'étais une rock star et il n'est pas le seul. Ma Kana se tient à son côté, vêtue d'une de mes vestes en cuir passée sur une somptueuse robe en soie claire. Elle a habillé son étui à violon du même tissu ! Depuis quelque temps, ma fiancée a décidé qu'elle serait styliste pour instruments… « Un métier qui a de l'avenir ! » m'a-t-elle assuré. Je n'en suis pas si sûr, mais je la laisse m'offrir des vêtements pour Rubby de temps en temps, sans rien dire.

– Mon chéri est un musicien hors pair ! crie-t-elle.

Je me sens mal à l'aise. Un musicien hors pair, moi ? J'accepterais le compliment si seulement je savais jouer ma propre mélodie et pas seulement celles des autres.

– Montez ! leur intimé-je.

Mes amis ne se font pas prier. Je range Rubby sous mon lit, descends l'escalier et traverse notre loft jusqu'à la porte d'entrée. Ça me prend bien trois minutes ! Notre chez-nous est gigantesque. Le musicien-architecte qui s'en est occupé s'est appliqué à multiplier les espaces, croyant sans doute qu'une seule cuisine et qu'un seul salon ne suffiraient pas. Aucune cloison ne vient séparer les différentes pièces. Séjours, cuisines, bibliothèques et salles à manger ne font qu'un, sans délimitation. De temps en temps, un escalier en colimaçon menant aux chambres et aux salles de bains se dresse. Les fenêtres, d'immenses baies vitrées, laissent entrer le ciel, la forêt environnante, la vie. J'aime notre maison quand je suis seul à l'intérieur. Même si elle n'a rien de très convivial et chaleureux. Nous n'avons aucun portrait de famille. Aucun souvenir d'enfance. Maman a jeté tous nos jouets, tous nos vêtements de bébé, tous nos livres de contes et tous nos dessins. Elle est du genre à ne « pas s'encombrer du passé ».

– 'lut !

Ethan est le premier à entrer quand j'ouvre la porte. Il sent fort l'ornac, mais puisqu'il me tend une carafe de sève, je lui pardonne. Il a l'air d'aller beaucoup mieux que lorsque je l'ai retrouvé inanimé non loin de sa maison en cendres. L'enquête qui a été diligentée n'a rien révélé et l'affaire a été classée sans suite. Mais bizarrement, Ethan s'en fiche tant qu'il peut vivre dans son ancienne maison en toute discrétion.

Kana entre à son tour, un sourire de trois kilomètres aux lèvres. Notre dispute semble oubliée, j'imagine que l'accident d'Ethan a dû lui faire relativiser les choses.

– Salut, minifemme.

Elle me donne une tape sur l'épaule avant de sortir un panier de derrière son dos. J'avise le contenu : des baies de wöka.

– Prêt à changer de tête ?

– De tête ?

Ethan et elle échangent un sourire et je suis jaloux une demi-seconde de leur complicité. Ces deux-là s'entendent bien et partagent pas mal de délires qui m'échappent. Bon, je suppose que tant qu'ils ne partagent pas le même lit et les mêmes sentiments, ça passe.

– J'ai cueilli trop de baies de wöka aux vergers aujourd'hui, m'annonce ma fiancée. Je suis venue t'en rapporter et j'ai croisé Ethan et son idée de génie : teignons-nous les cheveux !

Je me mords l'intérieur des joues, peu séduit par « l'idée de génie ».

– Allez, ne me dis pas que tu as peur ! me taquine-t-elle.

Peur d'avoir les cheveux bleus ? Sûrement pas ! Peur que mon père découvre que j'ai les cheveux bleus ? Oui, carrément… Il ne comprendrait pas pourquoi j'accepte de les teindre tout en refusant de porter les dreadlocks de Hard. D'un autre côté, sortir des sentiers battus, j'ai toujours aimé ça. Les gens s'autorisent un carré de biscuit comme plaisir, moi une teinture ou un blasphème de temps en temps. Ce sont mes péchés mignons.

– Pourquoi pas, concédé-je. Mais on n'a qu'une heure, mes parents et Logan sont sur le chemin du retour.

Ces trois-là ont décidé d'aller rendre visite à la future belle-famille de Logan. En gendre parfait, cet idiot s'est mis sur son trente et un et s'est entraîné à faire quelques blagues à sortir au moment opportun. J'ai préféré rester ici malgré le regard noir de mon père et les lèvres pincées de ma mère. Je sais qu'ils me sermonneront en rentrant, mais qu'importe. Les sermons ne sont pas mortels, juste chiants à dormir.

– Laisse-moi faire ! s'exclame Kana en sautillant jusqu'à la cuisine la plus proche.

Là, elle sort les ustensiles dont elle a besoin et s'applique à préparer la teinture à base de baies de wöka, des fruits tachants et collants dont le bleu s'accroche à votre langue quand vous en gobez.

– On va se faire démonter, on va être déshérités, chantonne-t-elle.

– Parle pour toi ! rétorque Ethan avant de lâcher un rire creux.

Mon ami ne risque pas d'être déshérité par qui que ce soit. Il est orphelin depuis que sa mère s'est suicidée et que son père l'a suivie dans l'au-delà quelques mois plus tard. Pas par choix. Son instrument était fou amoureux de celui de sa femme et son cœur s'est arrêté de battre quand il a disparu, arrêtant par la même occasion celui du père d'Ethan.

Kana cesse immédiatement de chantonner ; moi-même je garde le silence. Je n'ai jamais été doué pour réconforter ceux dont le cœur est en peine. Ne sachant que faire, je porte la carafe de sève à mes lèvres et j'en bois de longues gorgées.

– Une tuerie, ce truc ! commenté-je après coup.

– Ma sœur Léna pense que si on en boit trop, des branches vont finir par nous pousser, nous lance Kana.

Ethan éclate de rire avant d'aller s'affaler sur le canapé. Son air insouciant ne trompe personne cependant. Je sais qu'il s'éloigne pour cacher qu'il est bouleversé. Malgré les années, le souvenir du corps refroidi de sa mère au beau milieu du salon reste inscrit dans sa mémoire à l'encre indélébile. Avant que je ne consacre tout mon temps à Kana, je dormais souvent chez lui et inversement. Quand il pensait que j'étais bien emprisonné dans mes rêves, il se laissait aller. Ses pleurs m'évoquaient ceux d'un enfant en bas âge sans repères, terrifié par un monde trop grand pour lui. Mais ma maladresse m'a toujours empêché de le prendre dans mes bras et de lui dire que tout irait bien. Ma maladresse, ou ma lâcheté. J'adore Ethan. Je le comprends. Je le soutiens. Mais il ne le sait pas.

– Ta sœur a une imagination débordante. Elle ferait pas ma dissert' d'histoire à ma place ?

Sans lui laisser le temps de répondre, il se penche et attrape une des nombreuses guitares acoustiques qui traînent dans la maison. Coinçant son tabac au coin des lèvres, il commence à jouer un air lent et suave. Ethan adore improviser des mélodies, ce qui explique pourquoi la sienne, *Respire*, est si magnifique. Mon ami détient une cinquantaine de partitions aux notes tantôt mélancoliques, tantôt endiablées. Il entraîne sa mélo-âme afin de devenir musicien-soldat et d'entrer dans l'armée de Hard, mais je pense que c'est un pur gâchis. Je le verrais bien musicien-précepteur. Je pense qu'il excellerait dans l'art de transmettre son art aux plus jeunes. Il a la patience et l'expérience qu'il faut pour ça. Sa mélo-âme est trop belle pour être destinée à tuer.

Pendant qu'il joue, je vais rejoindre Kana, occupée à écraser les baies dans un ramequin, le sourire aux lèvres.

– Qu'est-ce qui te met de si bonne humeur ? lui demandé-je.

Elle coule vers moi un regard cerné de longs cils.

– Léna m'a aidée à terminer ma robe de mariée aujourd'hui, m'apprend-elle fièrement.

Je me raidis. Robe de mariée. Mariage. Des mots qui ont le don de provoquer de minicrises cardiaques en moi, ces derniers temps. En effet, je me suis rendu compte que si je partais pour Orgue, la cérémonie que nous avions prévue devrait être repoussée. Et je ne le lui ai pas dit.

– J'ai hâte que tu la voies ! Mes cheveux bleus iront parfaitement avec ! Et tu sais quoi ? Ceux de mon clan se sont occupés d'une playlist surprise. Il y aura beaucoup de violon, mais bien sûr, les tiens peuvent inviter leurs guitares. Et pour le gâteau…

– Kana ?

– Hmm ?

– Pourquoi attendre ?

– De ?

– Notre mariage. Pourquoi attendre le mois prochain ? On peut s'unir dès ce soir.

Elle me regarde avec des yeux surpris.

– On ne peut pas, Dylan. Tout n'est pas prêt ! J'ai de la famille qui doit faire le voyage depuis les îles Silencieuses.

J'aimerais tellement me marier là, maintenant, tout de suite, et oublier tous ces tracas sans importance. En fait, j'ai même envie de ne pas me marier. Je regrette d'avoir dit

« oui ». Visiblement, même moi je ne sais plus où j'en suis. Ou ce que je veux.

– Pourquoi es-tu si pressé ? Serais-tu enceint ? rit-elle.

Je lui souris mais, intérieurement, je hurle à m'en péter la voix. Je ne trouverai jamais le courage de lui annoncer le report de notre mariage. Et j'ai encore moins les noix d'aller voir mon père pour m'expliquer.

– Je suis pressé parce que j'ai hâte que tu deviennes ma femme.

– Dyl, tu m'en voudras pas si je vomis sur ton superbe tapis à franges, pas vrai ?

Kana et moi avortons notre baiser pour nous tourner vers Ethan qui a cessé de jouer.

– Ce genre de chose, pas devant moi s'il vous plaît ! s'exclame-t-il en pointant notre amour du doigt.

Heureux de changer de sujet, je bondis jusqu'à lui et prends une pose aguicheuse.

– Bah quoi ? lance-t-il. Ah non ! Tu…

Il n'a pas le temps de m'esquiver que je suis déjà en train de lui offrir un baiser langoureux et baveux. Ethan tombe toujours dans le piège, bien que la situation se soit répétée à maintes reprises.

J'essaie d'ignorer qu'il me rend mes baisers chaque fois.

Plantés devant le miroir de ma chambre, nous sommes aussi silencieux que des corps sans vie. Nos reflets nous fixent sans ciller, et nous le leur rendons bien. Nous sentons bon la baie de wöka, et nous en avons plein les cheveux. Ou presque. La teinture a décidé de faire sa loi à la tête du client.

Ethan arbore une chevelure mi-azur mi-noire, et le résultat n'est pas franchement mauvais. Ça lui va même carrément bien ! Le bleu des baies se marie divinement à la couleur de ses yeux. Ethan est un beau gosse. Je lui dis souvent que s'il était né fille, je lui sauterais dessus sans hésiter...

Mon ami a cessé d'adopter les dreadlocks après la mort de son père. Paraît-il qu'il lui ressemblait énormément avec ce genre de coiffure. Même s'il dit que c'est par solidarité pour moi, je le connais trop bien pour y croire.

Kana a un peu trop dosé sa mixture, pour sa part. Pas un seul de ses cheveux clairs n'a survécu. On dirait qu'elle porte une perruque ! Je ne sais pas si j'aime le résultat. Elle non plus, si j'en crois son visage impassible.

Quant à moi, je n'ai pas d'avis sur ma nouvelle tête. Kana a voulu tenter sur moi « l'effet dégradé de bleu » et je ne suis pas sûr que ça ait marché. Mes cheveux mi-longs, ordinairement châtains, ont l'air tachés de peinture.

– Soit on rase tout, soit on assume, dit Ethan en se regardant sous tous les angles. Je suis d'avis d'assumer, personnellement. Je me teindrais bien la barbe aussi, tiens !

– Quelle barbe ? persiflé-je. Les trois poils qui pointent à ton menton ?

Il ne me répond pas, trop occupé à s'envoyer des baisers.

– À quoi tu penses ? me demande Kana.

– Au fait que je vais finir par adopter les dreadlocks, moi aussi.

Elle n'a pas le temps de répondre que du bruit dans l'entrée se fait entendre.

– Ils sont rentrés, croit bon de faire remarquer Ethan.

Il s'élance en sautillant hors de la chambre, visiblement pressé de faire admirer sa nouvelle couleur de cheveux. Le courage m'abandonnant, je commence à fureter partout.

– Qu’est-ce que tu fais ? m’interroge Kana.

– Je cherche une cisaille, aide-moi !

– Dylan…

– Je vais devoir tout couper avant de me faire couper la tête !

Elle est déjà en train de passer la porte, peu intéressée par mes jérémiades. N’ayant d’autre choix que d’assumer, je lui emboîte le pas.

Je suis certain de ne plus jamais voir le soleil se lever.

I'm too awake for this, to be a nightmare…
Sum 41, *Over My Head*

VII

Maman et Logan ont plus ou moins la même expression : yeux et bouches parfaitement arrondis. Mon père, lui, est calme, comme à son habitude. Il ne regarde que moi et mon désastre capillaire. La teinture à la baie de wöka va prendre des mois à s'en aller, et mon géniteur le sait bien. Je crains sa décision. Si je devais finir chauve, je me dessinerais des cheveux au fusain tous les matins, parole de moi !

– Salut p'pa ! lancé-je d'une voix si aiguë que je me demande si je ne suis pas soudain devenue fille.

Je me sens ridicule. Je n'ai pas peur de le défier en m'unissant à une Classique, mais je suis à deux doigts de mouiller mon pantalon à cause d'une teinture !

– Dylan.

C'est tout ce qu'il dit. Mais dans cet unique mot, j'entends plusieurs choses : une menace, de la froideur, beaucoup de lassitude.

– Dylan de Hard ?

Dans une chorégraphie parfaitement exécutée, nous nous tournons tous vers la porte d'entrée, encore grande ouverte. Quatre livreurs en uniformes kaki, tout droit venus de

Clavier, tiennent à bout de bras un cercueil en acajou verni. Un modèle design et hors de prix qui m'a coûté tous mes bijoux, mon plus beau peigne et deux partitions de ma précieuse collection.

– Ça tombe bien ! fanfaronné-je en allant graver mon nom sur la plaquette d'avis de réception.

Les livreurs déposent ma future maison en plein milieu du salon, s'inclinent bien bas devant mes parents médusés et repartent en s'étirant.

– Qu'est-ce que...

Maman fixe le cercueil comme si elle avait du mal à comprendre ce que c'est. Je vois Ethan se mordre les lèvres pour ne pas rire et Kana froncer le nez en regardant ses pieds ; sa façon de ne pas laisser échapper un fou rire. Mon père ouvre la bouche pour parler, mais il est à nouveau interrompu.

– Dylan de Hard ?

Une fois encore, nous avons du monde dans l'entrée. Je ne bouge pas cette fois. Deux gardes de Symphonie pleins de boue – sans doute à cause de leurs destriers –, encadrent un Violin fier et méprisant. Ce dernier s'incline devant mes parents avant de se planter devant moi et de lâcher la phrase de ses rêves :

– Dylan de Hard, vous êtes en état d'arrestation.

Je lève un sourcil, lui brandit des liens à la hauteur de mes yeux.

– Avoir les cheveux bleus n'est pas un crime ! m'exclamé-je.

– Vos cheveux n'ont rien à voir là-dedans. Vous pouvez garder le silence.

– Que se passe-t-il ?

Mon père se réveille enfin. Mes cheveux et le cercueil n'étaient visiblement pas des chocs assez violents pour lui arracher une phrase... Si ce nain de Violin pense qu'il va pouvoir embarquer sans raison un héritier de chef de clan, il se met le doigt où je pense.

– Grand Kellan, des violations de notre code de vie ont été commises et nous avons toutes les raisons de penser que Dylan de Hard est impliqué là-dedans.

– Quelles violations ?

Je croise les bras et attends, comme tout le monde, que Violin s'explique. Il hésite. Si je l'intimide, mon père, lui, le terrifie. Je le vois couler un regard furtif vers Kana avant de s'éclaircir la gorge :

– Il y a deux nuits, un cerf a été sacrifié... égorgé.

– Et alors ? Qu'est-ce que Dylan a à voir avec ça ? s'indigne Kana qui a perdu toute envie de rire.

– Il n'a pas été sacrifié n'importe où. On l'a abattu au sein même du cours de Melody. Et un témoin vous a vu, Dylan.

– Quel témoin ? demande brusquement mon père.

– Je... je ne peux révéler mes sources, Grand Kellan.

– Quel témoin ?

Violin se décompose. Il sait qu'une telle déclaration le met dans une fâcheuse posture. Si ses accusations sont infondées, mon père pourra demander son renvoi de la garde. Voire une peine plus lourde pour diffamation. Finalement, il lâche du bout des lèvres :

– Justin, fils de Collin de Clavier.

Je bondis de surprise :

– Quoi ? Cette espèce d'enflure, il a osé ?

– C'est lui qui est venu nous prévenir.

– Un témoin ne suffit pas, rétorque mon père. Il nous faut des preuves.

Je ne suis pas le seul à avoir perçu le changement de ton. Il fait soudain un froid de décembre. Si je soufflais, je suis sûr que de la buée sortirait de ma bouche.

– Grand Kellan, je suis prêt à jurer que...

– Votre parole n'a aucune valeur à mes yeux. Présentez-moi des faits, sinon je vous invite à disposer.

Le silence s'installe. Violin ne bouge pas. Il me fixe avec toute la haine qu'il a pour moi, et je ne me prive pas d'en faire autant. J'ai toujours pensé que cet homme n'était pas foncièrement mauvais, juste jaloux. Mais aujourd'hui, j'ai décidé de le détester encore plus que Luca de Classique.

– La vérité finira par éclater, lâche-t-il avant de s'incliner et de s'en aller aussi vite qu'un courant d'air.

Ses sbires nous saluent à leur tour avant de lui emboîter le pas.

Je fulmine. Ce connard de Justin va me le payer !

– As-tu une explication ? me questionne calmement mon père une fois que nous sommes seuls.

Ça me met hors de moi : il me soupçonne !

– Pourquoi je ferais un truc pareil ?

– Tu n'as généralement pas besoin de raison valable pour braver l'interdit, rétorque-t-il non sans jeter un regard en biais à Kana.

Il fait allusion à mes escapades avec elle. Dans cinq secondes, j'aurai atteint ma limite. Je vais exploser.

Kana se rapproche de moi et glisse sa main dans la mienne, sans rien dire. Elle me prouve ainsi qu'elle me soutient, quoi qu'il arrive, mais cette fois ça ne me suffit pas. J'ai envie que mon père me croie. J'ai envie que Logan cesse de me fixer comme si j'étais un spécimen étrange. J'ai envie que maman étrécisse ses yeux ridiculement ronds !

– Bien, finit par lâcher mon paternel. Dis à tes amis de s'en aller, j'ai envie d'entendre tes progrès. Va chercher Rubby et rejoins-moi dans la salle de musique. Apporte tes cibles, je n'en ai plus.

Il vient d'énoncer les phrases que je redoute depuis qu'il m'a ordonné de participer au prochain combat. S'il pense que je suis prêt à mourir, ce n'est pas le cas. J'acquiesce néanmoins et accompagne Kana et Ethan vers la sortie.

Après leur avoir dit au revoir, je regagne ma chambre, non sans jeter au passage un coup d'œil à mon cercueil flambant neuf.

On verra combien de temps je vais tenir avant de l'occuper.

C'est effroyablement haut, mais je ne m'accorde pas le temps d'avoir le vertige. Mon père a une patience qui oscille entre trente secondes et une minute et moi, une vessie qui a tendance à lâcher quand je suis stressé.

Calant l'étui de Rubby contre moi, je passe par-dessus la rambarde du balcon et je rejoins l'échelle d'urgence accrochée au mur. On dirait que le musicien-architecte a pensé à moi en la plaçant juste à côté de ma chambre ! Je descends maladroitement le long de la paroi. Je manque de périr d'une crise cardiaque quand ma main glisse sur l'un des barreaux. Je me rattrape de justesse, mais ce n'est pas le cas de ma vessie.

– Et merde !

Mort de honte, je continue ma descente en remerciant le ciel que la nuit soit tombée et que ni Violin ni Luca ne soient là pour me voir ! J'atterris sur le gazon touffu, Rubby par-dessus moi. Ma guitare m'encombre, mais si on venait à me voir sans elle, on se poserait des questions.

Là, je prends le temps de faire le point sur la situation : je suis un homme mort. Mes cheveux bleus, passe encore, mais cette fugue va me coûter la vie ! Certaines fois, je me maudis d'être né musicien. Si seulement j'étais né caillou…

– Dylan ? Dylan !

Je me remets debout comme un ressort. Logan est penché

par-dessus le balcon de sa chambre. Même de là je peux lire la surprise dans ses yeux éclairés par les lampadaires à lucioles qui encerclent la résidence.

– Qu'est-ce que tu fous ?

Son ton hésite entre le choc et l'inquiétude. Il croit que je me suis jeté…

– J'ai essayé de me suicider, mais ce fichu gazon est bien trop moelleux ! avancé-je pour le faire flipper davantage.

– T'es malade ? Remonte immédiatement !

Je passe Rubby en bandoulière, m'étire, et commence à reculer jusqu'aux hauts buissons qui ceignent notre propriété.

– Je vais chez un musicien-guérisseur, je crois que mon cerveau est en train de me couler par les oreilles. Bisous !

Et je m'enfuis sans demander mon reste. Je ne suis pas près de revenir !

Mes pas me portent jusqu'à Melody, où je compte me baigner pour effacer l'odeur d'urine qui me brûle les narines. Notre rivière-mère traverse les cinq clans de Symphonie Sud, mais c'est Hard qui a hérité de la cascade autour de laquelle nous organisons les baptêmes.

Ne voyant pas Violin et ses sbires, j'avance d'un bon pas. Juste avant de piler net. Melody hurle. Il ne s'agit pas de ses habituels chants ou complaintes. Elle est littéralement en train de hurler, et ses cris se répercutent sur les marronniers environnants. Je reste figé de longues secondes, m'attendant à voir quelqu'un rappliquer. Mais personne ne vient. Je ne sais que faire. Comment se porter au secours d'une rivière ? Et qu'est-ce qui lui arrive, d'abord ?

Je n'écoute pas la petite voix dans ma tête qui me dit qu'il vaudrait mieux qu'on ne me voie pas à proximité de la rivière, surtout si elle hurle, et m'approche davantage. Mon regard est immédiatement aimanté par deux mains qui sortent de l'eau, spectacle macabre éclairé par la seule lumière de la lune. Macabre, et très étrange. Les mains ne se débattent pas. Elles ne cherchent aucune aide. Elles sont juste là, dépassant de la surface miroitante de l'eau. Le bruit que fait Melody est insupportable, et pourtant, personne n'arrive. Où est ce bâtard de Violin quand on a besoin de lui ?

– C'est quoi ton problème ? demandé-je en avisant ses flots agités.

On dirait qu'elle bout !

– Oh !

Et ces mains qui sortent de l'eau ! Pendant un instant, je me demande s'il ne s'agit pas juste de branchages qui donnent cette illusion. Mais non. L'une des mains se met à bouger. Elle me pointe du doigt juste avant de me faire un signe d'au revoir. Ça me file la chair de poule. Sentant ma vessie prête à s'abandonner de nouveau, je commence à reculer. La main continue à me faire signe et Melody à geindre. Je m'enfuis comme si la mort était à mes trousses. Je n'ai jamais couru aussi vite de ma vie, si bien que j'ai presque l'impression que des ailes m'ont poussé sur les fesses !

Tout en remontant le sentier reliant Hard à Classique, je me maudis. Si Logan avait été à ma place, il aurait tenté de comprendre le phénomène au lieu de prendre ses jambes à son cou. Moi, je préfère être lâche et faire souffrir mon corps à coups de points de côté plutôt que d'affronter la situation. C'est plus sûr !

Perdu dans mes pensées, je ne remarque pas la silhouette qui se dresse devant moi dans l'obscurité. Je freine au dernier moment mais ça ne suffit pas. Me voilà en train de chuter et d'embarquer une malheureuse victime avec moi.

Staring at the ceiling in the dark, same old empty feeling in your heart…

Passenger, ***Let Her Go***

VIII

J'ai le visage collé contre les parties de Luca. Ce dernier semble trop sonné pour réagir. Je fais mon possible pour me redresser sans vaciller, mais j'ai dû me cogner aussi : ma tête tourne aussi vite qu'une girouette par grand vent.

– Je savais bien que tu en pinçais pour lui !

La voix d'Anaïs n'est pas très éloignée, aussi je suppose qu'elle marchait tranquillement avec Luca avant que je ne me retrouve la tête entre ses jambes.

– Dylan !

Il semblerait que Kana soit là aussi. Elle m'aide à me relever avec sa fougue habituelle et, si j'en crois l'odeur d'ornac et de sève qui emplit soudain mes narines, Ethan est là également. Ainsi, ces deux-là étaient ensemble pendant que je fuyais les mains surgies de Melody.

– Par Melody, tu saignes !

Kana pose sa main contre ma tempe blessée. Sa brutalité est pire que la douleur causée par ma blessure.

– Il saigne ? Pauvre chou ! Et Luca, alors ? Il l'a assommé !

Anaïs est dans tous ses états. Quand je retrouve mes

esprits, je constate que le chemin est bondé. Trop bondé pour une heure aussi tardive. Luca est là, bêtement inanimé à mes pieds. Anaïs s'égosille contre Kana. Ethan observe attentivement la scène. Autour de nous, des badauds issus de différents clans. Le chemin est éclairé par les lampadaires où papillonnent des centaines de lucioles et la foule se presse aux portes de Classique.

– Que se passe-t-il ? demandé-je.

– Il se passe que tu vas morfler !

Anaïs se plante devant moi. Ni une ni deux, elle dégaine son tambour et le cale entre ses jambes. Ses baguettes en suspens, elle me jette un regard plein de haine.

– Alors ? Tu ne sors pas ton instrument ? me défie-t-elle, ses yeux s'attardant sur ma nouvelle couleur de cheveux.

Oh ! que non ! Anaïs a suivi une formation de musicienne-guérisseuse, comme la moitié du clan de Tam, mais son père l'a également formée à la guerre. Quand elle soigne, Anaïs utilise son seul tambour. Quand elle se bat, elle se sert de ses baguettes, celles-là mêmes qu'elle pointe sur moi. Elle est l'exemple parfait de la musicienne consciencieuse et assidue. Ses partitions se comptent par centaines et sa mélo-âme est d'une longueur incroyable. Elle détiendrait même un record, d'après la rumeur. Alors qu'est-ce que Rubby peut bien faire contre ça ?

– Dégaine, Hard Junior !

Je vois le cœur de son tambour battre à une cadence improbable. Je vois la mélo-âme d'Anaïs passer dans ses veines, prête à jaillir et à me pulvériser. Anaïs pense que je suis de taille à l'affronter. Elle s'attend à un duel épineux, un combat long et dangereux. Il n'en sera rien, puisque je compte y échapper. Je n'ai plus qu'à simuler un évanouissement !

– Laisse-le tranquille ! Il n'est pas en état de se battre ! me défend Kana en interposant son tout petit gabarit entre moi et mon adversaire.

– Pas en état ? Parce que tu crois que je suis en état ? s'emporte Anaïs en désignant son ventre arrondi.

– Tu ferais bien de t'occuper de ton chéri, intervient Ethan en désignant Luca. Il a pas l'air super bien.

En effet, Luca gémit comme une truie qui met bas. Apparemment, il souffre. Anaïs écarte précipitamment son instrument et se jette à genoux devant lui, comme plusieurs passants. J'en profite pour déguerpir.

– Tout va bien ? Qu'est-ce que tu fais ici ?

Kana est accrochée à mon bras et me tire pour que je m'arrête.

– C'est toi qui sens la pisse, Dyl ? me lance Ethan qui nous suit de près.

Je ne réponds pas et me presse derrière les gens qui passent les portes de Classique. Nous entrons à peine que le bruit et la musique prennent d'assaut nos oreilles. Ça sent les pommes au miel et la confiture de baies de wöka. Les lampadaires à lucioles éclairent la ville comme en plein jour. Des familles se font tirer le portrait par des peintres, des couples mangent des sucreries main dans la main, un orchestre à cordes entame *Joie, jeunesse et jolies femmes*, une mélodie burlesque de la région.

– Mais que se passe-t-il à la fin ? demandé-je.

– C'est l'élection de Mister Clan aujourd'hui, m'apprend Ethan.

Je cligne des yeux, surpris. Cette cérémonie annuelle m'échappe tous les ans, et pour cause : mon père est contre le concept. Chaque année, les plus beaux hommes de Symphonie s'affrontent dans des épreuves de force et des défilés afin de remporter le titre. Mon père boycotte le concours chaque fois.

– Vous vous y rendiez ? les interrogé-je en lançant un regard suspicieux à mes amis.

– Moi oui, fait Ethan.

– Tu sais bien que moi non, soupire Kana. Je rentrais juste à la maison après que ton père nous a chassés !

Je la crois bien sûr, mais la jalousie me grignote quand même les entrailles. Ma fiancée est bien trop proche de mon meilleur ami à mon goût. Je passe un bras protecteur autour d'elle et la ramène à moi.

– Tu veux une pomme au miel ?

– Je veux surtout soigner cette égratignure, réplique-t-elle en désignant ma tempe.

Je hausse les épaules.

– Même pas mal. Allons nous promener !

– Tu veux assister au concours ? s'étonne Kana. Je pensais que tu n'aimais pas ça.

– Mon père nous interdit d'y assister mais, maintenant que je suis là, autant regarder !

– Va d'abord t'acheter un autre sarouel, mon pote, intervient Ethan. Je sais pas comment tu t'es débrouillé mais tu empestes !

Je fais la grimace.

– Et si tu allais m'en chercher un, toi ? Je te paierai un cageot de pommes sucrées !

– Peux pas. J'ai un rendez-vous !

Sans rien ajouter, il s'éloigne d'un pas décidé et s'enfonce dans la foule.

– Nous voilà seuls, dis-je avec un sourire.

Kana me le rend. Elle glisse sa main dans la mienne et nous avançons tranquillement parmi les stands. Malgré mon air guilleret, l'image des mains me faisant signe depuis la rivière me hante. Rien que d'y penser, mon cœur m'envoie des décharges d'angoisse. La logique voudrait que je prévienne Violin et mon père, mais ces deux-là sont sur la liste des personnes que j'ai le moins envie de voir.

– Dis, je peux dormir chez toi cette nuit ? demandé-je.
– Bien sûr.
– Et demain ?
– Oui, quand tu veux.
– Et toute l'année ?
Elle glousse.
– Tu essaies d'échapper à ton père, pas vrai ?
Je hoche la tête.
– Tu n'es peut-être pas au courant, mais Classique est jumelée à Hard. Ton père n'aura pas besoin de chercher bien loin pour te retrouver.
Je ne l'écoute plus. Je viens d'apercevoir la tignasse rousse de Justin. Ce dernier, mains dans les poches, jette des regards furtifs autour de lui. On dirait qu'il essaie de passer inaperçu.
– Cet enfoiré…
Son mensonge me reste en travers de la gorge et j'ai soudain des envies de meurtre.
– Dylan !
Kana me retient par le bras avant que je ne me jette sur lui. Elle a suivi mon regard et tente de me raisonner.
– Ça suffit, laisse-le.
– Que je le laisse ? Il est allé mentir sur…
– Je le sais. Mais ne t'abaisse pas à son niveau, tu es fils de chef !
– Je me fiche éperdument d'être fils de chef !
Justin s'est arrêté au beau milieu du passage. Il m'a repéré et me regarde sans ciller. Avec son accordéon sur le dos et ses vêtements crasseux, il dénote dans la foule joyeuse qui a revêtu ses habits de fête.
– Je vais juste lui casser le nez ? négocié-je.
– Tu restes là !
– Lui parler ?
– Non, Dylan !

Par respect pour Kana, je laisse tomber pour cette nuit. Mais je compte revenir à l'attaque.

Justin ne me quitte pas des yeux, et moi non plus. C'est seulement lorsqu'un couple passe devant nous et disparaît que je le perds de vue.

Nous nous trouvons un banc à la lisière d'un verger, un peu à l'écart. Classique est réputé pour ses exploitations maraîchères, qui alimentent une grande partie de Symphonie. Devant nous s'étalent la foule et le podium où vont s'affronter les prétendants au titre de Mister Clan. Derrière nous, des plants de légumes, des chemins de terre et les premières habitations des citoyens de Classique. Ils vivent dans de confortables chalets longeant des routes bordées de plants. Chaque fois que je viens à Classique, je respire librement. J'aime ce territoire sans artifices qui nous nourrit.

– Qu'est-ce que tu as fait à tes cheveux ?

Léna, sortie de nulle part, va s'asseoir à côté de sa jumelle, m'ignorant complètement. Pendant qu'elles discutent, je cherche Justin des yeux. J'ai envie d'aller lui casser la figure sans que Kana me voie.

– … Il a une mauvaise influence sur toi, je te l'ai dit !

Je n'ai pas le temps de répondre à la remarque de Léna. La foule se met à applaudir. Sous l'éclat des nombreux lampadaires, le chef Toma de Classique monte sur scène, suivi de près par Mika et Luca, ses héritiers. Ce dernier est si pâle que je ne fais pas la différence entre sa peau et ses cheveux. Seule ombre au tableau, un bleu bien apparent sur son front. À voir la façon dont il se tient, son entrejambe le fait souffrir. Je ne l'ai pas loupé…

– Musiciens et musiciennes de Symphonie, soyez les bienvenus à la vingt-cinquième édition de Mister Clan, notre concours annuel récompensant le plus bel homme de Symphonie !

Toma de Classique parle haut et fort. Il est vêtu d'un somptueux ensemble en satin et coiffé d'un foulard bleu de mer roulé en turban qui fait ressortir ses yeux azur. Lui aussi a l'air d'une poupée ! Comme ceux de son clan, il arbore une chevelure claire très raide qui tombe en cascade sur ses épaules étroites. Toma de Classique n'est pas très musclé, mais il est le chef de clan le plus agile de Symphonie : il n'a jamais été blessé au combat. Ses deux fils qui l'encadrent le dépassent de plusieurs têtes mais, comme tout chef de clan, le chef Toma dégage une aura de puissance qui nous ôte l'envie de le détailler trop longtemps.

C'est un chef respecté grâce à sa mélo-âme : *Sonate de printemps*. Amplifiée par son violon nommé Bach, elle a la capacité d'accélérer la croissance de la flore. Elle peut même contrôler les insectes et les volatiles, pour les chasser d'un champ… ou les enjoindre à dévorer un ennemi vivant.

Devant la scène, installés dans de grands fauteuils face à la foule, les autres chefs de clans. Collin de Clavier ne cesse de saluer l'assemblée. Il s'est toujours enorgueilli d'être à la tête du clan le plus important de Symphonie. Tous les musiciens-ébénistes, musiciens-luthiers et musiciens-verriers se trouvent à Clavier. C'est là-bas que sont construits les instruments des nouveau-nés. La responsabilité qui leur incombe est immense ! L'instrument qu'ils fabriquent est destiné à accompagner une vie, à devenir le corps qui fera vivre la mélo-âme. Sa confection est donc minutieuse mais doit également être rapide : l'instrument doit être livré et fonctionnel deux jours après le baptême du bébé. Même si ce dernier ne peut pas encore s'en servir, son instrument devient une partie de lui qui grandit à son côté et se nourrit de son amour, mais également de celui des parents, qui l'utilisent pour jouer à leur enfant les premières notes de sa mélo-âme. Le musicien-luthier a le rôle d'une seconde sage-femme.

Juste à côté, Joris de Tam s'applique à ignorer Phinéas de Vent. Tous deux sont en froid depuis des années. En effet, le dirigeant de Tam refuse de troquer à Vent une plante hallucinogène « pour faire la fête ». L'ornac dont raffole mon père pousse à même la roche au cœur de ce clan tout en reliefs rugueux, tout comme une grande partie des plantes médicinales qui nous sont indispensables. Nous importons en priorité des feuilles d'oguïs qui, en infusion, guérissent les maux de ventre et de tête, ainsi que la sébat qui est une plante contraceptive assez surprenante. Kana m'assure qu'elle pourrait s'en nourrir exclusivement tant « c'est un délice sans nom », mais je ne pourrai jamais le confirmer. Tous les garçons qui se sont risqués à en prendre sont morts. La sébat ne dissimule pas son féminisme.

Le siège de mon père est là également, mais il ne l'occupera pas.

Si les chefs Collin et Joris portent des tenues semblables à ceux des habitants de leurs clans respectifs, Phinéas, lui, se démarque, comme à son habitude. Une haute couronne de joyaux est posée sur sa tête. De longues boucles brunes, ornées de fils d'or par endroits, en jaillissent jusqu'à ses hanches. Il porte d'énormes anneaux aux oreilles et, même s'il ne m'apparaît que de profil, je devine qu'il a chargé tout son corps de bijoux. Avec son énorme commerce de textile, de sel et de poissons, Vent est le clan le plus riche de Symphonie. Je suppose que Phinéas peut effectivement s'en vanter.

– Accueillons sans plus tarder nos quinze prétendants de cette année, trois de chaque clan !

Sous un tonnerre d'applaudissement, les jeunes hommes montent chacun leur tour sur le podium et saluent la foule. Ils sont tous vêtus d'un simple pagne blanc qui laisse peu de place à l'imagination. Je manque recracher mon cœur de surprise quand je vois la tête du premier garçon.

Pourquoi je saigne et pas toi ?
Jean-Jacques Goldman, ***Pas toi***

IX

Ethan se dandine sans complexe et exhibe le numéro 1 tracé au fusain sur son torse imberbe. Il se démarque complètement des autres par ses cheveux bicolores. J'en profite pour comparer la musculature de son corps avec la mienne avant d'esquisser un sourire. Tout va bien, je suis toujours le mieux bâti des deux !

– Tu le savais ? interrogé-je Kana, complètement abasourdi.

– Non, rit-elle. Mais il est à sa place, tu ne trouves pas ?

Je me rembrunis. Bien sûr qu'il est à sa place ; un mec aussi séduisant que lui est à sa place n'importe où !

– Pourquoi il ne me l'a pas dit ?

– Il avait sûrement ses raisons.

– Tes fréquentations ne s'améliorent pas, Kana, soupire Léna en secouant la tête.

Elle se lève et tend le bras à sa sœur.

– Viens avec moi, ils ont un stand de parfums aux extraits naturels, je veux aller voir. Ce sera mieux que de rester ici.

– Mais…

Kana hésite. Sa sœur fait tout pour l'éloigner de moi, c'est aussi clair que du cristal. Je suis le grain de poussière qui gêne sa vue en permanence.

– Vas-y, je vais regarder ce cher Ethan faire son numéro, lui dis-je.

– Tu es sûr ?

– Oui, Vas-y. Je t'attends là.

Elle se penche pour me donner un baiser.

– Je ferai vite !

Je la regarde s'éloigner bras dessus, bras dessous avec sa jumelle. Ses cheveux bleus ondulent sous la brise tiède du soir. Son sourire est serein. Elle se sent aimée et comblée. C'est aussi le sentiment que j'ai, mais tout risque de s'arrêter si elle apprend que notre mariage doit être annulé car je pars en guerre me faire zigouiller.

Tout en soupirant, je regarde Ethan ouvrir les festivités avec l'épreuve de « lutte d'élégance », un numéro qui consiste à mettre à terre son adversaire sans finir à poil…

Ethan remporte les trois manches imposées haut la main, et encore habillé. La foule l'acclame, surtout les filles. De là où je suis, je peux les voir lui envoyer des baisers, comme s'il était une espèce de Kurt Cobain de notre ère. Je suis jaloux. Mais je ne sais pas si je le suis d'Ethan qui a du succès, ou des filles qui attirent l'attention d'Ethan.

Les autres prétendants se succèdent et font aussi bien que mon ami mais, malheureusement pour eux, sa belle gueule leur fait défaut. Les organisateurs font passer des urnes destinées à récolter les premiers votes du public. Je suis convaincu qu'Ethan est en tête. Pendant qu'il va se préparer pour l'épreuve suivante, je me surprends à penser que je l'admire. Il y a tant d'orphelins dans le monde que j'ai tendance à l'oublier, mais d'être privé de ses parents, c'est comme être amputé d'une partie de son cœur. La moitié tranquille, sereine et insouciante dont les géniteurs prennent habituellement soin s'est évaporée pour ne laisser que la part de chagrin, de stress et d'anxiété. Comment voit-on le monde quand on est seul ? Avec qui rit-on le soir ? Contre qui pestons-nous ? Ethan se sent-il oublié quelquefois ? J'ai soudain le cœur serré. Le voir sur cette estrade à parader, comme pour dire « j'existe, ne m'oubliez pas », le voir dissimuler sa peine chaque jour puis rentrer chez lui sans rien demander, ça me donne brusquement envie de pleurer. En tant que meilleur ami, je suis censé lui rendre visite et l'épauler. Mais tout mon temps, je l'offre à Kana. Ethan et moi avons pourtant grandi ensemble. Sa mère était une amie proche de la mienne. Son père, un merveilleux professeur de musique. Ethan et moi étions comme un devoir et son corrigé. Nous ne sommes plus que deux pages d'un livre différent.

Les applaudissements me détournent de mes pensées. Ethan est à nouveau sur scène, sa guitare à la main. Il a troqué son pagne contre notre sarouel en cuir traditionnel. L'épreuve d'improvisation débute et, avant même que mon ami ne commence, je sais qu'il va la remporter aussi. Contrairement à beaucoup de musiciens qui sont intimidants et fiers de l'être, Ethan, lui, est pudique dans sa façon de jouer. Il aime la discrétion et la sobriété. Chacune de ses notes est sincère. Quand j'écoute sa mélo-âme *Respire*, tous mes soucis me paraissent insignifiants.

– Bonne chance pour cette épreuve d'improvisation musicale, Ethan de Hard. Je vous invite à présenter votre instrument puis à commencer. Vous avez trois minutes pour nous surprendre, annonce le chef Toma.

Il va se rasseoir sous une salve d'applaudissements, laissant la parole à Ethan.

– Ma fidèle compagne se nommait Perle, mais je l'ai

rebaptisée il y a cinq ans de cela, nous apprend mon ami en brandissant son instrument.

Sa guitare a le manche gravé de motifs. La caisse est fumée, mais les organes de l'instrument sont bien visibles.

– Elle s'appelle désormais Anges, en hommage à mes parents.

La foule bruisse soudain de chuchotements attendris, peinés ou insensibles. Moi, je le savais. Le jour où il a décidé de rebaptiser Perle, il est venu me demander mon avis. Il m'a supplié de l'aider à lui trouver un patronyme qui rendrait hommage à ses parents. C'était important pour lui. Je l'ai envoyé balader comme on envoie valser une fourmi sur un vêtement. J'étais trop occupé à organiser une soirée romantique pour Kana.

– Anges et moi allons donc tenter de ravir vos oreilles et vos cœurs !

Ethan s'installe sur le tabouret prévu pour lui. Son sourire disparaît et la concentration durcit ses traits. Il place Anges comme il faut et pose ses doigts sur ses cordes délicates. Anges est comme Rubby, magnifique. À la différence que lui n'a pas besoin de la peindre. L'intérieur d'Anges est bien visible : un cœur palpitant, des veines fonctionnelles, un système nerveux normal. Quand il se mettra à jouer, on pourra voir les notes de musique danser autour du cœur, puiser leur énergie dans les poumons puis remonter jusqu'aux cordes via les veines. Un spectacle fascinant dont je suis privé avec Rubby

Ethan commence par des notes légères, espacées, telles des gouttes d'eau clapotant sur une feuille d'arbre. Il ne quitte pas Anges des yeux. Plus la mélodie se déroule, plus le cœur de son instrument palpite. Ethan en vient à se lever, porté par des notes plus hautes, plus rapprochées. Des notes qui véhiculent une émotion, le courage. Telle est la devise de mon ami : tomber mais toujours se relever. Même amputé.

Bientôt, son solo se noie sous les applaudissements du public. Ethan s'incline avant d'embrasser Anges et de lui murmurer quelque chose. Il disparaît au profit du deuxième prétendant ; un garçon de Classique taillé en V et sa harpe qui paraît minuscule entre des mains aussi larges. La mélodie qu'il joue manque de m'endormir, tant elle me détend, mais heureusement, un autre gaillard, de Tam celui-là, me réveille avec ses timbales. Quand l'épreuve se termine, l'urne circule à nouveau. Je me lève pour aller voter.

C'est là que je l'entends. Un son traverse la foule et le brouhaha. Je n'ai jamais eu l'ouïe très fine, mais cette fois-ci, je pourrais mettre ma main à couper qu'il s'agissait d'un cri. Mon cœur s'emballe alors que je regarde autour de moi. Je le sens qui brûle dans ma poitrine, mais personne ne semble avoir remarqué quoi que ce soit.

Je m'enfuis en direction du verger le plus proche. Suis-je le seul à entendre ? Les cris ne cessent pas. Personne ne les remarque. Suis-je en train de devenir complètement dingue ?

– Pressé, Dylan ? J'espère que ton père ne sait pas que tu es…

Je ne m'arrête pas devant Coral qui a la bouche pleine. Elle ne va pas se priver d'aller rapporter ma présence ici à mon père, mais pour le moment je m'en fiche éperdument.

Je remonte le chemin en terre battue, désert et sombre. Les lucioles ont déserté les lampadaires.

Les cris se font de plus en plus pressants. Ils se rapprochent. Les battements de mon cœur accélèrent, comme mes jambes. Je sais au fond de moi que quelqu'un est en danger. Une fille. Et à en juger par ses hurlements, elle souffre le martyre. Peut-être une femme égarée qui donne naissance ? Kana m'a raconté que l'effort dans les vergers déclenchait souvent des accouchements prématurés.

– Où es-tu ?

Le vide se fait une joie de me répondre. Je me sens hagard, hébété par le boum-boum de mon cœur qui bat trop vite dans ma poitrine, et par le silence qui hurle dans mes oreilles que j'arrive trop tard. Je quitte le sentier pour m'enfoncer parmi des plants de légumes. Je fais mon possible pour ne pas piétiner le travail de ma Kana et de ses consœurs.

– Il y a quelqu'un ?

Je me fige à nouveau. Cette fois, je sais où aller. Un nouveau cri s'est répercuté contre quelque chose. À Classique, il n'y a qu'un endroit propice aux échos.

Je traverse un potager de citrouilles aussi vite que possible. Je cours à en perdre haleine, jusqu'à arriver aux carrières.

– Où es-tu… ?

Je n'ai plus besoin d'être en alerte. J'ai trouvé ce que je cherchais, et j'aurais préféré ne jamais le découvrir, finalement.

Malgré l'obscurité ambiante, l'horreur me donne des haut-le-cœur douloureux, et j'ai l'impression que je vais vomir. Justin est à califourchon sur une jeune femme blessée à la tête. Ses vêtements en lambeaux pendent de part et d'autre de son corps. Elle a les yeux mi-clos et des larmes maculent son visage blême. À son côté, une clarinette fissurée dont le cœur bat faiblement.

Justin se redresse lentement, le visage aussi neutre qu'une pierre.

– Qu'est-ce que tu as fait… ? soufflé-je.

Justin ne répond pas, mais le tableau est clair. Avant même de mettre la pauvre fille en sécurité, je me jette sur lui et lui colle une droite phénoménale. La douleur éclate dans mon poing, dans mon cœur, mais je suis prêt à recommencer. Le choc envoie valser Justin et deux de ses dents volent dans les airs.

– Espèce de salaud ! Qu'est-ce que tu as fait ?

Il crache du sang avant de se redresser péniblement. Il dit quelque chose que je ne comprends pas. Je lui donne un coup de pied dans l'estomac qui le renvoie à terre. Son accordéon est adossé à une roche, et le désir de l'éclater s'empare de moi. Je me retiens de justesse. Cet acte ferait de moi un criminel, comme lui.

Justin reprend la parole et, cette fois, je le comprends :

– J'ai fait… ce que tu m'as… conseillé…, halète-t-il, incapable de se relever.

– Qu'est-ce que tu racontes, enfoiré ?

– J'ai… je…

Justin tremble ou convulse, je n'en sais rien. Il crache à nouveau du sang. Je me demande si je lui ai explosé un organe. Pour le coup, ce serait tout ce qu'il mérite.

Je reporte mon attention sur la victime qui est devenue aussi blanche qu'un carré de neige. Si blanche que, dans la nuit noire, son visage semble irradier. Sa clarinette elle, s'opacifie, ce qui est de très mauvais augure. Je vois sa maîtresse faire un effort surhumain pour l'attraper. Elle est mourante.

– Oh non…

Je vais me jeter à son côté et lui tends sa clarinette. Je pourrais lui prodiguer les premiers soins, si seulement j'avais une âme musicale ! Je pourrais jouer *Gai rire* et ainsi établir clairement d'où vient son mal. La mélodie illuminerait les zones gravement touchées. Ça m'aiderait. Mais même si je jouais cette mélodie basique qu'on apprend à l'âge de dix ans, rien ne se passerait. Mon handicap me pourrit la vie et gâche celle des autres ! Toute la rage que j'ai pour Justin, je la retourne contre moi. Tout à coup, j'ai envie de briser Rubby en deux. Ça me tuerait. Ou plus exactement, comme ça ne me tuerait pas, on me tuerait. Symphonie n'est pas tendre avec les gens différents.

– Lilly…

La jeune fille serre son instrument contre elle.

– Ne… me… laisse… pas…

Leur agonie mutuelle me fend le cœur, même si je ne la comprends pas. Je n'ai jamais rien ressenti de tel avec Rubby.

La victime ferme soudain les yeux et ses bras se relâchent. Lilly roule sur le sol.

– Par les Cinq !

À court d'idées, je me penche sur la malheureuse et lui fais un bouche-à-bouche. Je pose une main sur sa poitrine : son cœur bat encore faiblement. J'essaie de toutes mes forces de la ranimer, mais elle ne revient pas à elle.

– Qu'est-ce que vous faites ?

Des bras me tirent en arrière et je manque basculer. Les sbires de Violin me tiennent fermement. Derrière eux, des badauds par dizaine. Il était temps qu'ils arrivent !

– Retirez vos sales pattes de moi et allez chercher un musicien-guérisseur ! Cette fille…

– Qu'étiez-vous en train de faire ?

– J'essayais de la sauver, espèces de sourds ! Vous ne l'avez pas entendue appeler à l'aide ?

Je me dégage de l'emprise des gardes et fouille l'assemblée des yeux.

– Y a-t-il un musicien-guérisseur ici ?

Une femme s'extrait de la foule prestement, suivie de près par Nine, son apprentie. Elle porte au bras son panier de premiers secours.

– Que s'est-il passé ? s'enquiert la senior en allant s'agenouiller près de la jeune femme sans attendre de réponse.

Ni une ni deux, elle retire le châle qu'elle porte et en drape la malheureuse. Elle examine la maîtresse et son instrument. Nine observe attentivement l'examen.

– Un viol.

Je sursaute. Violin comprend, comme moi, la gravité de la situation. Ses yeux couleur scarabée se plantent dans les miens et ses sourcils se froncent au point de ne faire qu'un.

– Que s'est-il passé ? m'interroge-t-il d'un ton grave que je ne lui ai jamais connu.

Derrière lui, les gardes tentent d'éloigner les curieux. Dans la marée humaine, je repère Kana et Léna. Les mains plaquées contre sa bouche, ma compagne ne peut détacher son regard de la victime. Quant au regard de Léna, il est fixé sur moi.

J'ai envie d'aller rassurer Kana, mais Violin ne compte pas me laisser tranquille.

– Je l'ai entendue crier et j'ai accouru. Justin était en train de la… de…

Je n'arrive même pas à le dire. Je ne peux que montrer le criminel du doigt. Ce dernier cache son visage dans ses bras. Recroquevillé en position fœtale, il donne l'impression de vouloir disparaître. J'ai envie d'exaucer son souhait.

– Salaud…

C'est la première fois que j'entends Violin insulter quelqu'un aussi grossièrement. Même avec moi, il n'a jamais été aussi loin.

Il fait un geste et deux gardes vont saisir Justin. Son visage est tuméfié, ensanglanté. Il peine à tenir sur ses jambes et regarde le sol.

– C'est vous qui lui avez fait ça ? me demande Violin en désignant Justin.

– Oui. Et j'aurais fait plus si cette jeune femme n'était pas en train d'agoniser.

Il ne me le reproche pas. Il ne m'arrête pas. Violin serait-il brusquement devenu compréhensif ?

– Lui avez-vous prodigué les premiers soins ? me demande-t-il encore.

Son regard dévie sur Rubby à quelques mètres de là, toujours dans son étui. Ma réponse est donc inutile. La honte revient. La colère aussi.

– Je n'y ai pas pensé. J'étais trop occupé à m'occuper de Justin.

Violin hoche encore la tête. À nouveau, il ne me reproche rien.

– Tenez-le bien. Que quelqu'un aille chercher les chefs de clan présents à l'élection. Et éloignez la foule ! ordonne-t-il.

Ses hommes obéissent tandis qu'un adolescent s'élance chercher les Cinq.

– Si c'est bien toi, tu vas regretter d'être né, mon garçon, fils de chef ou pas, crache Violin à l'adresse de Justin.

Un gémissement de la victime nous fait faire volte-face.

– Elle revient à elle ! s'exclame la musicienne-guérisseuse qui tient une plante sous le nez de la jeune femme.

Violin bondit vers elle et je l'imite. Les yeux de la malheureuse papillonnent avant de s'ouvrir complètement. D'une voix faible, elle réclame son instrument.

– Il ne faut pas bouger mon enfant, détendez-vous, lui intime la guérisseuse.

Elle n'écoute plus. Les sanglots qui obstruent sa gorge éclatent soudain et elle s'effondre en pleurs.

– Mademoiselle, nous allons vous rendre justice, lui promet Violin. Je vous promets que le coupable sera très sévèrement puni.

Elle cesse de pleurer pour implorer Violin du regard. Elle a l'air perdue et terrorisée. Pendant un instant, j'imagine ma mère ou Kana à sa place.

– Respirez, mon enfant.

La guérisseuse maintient sa tête et lui donne une autre herbe à inhaler. Nine, elle, se contente de fixer la clarinette fendue. L'apprentie est tétanisée.

– Je vais vous emmener dans mon cabinet pour un examen plus approfondi, ne vous en faites pas.

Des bruits de pas précipités se font entendre ; les chefs Toma de Classique, Phinéas de Vent, Joris de Tam, Collin de Clavier et Kellan de Hard surgissent, qui la coiffe de travers, qui les dreadlocks dans tous les sens. Mon père devait se trouver dans les parages, puisqu'il est présent lui aussi. Je croise son regard. Il a perdu son calme habituel. Ses yeux rebondissent de la victime à Justin, à Violin, puis à moi. Il me fixe un long instant, comme s'il se demandait qui je suis. Il se doutait que je me trouvais à Classique, mais il m'imaginait dans la famille de Kana, pas ici, au beau milieu d'une scène de crime.

– Grands chefs, s'incline Violin. Nous avons là une affaire très grave. Cette jeune demoiselle vient de subir un acte barbare et il semblerait que Justin de Clavier soit le responsable. Il vous appartient de...

– Mon fils ?

Le chef Collin bondit devant Violin, la barbe frémissante. Il n'a légué à Justin que sa rousseur. Autrement, c'est un homme gras et barbu qui s'entête à porter des tuniques moulantes malgré sa bedaine.

– Qu'insinuez-vous ? Un fils de chef ne ferait jamais une chose pareille !

Il ne regarde même pas Justin. Tout ce qui lui importe, c'est de défendre son nom et son honneur.

– Nous allons vérifier cela par des examens médicaux, bien évidemment. Mais pour le moment, la situation est ainsi. Dylan de Hard est témoin.

J'acquiesce sans hésiter avant de relater ce que j'ai vu.

– Mensonge !

J'esquive de justesse un des postillons de Collin. Ni une ni deux, il sort son synthétiseur de son étui. Il ne l'utilise pas, mais ce simple geste est clair : il me menace.

– Mon fils n'est pas un menteur, intervient mon père.

Malgré sa surprise évidente, il me défend. C'est la deuxième fois aujourd'hui qu'il m'éloigne du déshonneur. Peut-être devrais-je penser à être un fils plus exemplaire…

– Et mon fils n'est pas un violeur !

– Nous pouvons vérifier ça avec ma mélo-âme, si vous permettez, intervient Phinéas. Rien de tel qu'un peu de torture pour faire parler.

Le chef Phinéas possède Fiesta, une mélo-âme qui correspond parfaitement à sa personnalité. Elle lui permet de contrôler les membres du corps de façon à les contraindre à exécuter des pas de danse ou d'autres acrobaties humiliantes.

– Messieurs, s'il vous plaît, intervient Violin avant que mon père ou Joris ne puissent répondre. Nous avons une blessée, ici.

Comme pour lui donner raison, la victime gémit. Violin s'agenouille près d'elle.

– Mademoiselle, nous allons vous prodiguer tous les soins nécessaires, mais avant cela, j'ai besoin de votre confirmation. Pouvez-vous affirmer que ce jeune homme est le coupable ? demande-t-il en désignant Justin.

Ce dernier est si mal en point que je me demande s'il va passer la nuit.

Tous les regards sont pendus aux lèvres de la victime.

– Un petit effort mademoiselle, je vous en prie. Vous avez vu son visage ? insiste Violin.

Elle acquiesce.

– Est-ce lui ?

Violin pointe toujours Justin du doigt. Les secondes s'écoulent dans un silence pesant avant que la jeune femme ne se décide à parler :

– Non.

Je sursaute, tout comme Justin. Il paraît aussi surpris que moi.

– Non ? Vous en êtes sûre ?

Elle acquiesce avant de tendre l'index dans ma direction.

– C'est lui.

I wanna live but your words can murder…
Alex Hepburn, ***Under***

X

Kana referme doucement la porte derrière elle. Elle a essayé de me réveiller dix fois, mais j'ai fait semblant de dormir. Elle part travailler et je reste là, les yeux clos et cernés, les pensées emmêlées, le moral en chute libre. Je ne vais pas bouger de la journée.

Dix jours se sont écoulés depuis qu'on m'a déclaré suspect numéro deux suite au viol de la « jeune fille du verger ». J'ai appris qu'elle se nommait Loïs de Tam, mais les bavards de Symphonie lui ont attribué ce surnom par souci de sensationnalisme.

Justin est en quarantaine dans les donjons de Vent, depuis le crime. Il se fait soigner et interroger tous les deux jours. Des tests ADN, prodigués par un musicien-expert compétent, ont prouvé qu'il avait bien touché Loïs. J'ai dû m'y soumettre aussi, mais les résultats m'ont innocenté. On me soupçonne malgré tout de complicité. Lors de mon interrogatoire, Coral a dû avouer qu'elle m'avait vu courir prestement en direction des vergers, mais elle n'a pu confirmer ou démentir mon implication dans l'affaire. Ma position est gênante. À part moi, personne ne semble avoir entendu les appels à l'aide de Loïs, ce soir-là. Le fait que je me sois élancé ainsi sans raison à leurs yeux est troublant.

Cela dit, on me fiche à peu près la paix. Après avoir déclaré que j'étais le coupable, Loïs a démenti avant de redonner mon nom aux autorités, puis de se rétracter à nouveau. Violin et les cinq chefs ont déclaré que le choc l'empêchait de se souvenir clairement des faits et qu'il faudrait attendre son rétablissement complet avant de tirer des conclusions. En attendant, je suis en liberté, mais ma vie est devenue une prison sans barreaux. Je ne peux pas sortir sans qu'on me pointe du doigt ou qu'on chuchote sur mon passage. Et les rares qui me soutiennent ne font pas franchement preuve de discrétion, il paraît même qu'ils se sont teint les cheveux en bleu ! Même si des gens sont de mon côté, ça ne me ravit absolument pas. Je n'ai pas besoin d'être soutenu. J'ai simplement besoin d'être cru.

Cette affaire prend des proportions énormes qui entachent même la paix entre les clans. Mon père et le chef Collin sont dans une mauvaise posture. Tam, dont est issue Loïs, a mis un embargo sur tous les échanges commerciaux. C'est un manque à gagner pécuniaire pour Hard, mais cela implique surtout que nous ne serons plus approvisionnés en médicaments. La culpabilité que je ressens est la pire des douleurs.

Le temps s'écoule si lentement que je soupçonne le Soleil de s'être endormi avant d'avoir pu terminer sa course à l'ouest. Quand Kana rentre enfin, il me semble que toute une époque s'est écoulée.

La joue contre l'oreiller, je la regarde poser le panier de légumes qu'elle a au bras ainsi que son violon. Ce dernier porte le même tablier qu'elle et ça arrive à me faire sourire un court instant. Kana semble tenir à son projet de stylisme pour instruments.

Elle défait son propre tablier, puis ses cheveux. Son visage est luisant de sueur. Je lui ai dit mille fois de quitter ses fonctions dans les vergers, que j'étais assez riche pour qu'elle n'ait besoin de rien. Mais ma fiancée a ses principes. Pour elle, être du berceau de Classique signifie œuvrer pour Classique, qu'importe son mariage avec un héritier aisé. En échange de son labeur, elle reçoit un panier de fruits et de légumes à ramener chez elle tous les soirs. Une maigre récompense pour des heures courbée sous le soleil les jours où elle n'a pas cours.

J'ai honte de rester toute la journée à déprimer pendant qu'elle trime. Mais je n'arrive pas à sortir de cette chambre. Je suis englué au lit, lesté du poids de mes pensées.

De l'autre côté de la couche, Kana me regarde, les sourcils froncés.

– Tu n'as rien mangé de la journée, pas vrai ? Tu es tout pâle ! Tu veux mourir de faim ?

Quand elle pose ses mains sur ses hanches comme ça, elle me rappelle ma mère. Avant que ma génitrice ne m'oublie pour se consacrer à Logan, elle prenait souvent cette pose pour me houspiller.

– Pas faim.

– Pas faim, pas soif, pas en forme, énumère-t-elle avant d'aller fouiller sur ses étagères.

Elle en sort un tissu de bain et une robe propre.

– Je vais me laver et, ensuite, je te préparerai un festin d'ogre. On verra si tu résisteras !

Je n'ai pas le temps de dire non qu'elle s'en va vers le

ruisseau le plus proche, près des carrières où Justin a commis l'irréparable. Les femmes de Classique se lavent là-bas entre vingt heures et vingt-deux heures. Après, c'est au tour des hommes. Un garde chargé des roulements est posté à mi-chemin pour faire le guet tous les soirs.

– Kana, attends !

Je bondis du lit et la rejoins devant la porte d'entrée.

Ne va pas là-bas, c'est dangereux. Si je t'escortais, tu…

Elle sourit.

– Léna et les filles m'attendent. Je vais revenir très vite. Et si quelqu'un ose m'approcher, je l'envoie dans la tombe.

Elle en est capable, bien sûr. Ça me rassure à moitié. Kana sait se défendre. Elle sait même attaquer.

– Fais attention quand même.

Je suis ridicule. Le coin est sûr. Il n'y a jamais eu de problème, mais depuis l'agression de Loïs par Justin, cet endroit me fiche la chair de poule.

– Si tu préfères, on peut aller tous les deux prendre un bain de minuit chez Melody, me propose-t-elle, le regard pétillant.

J'en meurs d'envie. Mais c'est hors de question. Les mains sont peut-être encore là-dedans…

– Je comprends, Dylan, ne t'inquiète pas, dit-elle devant mon silence. Je reviens vite.

Elle m'envoie un baiser et s'en va. Je la regarde s'éloigner, guidée par quelques lucioles égarées. Sa robe est tendue sur ses hanches. Ses cheveux bleus forment un halo étrange, dans la nuit. C'est un tableau qui m'inspire. Je n'ai jamais peint de ma vie, mais j'en ai soudain envie. Comment se fait-il que l'amour arrive à me faire commettre des délits alors que les injustices m'envoient au tapis, me laissant sans énergie ?

Le silence s'est installé. Pour tuer le temps, je me mets à fureter dans la minuscule maisonnette. La famille de Kana occupe un chalet quelques kilomètres plus au sud. Kana et sa sœur vivent ici, près des vergers, afin d'être proches de leur lieu de travail. Quand Léna m'a vu débarquer il y a dix jours, elle est retournée chez ses parents sans même prendre ses affaires. Cette fille me déteste chaque jour un peu plus.

Près de la fenêtre, un mannequin de paille arbore la robe de mariée terminée de ma fiancée. C'est un modèle qui me touche et m'émeut, pas seulement parce qu'il signifie que Kana va devenir ma femme, mais parce qu'elle a passé des mois à la concevoir et le résultat est à mes yeux unique.

Le bustier est en cuir blanc, le tissu maître de Hard. La jupe qui le complète est en soie, signature de Classique. La robe est pourvue d'une longue traîne dont le dégradé de bleus rappelle nos cheveux. Nos deux clans sont représentés sur cette tenue atypique. Nos deux personnalités.

– *Dylan.*

Un courant d'air ardent contre ma nuque. Je lâche un cri de douleur avant de me retourner précipitamment, mon cœur a raté un battement. Une voix vient de murmurer mon nom à mon oreille. Un chuchotis masculin. Bien sûr, il n'y a personne dans mon champ de vision. J'ai beau fouiller des yeux la minuscule maison, le constat est vite établi, c'est désert.

– Qui… qui est là ?

Je ne suis pas fou. Je n'ai pas inventé la voix. L'angoisse picore mon cœur. Mes poils se hérissent.

– Qui est là ? demandé-je un peu plus fort.

Le silence qui me répond est insupportable. Ni une ni deux, j'attrape Rubby posée dans l'entrée et je déguerpis, incapable de faire face à un fantôme, aussi invisible soit-il.

Le chemin caillouteux qui serpente entre les chalets est presque désert. Les femmes sont occupées à se laver quand les hommes sont encore dans les vergers. C'est une ambiance différente de celle de Hard. Chez moi en ce moment, les gens sont probablement en train de manger ou de danser à la belle étoile. Les duels musicaux doivent battre leur plein et les casinos sont sûrement bondés. Mon père doit être en train de s'entraîner avec Logan. Logan en profite sûrement pour lui raconter mon dernier exercice avec maître Ilan.

Je suis la honte de ma famille.

Au loin, j'entends quelques notes de musique. Du piano. Quelqu'un profite de la soirée pour parfaire sa mélo-âme. Je m'arrête quelques instants pour écouter la musique qui se répercute contre les arbres. C'est un rythme lent, paresseux. La personne qui joue s'interrompt toutes les trente secondes pour recommencer et modifier les notes. J'en suis presque jaloux. Moi aussi, j'aimerais travailler sur *Harmonie*. J'aimerais lui donner plus de matière. J'aimerais qu'elle donne vie à Rubby.

En quittant la zone habitée pour les vergers, je ne croise que La Folle. Cette femme d'une quarantaine d'années, maigre comme un squelette anorexique, se nomme Dana. D'aussi loin que remontent mes souvenirs, elle a toujours été un peu dérangée.

Je la regarde passer devant moi sans me voir, les yeux dans le vide. Elle a un sourire béat duquel coule un filet de bave. Ses cheveux blonds n'ont pas été brossés ou lavés depuis si longtemps qu'ils paraissent bruns. Le plus flippant dans tout ça, ce sont ses yeux. On dirait qu'elle n'a pas dormi depuis des années, tant ils sont gonflés ! Ses globes oculaires sortent de leurs orbites d'une manière inquiétante et le contour de ses paupières est violacé. Ses veines saillent et son vêtement, un tissu qui a dû être une robe dans une autre vie, est plein de terre et de poussière.

Dana est ainsi à cause d'*Apogée*, sa mélo-âme. Cette dernière a été créée dans le but de faire de Dana une musicienne-guérisseuse, mais les notes, trop élaborées, trop modelées, ont eu un effet inattendu. *Apogée* a la capacité de plonger quiconque l'écoute dans l'extase la plus totale, quel que soit son état d'esprit. Mon père m'a raconté que depuis qu'elle avait appris à maîtriser cette capacité, Dana l'utilisait sur elle-même tous les jours, au point que c'en était devenu une drogue. Elle ne peut plus passer une seconde sans gratter les cordes de Céleste, sa mandoline. Ses doigts écorchés sont en sang à force de jouer et son instrument s'épuise. Je vois à son cœur qui lutte qu'il fait un effort, mais bientôt tous deux mourront d'épuisement. Les musiciens-guérisseurs de Symphonie ont tout tenté pour sortir la malheureuse de son addiction, mais c'est sans espoir. La voilà qui termine ses jours à errer, le regard dans le vague. C'est le risque que nous encourons en nous occupant trop de nos mélo-âmes au point de négliger le reste. La même chose est arrivée à la mère d'Ethan.

Devenue accro à sa mélodie, Médiane, la mère de mon ami, a fini par sombrer. Chez nous, se laisser aller à ce point est vu comme un suicide. Une mort choisie donc méritée. Il nous est interdit de pleurer publiquement les suicidés.

Je m'arrête pour écouter *Apogée*. Elle me pénètre et, sur le moment, mon souhait le plus cher, c'est de ne jamais la laisser s'échapper. J'ai l'impression de briser les chaînes qui m'entravent. Je me sens comme un noyé qui revient à la vie. J'ai envie d'embrasser tout et tout le monde. J'aime la vie, soudain. J'idolâtre le monde. Mais ça ne dure qu'une minute. Quand Dana disparaît, mes angoisses reviennent au galop.

Tout en me remettant à avancer, j'énumère les choses

étranges qui se sont produites autour de moi, ces derniers temps. D'abord, ce cerf égorgé au milieu de la rivière. Puis une paire de mains qui sortent de Melody. Le tronc d'Ethan qui disparaît. Loïs qui m'accuse de viol. Et ce chuchotement brûlant à mon oreille, tout à l'heure. Tous ces événements sont survenus sans la présence de témoins pouvant me confirmer que je suis mentalement stable, mais j'ai encore confiance en moi. Un petit farceur s'amuse à me faire flipper. Peut-être Luca, pour se venger de ma dernière rencontre avec lui ? Peut-être Anaïs ? Qui que ce soit, je compte lui faire cracher toutes ses dents.

Mes pas me conduisent jusqu'au seul banc qui borde le sentier menant aux bains. Je décide d'y attendre Kana et je sors Rubby. Là, j'improvise une mélodie ; je laisse mes pensées se libérer de la cage trop étroite qu'est ma tête : à l'intérieur, on se marche dessus, tant c'est encombré !

Jouer pour oublier ce qui vient de se produire, c'est la seule chose que je peux faire. Un océan agité de questions fait rage en moi. Des vagues d'angoisse le nourrissent. Je joue pour m'occuper, pour tuer le silence, pour faire taire ces questions. Pour ignorer les regards pleins de sous-entendus que me lancent les premières femmes qui reviennent des bains.

Je me rends compte que j'ai mal choisi mon endroit. Avec la rumeur qui court sur moi, me pointer seul à proximité du lieu de baignade des femmes n'était pas l'idée du siècle ! Heureusement, Kana finit par apparaître en compagnie de Léna et de deux autres jeunes filles. Ces dernières s'inclinent rapidement devant moi avant de s'en aller promptement. Léna, elle, ne bouge pas, pour une fois. Elle se plante devant moi et croise les bras. Elle ne dit rien, mais son regard est révélateur. Je décide de l'ignorer. Elle est bien la dernière personne dont j'aie envie de m'occuper !

Kana ne me demande pas ce que je fiche là. Elle agite sous mon nez un bracelet en krïsts, des pierres rugueuses et lumineuses qui poussent telles des herbes, aux portes de Tam. Elle les a montées sur une tige solide et je remarque que Léna arbore le même bracelet.

– Il est magnifique non ? me demande ma fiancée en me tendant la main. Et il va bien avec mon alliance !

Je hoche la tête avant de ranger Rubby. Nous repartons en direction de la maison d'un pas modéré. Je ne suis pas pressé de rentrer, mais rester dehors ne m'enchante pas non plus. Si seulement je pouvais voler ! Je serais allé me réfugier sur un nuage…

Kana a beau me parler, Léna a beau attendre que je dise un mot pour me rembarrer, je reste silencieux comme un criminel qui refuse d'avouer ses crimes. J'ai un mauvais pressentiment. J'observe le groupe d'hommes qui remontent le sentier en direction des bains. Certains d'entre eux ont les cheveux bleus. Je n'ai pas le temps de mettre des noms sur leurs visages qu'une silhouette nous barre la route.

– Dylan de Hard.

Nous nous arrêtons devant Violin et quatre de ses sbires. Le regard cerné, il donne l'impression de ne jamais avoir autant travaillé. S'il ne passait pas son temps à loucher sur ma femme, je l'admirerais presque.

– Quoi encore ? craché-je, peu disposé à répondre à ses questions.

– Je vous demande de bien vouloir nous suivre.

– Et pourquoi ça ?

– Loïs de Tam et sa famille affirment vous avoir vu rôder près de la chambre d'hôpital où la pauvre enfant essaie de reprendre des forces.

– Quoi ? m'exclamé-je. Mais c'est totalement faux !

– Ne mentez pas, Dylan, son père nous jure vous avoir vu de ses propres yeux.

Kana se place entre Violin et moi, comme elle le fait chaque fois que quelqu'un cherche à me nuire. Violin perd soudain ses moyens. Je le vois rosir malgré la pénombre. Il se racle la gorge et se met à s'agiter sans raison. On dirait moi lors de ma première fois avec Kana…

– Dylan n'a rien fait ! Il était avec nous ! Comment aurait-il pu agresser cette menteuse et nous aider à cueillir des krïsts au même moment ?

Elle agite sa main au bracelet sous son nez.

– Il va nous falloir la preuve que…

– Je suis témoin.

Je me tourne vers Léna. C'est bien la première fois qu'elle se range de mon côté ! Son visage est sérieux quand elle annonce :

– Après notre bain, Dylan est venu nous chercher pour nous raccompagner chez nous. Nous nous sommes arrêtés aux portes de Tam pour nous confectionner des bracelets de krïsts. Après ça, il est parti devant pour discuter avec Killian et nous a attendues sur ce banc, là-bas. Comment aurait-il pu aller jusqu'à l'hôpital de Classique et en revenir en si peu de temps ?

Elle ment avec une telle aisance ! Moi-même, j'y crois presque.

– Il y a des tas d'autres témoins, renchérit Kana. Allez donc questionner Killian, et le garde qui fait le guet. Il nous a vus ! Tout comme la moitié des femmes qui se trouvaient là.

J'ai envie de la faire taire. Mentir pour me protéger ne lui apportera que des ennuis, mais j'ai dû avaler ma langue sans m'en rendre compte. Elle ne fonctionne plus. Je laisse donc Violin faire quérir le garde en question malgré la crise cardiaque qui me guette. Nous attendons quelques minutes en silence avant que ce dernier ne rapplique. À ma grande surprise, il confirme ma présence aux portes de Tam il y a environ vingt minutes. Ça ne suffit pas à Violin qui envoie également chercher ce Killian que je ne connais ni d'Ève ni d'Adam. Il porte une multitude de bijoux au cou, en provenance des montagnes de Tam. Il confirme aussi que j'ai discuté avec lui près d'une heure !

– Vous pouvez continuer votre enquête, cher Violin, s'indigne Kana une fois les témoins partis. Accuser un innocent déjà tourmenté, c'est une honte ! Vous devriez punir cette menteuse au lieu de nous embêter.

– Je pense que vous emmener tous les deux avec moi au poste est préférable. J'ai besoin de réfléchir à…

– Il n'y a pas à réfléchir ! s'emporte Kana. Le père de Loïs a dû halluciner, il doit être traumatisé, mais ce n'est pas une raison pour s'en prendre à un innocent ! Allons-y !

Sur ce, elle tourne les talons.

Kana pourrait être lourdement sanctionnée pour oser parler ainsi à un responsable de la garde de Symphonie. Mais Violin l'aime assez pour fermer les yeux. Je ne sais pas si je dois lui en être reconnaissant…

Ma fiancée passe une main dans la mienne, une dans celle de Léna, et nous voilà partis. Au bout de trente secondes de marche, elle explose à nouveau.

– Cette imbécile de Violin ! Quelle audace de revenir t'accuser ! Comme si tu allais faire quelque chose d'aussi horrible… Heureusement que tu m'as suivie, finalement. Si tu étais resté seul à la maison, sans témoin, ils en auraient profité pour te déclarer coupable à coup sûr ! Tu parles d'une justice !

Je m'arrête. Je regarde successivement Kana qui écume de rage, puis Léna qui semble être tombée amoureuse de son bracelet. Elle le fixe comme on fixe l'homme de ses rêves…

– Kana… Qu'est-ce que tu as dit ? demandé-je dans un souffle.

– Oublions ça, chéri. Ce n'est qu'une mauvaise passe. Les

gens sont bêtes, cette histoire va vite se tasser. Où est ton bracelet au fait ?

– Mon… mon bracelet ?

– Oui, le bracelet en krïsts que je t'ai fait.

J'avale ma langue une deuxième fois.

– Tu l'as perdu, pas vrai ? Comment tu t'es débrouillé ?

Elle fait instinctivement craquer ses jointures, préambule d'un coup à venir, mais Léna l'interrompt.

– Tu as vu la taille de son poignet ? Le bracelet était bien trop petit ! me défend-elle à nouveau.

Et je comprends tout. Je ne lui ai jamais fait de cadeau ou dit de mot gentil, avant. Ce bracelet semble pour Léna sceller notre réconciliation. Sauf que je n'ai jamais offert de bracelet à qui que ce soit !

– Tu as dû le perdre pendant que je t'embrassais, glousse ma fiancée.

– Tu parles d'un baiser ! On aurait dit que tu le dévorais vivant, lance Léna en faisant la grimace.

Je me sens mal. La tête me tourne. Qui a embrassé Kana ? Qui ?

– Dylan ? Ça va ?

Rien ne va. Ni moi, ni la situation, ni le monde. Je n'étais pas avec elles. Je n'ai pas quitté mon banc.

– Dylan ?

Je ne suis pas allé les chercher aux bains.

Un voile flou s'abaisse devant mes yeux.

Je n'ai pas offert de bracelet.

Je tombe.

Je n'ai pas embrassé Kana.

L'obscurité m'engloutit.

Never let them take the light behind your eyes…
My Chemical Romance, *The Light Behind Your Eyes*

XI

La douleur me fait ouvrir les yeux. Je suffoque. Je me noie dans ma propre sueur. Mon cœur va éclater, tant il me fait souffrir. J'ai beau tenter de reprendre ma respiration, je suis en train d'étouffer. Le néant et la lumière jouent à saute-mouton devant mes yeux.

– Tenez-lui la tête.

La voix vibre dans mon crâne. Quelqu'un obéit et voilà qu'on me place un truc qui sent fort sous le nez. Je me vois obligé de l'inhaler. Bientôt, la douleur s'estompe un peu, mes poumons se gonflent d'air. Les couleurs reviennent.

Mon père, penché au-dessus de moi, est si anxieux que son visage n'est plus que rides.

– Dylan, tu reviens à toi !

C'est bien la première fois que je le vois aussi inquiet.

– Il a dit quelque chose ?

La voix de maman, non loin, est obstruée de sanglots. Les événements récents me reviennent en mémoire.

– Où… ?

Ce simple mot me demande un effort surhumain.

– Tu es à la maison Dylan, tout va bien. Tu vas t'en sortir.

Ces deux dernières phrases se contredisent. Si je vais bien, je n'ai pas besoin de m'en sortir. Donc je vais mal.

Je remarque seulement la douce mélodie d'un violoncelle. Je reconnais cet air. Il s'agit de *Sens et croyances*, une mélodie qui apaise le corps en détendant les muscles. Elle appartient à Joanne, notre guérisseuse familiale. Je constate qu'elle a ajouté de nouvelles notes qui font effet. Je respire plus librement. Je cesse de m'angoisser. Joanne utilise généralement son instrument quand il n'y a plus d'espoir. Elle s'en sert pour accompagner les mourants vers leur dernière demeure en toute sérénité. Même en sachant cela, je n'arrive pas à paniquer. *Sens et croyances* m'emprisonne de ses notes doucereuses.

Mais la douleur qui m'a réveillé reflue subitement.

Je ferme les yeux et, sans le vouloir, je sombre à nouveau.

Quelqu'un joue *Kiss the Rain* au violon. Je sais que c'est Kana. Si j'adore My Chemical Romance, elle idolâtre Yiruma. Elle troque souvent ses effets personnels contre des partitions de ce musicien.

Les paupières closes, je l'écoute jouer avec son cœur. La mélodie est belle. Je me sens mieux. Prêt à accueillir les couleurs. Alors, j'ouvre les yeux.

Léna apparaît dans mon champ de vision, et non Kana. Debout devant la baie vitrée, elle joue sans me regarder. Elle utilise un violon classique alors que son instrument à elle patiente sagement sur son dos. Même si j'ignore ce qu'elle fait là, je ne la déconcentre pas. Je préfère qu'elle joue plutôt qu'elle me parle.

Ma chambre est telle que je l'ai laissée la dernière fois que je l'ai quittée, ce qui me semble être des siècles plus tôt. Si j'en crois le soleil qui tape contre les vitres, nous sommes en plein milieu de la journée.

J'essaie de me redresser, mais j'ai un mal de chien à le faire.

– Aïe !

On dirait que ma bouche pèse une tonne. J'ai du mal à parler. Léna cesse brusquement de jouer et fait volte-face. Quand elle me voit, ses yeux s'arrondissent. Je remarque qu'ils sont gonflés et que son visage est baigné de larmes.

– Tu es réveillé ?

Je me contente de hocher la tête. Pourquoi est-elle si surprise ? À ma grande stupeur, elle se rue hors de la chambre en criant :

– Il est vivant ! Il a ouvert les yeux !

Je l'entends dévaler les marches à toute vitesse.

– Dylan est vivant !

Prenant appui sur mes coudes, je me redresse un peu plus. Tous mes os craquent, comme réveillés d'un profond sommeil.

Mon cercueil flambant neuf est posé au pied de mon lit, ouvert, prêt à accueillir son nouvel occupant. Une sensation d'effroi s'empare de moi. Étais-je vraiment si proche de la mort ?

Des bruits de pas précipités me sortent de mes pensées et, la seconde suivante, tout un cortège déboule dans ma chambre. Mon père est en tête, comme d'habitude, suivi de près par un Logan pâle comme des fesses de bébé et par une Kana au visage si noyé de larmes que je pourrais y voir mon reflet. Viennent ensuite mon Ethan – qui arbore toujours fièrement son écharpe de Mister Clan –, Coral, Léna et maman. Simultanément, tous se penchent au-dessus de moi et demandent en chœur :

– Dylan ! Ça va ?

Question stupide, mais je hoche quand même la tête. Ma nuque craque.

– Il est bien vivant ! exulte maman avant de verser des larmes de soulagement.

Elle serre fermement sa guitare contre elle. J'aimerais qu'elle me tienne comme ça, de temps en temps…

– Il respire normalement, constate Logan dont les poings se serrent et se desserrent, signe de son anxiété.

– Dylan !

Kana se jette dans mes bras et se met à pleurer si fort que mon tympan menace d'exploser. Elle et maman forment un chouette duo !

– Tu… étais… mort…, sanglote ma fiancée.

Je lève le bras pour lui caresser les cheveux. Il est si ankylosé que je ne le sens même pas ! Je suis obligé de me pencher pour vérifier que je n'ai pas été amputé à mon insu.

– Tu nous as foutu une de ces trouilles ! s'écrie Ethan. Qu'est-ce qui t'a pris de mourir sans prévenir ?

Je n'ai même pas le temps de m'excuser que Coral prend la parole :

– Il va totalement récupérer quand Rubby sera remise aussi.

Pour le coup, je manque vraiment de mourir ! Rubby… Ma guitare qui n'est qu'une guitare. Je jette un regard alerte à mon père. S'il l'a vue… S'il l'a fait examiner… Si quelqu'un a remarqué…

– Où est-elle ? Où est Rubby ?

– Elle va bien.

Mon père parle enfin et son timbre est caverneux.

– Où est-elle ? répété-je.

Il pointe un doigt embijouté vers un coin de ma chambre. De là où je suis, je ne vois qu'un berceau de bébé. Serais-je devenu père sans le savoir ?

– Elle est là-dedans, elle se repose, m'apprend mon

paternel, m'ôtant toute crainte. Nous avons emprunté ce berceau à la nursery pour qu'elle se sente à l'aise.

Je hoche la tête sans rien dire. Il est vrai que l'on prend grand soin des instruments quand ils sont malades. J'ai un peu trop tendance à les considérer comme de simples morceaux de bois…

Mon père s'accroupit près de moi et jette un bref regard à Kana. Celle-ci comprend. Elle cesse immédiatement de pleurer et se redresse pour lui laisser de l'espace.

– Comment tu te sens ?

– Je…

– Dis-moi la vérité. Est-ce que ton cœur te fait encore mal ?

Je prends le temps de m'examiner. Mon cœur ne me fait pas mal, mais il me gêne, en quelque sorte. Je le sens bien présent dans ma poitrine alors qu'on n'est pas censés sentir ses organes.

– Il ne me fait pas mal.

– Tu en es bien certain ?

Je hoche la tête. Mon père ferme les paupières un moment, et je remarque alors les ravages du manque de sommeil sur son visage. Il est pâle comme jamais je ne l'ai vu et de gros cernes violacés bordent ses yeux. Je suis secrètement satisfait qu'il se soit mis dans cet état pour moi. Pour une fois qu'il n'y en a pas que pour Logan, je ne vais pas me plaindre. Je devrais mourir plus souvent.

– Tu as faim ?

Un grondement montant crescendo se fait entendre, éloquent. Surpris, je baisse les yeux sur mon estomac qui vient de crier.

– Je prends ça pour un oui, dit mon père en fixant mon ventre comme si j'y cachais une bête sauvage.

Pour une fois dans ma vie, je connais la faim. La Faim avec un grand F.

– Je m'en occupe ! s'exclame Kana.

Elle sort de la chambre tel un courant d'air, Léna dans son sillage.

– Quand tu auras mangé, on parlera.

Quand il prend ce ton grave, ça ne présage rien de bon. Si ma santé est si mauvaise au point qu'on a même préparé mon cercueil, je préfère le savoir tout de suite, histoire de dresser le planning de mes dernières heures.

– On peut parler maintenant, je vais bien. Je suis… super malade ?

Personne ne répond. J'en déduis que oui. Si les heures me sont comptées, dès ce soir je vais me mettre à vivre comme j'en ai envie. Je me promènerai nu devant Violin. Je me teindrai les cheveux en vert menthe. J'irai colorer ceux de Luca dans son sommeil. J'irai coller mon poing dans l'entre-jambe de Justin. Je me gaverai de sève. J'épouserai Kana au beau milieu de Melody.

– Que tout le monde sorte, sauf Léane, ordonne mon père en se redressant. Allez aider à préparer à dîner.

Maman vient s'asseoir à mon chevet. Mon père reste debout et me fixe. Les autres sortent.

– Dylan, quand ont commencé tes crises ? me demande-t-il.

– Mes crises ?

Tous deux sont pendus à mes lèvres.

– Mes crises de quoi ? Je n'ai jamais fait de crise. Je me suis juste évanoui.

– Sans raison ?

Je repense à ma soirée avec Kana et Léna. Je revois leurs bracelets en krïsts.

– Des choses étranges se sont passées autour de moi récemment, alors j'ai… je…

Je repense à la voix murmurant mon nom à mon oreille. Je revois les mains me dire au revoir depuis Melody. Je repense aux accusations de Loïs.

– Mon esprit ne l'a sans doute pas supporté.

– Des choses étranges ?

J'hésite à raconter à mon père ces événements qui me hantent. Que pourrait-il faire de toute façon ?

– Tu dois tout nous dire, Dylan !

Maman me tient en joue avec ses yeux. Elle serre toujours sa guitare contre elle et, à nouveau, je me demande pourquoi elle offre sa chaleur à son instrument et pas à son fils. Je vais finir par croire que c'est mon père qui m'a mis au monde et allaité, pas elle !

Je leur raconte tout. Les cris de Melody, cette nuit-là. Les mains qui dépassaient de l'eau. La voix près de mon oreille.

Mon père et maman se regardent un long moment.

– Quoi ? Il y a quelque chose que je dois savoir ?

– Rien que tu ne saches déjà, m'annonce mon père. Il semble que quelqu'un cherche à te nuire.

– Et… vous savez qui c'est ?

Mon père soupire.

– Comment pourrait-on le savoir ?

– Quelqu'un cherche à me nuire… Mais quel rapport avec ces fameuses « crises » dont tu parlais, avec le fait que mon cœur ait bien failli s'arrêter ?

Si mon père sait cacher ses émotions, ce n'est pas le cas de maman. Elle ferait une bien piètre actrice ! Je la vois sursauter avant de regarder mon père avec de grands yeux.

– C'est sûrement dû à ta greffe.

Je garde le silence un court instant. Mes parents ne sont pas honnêtes avec moi.

– Ma greffe a eu lieu il y a près de vingt ans !

Peu après ma naissance, les musiciens-guérisseurs qui m'ont aidé à venir au monde m'ont découvert une faiblesse cardiaque. Le seul moyen de me sauver, c'était de me greffer un nouveau cœur. Mon frêle organisme de nourrisson avait peu de chance de supporter une telle intervention. Tout s'est finalement bien passé grâce au donneur anonyme qui m'a légué son cœur. J'ai grandi normalement, sans aucun souci de santé.

– Les greffés connaissent tous un jour ou l'autre des complications, insiste-t-il.

– Des complications... Tu veux dire, comme un rejet ?

Maman émet un petit cri aigu, mais je n'y prête pas attention.

– Oui, c'est possible, confirme mon père. Peut-être que ton organisme commence à rejeter ce corps étranger. Peut-être que ton cœur s'est affaibli ou n'a pas grandi correctement. Après tout, tu as subi cette greffe très jeune. C'est déjà un miracle que tu sois encore parmi nous...

Il ne mâche pas ses mots. Je ne sais pas si j'apprécie son honnêteté.

– Tu veux dire qu'après dix-neuf ans de pleine santé, il est possible que mon organisme rejette mon cœur ?

Mon père se détourne. Une image horrible prend forme dans ma tête. J'ai envie de vomir. N'y a-t-il pas mort plus affreuse ?

– Si ça doit être le cas, je préfère qu'on me tue dès maintenant !

Un claquement sec retentit dans la pièce. Je mets du temps à comprendre qu'il s'agit du bruit de la gifle que vient de me coller maman.

– Ne dis plus jamais ça ! Fils indigne !

Elle se lève, le visage vert de colère.

– Tu vis grâce au décès d'un autre, et au lieu d'être

reconnaissant, tu demandes à mourir ? Cette personne est-elle morte pour rien ?

Je ne dis rien. Pas une fois je n'ai pensé à cette personne disparue. Un bébé. Un nourrisson comme moi, qui n'a pas eu le temps de connaître le monde. Un bébé condamné qui m'a donné son cœur. Et qu'ai-je fait de ma vie ? Rien de particulier. Je me rends seulement compte à quel point mon existence est vaine. Je n'ai aucun but. Je n'aide pas les gens. Je ne suis pas « bon et honnête ». Je ne m'occupe que de Kana. Égoïste et inutile. C'est ce que je suis. Si ce bébé avait vécu à ma place, quel genre de personne serait-il devenu ?

Maman me tourne le dos pour essayer de se calmer.

– Tu ne dois pas trop solliciter ton cœur, reprend mon père. Il est préférable que tu fasses le moins d'efforts physiques possible. Évite de courir, de trop marcher. Tu ne te joindras pas à nous à Orgue. Toi et moi irons quelque temps sur les Terrains vierges avant que je ne parte guerroyer. Je laisserai Logan diriger Hard et…

Je ne l'écoute plus depuis qu'il a parlé d'Orgue. Ça veut dire que mon mariage est sauvé et que ma vie est épargnée : Kana ne mettra pas fin à mes jours ! J'en danserais presque.

– C'est prêt !

Kana entre dans la chambre tout sourire, un plateau à la main, suivie de près par Ethan et Léna.

– Bien. Mange tranquillement, nous terminerons cette discussion plus tard.

Mon père me fait un signe de tête avant de sortir. Maman ne bouge pas. Elle me regarde les yeux embués.

– Je peux t'embrasser ?

Je souris.

– Je n'attends que ça.

Elle me prend dans ses bras, et son étreinte est tout ce que je désire soudain. C'est la plus chaude des fourrures. La plus fraîche des boissons. Ça s'éternise, et je comprends ce qu'elle fait. Elle ne m'embrasse pas comme une mère embrasse son fils. Elle m'embrasse comme une mère embrasse son fils qui va mourir.

Elle me dit adieu.

Holding my last breath. Safe inside myself…
Evanescence, *My Last Breath*

XII

– C'est quoi, ça ?

Mon reflet me renvoie l'image d'un garçon un peu hagard, bien bâti mais maigrelet, les cheveux parsemés de bleu. Et le visage peint comme celui d'un clown. Un bleu outrancier macule mes paupières. Et si mon visage est toujours pâlot, mon nez, lui, est rouge vif. Et dire que mon père m'a vu comme ça…

– Navré, s'excuse Ethan d'une toute petite voix.

Je fais volte-face et commence à avancer vers lui. Il recule prestement.

– Comprends-moi, c'était pour t'aider. Tu étais tout blanc. Y a que les morts qui sont aussi blancs que tu l'étais. C'était… pas joli à voir. J'ai mis de la couleur pour que… tu vois…

Il s'est arrêté contre le mur sur lequel mes cibles attendent patiemment de servir à quelque chose. Je ne suis plus qu'à un centimètre de lui. Ce garçon qui essaie de me rouler avec son histoire ne sait pas que ses pensées et sentiments sortent en ce moment même de son cœur pour venir se loger dans le mien. Je comprends tout. Voir les cadavres de ses parents l'a traumatisé. Il ne se sentait pas prêt à revivre ça.

– Je pensais que tu étais juste évanoui. Je pensais que tu te réveillerais vite et qu'on en rirait. Je n'avais pas prévu que tu… que tu risquerais d'y passer.

Ses lèvres tremblent, ses yeux s'emplissent de larmes. Avant qu'il ne se déshonore en pleurant, je reprends la parole.

– Je vois. Tu aurais pu mettre plus de bleu ! Tu sais bien que c'est la couleur qui me va le mieux.

Il m'accorde un sourire, et je me dis qu'il devrait pouvoir l'offrir à un être cher.

– Than, quand est-ce que tu comptes te trouver une nana ?

Il hausse les épaules.

– Trouve quelqu'un qui t'aime et que tu aimes et marie-toi, ça te fera le plus grand bien.

– Toi, tu m'aimes ?

Je cligne.

– Tu sais bien que oui.

– Alors épouse-moi, dit-il en faisant exagérément gonfler ses lèvres.

– Hé !

Nous nous tournons vers Kana qui observe la scène depuis le lit, se goinfrant de pommes coupées en dés.

– Je vous laisse, y en a qui n'ont pas la chance de roupiller toute la journée ! s'exclame Ethan.

– Tu rentres chez toi ?

– J'ai cours demain, contrairement à certains qui ont le droit de s'en passer, raille-t-il.

Sur ce, il nous envoie des baisers et quitte la chambre. La porte se referme à peine que Kana court jusqu'à moi et me saute dessus. Son genou atteint mon entrejambe et je dois faire un effort surhumain pour ne pas la mordre en retour. Cependant, quand je la sens trembler contre moi, je lui pardonne.

– Plus jamais ça ! me dit-elle. Tu m'as fait une peur bleue, j'ai cru que tu étais mort !

Elle tremble encore plus fort, comme Ethan avant elle. Suis-je si terrifiant que ça quand je suis mort ? Je la serre contre moi et mes bras se referment sur le vide. Une sueur froide me traverse l'échine et je sursaute violemment.

– Dylan ?

Non. Mes bras l'enserrent. Tout va bien. J'ai encore halluciné.

– Tout va bien, je m'excuse.

Elle plaque une main sur mon front et j'ai l'impression que ma tête se disloque. Tant de brutalité dans une si petite main…

– Pas de fièvre.

Elle soupire avant de retirer son bras.

– Six jours. Six jours que tu étais allongé là, pâle, froid, immobile. Je n'arrivais même pas à trouver ton pouls !

Six jours… J'essaie de faire le décompte. Combien de temps reste-t-il avant que mon père ne parte pour Orgue avec ses hommes ? Combien de temps reste-il avant ma vie de rêve avec Kana dans la nature sauvage ? Bronzer, manger, et batifoler, voilà mon programme.

– Dylan, tu dois prendre soin de toi !

Kana se décolle de moi pour saisir mon visage entre ses mains. Je lis dans ses yeux de l'anxiété. Une anxiété qui m'est familière.

– Qu'est-ce qui te fait peur ?

– Que tu disparaisses. J'ai peur de ne plus pouvoir être avec toi.

Je me remémore notre première rencontre. Kana était là, un soir d'été au bord de Melody, seule. Elle avait une dizaine d'années, comme moi. Je pensais être l'unique rebelle de notre monde, et pourtant, cette fille se tenait là sans remords. Elle pleurait. Avant même que je sache pourquoi, je me suis surpris à penser qu'elle serait bien plus belle avec un sourire. Là-bas, pour la première fois de ma vie, mon cœur de garçonnet s'est appliqué à me montrer qu'il était bien présent. Il battait si fort que je craignais qu'elle ne l'entende. Ce n'est que quelques années plus tard, après notre premier baiser de préados, qu'elle m'a appris qu'elle avait perdu l'usage de son œil gauche. Sa pupille marron ne voit rien. C'est arrivé à cause d'une mauvaise chute et son sourire s'était évaporé depuis ce jour-là. J'ai consacré toute mon énergie à le faire revenir. Ça m'a pris des mois, mais j'y suis arrivé. « Je souris tant que tu es près de moi. Tu resteras, même si je deviens complètement aveugle, pas vrai ? », m'avait-elle demandé. Ça n'a jamais été un problème de tenir cette promesse. Jusqu'à maintenant. Maintenant, alors qu'elle me regarde avec son œil éteint et son absence de sourire, que puis-je dire ? Que je promette ou non, si la mort décidait de me m'emporter, que pourrais-je bien y faire ?

Comme je ne suis pas en mesure de lui répondre, je l'attire à moi et je l'embrasse avec tout l'amour que j'ai pour elle. Elle me rend mes baisers et mes caresses. Ça fait des semaines qu'on ne s'est pas touchés comme ça. Je revis.

Il ne nous faut pas longtemps pour finir dans mon lit, nos corps cousus dans une étreinte passionnée. Sans le vouloir, je repense à ce que mon père m'a dit, « Évite les efforts physiques ». Mais je n'arrive pas à arrêter. Aimer Kana est le seul sport auquel je suis accro. Malgré nos invités en bas, malgré ma santé défaillante, je me donne entièrement à elle, jusqu'à en perdre la raison.

J'ai envie de ne jamais retrouver mes esprits.

Ainsi, j'oublierais pour de bon la scène de mes bras se refermant sur du vide.

– On devrait vite se marier et partir, me dit Kana.

Blottie contre moi, elle trace des cercles imaginaires sur mon torse. Malgré nos pirouettes endiablées, elle sent encore bon la lavande. Un mystère !

– Construire une maison sur les Terrains vierges, je renchéris, faisant allusion à ces kilomètres de terrains abandonnés qui entourent Symphonie Sud. C'est là-bas que l'armée s'entraîne en général, et que les couples s'isolent.

– Sans personne. Rien que nous et notre bébé.

Je souris.

– Nos bébés. J'en veux douze, un par mois !

Elle rit avant de se redresser lentement. Quand elle pose les mains sur son ventre et qu'elle me coule un regard sous ses cheveux en cascade, je sais qu'elle va m'annoncer une nouvelle qui va à la fois me ravir et me condamner.

– Pour l'instant, il n'y en a qu'un, dit-elle sans me quitter des yeux.

Je reste bêtement muet. Quand ses paroles prennent enfin sens dans ma tête, je demande quand même confirmation :

– Un… un quoi ?

Pour toute réponse, elle prend ma main et la place sur son ventre, sous la sienne. Bien sûr, je ne sens rien. Mais le message est clair.

Je bondis hors du lit.

– Tu attends un enfant ?

Elle rit tout en hochant la tête. Je ne sais pas où mettre mes émotions. Je ne sais même pas si je suis heureux ! Je comprends pourquoi elle avait si peur que je disparaisse tout à coup.

– Tu en es absolument sûre ?

– Oui.

– Aussi sûre que Kurt Cobain est mort, que les poissons ne volent pas et qu'une guitare n'est pas un fruit ?

– Oui ! Léna m'a accompagnée chez une musicienne-sage-femme, il y a quatre jours. Il n'y a aucun doute.

Tandis que je me transforme en statue de pierre doublée de granit, elle sort du lit et vient m'étreindre.

– Félicitations Dylan, tu vas être père !

Mon père va me crucifier. Maman va me maudire.

– Dylan ? Tu ne dis rien ?

Je suis foutu.

– Tu n'es pas content, lâche Kana.

Sa voix est en morceaux.

– Je...

C'est tout ce que je dis. Mon esprit est vide. Mon cerveau envoie des signaux à mes membres pour qu'ils fassent ce que je désire. Je me rhabille machinalement. Kana ne dit rien de plus et fait de même. Je vois à son expression qu'elle est à deux doigts de pleurer, blessée par mon manque d'enthousiasme.

– Kana, je...

Mon cœur bat la chamade. Tout cela est nouveau pour moi.

Mais je n'ai pas le temps de m'excuser. Le lustre au-dessus de nos têtes fait une crise d'épilepsie. Les cristaux qui le composent s'entrechoquent bruyamment.

– Qu'est-ce que...

Le sol se met à vibrer lui aussi. Mes cibles se détachent une à une du mur pour s'écraser par terre. La maison tremble comme si elle était une carte tenue en équilibre par des consœurs instables.

– Dylan, que se passe-t-il ? panique Kana.

Pour toute réponse, une explosion détruit l'un des murs de ma chambre et me projette dans les airs. J'atterris la tête la première dans mon cercueil, mais je ne prends pas le temps d'avoir mal. Kana gémit. Je bondis hors de ma dernière demeure pour la découvrir étendue plus loin.

– Ne restons pas là, vite !

Je me dépêche de la rejoindre. La seconde suivante, le plafond décide d'aller embrasser mon lit. La nuit s'invite dans ma chambre. De dehors, des cris et des bruits d'explosions se succèdent. Tout Hard semble visé !

Bientôt, j'entends les premiers instruments des musiciens-soldats.

– Viens, Kana !

Nous nous ruons dans les escaliers. En bas, l'agitation règne. Du verre brisé partout, les meubles déplacés, les lustres flirtant avec le sol. Ça sent le brûlé.

J'aperçois mon père passer prestement la porte, son médiator entre les dents, le visage fermé comme jamais. Logan le talonne sans hésiter, même s'il commence à suer comme une fontaine.

– Sortez tous ! Dégainez vos instruments, préparez-vous au combat ! Ténor attaque !

La voix de Violin dehors, amplifiée par un mégaphone, proclame ces phrases répétées en boucle. En arrière-plan, les tambours de guerre de Tam. J'ai l'impression que c'est la première fois que je les entends. C'est peut-être le cas. Nous sommes loin des côtes où se sont déroulées les premières batailles… Si les troupes de Ténor sont arrivées jusqu'à nous, qu'en est-il des autres clans ?

– Ténor ? soufflé-je. Ténor a été détruit il y a un mois !

– Dépêchez-vous de sortir ! ordonne maman. Dégainez et battons-nous !

Elle berce quelques secondes sa guitare avant de l'extirper de son étui, résignée. Sans attendre davantage, elle la passe en bandoulière et détache son médiator de la chaîne à son cou.

Par les vitres brisées, j'entends les mélodies se mélanger, je vois des flammes lécher la cime des arbres. Mon cœur se met à battre trop vite. Je recommence à avoir mal.

– Kana, descends, je vais chercher nos instruments, va te mettre à l'abri !

Elle secoue la tête et me suit dans la chambre. Le plafond a stoppé sa course, mon lit est éventré.

– Ténor… comment ça peut être Ténor ? paniqué-je en allant quérir Rubby dans son berceau.

Kana dégage son violon de son étui et se tient prête.

– Peu importe, allons nous battre, Dylan !

– Ta mélo-âme n'est pas faite pour le combat !

– Je sais utiliser mes poings !

– Il est hors de question que tu prennes des risques !

Je désigne son ventre du doigt mais, en réalité, je pense surtout à moi. Je ne suis pas taillé pour le combat et encore moins Rubby ! Tout ce que j'ai à faire, c'est mettre ma fiancée en sécurité et de rester auprès d'elle jusqu'à la fin des hostilités. Être lâche, en somme.

– On va trouver un endroit où te cacher, et…

Je suis interrompu par les notes hautes de *Requiem d'un trépassé*. Bientôt, les grondements de la terre répondent à la mélo-âme.

Mon père a commencé le boulot.

– Kana !

Léna déboule dans la chambre si vite que sa jupe vole dans tous les sens. J'en vois un peu plus que nécessaire et, bien sûr, elle capte mon regard à ce moment-là ! Elle ne prend pas le temps de me traiter de tous les noms, cependant. Paniquée, elle se rue sur sa sœur et lui saisit le bras.

– Nos instruments ne sont pas faits pour le combat, allons nous cacher !

– Lâche-moi Léna ! Je…

– Dans ton état c'est dangereux, suis-moi !

Elle l'entraîne sans lui laisser le choix. Je talonne les jumelles jusqu'au hall d'entrée et manque me casser la figure quand une secousse fait vibrer notre maison.

Maman est déjà partie, il ne reste plus que nous.

– Allons-y !

Nous sortons en trombe. Les escaliers tapissés de cuir rouge de la résidence ne m'ont jamais paru aussi accueillants. Nous les dévalons à toute vitesse tandis que les explosions nous font tressauter toutes les deux secondes.

– Stop !

Léna, en tête, freine d'un coup après quelques foulées. Kana la percute et je manque de les précipiter toutes deux dans le trou qu'ont laissé deux marches manquantes.

– L'espace n'est pas énorme, mais faites attention ! prévient Léna, visiblement prête à sauter.

Elle termine à peine sa phrase qu'une autre marche rend l'âme et va s'écraser plus bas, élargissant le trou.

L'immeuble ne tremble plus, il tangue ! J'entends un son. J'en oublie de respirer quelques secondes.

La mélodie d'un orgue se rapproche. J'en mettrais ma main à couper. Le son de l'orgue m'a toujours fichu la frousse. C'est un instrument qui me terrorise. J'ai des sueurs froides.

– Quel est ce son affreux ? demandent les jumelles en chœur.

– De l'orgue, réponds-je.

Une note haute et paf, un bout de mur se détache. Une note basse et boum, une autre marche tombe, juste derrière moi. Je suis à deux doigts de m'évanouir. Comment en est-on arrivés là ?

– Si ça continue, on va être emmurés ! panique Léna.

Un son épouvantable retentit. Nous regardons avec horreur par le trou les escaliers du dessous s'effondrer lentement mais inéluctablement. Seul le nôtre se maintient pour le moment. Il ressemble à une bouche de laquelle tombent des dents les unes à la suite des autres. Qui que soit notre tortionnaire à l'orgue, il s'amuse. C'est quelqu'un qui maîtrise parfaitement sa mélo-âme.

Mon cœur a décidé de me compliquer la vie. Chacun de ses battements devient une torture. Et cet orgue qui se rapproche !

– Dylan, tu es musicien-soldat ! Sers-toi de Rubby ! m'intime Léna.

Pris au dépourvu, j'improvise :

– Rubby est... elle est... elle est malade, il est hors de question que je l'utilise !

Léna tape du pied avant de lancer un juron particulièrement grossier. Son dernier espoir – moi – s'est évanoui. Elle sort finalement son propre instrument de son étui, mais je sais qu'il ne nous sera d'aucune utilité. Comme celle de Kana, sa mélo-âme a la capacité de soigner les plantes et de les mener à maturité. Elle n'a pas été écrite pour le combat.

– Venez par là !

J'ai l'air confiant et calme, mais c'est une façade destinée à rassurer les filles. Je suis à deux doigts de mouiller mon sarouel ! J'attrape une Kana blême et la hisse sur mon épaule droite. Heureusement qu'elle n'a pas encore pris les kilos inhérents à une grossesse ! Je hisse Léna qui proteste sur l'autre épaule. Rubby est peut-être inutile, mais mes muscles eux, ne sont pas en carton !

– Accrochez-vous !

Dans l'incapacité de prendre de l'élan à cause de l'absence de sol derrière moi, je prie Melody de m'aider et je saute par-dessus le trou de plusieurs mètres. Melody ne m'aide pas, elle me déteste. Bien sûr, nos trois poids nous précipitent dans le néant. Je me suis pris pour quoi, un Pégase ?

Nous tombons à toute vitesse. Mon cœur, lui, s'envole. Kana et Léna hurlent à pleins poumons et ma vessie se lâche pour de bon. Nous atterrissons cinq étages plus bas sur quelque chose de moelleux qui nous sauve la vie. Les filles se relèvent plus rapidement que moi. Moi, je prends le temps de faire l'inventaire des parties de mon corps. Rien ne manque, semble-t-il.

– Par Melody !

Kana fait un pas en arrière avant de s'écrouler. Son teint pâle vire rapidement au vert. Je me redresse à mon tour et lâche un gémissement. Mon poignet a dû se tordre, il me fait un mal de chien ! Mon cœur et lui jouent à qui me fera le plus souffrir. Pour l'instant, mon organe vital est en tête…

– Partons vite ! souffle Léna d'une voix brisée.

Ses yeux sont emplis de terreur, ses traits déformés, on peut lire sur le visage de Léna la froide une expression que je n'ai jamais vue. Je suis son regard, et comprends alors son origine : sous nos yeux, une montagne de corps en sang. La poussière les recouvre. Aucun ne bouge. Malgré moi, je détaille les malheureux. Certains serrent leur instrument contre eux. D'autres ont une partition à la main. Ils devaient travailler tranquillement leur mélo-âme quand le sol s'est dérobé sous leurs pieds. Je me rends alors compte que seul notre loft est encore debout, plusieurs mètres plus haut. Et c'est d'une étrangeté sans nom. Aucune poutre, aucun mur ne le retient, mais il ne tombe pas. La paranoïa s'empare de moi. Quelqu'un en a-t-il après notre famille ?

– Des… des cadavres…, souffle Kana, incapable de détacher son regard des corps.

Nous n'en voyons pas souvent, à Symphonie Sud. J'ai beau faire des efforts, je n'arrive pas à retenir plus longtemps un vomissement. C'est la première fois que je vois des cadavres de près. Leur état est terrifiant, cauchemardesque. Je me mets à pleurer sans même m'en rendre compte. Je connaissais toutes les personnes qui habitaient cette bâtisse. Toutes me respectaient malgré mes âneries.

Toutes sont mortes.

– *Dylan.*

Je me retourne si vite que ma nuque craque dangereusement. Cette voix. La même que celle qui a murmuré mon nom à mon oreille, chez Kana. Mon cœur s'emballe davantage et je dois poser ma main sur ma poitrine pour lui éviter de déguerpir. Il n'y a personne. Juste nous et les décombres.

– Cassons-nous !

Je laisse Léna aider sa sœur à se remettre sur pied et je les devance, pressé de quitter cette fosse commune improvisée. Je dégouline d'urine, de larmes, de sueurs froides, de vomi, mais je ne m'arrête pas.

Devant notre résidence, les gens fuient. Ceux qui se battent avec leur instrument restent immobiles et tentent de se concentrer, ceux qui comptent se cacher courent à en perdre haleine. Les arbres sont en feu. Le sol tremble comme si quelque chose essayait d'en sortir. J'ai beau balayer du regard les environs, partout je ne vois que désolation.

Je repère Kaïs et Logan, aux prises avec un homme dont je ne distingue pas les traits car il me tourne le dos. De là où je me trouve, je peux cependant le voir affalé contre son instrument, un énorme orgue blanc vernissé, assorti à ses cheveux couleur neige. C'est un instrument impressionnant, semblable au mien par son vernis et son absence d'organes. Aucune vie ne semble en émaner.

Le musicien inconnu joue d'une main, l'autre est tranquillement posée sur sa hanche. Les notes qui s'échappent de son orgue sont stridentes, angoissantes. Elles percent la nuit, elles avalent les autres notes de musique. Elles me donnent la chair de poule. Je ne tarde pas à découvrir l'ampleur de son pouvoir quand une tempête emporte Kaïs. Son corps est ballotté par une tornade et il s'écrase plus loin.

Logan arrête de jouer et accourt pour l'aider. Je me mords

la langue si fort qu'elle se met à saigner. La situation est mauvaise pour mon frère. Ce musicien a l'avantage, et une simple note de musique pourrait tuer mon aîné. Rien que d'y penser, j'en ai le vertige.

Mon monde sans Logan ressemblerait à une partition sans notes.

Même si Rubby est inutile, je suppose que je peux surprendre ce mec par derrière.

– J'arrive, Logan !

Je m'élance mais la voix de Kana me fait piler net.

– Dylan, Léna a besoin d'aide !

Je fais volte-face pour constater que Léna convulse dans les bras de Kana. Les yeux clos, elle respire avec difficulté et je comprends vite pourquoi : à ses pieds, son violon est cabossé.

– Merde !

J'oublie totalement Logan pour me concentrer sur ma belle-sœur. Le cœur de son instrument est écrasé. Il a sûrement été blessé dans la chute. Chute dont la faute m'incombe...

À nouveau, l'angoisse s'empare de moi. Léna endure la douleur de son instrument ! Son cœur est écrasé par un poids qu'elle ne peut ôter. C'est sans doute pire que de subir un rejet d'organe...

– Léna ! Respire ! Tiens bon !

Kana devient hystérique. Elle tombe à genoux, sa sœur dans les bras.

– Dylan, fais quelque chose !

À part tourner sur moi-même, je ne vois pas quoi faire.

– Tu lui as joué les premiers soins ?

– Oui ! Elle est touchée au cœur, je ne sais pas quoi faire !

– Moi non plus !

– Elle souffre ! pleure Kana. Par Melody, aide-la !

Je me précipite vers elles et saisis le violon blessé avec mille précautions. Je ne suis pas musicien-guérisseur, mais je suppose qu'il suffit de dégager la partie gênante pour que ça aille mieux. De ce que je vois pour le moment, le cœur, bien que faible, est intact. Avant qu'il ne soit perforé, je dois tenter quelque chose. Mes mains tremblent tellement que je dois les implorer :

– Arrêtez, je vous en supplie, pas maintenant !

J'ose à peine déglutir quand j'en pose une sur la partie critique. Avec des gestes extrêmement lents, je tente de dégager le cœur. Les gémissements rauques de Léna sont insupportables. Son agonie perturbe ma concentration, mais je m'évertue à continuer.

– Oh Léna… Ne pars pas, respire ! Tiens bon !

Kana me détruit les tympans à hurler comme ça. J'aimerais qu'elle vienne m'aider, mais je n'ose pas parler.

La cacophonie des instruments autour de nous me colle vite la migraine. Malgré tous mes efforts, je me rends compte que la situation est désespérée. À cours d'inspiration, je me lève et me mets à crier :

– Un guérisseur par ici, vite ! Je vous en supplie ! Un guérisseur !

Personne n'entend ma voix dans cette cohue. Je repère La Folle qui passe entre les corps, un sourire béat aux lèvres. Des gouttes de sang s'échappent de ses doigts blessés qui grattent encore et encore les cordes de sa mandoline. Elle n'a aucune conscience de la situation. Elle est mon seul recours. Je me rue vers elle et lui attrape le bras. Elle se laisse faire sans cesser de jouer tandis que je l'amène devant Léna et la fait asseoir.

Ma belle-sœur a viré au bleu. Sa respiration est sifflante. Quand je vois deux filets de sang sortir de sa bouche, je comprends qu'il n'y a plus rien à faire : le cœur est trop abîmé. Je me laisse tomber à genoux devant elle et lui prends la main.

– Je suis désolé, Léna.

Je regarde son visage et je me dis que j'ai de l'affection, pour elle.

– Qu'est-ce que tu fais ? Va chercher un guérisseur !

Kana a la voix brisée, je ne comprends qu'un mot sur deux. Elle me donne un coup de poing dans l'épaule. Puis un autre. Et encore un.

– Lève-toi ! Ne la laisse pas mourir !

Elle est déjà en train de partir, mais ça, Kana ne le voit pas.

– Fais-lui tes adieux.

Je ne suis pas certain qu'elle ait entendu. Mes mots sont avalés par mes sanglots. Je pleure Léna. Je pleure cette sœur que j'aurais voulu connaître davantage. La mélo-âme de La Folle m'atteint malgré moi. Léna est en train de mourir, et pourtant je me sens heureux ! Je suis détendu, à l'aise. Ma peine n'arrive pas à surpasser cette joie qui commence à poindre en moi. Elle l'étouffe.

– Laissons-la partir heureuse.

Kana n'est pas entraînée par la mélo-âme. Je ne sais pas comment elle fait : je n'ai jamais vu personne résister à *Apogée*.

Ma fiancée s'évanouit, mais je ne bouge pas. Je continue à tenir la main de Léna. Quelque part dans ma tête rebondit l'idée que je suis son meurtrier indirect. Je ne dois pas y penser. Pas maintenant.

– Dy… Dylan…

Quand je me penche sur Léna, mes larmes tombent sur son visage blafard.

– Kana… fais… attention à… Ka… na… et au… au bébé…

Elle ne dit plus rien et use ses dernières forces pour serrer ma main. La mélodie de La Folle qui point faiblement parmi celles des autres semble l'apaiser. Son visage s'éclaire d'un léger sourire. Elle meurt lentement, mais la joie la submerge petit à petit.

Sa poitrine s'affaisse. Sa main lâche la mienne.

Elle ne bouge plus.

Elle ne souffre plus.

I was born in that summer when the sun didn't shine…
Mika, *Promiseland*

XIII

Bleu. Bleu comme la couleur que prennent les visages des mourants. Bleu comme les flammes. Immobile comme un portrait. L'organiste qui me fait face tient ses doigts en suspens au-dessus de son instrument et me regarde sans ciller, un mince sourire cousu aux lèvres. Cousu au sens propre du terme. Les extrémités de sa bouche sont suturées au fil noir, comme pour empêcher son sourire de prendre davantage d'ampleur. Ces deux points lui font comme d'étranges fossettes.

Tous les poils de mon corps se hérissent. Je suis tétanisé. Et captivé. Captivé par son torse nu. Ou presque nu. Les nombreux bijoux qui l'ornent brillent de mille feux ; des cadenas accrochés à même la chair. Son pantalon est fait de mailles de fer. Contrairement à l'assaillant de Logan, il a les cheveux d'un noir corbeau, une masse obscure qui descend jusqu'à sa taille. Ses yeux sont deux rubis scintillants cernés de cils noirs. Rouges. Cet homme a les yeux rouges.

Sa silhouette est ciselée, il n'est pas très grand, n'a pas l'air plus âgé que moi et, pourtant, je n'ai jamais vu un mec aussi intimidant ! Même mon père ne ferait pas le poids.

À genoux devant Kana et Léna, je ne peux détacher mon regard de cette apparition qui m'a l'air plus mystique qu'humaine.

Autour de nous, des gens s'écroulent, meurent, fuient devant les orgues qui semblent tomber du ciel. Tout Symphonie Sud est envahi par des organistes aux capacités étranges ; certains sont pétrifiés par une de leurs mélo-âmes, d'autres s'entretuent. Ces instruments terrifiants lévitent tels des oiseaux : du jamais vu.

Ces gens sont d'Orgue. Ils viennent du Nord. Et le Nord déverse sa haine et sa rage contre nous. La rage d'être exilés sur des terres stériles. La haine de devoir sacrifier leurs maigres richesses pour acheter à prix d'or à des contrebandiers des fioles d'eau de Melody pour baptiser leurs enfants.

– Bonsoir, Dylan de Hard.

Je recule instinctivement, au point d'en écraser la main de Léna. Un simple chuchotis. Des mots prononcés dans un souffle. Un ton mélodieux. Une voix si basse… Comment se fait-il qu'elle m'assourdisse ?

– Qui… qui êtes-vous ?

Avant de répondre, mon interlocuteur caresse quelques touches de son immense orgue noir verni. Ses doigts sont incroyablement fins ! Les quelques notes que produit l'instrument me terrifient encore plus que la mort. L'instant d'après, un corps tombe à mes pieds. La Folle. Sa mandoline serrée contre elle, le sourire toujours aussi large, elle vient de rendre son dernier souffle. Son visage contre mes chevilles est si brûlant que je me dégage brutalement. Je suis pétrifié d'horreur.

– Tu peux m'appeler Shamès. Il paraît que ça veut dire Soleil. Tu veux savoir pourquoi je suis un soleil, Dylan de Hard ?

Je n'en ai aucune envie, mais ce démon qui semble me connaître ne compte pas m'écouter.

– Car j'irradie comme un astre. Drôle, hein ?

Il caresse encore son instrument et la personne qui passe devant nous s'écroule. Je ne cherche pas à l'identifier. Je prie juste pour que ce ne soit pas Logan.

– Mais je ne fais pas qu'irradier. Tous ceux qui me touchent se brûlent, se consument. Et tu sais pourquoi ?

Je m'en moque tellement !

– Parce que je suis né sous une mauvaise étoile, comme on dit.

Cet homme est fou.

– Toi en revanche, tu es bien né, Dylan de Hard. Mais tu es un vilain garçon. Tu mérites une punition digne de ton péché, qu'en dis-tu ?

J'ai le réflexe de me jeter sur le côté quand il enfonce une touche de son orgue. Des flammes bleues se dressent où je me trouvais, à quelques centimètres de Léna.

Kana commence à reprendre ses esprits, aussi je m'enfuis pour tenter de mettre de la distance entre ce Shamès et elle. Je cours comme je n'ai jamais couru auparavant. Je saute par-dessus les corps sans vie, bousculant tout le monde sur mon passage.

– *Dylan.*

Encore sa voix près de mon oreille. À en devenir fou ! Quand je me retourne, l'homme à l'orgue est pourtant à plusieurs mètres de moi. Perché sur son instrument, tête levée vers le ciel, il sourit béatement vers le ciel. Il se laisse porter et joue avec ses orteils nus. C'est la première fois de ma vie que je vois un orgue ou quoi que ce soit d'autre se déplacer seul ! Tous les musiciens s'écroulent sur son passage. De la fumée s'échappe de leurs bouches, leurs visages rougissent, et l'horreur me frappe : ils se consument de l'intérieur !

Shamès ne me regarde pas, mais il me parle.

– Ne fuis pas, mon ami, nous n'avons pas fini de parler, chantonne-t-il.

Je bifurque vers la droite et passe par la fenêtre d'un casino déserté. L'horreur m'empêche de réfléchir. Qui est ce mec efféminé au brushing impeccable et piercé de partout qui me connaît ?

– Ne fuis pas, Dylan, je suis juste venu te délivrer un message de la part du Nord.

Je grimpe sur une poutre tombée au sol, espérant fuir par une autre fenêtre, mais mon poursuivant joue un do suivi d'un ré grave, et un mur fond comme glace au soleil. J'ai le réflexe de me jeter en arrière pour éviter d'être éclaboussé.

Un mur vient de fondre. Je suis en train d'halluciner.

– Par les Cinq…

Aucune issue ne s'offre à moi, et personne n'essaie de me sauver, comme dans ces excellents livres d'aventures que je lis. Dans ces ouvrages, quand le héros est en danger, quelqu'un surgit toujours de nulle part pour l'aider. Où est Ethan ? Où est Logan ? Suis-je seulement un héros ?

– *Dylan.*

Encore ce tour. Quand je fais volte-face cette fois, je manque passer dans l'autre monde. Mon cœur m'envoie une décharge abominable. Je halète. Cette fois, Shamès n'est qu'à quelques minuscules millimètres de moi. C'est la technique que j'emploie avec Kana quand elle me fait la tête mais que j'ai terriblement envie de l'embrasser. J'espère que cet homme ne va pas faire la même chose !

Une chaleur incandescente émane de lui. Un souffle brûlant. Je retiens le mien, malgré mon besoin d'oxygène. J'ai une frousse de tous les noms ! Je commence à suer. Chaud. Trop chaud. La température grimpe en flèche.

– Et si tu arrêtais de fuir, hein ? Je n'ai pas reçu l'ordre de te tuer, cher Dylan. Détends-toi.

Sa main sur ma tête. Ce mec passe une main dans mes cheveux ! Je brûle. Sa main est comme un fer ardent qui grille mon cuir chevelu. Je crie de douleur et me dégage de force. Il me regarde tâter ma tête, visiblement amusé.

– Écoute-moi bien. Il faut que tu viennes à Orgue dans sept jours, comme ton cher père l'avait prévu avant de lâchement changer d'avis. On t'y attend avec impatience. Oh ! Et il te demande d'amener Rubby avec toi. Ne sois pas en retard et amène bien ton instrument. Est-ce clair ou dois-je me répéter ?

Je ne sais plus quoi penser. Est-ce moi qui deviens fou ou le monde ? Cet homme connaît Rubby. À quel point me connaît-il ? Qui est-il ?

– Qui êtes-vous ?

– Shamès, ne te l'ai-je pas dit ?

– Comment… ?

Je rassemble mes dernières forces pour déglutir.

– Comment me connaissez-vous ?

Il accentue son sourire et mon regard est obnubilé par les fils de suture qui risquent de lâcher aux commissures de ses lèvres.

– Tout le monde parle de toi, dans le Nord. On dirait qu'ils t'aiment à la folie, j'en suis presque jaloux, figure-toi.

Il éclate de rire, fait un tour sur lui-même et regagne son orgue qui lévite sagement trois mètres plus loin.

– On m'a demandé de te dire ceci : « Le meilleur est à venir, Dylan de Hard. » Je t'ai transmis le message, j'imagine que je peux me retirer.

– Attends !

J'inspire profondément. Il a dit qu'il ne me tuerait pas, je suppose que je peux parler sans danger.

– Qui est ce « on » ? Où t'en vas-tu ? Qu'est-ce que vous me voulez ?

Shamès fait semblant de réfléchir. Je le regarde s'étirer,

passer une main dans ses longs cheveux puis me faire un clin d'œil.

– Viens à Orgue dans sept jours avec Rubby, on répondra à toutes tes questions. Ah, au fait ! Félicitations, j'ai cru comprendre que tu allais bientôt devenir père. Quelle chance ! Moi, chaque fois que j'essaie, mes conquêtes meurent, consumées par la chaleur de mon corps. N'est-ce pas triste ?

Mon enfant. Il est même au courant de ça ! Kana est en danger.

– Tout ce qui s'est produit autour de moi récemment, toutes ces accusations, ces choses étranges… c'était vous ?

Shamès applaudit au-dessus de sa tête. Je jure que de la fumée s'échappe de ses paumes !

– Le coup des mains sortant de l'eau, c'était pour tester ton courage. J'ai été cruellement déçu. Quand j'ai vu que tu n'étais pas très fort, j'ai continué à jouer avec toi. J'aime chuchoter ton nom à ton oreille quand personne n'est là. J'aime que tu sois le seul à m'entendre et que tu paniques.

Je serre les poings. J'ignore comment il s'y prend pour faire tout ça, mais je n'ose pas le lui demander. Je ne me savais pas aussi trouillard !

– Vous m'avez fait passer pour un violeur, un menteur, auprès des autres !

Il cesse d'applaudir pour pencher la tête de côté. Finalement, il la secoue.

– Je n'ai jamais fait ça. Je viens de te le dire, tout ce que j'ai fait, c'est de te saluer dans cette rivière et de te dire des mots doux.

– Il y a eu d'autres choses !

– Oh… Alors tu as sûrement d'autres amis aussi farceurs que moi. Tu es si sociable, Dylan de Hard, comme je t'envie !

Il ne ment pas, je le sens. J'aurais préféré que ce soit le cas.

Si les autres incidents n'étaient pas de son fait, cela signifie que j'ai effectivement un autre ennemi.

– Pourquoi Melody hurlait-elle ce jour-là ? Pourquoi étais-je le seul à l'entendre ?

Shamès soupire.

– Ne t'ai-je pas dit que je brûlais tout ce qui me touchait ? Cette rivière n'est pas une exception. Mon corps ardent l'a quelque peu fait souffrir. Comme quoi, cette eau fait sa diva, mais elle n'est même pas capable d'éteindre une flamme comme moi. Risible !

Un silence s'installe. À l'extérieur, des gens continuent de mourir. De moins en moins de mélodies de chez nous se font entendre. Le Nord rase le Sud. J'entends néanmoins *Requiem d'un trépassé* en arrière-fond, et ça me rassure. Tant que mon père sera en vie, Hard ne tombera pas.

– Moi aussi j'aimerais te poser une question, Dylan de Hard. Pourquoi ne te sers-tu pas de Rubby pour te défendre ? m'interroge-t-il en désignant mon instrument en bandoulière.

D'après son ton, je perçois qu'il connaît la réponse. Ma curiosité est piquée au vif. Il sait pour Rubby. Détient-il la clé de ce mystère ?

– Tu sais quelque chose à ce propos ?

– Je sais plein de choses à plein de propos ! rétorque-t-il fièrement.

Sans me laisser le questionner davantage, il rejette une nouvelle fois ses cheveux dans son dos avant de reprendre la parole.

– Si tu as fini de parler, je te salue et te dis à bientôt, Dylan de Hard.

Je cligne simplement des yeux. Un simple battement de cils, et il disparaît. Et ce n'est pas tout ! Éberlué, je constate que, dans le casino, tout est en ordre ! Les gens sont assis devant leurs machines à jouer. Ils sirotent des boissons comme si de rien n'était. Tout est en parfait état.

Je suis pris d'une nausée soudaine.

– Oh Dylan, c'est rare de te voir ici ! Tu fais une partie ?

Kaïs ! Qu'est-ce qu'il fait là ? N'était-il pas en train de se battre avec Logan contre un joueur d'orgue ?

Tout se dédouble devant mes yeux. J'hallucine. J'ai envie de vomir. Je me débrouille pour sortir du casino et me retrouver à l'air libre. J'inspire une grande bouffée qui me fait du bien avant de porter mon regard sur le chaos qui aurait dû se trouver là. Il n'y a aucun chaos. Des gens se promènent tranquillement. Au loin, des feux de bois. Une odeur de viande grillée. Des duels de guitares. Le rire des enfants. Notre clan vit comme il l'a toujours fait.

– Shamès, d'Orgue.

Je me sens obligé de dire son nom à voix haute pour me convaincre que je n'ai pas tout inventé.

– Shamès.

Quelqu'un me bouscule en passant. La Folle ! La Folle, bien vivante, poursuit sa route en jouant *Apogée* en boucle. Dans un sursaut, je revois Léna mourir de manière atroce. Je me mets à courir malgré mes nausées et mon cœur en détresse. Je remonte le chemin et tourne au niveau de notre résidence. La bâtisse est bien debout. Les complexes n'ont pas une fissure !

Devant les grilles, Kana et Léna discutent comme à leur habitude. Quand Léna m'aperçoit et qu'elle fronce immédiatement les sourcils, le soulagement me submerge. Je cours vers elle et, sans réfléchir, je la prends dans mes bras. Je sens qu'elle se raidit contre moi, mais je ne la lâche pas. Vivre sa mort en direct a été la chose la plus traumatisante de mon existence. Dès à présent, je me promets de faire plus attention à elle.

– Dylan ?

Kana me regarde d'un air ahuri. Me rendant seulement compte de mon geste, je m'empresse de relâcher Léna qui est curieusement calme.

– Qu'est-ce que tu fais ? demande ma fiancée, interloquée.

– Je montre mon amour fraternel à Léna, j'improvise. Je me suis rendu compte que j'étais bien trop froid avec elle.

Les jumelles me dévisagent comme si j'étais une espèce de fruit pas mûr. Je vois Léna rougir légèrement. Je ne fais aucun commentaire cependant. Je suis trop heureux de les voir toutes deux en bonne santé. Mais j'ai encore quelques doutes. Mon regard dévie sur le ventre de ma fiancée. Attend-elle un enfant, ou ai-je inventé cette scène aussi ? Peut-être ai-je imaginé la chose en songe ?

– Kana. Tu es toujours enceinte ?

Elle fronce les sourcils.

– Comment ça « toujours » ? Tu penses que ça va disparaître, juste parce que tu n'es pas d'accord ?

– Non, je...

– Que tu le veuilles ou non, c'est comme ça ! Tu n'avais qu'à...

– Tout va bien ! la coupé-je avant qu'elle ne dévoile notre intimité au grand jour. Quand elle est en colère, tous nos secrets y passent.

– J'ai juste l'impression de... rêver. Je pensais que ça n'était pas arrivé.

Elle me scrute longuement, visiblement perdue.

– Est-ce que ça veut dire que tu es content ou pas ? Je ne te cerne plus !

Je ne sais pas si je suis content. Tout ce que je sais, c'est que notre enfant devra s'accrocher avec des parents comme nous...

J'aperçois soudain mon père et je saisis l'occasion de ne pas répondre.

– Je dois y aller ! On se voit plus tard. Au fait, Coral va bien, elle s'en est sortie ?

– Sortie de quoi ?

Je ne cherche pas à en savoir plus. J'ai inventé l'invasion d'Orgue. Ce qui s'est passé avant mes pirouettes avec Kana a eu lieu. Ce qui s'est passé après n'a pas eu lieu.

Je les plante là et cours en direction de mon père, qui avance d'un bon pas, talonné par Logan.

– Papa !

Il fait volte-face. Je me retiens de sursauter. Cette figure… Il a cette expression d'après-guerre que je connais bien. Elle inonde son visage après chaque combat. Ça me rassure tellement que je suis à deux doigts de pleurer. Tout ce qui vient de se passer, il l'a vu ! Donc ça s'est passé. Donc je ne suis pas fou !

– Dylan, tu ne devrais pas quitter ta chambre, tu es encore en convalescence, me sermonne Logan.

– Ne t'ai-je pas dit de faire le moins d'efforts physiques possible ?

La voix de mon père est plus basse d'une octave que d'habitude. Je le connais assez pour savoir qu'il est tendu. Son médiator est serré dans sa main droite et son visage soucieux. Les organistes qui ont détruit Hard il y a quelques minutes se livrent encore bataille dans sa tête, visiblement. Pour être certain de ce que j'avance, je me jette à l'eau :

– Papa, tu veux quand même te rendre à Orgue ? Même après tout ça ?

– Comment ça « quand même » ? s'enquit Logan. « Tout ça » quoi ?

Je ne regarde que mon père. Il hésite une seule seconde avant de répondre :

– Et pourquoi je n'irais pas ?

– Shamès ? tenté-je.

Cette fois il tressaille, juste avant de faire semblant de s'étirer. Une première pour mon père ! Lui qui a toujours su rester maître de lui-même éprouve des difficultés à le faire, soudain.

– Qui ? s'enquit Logan.

Je l'ignore encore. Même si je suis heureux de le voir en un seul morceau, j'accorde toute mon attention à mon père.

– Va te reposer, j'ai du travail, Dylan. Nous…

– Je viens à Orgue avec toi.

Après un court silence, il s'exclame :

– Il en est hors de question !

Logan sursaute, visiblement surpris par le ton brusque de notre père. Son calme a totalement disparu.

– Retourne à la maison !

– Non. Je dois venir, et je pense que tu sais pourquoi. Même si ma vie change du tout au tout, je n'ai pas le choix.

– Père ? répète Logan en esquissant un sourire moqueur.

Je n'hésite qu'une seconde avant de cracher le morceau :

– Kana est enceinte.

Après avoir été poursuivi par un homme aux lèvres cousues avec son orgue volant qui a failli me buter mille fois, annoncer ma future paternité a été un jeu d'enfant !

– Cette naissance à venir ne modifie en rien mon rang et, de ce fait, je dois apprendre mon métier auprès de toi. Je viens à Orgue, et Logan sera chef par intérim.

Sans lui laisser le temps de répondre ni de me cogner, je tourne les talons.

Je suis mort de peur. Complètement perdu. Je nage dans l'incertitude. Je ne veux pas aller à Orgue. Tout mon être rejette cette possibilité. Mais je n'ai pas le choix.

Ce Shamès, quel qu'il soit, en mentionnant la grossesse de Kana, l'a indirectement menacée. Et le massacre fictif dont je viens d'être témoin n'est probablement qu'une ébauche de ce qui attend de nombreux innocents si je décide d'ignorer l'avertissement. De plus, l'organiste semble détenir des informations concernant Rubby. Ma curiosité est piquée au vif. J'aimerais savoir pourquoi je n'ai pas droit à une âme musicale, comme tous les autres.

Je ne suis ni un héros, ni un Logan courageux, ni un Kellan brave. Je suis un Dylan peureux et lâche qui tremble à l'idée de partir en guerre.

Cette fois pourtant, la vie ne me demande pas mon avis.

Tell me a story into that goodnight, sing up the stars for me…

Green Day, ***Song of the Century***

XIV

Je suis innocenté. Après une journée de procès interminable au palais de Vent en présence des cinq chefs des clans sud, de leurs héritiers, et de tous les habitants de Symphonie qui ont pu s'entasser dans la salle du trône, on m'a finalement rendu justice.

Justin a été déclaré coupable de viol et d'agression ayant laissé à la victime de graves séquelles physiques et morales. Il est condamné à l'emprisonnement à perpétuité dans les donjons de Vent. Son instrument a été placé dans une cellule mitoyenne, de sorte qu'il ne puisse plus jamais l'utiliser. Collin de Clavier a publiquement renié son fils après l'annonce du verdict du jury. Sa déclaration m'a brisé le cœur. L'expression de Justin à ce moment-là m'a brisé le cœur. Voir ses frères lui tourner le dos m'a brisé le cœur. Mais je l'ai laissé se briser sans rien faire pour recoller les morceaux.

C'est la vie, je suppose.

Loïs de Tam m'a offert un bouquet de krïsts pour se faire pardonner sa « confusion ». Elle m'a paru sincère. Elle n'est pas la première à m'accuser d'une chose que je n'ai pas faite, aussi, je ne peux pas lui en vouloir.

Une toute petite lueur a percé peu à peu le brouillard qui m'habitait jusqu'à présent. Je ne suis pas fou, j'en ai eu la confirmation. Les réponses à mes questions se trouvent à Orgue, auprès de ce Shamès que je ne connais ni d'Ève ni d'Adam. Je ne suis ni courageux ni vaillant, j'en conclus donc que j'ai des tendances suicidaires qui expliquent pourquoi je m'enrôle sans réfléchir davantage. Dans quatre jours, je vais me retrouver au cœur d'une armée pour la toute première fois de ma vie. Papa n'aura plus de Logan fort et brave à son côté, mais une loque tremblante et pissante. Malgré tout, ça m'excite. Si j'étais un peu plus honnête avec moi-même, je dirais que je préfère mourir au combat avec un peu de dignité que d'un rejet d'organe dans mon lit, faible et pitoyable.

Papa a fini par s'y résoudre. Il a protesté un peu au début, pour la forme, mais je pense qu'en vérité il est content que je vienne. Il semble savoir des choses que j'ignore encore – pourquoi sinon un chef prendrait-il le risque d'emmener un musicien-soldat dont l'instrument n'est pas en mesure de combattre ? –, et ce voyage sera propice aux confidences. Du moins, je l'espère.

Je laisse pour le moment les soucis glisser sur moi comme de l'eau. Mais je ne peux que ressasser encore et encore ce qui s'est produit.

– Bientôt le grand jour ?

Je sursaute. Ethan lâche un rire bref avant de se déshabiller et de me rejoindre dans le cours d'eau qui passe dans notre résidence et se déverse dans un bassin privatif.

– Cet endroit est réservé à la famille du chef de Hard, dégage ! lui lancé-je en lui éclaboussant le visage.

– Tout ça pour que je ne te voie pas pleurer, rétorque mon ami avant d'éclater de rire.

Pleurer. J'en ai terriblement envie. D'évacuer ces larmes qui me meurtrissent la poitrine et le cœur. Elles compressent mon moral.

– Tu peux encore reculer, tu sais, lâche-t-il après un long silence. Kana a besoin de toi, surtout en ce moment. Et moi aussi…

Je soupire avant de rejeter la tête en arrière. Les étoiles sont belles, cette nuit. J'ai envie de les décrocher et d'en faire un collier pour ma fiancée éternelle.

– Dyl, tu le sais, que tu es tout ce qui me reste, pas vrai ?

Je reporte mon attention sur Ethan. Il ne me regarde pas. Il joue avec la chevalière léguée par son père avant son décès.

– Je le sais.

– Mais tu t'en vas quand même.

La culpabilité me serre les entrailles.

– Cette fois-ci, tu ne seras pas dans les parages. Tu pars te battre. Tu pars… mourir.

Il le dit si doucement, que je l'entends à peine. Ça me fait frissonner. J'ai peur. J'angoisse comme jamais. Je n'ai pas envie d'y aller. Mais quelque chose me pousse. Je sais juste que si je reste, Shamès reviendra. Et si la prochaine attaque n'était pas qu'une hallucination ? Si Kana mourait ? Je ne le permettrais pas !

– Je n'ai jamais entendu ta mélo-âme. Je ne t'ai jamais vu la travailler ne serait-ce qu'une fois. Rubby et toi, vous êtes comme deux corps étrangers qui doivent cohabiter. J'ai l'impression que vous n'êtes pas comme nous.

Ethan fait comme s'il avait des doutes, mais il sait. Il l'a deviné depuis longtemps. Nous faisons juste tous les deux comme si de rien n'était. Bien sûr que mon comportement interpelle. Ethan n'est sans doute pas le seul à faire semblant d'ignorer mon cas.

– Rubby n'est jamais vraiment née. Elle n'est pas pourvue d'organes. Ma mélo-âme n'a aucun pouvoir. Je suis plus humain que musicien. Je n'ai pas d'âme musicale.

Il hoche lentement la tête.

– C'est pour ça que tu ne crois pas à nos traditions et à notre histoire.

– Je suis la preuve vivante qu'il est possible de vivre sans mélo-âme. Pourquoi accorderais-je du crédit à ces conneries ?

Ethan secoue la tête. Dans la nuit, ses yeux bleus brillent d'une étrange lueur. Il se rapproche de moi, au point que nos deux nez se touchent presque.

– La preuve vivante ? murmure-t-il. Dylan, si tu n'as pas d'âme, tu ne peux pas être vivant.

Je sursaute.

– Qu'est-ce que tu dis ?

– Je dis que tu es sûrement mort.

Un long silence s'installe, brisé par les seuls battements de mon cœur. Quelle est cette sensation d'effroi ?

Ethan finit par éclater de rire.

– Je plaisante, regarde ta tête !

Même s'il dit ça, ses mots dansent dans mon esprit : « Si tu n'as pas d'âme, tu ne peux pas être vivant. »

– Tu vas me manquer, Dylan.

Je ne réagis même pas. Je le laisse m'enlacer et me serrer contre lui. « Tu ne peux pas être vivant. »

– Ceci n'est pas un adieu, me dit-il. Juste un au revoir.

Je n'arrive pas à lui rendre son étreinte.

Et si j'étais mort ?

– Deux hommes nus s'enlaçant dans un ruisseau en pleine nuit. Que suis-je censé comprendre ?

Cette fois, je réagis. Ethan et moi nous décollons précipitamment, mais c'est trop tard, Logan nous regarde d'un air soupçonneux. Mains sur les hanches, le torse bombé, il exhibe fièrement ses cicatrices de guerre, comme d'habitude.

Son regard s'attarde sur nous. Tant pis, autant y aller à fond :

– Tu pourrais repasser ? On vient à peine de commencer ! ironisé-je.

Il fronce les sourcils. Logan n'a aucun sens de l'humour…

– Ethan, pourrais-tu nous laisser, s'il te plaît ? intime-t-il d'une voix impatiente.

Mon ami prend son temps pour sortir de l'eau, puis se plante devant Logan sans rien dire. Je ne vois pas son visage, mais celui de mon frère s'assombrit brusquement. J'ai un mauvais pressentiment.

– Appelez-moi quand vous avez fini ! dit Ethan d'une voix chantante, puis il ramasse ses vêtements, et s'en va.

Je rejoins à mon tour Logan, enroule ma serviette autour de ma taille et m'assois par terre. Quand mon frère se laisse tomber près de moi, je me raidis. D'aussi près, je peux voir ses cernes, ses yeux rouges.

Ses dreadlocks bleues.

Quelque chose le préoccupe.

– Désolé mon frère, mais j'ai beau faire, je n'arrive pas à t'imaginer sur un champ de bataille, me confie-t-il.

Je baisse les yeux. Comme si *moi* je pensais que c'était ma place !

– Tu dois te dire que je suis vraiment nul.

– Non, dit-il. En fait, ta détermination m'a donné envie de me secouer un petit peu. Je suis peut-être héritier, mais je n'en suis pas moins un être à part entière. Depuis mes sept ans, papa m'emmène partout, il m'assomme d'informations, d'entraînements et de rendez-vous. J'ai laissé filer mon enfance et mon adolescence sans m'en rendre compte.

Je l'écoute parler sans l'interrompre. Je ne l'entendrai peut-être plus jamais, après mon départ.

– Quand je te voyais faire le pitre avec Ethan ou bien découcher pour rejoindre Kana, je me disais toujours que tu ne réalisais pas ta chance.

Il soupire.

– Je vais essayer de m'accorder un peu de temps. De rattraper celui que j'ai perdu. Même si papa me confie Hard en votre absence, je vais en profiter pour élargir mon cercle social et essayer de tomber amoureux.

J'éclate de rire.

– Essayer de tomber amoureux ? Ça ne s'« essaie » pas. Ça vient, c'est tout.

Il hausse les épaules.

– Je vais devoir rompre avec Louane.

– Tu mérites mieux qu'une fille qui ressemble à grand-père ! Pourquoi tu t'es entiché d'elle, d'ailleurs ?

– Je ne me suis pas entiché d'elle… Mais le père de Louane est passeur, il assure la liaison entre les îles Silencieuses et le port de Vent. Puisque c'est un bon ami de papa, il offre à Hard ses plus belles acquisitions en provenance des îles. Mon mariage avec un membre de sa famille permettrait de perpétuer ça.

Je secoue la tête.

– Comme si on ne pouvait pas se déplacer jusque là-bas nous-mêmes ! Il était juste désespéré de ne jamais marier sa fille, alors il te l'a refilée !

– Je le pense aussi.

– Et toi, en garçon bien éduqué, tu as accepté.

– Je ne contrarierai jamais papa. Tout ce qu'il fait, il le fait pour une bonne raison.

Le vent se lève, aussi je retire ma serviette et enfile mes vêtements. Je me rassois à côté de Logan et prends le temps d'observer les environs. Le parc où j'ai fait mes premiers pas. La rivière où maman nous baignait, Logan et moi. Le loft où j'ai grandi. Le fossé de terre qui peine à se refermer depuis qu'Ethan m'a aidé à m'y enterrer un jour, pour voir l'effet que ça faisait. Tous ces événements ne sont plus que des souvenirs.

– Tu peux pleurer, Dylan. Tu en as le droit.

Je pose ma tête sur son épaule, et je me laisse aller.

– Je ferai attention à Kana et à ton enfant. Je ne sais pas pourquoi tu pars, mais je sais que tu ne le fais pas de gaieté de cœur. Tu ne dois pas te laisser distraire. Mais tu seras rentré avant la naissance, bien sûr.

Je ne réponds pas. Je sanglote silencieusement.

– Tu sais, même si je suis entraîné et aguerri, papa ne m'a jamais lâché d'une semelle sur les champs de bataille. Il m'a toujours protégé. Il fera la même chose avec toi, c'est sûr. Tu ne vas pas mourir, Dylan. Papa ne le permettra pas.

« Si tu n'as pas d'âme, tu ne peux pas être vivant. »

– Je suis peut-être déjà mort.

Il se raidit.

– Qu'est-ce que tu peux dire comme conneries ! Ça va me manquer !

Il fouille dans sa poche et me tend son poing.

– C'est quoi ?

– Une espèce de cadeau. Je ne t'en ai jamais fait, pas vrai ?

J'ouvre ma paume et Logan y laisse tomber son médiator. C'est un modèle en losange simple, mais qui a plus d'expérience en matière de guerre que moi…

– Et toi ? Et s'il y a urgence et que tu en aies besoin ?

– Je n'en aurai pas besoin. Toi si. Peut-être.

– J'ai déjà le mien.

Il secoue la tête.

– Un soldat voyage avec très peu d'objets personnels. En cas d'enlèvement, tu ne pourras t'en sortir qu'en troquant des objets de valeur. Prends mon médiator et échange-le si nécessaire.

– Tu es fou ! On ne donne pas une part de soi comme ça ! Et puis c'est la guerre, si on m'enlève, on me tuera, on ne cherchera pas à négocier avec moi !

Logan pose sa main sur mon épaule et la presse.

– Accepte-le, Dylan, s'il te plaît. Le Sud ne risque rien, je n'en aurai pas besoin. Garde-le sur toi comme une amulette.

Logan délire.

– C'est la première fois que nous échangeons plus de trois mots, alors ne gâchons pas ce moment en nous disputant. D'ac' ? me lance-t-il.

Il se penche vers moi et, pour la première fois de notre vie, m'étreint fermement. Ça fait autant de mal que de bien. En fait, il est carrément en train d'aplatir les trapèzes que je m'efforce de gonfler depuis des mois ! Mais je ne me plains pas. Je le serre contre moi tout en observant Kana pardessus son épaule.

Elle est là depuis le début, sous le couvert des arbres. Enveloppée dans une couverture, les larmes inondant son visage, elle attend patiemment son tour.

Son tour de me dire adieu.

The only heaven I'll be sent to, is when I'm alone with you…

Hozier, *Take Me to Church*

XV

Comme ces vagues qui tentent désespérément de fuir la mer,
Comme ce soleil qui ne peut régner sans lune,
Comme ce corps qui ne peut vivre sans cœur,
Je me soumets.

Harmonie, couplet 1, Dylan de Hard

Mon armure est spéciale. Jeanne, notre couturière, termine de l'ajuster sous les yeux brillants de maman.

– Je suis à la fois fière et extrêmement triste de te voir dans cette tenue, pleure-t-elle à moitié.

Je me retiens de faire une remarque. Maman a enfin délaissé son instrument pour m'accorder un peu de temps, je ne vais pas tout gâcher !

– Ta toute première armure, ton tout premier combat, continue-t-elle.

Quand Jeanne s'écarte, je me découvre enfin. La glace me renvoie l'image d'un garçon surpris, pas vraiment à l'aise dans ses nouveaux vêtements.

J'ai troqué mon sarouel confortable contre un pantalon en cuir de liane très – trop – moulant, une tunique et une veste de cuir d'érable doublée de fourrure de cerf. Je porte des boots vernies à lacets et à boucles ainsi que des gants. J'ai l'air d'un papillon dans sa chrysalide. Pour couronner le tout, Jeanne a noué autour de ma taille un drapeau aux couleurs des clans Sud de Symphonie : cinq verts différents.

– C'est ça, une « armure » ?

Je suis cruellement déçu ! Dans nos livres d'histoire et dans les musées, les armures sont lourdes, tout en fer, avec un heaume et des brassards solides. Les soldats ont l'air incroyablement virils et forts ainsi équipés. Moi, je ressemble à un travesti.

– Papa ne porte pas du tout ce genre d'« armure » quand il part en guerre ! Et Logan non plus !

Mon père, mon frère et les soldats de Hard ont des tenues plus amples et plus confortables. Ils portent des protections aux endroits sensibles mais sont libres de leurs mouvements. L'inverse de ce que m'offre mon accoutrement !

– Je n'ai pas eu le temps de vous confectionner une tenue plus travaillée, j'ai été prise de court ! proteste Jeanne, visiblement vexée que je n'aime pas sa création.

– C'est serré comme tout !

– Pas serré, *moulant*, me corrige Jeanne en agitant une énorme aiguille sous mon nez.

– Ouais bah le problème est le même. Comment je vais pisser ?

– Dylan, ton langage ! me réprimande maman.

– Je voulais dire, comment vais-je m'y prendre pour mes besoins naturels ?

Maman et Jeanne soupirent en chœur sans me répondre. Elles me croient en train de faire le pitre, mais c'est une vraie question qui m'angoisse !

– Qu'on me rende mon sarouel et qu'on brûle cette tunique qui m'écrase les pecs !

– Dylan !

– Mais maman…

– C'est la tenue traditionnelle de combat !

– Traditionnelle ou pas, comment veux-tu que je coure en étant aussi compressé ?

– Tu n'es pas censé courir. Jouer de ton instrument nécessite de l'immobilité.

Je me raidis. Elle marque un point.

– Ce cuir, c'est l'étendard des Hard, poursuit-elle. Il faut le porter la tête haute ! C'est notre signature, notre hymne, le clan que nous défendons et chérissons.

– D'accord mais… comment diable vais-je pisser ?

𝄽

Une orgie de nourriture nous est offerte au château de Vent, notre point de départ. Ce clan est notre mine d'or. En tant que territoire côtier, il possède son propre port, et donc sa propre flotte de pêcheurs. Pour obtenir poissons, fruits de mers, coquillages et algues, nous devons passer par lui. Pour obtenir du sel, nous devons passer par lui. Pour louer les bateaux de guerre qui conduisent les musiciens-soldats au nord, nous devons passer par lui. Le chef Phinéas est le seul chef de clan à s'être fait bâtir un château, façon de se démarquer de ses « sujets ». C'est un homme méprisable et narcissique, mais nous jouons la carte de l'hypocrisie quand il s'agit de troquer avec lui. Vent possède du cuir, notre signature ; de la soie, celle de Classique ; du daim, celle de Tam ; et du coton, celle de Clavier. Compromettre notre alliance avec Vent, c'est risquer de devoir nous promener nus. Non pas que ça me dérangerait, moi qui ne suis pas un grand pudique, mais je suis moins enclin à voir mon frère, mon père et ce sauvage de Kaïs déambuler sous mes yeux dans le plus simple appareil…

Le lendemain à l'aube, nos armées quitteront le port de Vent pour une durée indéterminée.

Peut-être pour toujours.

Tout Symphonie a été invité au « banquet de départ ». La pièce gigantesque est pleine à craquer. Le château de Phinéas est multifonction. La salle du trône fait office de tribunal, et les donjons, de prison. Quand il n'y a pas d'audience, orgies et autres festins s'y déroulent.

Je prends le temps de discuter avec ceux qui m'approchent, bien que l'angoisse me fasse bégayer. J'ai le terrible sentiment que c'est la dernière fois que je peux sociabiliser ainsi.

Certains restent campés sur leurs positions et refusent même de me regarder après mon implication dans l'affaire Loïs de Tam, mais je prends sur moi. Chacun son opinion, chacun sa façon de penser. Jadis, on appelait cela la démocratie, si j'en crois les cours de maître Morgane.

Des Venteux m'invitent à jouer à des jeux artistiques, mais je refuse. On me regarderait d'un mauvais œil, dans les clans voisins. La plupart des habitants d'ici sont musiciens-chanteurs, musiciens-danseurs, musiciens-comédiens. Vent est un peu la cour du roi. On y trouve une arène de théâtre et de combats en plein air, des boutiques et un coin « chaud ».

Phinéas pousse les chefs à bout, particulièrement parce que aucun habitant de son clan n'est musicien-soldat. En temps de guerre, aucun Venteux ne prend de risques, mais quand il s'agit de participer aux rendez-vous diplomatiques sur les îles Silencieuses, ils répondent présents.

Mon cœur est mis à rude épreuve. Kana a décidé de ne pas venir. Ethan non plus.

J'ai l'impression d'être une étoile qui, bien qu'entourée de milliers d'autres, finira par mourir seule.

Même la solitude trouve toujours de la compagnie.

– Hard Junior, un petit medley, ça te dit ?

Coral secoue sa guitare sous mon nez. Elle a l'air en forme malgré notre départ qui approche. Cette femme adore les combats ! Une sadique…

– Attends. Peut-être que Kana va arriver.

– Qui ça ? s'étonne Coral.

Je soupire. Je déteste que les miens fassent comme si elle n'existait pas.

– Kana ! Ma « Classique ».

Elle ouvre des yeux ronds.

– Tu sors avec une Classique ?

Cette femme joue terriblement bien la comédie…

– Ne fais pas comme si tu ne savais pas, raillé-je. Tu connais Kana.

– Si tu veux me la présenter, pas de souci, conclut-elle. Allez, amène-toi !

Elle désigne la scène installée près du trône de Phinéas. Plusieurs musiciens de Hard s'y tiennent déjà, ils ont l'air tout excités.

– Détendons un peu l'atmosphère, y en a qui pleurent déjà !

Je sors Rubby de son étui avant de gagner la scène avec Coral. On nous accorde quelques applaudissements. J'essaie de sourire, même si le cœur n'y est pas.

– Mes amis, faisons la fête jusqu'à l'épuisement ! s'exclame Coral.

Nous nous mettons d'accord sur l'ordre des mélodies, et nous commençons avec *Motivation*, une chanson d'un groupe nommé Sum 41 dont les vinyles sont exposés dans les musées. Si les autres se contentent de jouer, moi je profite du bruit pour fredonner les paroles à ma guise. C'est ainsi que je me sens à l'aise.

Dans la foule déchaînée, je remarque mon père. Assis à la table des chefs de clan, il ne prête aucune attention aux discours de Phinéas. Ce dernier, qui aime s'écouter parler, ne semble pas s'en offusquer. Les deux femmes assises sur ses genoux le caressent avec volupté et ça me déconcentre un instant. Phinéas n'a aucune pudeur ! Il est vêtu des divers tissus que nous utilisons. Ces matières viennent initialement des îles Silencieuses, territoires qui séparent le Nord et le Sud de Symphonie. C'est là-bas qu'on tanne les peaux, qu'on élève les vers à soie, qu'on tisse le satin et qu'on récolte le coton. Mais, encore une fois, c'est par Vent que passent les marchandises et, pour qu'elles puissent nous parvenir, nous devons à nouveau troquer avec Phinéas. C'est un tyran vaniteux qui vous arnaque avec un sourire de trois kilomètres de long.

Mon père me fixe. Il me sonde du regard. Ça me perturbe et je me trompe d'accord. Les autres continuent comme s'il ne s'était rien passé. J'essaie de me reconcentrer. Mon père est étrange mais, pour l'heure, je tiens à laisser une bonne image de moi. J'aurai tout le temps de le questionner pendant notre voyage. Je détourne donc le regard et enchaîne avec le titre suivant. Après deux autres chansons, Coral, qui a repéré le chariot d'alcools, réclame une pause. Des musiciens de Classique en profitent pour prendre notre place et, parmi eux, j'aperçois Luca. Ça m'étonne qu'il veuille jouer aussi. Je ne l'ai jamais entendu le faire pour le plaisir.

– Dylan !

Logan qui a surgi de nulle part m'attrape le bras.

– Quoi ?

Il m'entraîne si vite que je manque m'étaler.

– Qu'est-ce qui se passe ? Lâche-moi !

– On est en retard, grouille !

– En retard pour quoi ?

Il me fait sortir de la salle bruyante et nous nous retrouvons dans un vaste hall aux murs recouverts de miroirs. Le narcissisme de Phinéas n'a aucune limite…

– Tu vas me faire tomber, lâche-moi !

Il n'en fait rien. Logan m'entraîne jusqu'au large escalier cerné de fleurs et d'encens. Il me force à le suivre malgré mes protestations.

– Tu es lent comme un ver, ma parole ! peste-t-il. Voilà où ça te mène de ne plus t'entraîner. Une vraie loque !

Il finit par me pousser dans une chambre au premier étage.

– Qu'est-ce qu'on fait là ?

– Déshabille-toi.

– Quoi ?

– Tu transpires, ce n'est pas à une bonne chose pour ton image !

– On m'a déjà vu plein de pisse, alors…

– Ce n'est pas pareil !

Je remarque seulement alors sa tenue débile : un costume de cuir et une petite fleur dans la poche. Quand il me désigne une tenue presque semblable sur le lit, je me décompose. Puis je comprends :

– Je vais devoir danser… c'est ça ?

Il hoche la tête. J'ai envie de m'arracher les jambes pour y échapper. Celui qui a inventé le « banquet d'adieu » a également mis en place le « bal d'adieu » et le « baiser d'adieu ». Tous les soldats doivent s'y soumettre. Je peux jouer sur scène, chanter et même faire un strip-tease sans aucune gêne, mais danser, c'est bien trop me demander !

– Je suis obligé ?
– Si tu ne veux pas faire honte à papa, oui !
– Et si j'ai envie de lui faire honte ?
Il ne m'écoute pas.
– Va te baigner à côté, change-toi et descends vite.
Sur ce, il me plante là et s'éclipse. Je me dirige d'un pas traînant dans la pièce contiguë. Un immense bassin de pierre rempli d'eau et de pétales de fleurs s'y trouve. Les femmes de Phinéas sont gâtées…

Je me déshabille avant de plonger volontiers dans le bain tiède. Là, j'en profite pour verser les larmes qui m'obstruent la poitrine depuis le début de la soirée. Kana me manque. Ethan me manque. Même Léna me manque. J'ai envie de les voir encore une toute petite fois avant de partir. J'ai envie d'emmener Kana avec moi. Si elle n'était pas enceinte, je suis sûr qu'elle serait venue. Mais aurais-je été capable de la protéger ? Bien sûr que non. Elle le fait mieux que moi.

Je suis choqué d'être aussi élégant. Sans voix, je fixe mon reflet. Je ne sais pas qui a confectionné ce costume, mais je suis prêt à l'embrasser jusqu'à bout de souffle. Sauf si c'est Jeanne. Notre couturière a toujours des aiguilles dans la bouche…
– Pas mal, Hard junior, me complimenté-je.
Ce costume me donne l'air mature et viril. C'est un modèle trois pièces en cuir noir et à chemise blanche en soie fine qui tombe parfaitement. Ma barbe de quelques jours et mes cheveux peignés en arrière me donnent l'impression que je suis un autre Dylan. Un Dylan qui a vieilli de quelques années et s'est assagi. Je quitte la chambre de meilleure

humeur. C'est fou, comme le physique peut vous changer un homme et un moral !

Logan m'attend au pied de l'escalier principal. À peine ai-je atteint les dernières marches qu'il commence à me tourner autour et à ajuster chaque centimètre de mon costume.

– Dernière chose !

Il me prend Rubby des mains et passe autour de son manche un nœud papillon en cuir. Je hausse un sourcil.

– Rubby aussi doit être présentable ! se défend Logan avant de me pousser vers les grandes portes.

Je n'ai jamais vu mon frère aussi excité.

Je comprends que quelque chose cloche quand je regagne la salle du trône. Un silence de mort m'accueille. Je repère ma mère, assise à une table avec celle de Kana. Toutes deux ont la larme à l'œil.

Mon père et Ezra, le père de Kana, viennent à ma rencontre et me sourient comme si j'étais l'homme le plus respectable du monde. Ils me serrent tour à tour dans leurs bras.

– C'est ta soirée, Dylan, me dit mon père tout en m'entraînant devant la scène où une vingtaine de musiciens se tiennent prêts.

Harmonicas, violons, guitare, flûtes, tout y est ! Luca est à leur tête. Je réfléchis. Est-ce mon anniversaire ? Non. Est-ce mon enterrement ? Pas encore.

Quand je jette un œil à la salle, je remarque que les plats ont disparu au profit d'énormes bouquets de fleurs et de bougeoirs en argent.

J'ai presque compris, mais il me faut une confirmation. L'ultime confirmation. Elle ne tarde pas à arriver.

Un couple fait son entrée dans la salle et, aussitôt, l'orchestre entame une musique traditionnelle que je connais bien.

Une mélodie nuptiale.

Kana irradie de beauté au bras d'Ethan. Ce dernier, visiblement ému, la mène jusqu'à son père. Ezra serre sa fille contre lui avant de remonter l'allée avec elle, jusqu'à moi.

Ma fiancée porte la robe de mariée qu'elle a confectionnée avec Léna. Je la trouvais déjà belle sur le mannequin, mais sur elle, c'est indescriptible. Cette robe en cuir et en soie, ses cheveux bleus garnis de fleurs, cette petite main posée sur un ventre bientôt rond… Je me sens bizarre. Je n'arrive pas à mettre de nom sur la trop forte émotion qui s'empare de moi. Suis-je heureux ? Suis-je peiné ? Suis-je anxieux ? En colère ? J'aimerais le savoir.

Léna, derrière sa sœur, porte un coussin de velours sur lequel est posé le violon de Kana. Je souris de bon cœur quand je constate qu'elle l'a affublé d'une espèce de voile du même bleu que sa robe. Je comprends mieux l'accoutrement de Rubby !

Plus elle avance, plus les souvenirs martèlent mon crâne. Elle et moi nous poursuivant dans les vergers. Elle et moi nous baignant dans les eaux de Melody. Elle et moi fuyant Violin. Nous deux vomissant tripes et boyaux après avoir abusé de la sève. Son regard quand j'ai accepté de m'unir à elle. Nos baisers, nos querelles, nos fous rires, nos crises de jalousie, nos peines.

Notre amour.

– En voilà un géant élégant, me dit-elle en souriant lorsqu'elle arrive à ma hauteur.

Sa voix tremble un peu. Elle est nerveuse. Je ne sais que lui prendre les mains et lui sourire. J'ai le cœur qui danse et qui s'effrite à la fois. Comment vais-je pouvoir la quitter ?

– Tu pensais que j'allais te laisser partir avant de m'avoir épousée ? Tu me connais mal ! Tout le monde a participé à l'organisation de cette fête surprise.

– C'est cruel, Kana, murmuré-je, la veille de mon départ !

– Considère ça comme un joyeux souvenir, Dylan.

– Tu n'auras pas de lune de miel. On ne pourra pas aller s'installer sur les Terrains vierges.

– À ton retour.

Elle ne me demande pas de rester. J'ai envie qu'elle le fasse. Un mot d'elle, et j'abandonnerais tout. Si seulement j'avais le choix...

Je la ramène à moi pour la serrer contre mon cœur. Cette étreinte ressemble à la dernière goutte de la sève d'un arbre. Elle est la plus succulente. Celle dont on va se rappeler longtemps.

On nous applaudit et la musique s'éteint peu à peu. Mon père et Ezra nous rejoignent et, comme la tradition l'exige, prononcent leurs vœux avant nous.

– Moi, Ezra de Classique, père de Kana de Classique, j'accepte de céder ma fille au clan de Hard sous la responsabilité de Dylan de Hard. Puisse la famille du chef Kellan veiller sur elle jusqu'à la mort.

Ezra s'incline devant mon père, puis devant moi. Il semble encore plus heureux que je ne suis censé l'être !

– Moi, Kellan de Hard, père de Dylan de Hard, j'accepte que Kana de Classique devienne l'épouse de mon fils. Puisse-t-elle jouir du bonheur auprès de nous jusqu'à la mort.

Il s'incline à son tour devant Ezra, puis devant Kana et moi. Mon père a abandonné un peu de son sérieux pour s'octroyer un sourire.

Deux enfants, un de Hard et un de Classique, amènent le

Registre sur un coussin. L'énorme volume relié de bois est ouvert en plein milieu. Là, une plaquette vierge attend qu'on inscrive cet énième mariage à Symphonie Sud. Mon père et Ezra apposent leurs signatures sous nos noms.

– À nous, minifemme, soufflé-je.

Elle entrelace nos doigts. Je ne me suis pas entraîné, mais les mots me viennent simplement :

– Moi, Dylan du berceau de Hard, je prends pour épouse Kana de Classique. Je promets d'être un époux, un père de famille et un chef de clan exemplaire. Du moins, je promets d'essayer.

– Commence par contrôler ta vessie ! me lance Ethan à l'autre bout de la salle.

Je les laisse rire. Je ris avec eux.

Comme dit The Offspring : *Yesterday laughs, tomorrow cries.* Il n'est pas encore l'heure pour moi de pleurer et d'être nostalgique. Demain, j'aurai tout le temps pour ça.

– Moi, Kana du berceau de Classique, je me donne à Dylan de Hard. Je promets d'être une épouse et une mère exemplaire.

Elle ne mentionne pas son rôle d'épouse de futur chef. Elle n'aura pas droit à ce statut.

Pour valider notre union, mon père vient nouer autour de nos mains jointes une lanière de cuir, puis Ezra fait la même chose avec un ruban de soie. Quand c'est chose faite, j'annonce haut et fort :

– Bienvenue dans ma famille, Kana de Hard.

Je me penche pour l'embrasser tandis que l'orchestre recommence à jouer. Je ne la lâche pas et je fais le plein d'oxygène et de douceur auprès d'elle.

Quelque chose me dit que, sur le champ de bataille, personne ne viendra m'embrasser.

Horizon crying
the tears he left behind long ago…
Nightwish, *The Islander*

XVI

Comme le phœnix, je renais.
Comme un nourrisson, je pleure.
Comme la musique, je me laisse porter.
Et j'attends que ma nouvelle vie tienne sa promesse.

Harmonie, couplet 2, Dylan de Hard

Le ciel s'étend en un dégradé de rose et d'or. L'aube est là, prête à se transformer en un jour magnifique, comme pour me narguer. Il a beau faire soleil, il pleut en moi. C'est même carrément la tempête ! J'éprouve bien trop de choses ce matin : un vent de regrets, des trombes de chagrin, un ouragan d'amertume, un alizé de nostalgie. J'ai l'impression d'être un nouvel élève dans cette énorme classe qu'est le monde. Moi dont les journées et les nuits ont toujours été organisées à ma guise, je me dirige vers l'inconnu. J'ai pourtant eu le choix de passer la porte ou de rester sur le seuil. Je suis en train de l'entrouvrir. Si je recule, je retrouverai la chaleur, la confiance, l'amour et une sécurité éphémère. Si j'avance, le sang, l'agonie et la mort m'accueilleront. Et pourtant, je suis là, face à l'océan.

Face à mon destin.

– Les voilà !

Coral pointe du doigt les eaux calmes. À l'horizon, deux silhouettes imposantes se rapprochent : les bateaux qui vont me conduire loin de mon chez-moi confortable.

– Anxieux, mini Hard ?

Kaïs me donne une tape sur l'épaule et je jure qu'elle se déboîte ! Ce mec est une montagne de muscles énormes qui semblent sur le point de faire craquer ses vêtements. Le genre d'homme qu'il est difficile d'imaginer bébé…

Il porte les couleurs de Symphonie en cape, le cuir de Hard en uniforme. Comme tous les autres excepté moi, il est protégé de coudières et de genouillères solides. Sa basse est soigneusement dissimulée dans un étui en cuir renforcé. Lui a l'air d'un soldat !

– Ne t'inquiète pas, on les prend par surprise. Ils ne s'attendent pas qu'on revienne aussi vite après avoir pulvérisé Ténor !

Mensonge. Les combats ont lieu tous les mois. Les ennemis ont certainement fini par le comprendre, et ils se tiennent prêts à nous massacrer. Peut-être même nous attendent-ils avec impatience. Mais je ne contredis pas Kaïs.

– Rassemblement !

Mon père n'a pas haussé le ton, pourtant ils accourent tous vers lui. Je traîne un peu avant de me rendre compte que l'époque où je pouvais désobéir et glander est révolue. Je ne suis plus l'héritier insouciant du clan de Hard. Je suis un soldat qui part en guerre sous les ordres du chef Kellan. La différence est énorme.

Dos à la mer, mon père nous fait face. C'est fou, le don qu'il a de changer d'expression comme on cligne des yeux !

Son uniforme a été lavé et réajusté par Jeanne. Comme la tradition l'exige, il est mieux protégé que les autres. À son côté, le chef Toma de Classique.

J'observe la troupe de nos alliés. Ils sont à peu près une cinquantaine, de tous âges et des deux sexes, contrairement à notre troupe composée uniquement d'hommes, à l'exception de Coral. Je me sens machiste, tout à coup…

Je repère Luca au premier rang, et j'hésite à rire quand je découvre l'uniforme qu'il porte, la tête haute.

Un sarouel en soie. Une cape aux couleurs de Symphonie. Son instrument. Et c'est tout. L'armée de Classique est quasiment à poil ! Les poitrines de leurs femmes sont enserrées d'un simple bandeau. C'est la première fois que je vois les uniformes de l'armée de Classique, moi qui n'ai jamais pris la peine de dire adieu quand les autres clans partaient en guerre. Je préférais batifoler avec Kana.

– Pourquoi ils ne se protègent pas plus ? chuchoté-je à Kaïs.

Il lâche un rire discret avant de se pencher et de m'expliquer :

– C'est une espèce de provocation destinée à affirmer leur honneur. Les Classique sont d'avis que la force de leur instrument est suffisante pour les protéger. En s'habillant peu, ils montrent qu'ils mettent leur vie entre les cordes de leur instrument et qu'ils lui font confiance. C'est la raison officielle. Pour avoir discuté avec des mecs de chez eux, je sais que c'est surtout pour se foutre de nous. Ils nous signifient : « Notre peau est notre seule carapace. Et vous ? »

Ma virilité en prend un coup. Je me sens soudain ridicule dans mes vêtements moulants.

– Ouais, bah on verra bien s'ils diront la même chose quand il se mettra à pleuvoir ! dis-je quand même pour nous défendre.

– La mer est calme, le temps est clément pour le moment,

annonce mon père. Si ça reste ainsi, nous n'aurons aucun contretemps. Nous devrions atteindre les îles Silencieuses dans cinq jours, où nous nous reposerons une nuit avant de repartir. Sur place, nous embarquerons des renforts qui assureront les arrières.

Les îles Silencieuses. C'est bien la seule étape du voyage qui m'intéresse ! J'y suis déjà allé plusieurs fois étant petit. Je me souviens de mets exotiques, d'une plage au sable chaud, de croyances diverses. Et d'une myriade de textiles !

– Nous avons de nouvelles recrues parmi nous. Vous les connaissez, vous savez qu'ils n'ont jamais pris part à un combat avant aujourd'hui. Ils remplacent Logan de Hard et Mika de Classique. Je compte sur les anciens pour leur montrer la marche à suivre et les protéger en cas de besoin. Je rappelle que ceci n'est pas un entraînement, gardez donc vos blagues pour plus tard, quand la victoire sera nôtre.

Je danse d'un pied sur l'autre, incapable de masquer mon anxiété.

– Trois guérisseurs nous accompagnent, mais je compte sur vous pour vous battre calmement. Aucune sauvagerie n'est nécessaire. Épargnons femmes et enfants autant que possible.

Je lâche un rire ironique sans le faire exprès. Tous les regards se tournent vers moi. Je ravale le bâillement que je préparais.

– Quelque chose à ajouter, Dylan ?

Mon père a repris ce ton neutre qui m'angoisse. Je déteste ne pas savoir ce qu'il pense !

– Je me disais juste que les enfants grandissent et que les femmes sont dotées d'un cerveau, comme les hommes. Ils n'oublieront jamais. Les « épargner » fera d'eux de futurs soldats qui souhaiteront se venger à un moment ou un autre, voilà tout.

Mon père fronce les sourcils. Le chef Toma hausse les

sourcils. Le silence me chatouille les oreilles. J'ai envie de sauter dans le port et de me noyer pour échapper à tous ces yeux ! Il m'arrive d'oublier que, même si ma bouche me démange, il n'est pas inutile de la fermer de temps en temps.

– Si je comprends bien, tu proposes de tous les tuer ? demande calmement mon père.

Je sursaute.

– Bien sûr que non !

– Dans ce cas, Dylan, peut-être suggérez-vous de ne tuer personne ? renchérit Toma.

– Je... bah... en fait...

C'est exactement ce que je veux dire. Mais je ne confirme pas.

– Il suffit ! tranche mon père. Les bateaux ne vont pas tarder à s'amarrer. Nous discuterons de notre stratégie d'attaque une fois à bord. Pour le moment, il est l'heure de faire nos adieux.

Je soupire de soulagement quand on me lâche enfin des yeux.

– Fais gaffe à ce que tu dis.

Luca passe devant moi comme s'il ne venait pas de me conseiller. Ça m'énerve. Nous ne sommes plus ennemis, mais je me rends compte que je suis jaloux de lui. Il a une assurance, une maturité et une prestance que je n'aurai sans doute jamais. Foutue poupée blonde décolorée !

Tout le monde s'aligne le long du port, dos à la mer. Face à nous, les portes arrière de Vent. Derrière Vent, Hard, Classique, Tam et Clavier assistent à notre départ. Ils ne bougeront pas avant notre retour. Du moins je l'espère... Ça me rappelle cet excellent livre que j'ai dévoré dans les archives de la Grande Bibliothèque. Ça racontait l'histoire d'un semihomme à peine plus haut que mon genou qui partait détruire un seigneur sans visage avide d'anneaux magiques. Frodon, qu'il s'appelait. Serais-je un Frodon de mon temps, moi aussi ? Retrouverai-je Symphonie comme lui retrouve sa Comté ?

Le chagrin me pince le cœur. Je me retiens de pleurer. Il va falloir que je perde cette habitude de répandre mes fluides corporels ! En guerre, il y a des moments appropriés pour pleurer.

𝄽

Quand je pose les pieds sur le pont du bateau, je comprends que le voyage ne va pas me plaire. L'embarcation en elle-même n'y est pour rien. Elle est assez spacieuse, bien agencée, sécurisée. Le problème, c'est ce roulis incessant qui l'agite, et je sais que les vagues sont pour l'instant hypocritement sages… Elles sont fourbes. Elles attendront que l'on soit au cœur de l'océan pour nous faire tanguer dangereusement !

– N'hésite surtout pas à libérer le passage ! ironise Coral dans mon dos.

Je me rends seulement compte que je suis immobile, la bouche béante. Je me remets à avancer, l'estomac noué de plusieurs nœuds solides. Qu'est-ce que je fais là, déjà ?

– Je vous laisse faire le tour, le temps de remplir les formalités avec notre passeur, annonce mon père qui s'éloigne déjà en compagnie d'un homme en robe et à forte poitrine – une femme, donc.

J'inspecte le pont à la plate-forme polie et cirée, témoignant d'un bon entretien. J'avance jusqu'à la figure de proue représentant une fillette tenant dans ses mains une flûte de Pan, l'instrument maître des îles Silencieuses. Amarré face à moi, un bateau semblable au nôtre transportera nos alliés de Classique. J'y vois le chef Toma discuter avec le passeur du navire, une femme en robe, plate comme une planche et chauve comme des fesses de bébé – un homme ? Tandis que j'essaie de déterminer le sexe de l'individu, Luca apparaît dans mon champ de vision. Il seconde fièrement son père en bombant le torse. Je remarque au passage que ses abdominaux ont fière allure. Il va falloir que je m'occupe des miens !

– Il ressemble vachement à une gonzesse, quand même, commente Kaïs en désignant Luca de l'index.

Je me rends compte que je suis censé me trouver avec mon père, moi aussi, apprendre mon métier auprès de lui. Je quitte la proue pour le rejoindre sur le pont supérieur, une volée de marches plus haut. Appuyé contre le gouvernail, il acquiesce aux paroles de notre passeur tout en gravant son nom sur plusieurs plaquettes de bois. Quand il me voit arriver, il me fait signe d'approcher.

– Voici donc votre cadet ! me lance le passeur en guise de salutation.

– Dylan de Hard, me présenté-je en m'inclinant.

– Aimée des Îles, se présente-t-elle à son tour.

J'ai beau l'observer, j'en reste perplexe. Dans ma tête, les capitaines de bateaux sont des gaillards bien sculptés, brutaux et grossiers. J'ai devant les yeux une femme ravissante vêtue d'une superbe robe de taffetas ceinte de cuir, les épaules couvertes d'un châle en coton et les cheveux retenus par un foulard. Ses yeux, deux amandes couleur noisette, se marient à sa peau caramel, délicieusement hâlée après des journées passées en mer. Ses cheveux sont aussi longs que ceux de Kana, mais d'un noir d'encre. Je remarque qu'elle porte autour du cou une plume de colombe, ce qui prouve son appartenance aux Signes du Ciel – une des communautés des îles Silencieuses qui aurait, selon la légende, des visions du futur.

Comment une fille aussi belle et fragile peut-elle être

capitaine ? À nouveau, je me rends compte que je fais mon macho.

– Un rebelle à ce que je vois, rit-elle en désignant mes cheveux.

Mon père soupire.

– Les dreadlocks ne sont pas à son goût, déplore-t-il.

Aimée me détaille de la tête aux pieds. Son regard s'attarde sur mon étui à guitare dans lequel Rubby repose sagement.

– Comment s'appelle votre fidèle compagne ?

– Rubby.

Elle hoche la tête, et je vois l'intérêt se peindre sur ses traits. Finalement, elle m'offre un large sourire.

– J'ai appris que vous vous étiez marié. En fait, j'ai entendu les applaudissements depuis le port, reprend-elle. Félicitations !

– Merci.

– Pourquoi ce brusque désir de partir en guerre ?

– Je n'ai pas le choix. Nous défendons Symphonie Sud.

Elle me regarde encore, et je ne suis pas dupe. Je sens qu'elle veut me demander quelque chose, mais que la présence de mon père l'empêche de parler.

– Nous allons bientôt partir, finit-elle par dire.

Mon père hoche la tête.

– Dylan, je te laisse t'entretenir avec Toma. Vois s'il est prêt de son côté, et inspecte l'autre bateau à ma place. C'est ta première mission.

Je m'incline devant lui avant de me retirer. Dans mon dos, je sens le regard d'Aimée m'englober. Elle avait cette lueur dans les yeux. Celle qui peut vouloir dire deux choses : soit elle me hait profondément, soit elle m'aime éperdument.

J'espère qu'il s'agit de la seconde hypothèse… J'ai suffisamment d'ennemis comme ça.

J'ai vu la vie et la mort
Se disputer mon sort.
Je suis mort et vivant à la fois.
J'ai envie de disparaître
Pour réapparaître,
Quelque part où je serais juste moi.

Harmonie, couplet 3, Dylan de Hard

XVII

– Ferme la bouche, tu baves.

Je n'en fais rien.

– Et pousse-toi, je peux pas monter.

Je ne bouge pas.

– Qu'est-ce que tu fais là ?

– Je me suis enrôlé, me répond Ethan en me bousculant pour pouvoir monter à bord.

Il porte un uniforme semblable au mien, son écharpe de Mister Clan en plus.

– Toi ? m'étonné-je.

– Oui, moi, Ethan de Hard, vingt-cinquième Mister Clan de Symphonie !

– Mais... pourquoi ?

– Tu vas avoir besoin de moi, Dyl. Je pourrai surveiller tes arrières lorsque tu seras occupé à contrôler ta vessie !

Il fait un tour sur lui-même avant de m'offrir son plus beau sourire.

– Tu avais promis de protéger Kana !

– Je ne vois absolument pas de quoi tu parles !

Puis, sans me prêter plus d'attention, il s'en va saluer les autres, sa guitare dodelinant sur son épaule. Les soldats sont occupés à charger les vivres et les sacs de voyage dans les cales. Ils sont organisés et rapides. Ils font ça tous les mois, ce n'est pas nouveau pour eux. Moi, ça m'angoisse. S'habituer à la guerre ne devrait pas être quelque chose de normal.

– Dylan, viens par ici !

Malgré le flot de questions qui se pressent sur mes lèvres, je tourne les talons à contrecœur pour rejoindre mon père. Depuis que j'ai décidé de le suivre à Symphonie Sud, il me noie d'ordres. Mais ce n'est pas plus mal. Ainsi occupé, j'évite de prêter attention au chagrin dû à l'absence de Kana qui flétrit peu à peu mon humeur. Et à la douleur.

Une douleur diffuse, sadique, qui compresse mes poumons et menace mon cœur. Je ne veux pas inquiéter mon père.

Je ne veux pas m'inquiéter moi-même.

– Je vais t'apprendre à lire une carte maritime, me dit-il quand j'arrive à sa hauteur.

Il tient contre le gouvernail une grosse plaquette de bois sur laquelle sont tracées des routes et des croix.

– Ce n'est pas bien compliqué, tu vas voir.

Il transpire beaucoup. En grande partie à cause de l'énorme sac de voyage en cuir qu'il porte sur ses épaules.

– Donne-moi ça, je vais aller le ranger dans la cale, lui proposé-je.

– Non, c'est ma façon à moi de faire de l'exercice. Plus ça tire, plus c'est bon !

– Masochiste…

Je le laisse donc me faire un cours sur les bienfaits de l'exercice physique, puis m'enseigner la lecture d'une carte maritime. J'endure tout cela en plus de la douleur légère qui met à l'épreuve mon cœur. Je la cache. Je la supporte.

Pour le moment, je suis une virgule. Celle qui saute de mots en mots pour éviter que le point final ne se pose.

Le point final de ma vie.

Mon père dort. Sa guitare est posée près de lui, tout comme le gros sac qu'il trimballe depuis Hard. J'avais prévu de l'interroger cette nuit. J'avais prévu de lui soutirer les informations qui peuplent sa tête. Mais il dort. Je n'ai pas pu le seconder de la journée à cause de mon cœur qui a décidé de me pourrir le voyage. J'ai dû rester alité jusqu'au dîner, quand la douleur a enfin décidé de faire une pause.

À présent, les bras ballants dans la cabine de luxe qui nous est réservée, je ne sais quoi faire. Le sommeil ne vient pas à cause du bateau qui danse sur les vagues et joue avec mes nerfs. Au moment où je décide de faire quelques pompes, histoire de m'occuper, j'entends un grognement étouffé devant la porte. On dirait quelqu'un à qui on vient de donner un coup dans l'estomac.

Même si elle ne me sert à rien, je prends Rubby et je sors sur la pointe des pieds. Rien dans le couloir…

Ethan est sur le pont. Les mains sur les hanches, il regarde la mer noire qui nous encercle. Sa guitare, posée à ses pieds, est couverte d'un drap de laine censé la protéger de la fraîcheur.

Je ne peux m'expliquer la présence de mon ami. Mais je suis furieusement heureux qu'il soit là.

– Tu dors pas ?

Il sursaute avant de m'adresser un clin d'œil.

– J'aimerais bien, mais des gars font des bruits bizarres dans le dortoir. Je sais pas s'ils font un bras de fer ou autre, mais ils ont l'air de s'éclater !

– J'ai entendu un bruit devant la porte de notre cabine.

Il hausse les épaules avant de se passer une main dans les cheveux. C'est alors que je la vois. Une marque rouge et boursouflée s'étale sur le dos de sa main.

– Than, c'est quoi ça ?

Il s'empresse de dissimuler sa main dans sa manche.

– Un suçon.

– Sur la main ?

– Chacun son délire, Dyl.

Je cherche les mots justes pour poser la question qui me brûle les lèvres :

– Tu… tu étais avec ces gars qui font des trucs bizarres ? C'est eux qui t'ont fait ça ?

À ma grande surprise, il ne s'énerve pas. Il reporte son regard sur l'océan et réfléchit.

– Un seul gars.

J'en reste sans voix de longues minutes. Le pont est désert. Le vent n'est pas clément. L'océan s'agite.

Et Ethan est gay… C'est du moins ce que j'ai cru comprendre.

– Than, tu… tu aimes les garçons ?

– Non. Mais j'étais avec un garçon qui m'aime, lui.

– Qui ça ?

– Un mec moins chaleureux que son prénom.

Je mets le temps, mais le déclic se fait : chaleureux. Chaleur. Soleil.

Shamès !

Je sursaute deux secondes trop tard. La boursouflure sur sa main…

– Tu connais Shamès ?

– Non.

Il a répondu trop vite.

– Tu connais Shamès.

Ce n'est plus une question. Il ne répond pas.

– Ethan ! Tu dois me dire ce que tu sais. J'ai l'impression d'être fou, mais si tu as vu ce mec aussi, ça veut dire que je ne suis…

– Je ne sais pas qui est ce Shamès. Je parlais de Rohan, un mec du dortoir. Il a l'air sympa et solaire comme ça, mais il vient de me sauter dessus comme un animal en chaleur.

Ethan se tourne brusquement vers moi et se rapproche.

– Ne le dis à personne.

Je suis déçu. J'ai envie de pleurer. Ethan venait d'allumer une bougie d'espoir devant mes yeux aveugles d'angoisse. S'il m'avait dit « oui, je le connais », je suis sûr que j'aurais pu me mettre à danser de soulagement.

– Shamès a un pouvoir bizarre qui consume tout ce qu'il touche. Tu vois de qui je parle ?

Ethan lève un sourcil, mais je continue. Je dois avoir la confirmation qu'il ne ment pas.

– Il joue de l'orgue. C'est à cause de ses menaces que je pars en guerre dans le Nord, je n'ai pas le choix. Il est bizarre, sadique et…

Je me tais brusquement avant de me rappeler une chose.

– Et c'est lui qui a détruit ton tronc.

Ethan ne cille pas.

– Ce jour-là, tu étais brûlant de fièvre. Il a dû te toucher, mais une fois qu'il t'a libéré, tu as retrouvé une température normale. C'est lui qui a réduit ta maison en cendres ! Et cette marque sur ta main, c'était lui à l'instant, pas vrai ?

J'en suis sûr à cent pour cent.

– Dyl, t'es sûr que ça va ?

Il a ce demi-sourire que je connais bien. Celui qui est une ébauche du fou rire qu'il retient. Il ne me croit pas.

– Than, Shamès existe ! Il a ravagé Hard une première fois, mais tout le monde l'a oublié ! Il… Je ne sais pas comment il s'y prend, mais il me fait passer pour un fou !

– Tu n'es pas fou, tu es juste… fatigué.

– Non !

J'essaie de me calmer, mais impossible. Maintenant que je suis lancé, Ethan va devoir me supporter.

– Ce mec est malsain, il me poursuit ! Tu comprends ?

Son regard perplexe montre qu'il a perdu le fil depuis un moment.

– Tu ne comprends pas, ajouté-je, frustré comme jamais.

Mon ami pose les mains sur mes épaules et vient coller son front au mien. Je sais ce qu'il va faire. Ça me ramène des années en arrière. Ça me rend nostalgique.

– Une étincelle peut allumer un incendie, dit-il.

Je soupire.

– Un incendie peut embraser un bateau, rétorqué-je.

– Un bateau peut conduire un homme vers son destin, enchaîne Ethan.

Il adore ce jeu qui consiste à modeler une phrase cohérente à partir du dernier mot de la phrase précédente. Le perdant a un gage.

– Le destin… le destin…

– Le destin est un chemin transparent dont personne ne connaît la destination finale, termine Ethan à ma place.

Je me détache de lui. Pourquoi ai-je envie de pleurer, tout à coup ?

– Passons à ton gage ! s'exclame-t-il avant de battre des mains, visiblement ravi. Je te laisse le choix. Soit tu m'enlaces sur la proue du navire comme ce couple inconscient et stupide dont les statues traînent dans les musées, soit tu quittes ta chambre de luxe pour les dortoirs.

– Et pourquoi je quitterais ma chambre pour ces dortoirs où il se passe des choses étranges ?

– Tu veux donc m'enlacer sur la proue…

– Jamais de la vie !

Quand je tourne les talons pour aller chercher mon oreiller dans ma cabine, j'entends deux notes de piano. Non, pas du piano… de l'orgue ! Je me fige. J'attends la suite. J'attends la catastrophe. J'attends les hurlements, les chuchotements à mon oreille. Mais rien ne se passe.

– T'es mort ? me lance Ethan.

– Tu ne l'as pas entendu, à l'instant ?

– Entendu tes pas qui se sont arrêtés ? Si.

J'ai la nausée, et les remous de l'océan n'y sont pour rien.

𝄽

Rohan a les yeux rivés sur Ethan. Ethan a les yeux rivés sur moi.

– Il me fait peur, me chuchote mon ami avant de plonger sous les draps.

Il m'a fait venir ici, histoire que je fasse comprendre à Rohan qu'il est proche du fils du chef de Hard et que, s'il tente à nouveau quelque chose, je prendrai des mesures. La situation ne m'enchante pas. Je préférerais être tranquillement endormi dans mon grand lit de privilégié que dans cette minuscule couche vissée au sol et tout juste assez large pour caser le gabarit d'Ethan et le mien, ce qui est déjà admirable. On dormait ensemble quand on était petits et c'était mignon. Maintenant, l'image est grotesque. Si Luca me voyait. Si Kana me voyait.

– Il me fixe encore ? murmure Ethan de sous le drap.

– Pourquoi tu es venu, si c'est pour te retrouver dans une situation pareille ? pesté-je. Comment as-tu eu l'autorisation d'embarquer ?

– Quand j'ai gagné l'élection de Mister Clan, j'ai demandé

comme récompense de faire partie de la troupe du clan de Hard et d'aller me battre à Orgue.

Je me redresse d'un bloc.

– Pourquoi ?

– Parce que j'ai envie de devenir musicien-soldat et que c'est sur le terrain qu'on se forme. Tu n'es pas content que je sois là ?

Je ne réponds pas. Je me rallonge. Je fixe mon attention sur la mélodie lente et funeste qui émane d'un orgue fantôme. Je suis le seul à l'entendre résonner au-dessus l'océan, se répercuter contre les vagues.

Les mots d'Ethan me reviennent en mémoire. « Si tu n'as pas d'âme, tu ne peux pas être vivant. » Si Shamès était vivant, il ne pourrait pas se déplacer avec autant d'aisance et hanter mes nuits.

Qui est-il ?

Qui suis-je ?

How long will I swim before I drown ?
Mika, *No Place in Heaven*

XVIII

Nous faisons des pompes depuis une éternité. Je pensais pouvoir y échapper en faisant mine de superviser les opérations, mais mon père n'a rien voulu savoir. Me voilà de bon matin en train de suer sur le pont, la nausée remuant mes entrailles.

Le bateau se laisse porter par d'énormes vagues qui font les belles. J'ai l'impression de sauter à l'élastique toutes les minutes.

– Va y avoir une tempête, sifflé-je. J'en peux plus !

– 48, 49, 50..., me nargue Kaïs, en face.

– 58, 59, 60, renchérit Coral, pas essoufflée le moins du monde.

Je les ignore pour regarder Ethan qui prend tout son temps.

– 3, 4, 5...

Il est très pâle, ce matin. Je sais qu'il a fait des cauchemars, vu la façon dont il gesticulait cette nuit, mais je n'ai pas encore trouvé le temps de lui en parler. Mon père nous a tirés du lit de bonne heure et a exigé qu'on « réveille nos muscles ». Une vraie obsession !

Sur le bateau voisin qui nous suit tranquillement, je sais que les soldats de Classique font eux aussi des exercices matinaux, à la différence que Luca et le chef Toma, eux, en sont exemptés ! Ils se contentent de passer de rangée en rangée et de prodiguer leurs encouragements.

– Y a des gens qui te regardent bizarrement, me glisse Ethan au bout d'un moment.

Je suis son regard et croise celui d'Aimée. Appuyée contre le gouvernail, les bras croisés sous la poitrine, elle me fixe sans ciller. Son visage est neutre.

– C'est quoi, son problème ?

– Peut-être qu'elle a craqué pour toi ? avance Ethan.

– Tu crois qu'elle ferait cette tête-là ?

Ethan cesse ses exercices, mais reste muet. Je m'arrête aussi et observe la seconde personne qui me toise : un jeune homme à la peau hâlée comme Aimée. Il porte lui aussi un collier de plumes de colombe. Je l'ai déjà aperçu sur le pont une ou deux fois, mais je ne me suis jamais présenté à lui. D'après sa proximité avec Aimée, j'en déduis qu'il est son subordonné.

– Je vais leur parler.

– Laisse tomber, me retient Ethan. Ignore-les, ils sont pas nets. Viens, on va bouffer !

Je me lève et me dirige quand même vers ces importuns. Si l'homme est doté de parole, c'est aussi pour pouvoir régler ses différends, non ? La parole, c'est bien ce qui nous sépare des bêtes sauvages !

Je ne suis qu'à quelques mètres d'Aimée et de son acolyte, mais je bascule en arrière avant d'avoir pu les rejoindre. Un poing vient de s'écraser sur mon nez. Aveuglé par le coup porté qui me fait saigner abondamment, je tombe lourdement au sol. La seconde d'après, je perçois une grande agitation ; des bruits de pas précipités, de lutte, des cris.

– Dylan !

Ethan se jette près de moi et entreprend de stopper l'hémorragie avec ses mains.

– C'est bon, le rassuré-je.

La douleur est suffisamment aiguë pour me faire pleurer, mais je me retiens.

– Je veux un duel ! J'exige compensation !

Le taré qui vient de m'agresser se débat dans les bras de mon père et de Kaïs. Les autres se tiennent prêts à intervenir en cas de récidive.

– Que se passe-t-il ?

Aimée arrive à grandes enjambées, suivie de près par son page.

– Cet homme vient de frapper Dylan ! s'indigne Ethan. Qui est-ce ? Il ne porte pas d'uniforme !

– Un citoyen de Tam, visiblement, annonce mon père en désignant sa tenue du menton.

Je ne connais pas cet homme maigre et fou de rage qui me lance des éclairs avec ses yeux cernés de taches sombres.

– Que faites-vous là ? Comment avez-vous fait pour monter à bord ? le questionne Aimée.

L'homme ne se fait pas prier pour répondre. Apparemment, personne ne l'impressionne.

– Je me suis caché sur le pont avant le départ. Inspectez mieux votre bateau, la prochaine fois !

Aimée se plante devant lui, me dissimulant ainsi son visage.

– Pourquoi avoir embarqué clandestinement ?

– J'ai maille à partir avec Dylan de Hard !

– Je ne connais pas cette personne, m'empressé-je d'annoncer.

– Moi je te connais, sale chien ! Tu vas regretter d'avoir posé les mains sur ma fille !

Je ferme les yeux. On m'accuse à nouveau sans raison. Ce n'est plus de l'angoisse que je ressens, mais une colère naissante. Je me relève d'un bond et écarte Ethan qui essaie de me retenir.

– Qui est votre fille ?

– Ne fais pas l'innocent ! Ma fille, Loïs, que tu as agressée dans les vergers ! Tu as été innocenté, mais je sais que tu as été le complice de Justin !

Mon père ouvre la bouche, mais je le devance :

– La seule fois où j'ai touché Loïs, c'était pour tenter de la ranimer.

– Tu confirmes que tu l'as touchée, sale pervers !

Je garde le silence un instant. La rage qu'il a contre moi, je la comprends presque. Sa fille a été victime d'un acte sauvage, j'étais sur les lieux du crime, et rien ne pourra jamais lui faire oublier ça.

– Tu es un garçon bizarre ! Tu apportes le malheur avec toi, où que tu ailles ! Tu es instable, et tu veux me faire croire que tu n'as rien fait à Loïs ? Ta lignée te protège, mais ne compte pas sur moi pour fermer les yeux !

– Vous n'étiez pas au procès, fait remarquer Ethan.

L'homme lui lance un regard noir de haine.

– Je travaille jour et nuit dans les montagnes de Tam pour extraire les pierres qui pendent à vos cous et poignets ! Des pierres que je polis et que je taille, mais que je ne pourrai jamais m'offrir ! Quand Loïs a été agressée et que le jugement a eu lieu, j'étais dans un créneau de quinze jours. Quinze jours dans l'obscurité sans voir ma fille, et quand enfin je la retrouve, j'apprends qu'elle a été abusée par deux fils de chef !

Ses larmes de colère me donnent envie de baisser les yeux de honte alors que je n'ai rien fait. Il crache à mes pieds.

– Ma Loïs était pure, et elle a été souillée ! Et personne n'a trouvé juste de venir me prévenir alors qu'elle souffrait !

– Je n'ai rien fait…

– Balançons-le par-dessus bord ! propose Kaïs en le soulevant de terre.

– Non !

Mon père et Aimée ont réagi de concert.

– Vous pouvez me balancer, je ne suis pas le seul à le mépriser. D'autres suivront ! Tam est en colère. Tam méprise Hard !

Kaïs repose l'homme sur le pont, visiblement déçu de ne pas pouvoir le jeter à l'eau.

– Grand Kellan, je vous respecte. Et je respecte l'héritier Logan, aussi. Mais je ne puis me courber devant Dylan ! dit le Tamien.

Je remarque alors que la teinte sombre autour de ses yeux est due à ses cernes violacés. Depuis quand n'a-t-il pas dormi ?

– Dans ce cas, vous m'insultez aussi, dit mon père.

L'homme ne répond pas. Il ne retirera pas ses paroles.

– Que me voulez-vous ? lui lancé-je.

– Ce que je veux ? Je réclame justice ! Mais puisque le tribunal de Vent n'a pas jugé bon de t'emprisonner, je veux t'affronter ! Dégaine ton instrument, sois un homme et défends-toi !

C'est la seule chose que je ne peux pas faire…

– Ma guitare est fragile.

– Lâche !

Je fais craquer mes jointures.

– Mais on peut régler ça à mains nues, ça ne me dérange pas. Après tout, vous vous êtes servi de vos poings pour commencer.

– Pas de bagarres sur mon navire ! tonne Aimée.

Personne ne l'écoute. Mes poings me démangent. La colère a atteint son paroxysme. Elle n'est pas forcément dirigée vers ce père éploré. J'en ai juste assez de tout et de tout le monde. Tout ce que je voulais, c'était me marier et vivre en paix. Pourquoi suis-je en pleine mer en train de me faire corriger et humilier pour un crime que je n'ai pas commis ? J'aimerais que quelqu'un m'explique la logique de la vie. Je n'en vois aucune.

– Avec ou sans instrument, je m'en cogne. Amène-toi !

– Reste à ta place, Dylan ! gronde mon père.

– Ne réponds pas à la provocation, me conseille Ethan.

Je les oublie complètement et me jette sur le père de Loïs. C'est alors que mon cœur décide de s'en mêler. Il se met à cogner fort et vite. Si fort que je suis pris de court. Si vite, que je perds le compte. Je tombe. J'étouffe. J'arrache ma veste pour respirer. J'arrache ma tunique. Je happe l'air. Quelqu'un me parle, je n'entends pas. Quelqu'un me secoue, je ne le vois pas. J'ai l'impression d'avoir la tête sous l'eau.

Je suis en train de mourir.

Je n'ouvre pas les yeux. Je n'en ai pas envie. La fièvre qui consume mon corps est anormale, inhumaine. Je sais qu'elle est due au bras de Shamès sur le mien. La chaleur part de là et se répand dans tout mon être. J'agonise.

Je m'entends gémir.

– Tu ne me salues pas, Dylan de Hard ?

Je ne réponds pas. Je serre les paupières. Je ne veux pas le voir. Cet homme n'existe sûrement pas. Je dois m'en convaincre.

– C'est très mal élevé. Mais bon, je suppose que les petits-bourgeois sont éduqués ainsi.

Quand il retire son bras, la douleur explose une dernière fois avant de déguerpir. J'en jouirais presque de soulagement.

– Je suis venu, soufflé-je, comme tu l'as demandé. Je suis en route pour le nord, comme tu le voulais. Alors pourquoi ?

– Tu as peur ?

Je ne dis rien.

– Qu'est-ce qui te fait le plus peur, Dylan ? Moi ou la douleur ?

Il pose un doigt sur ma gorge et le fait glisser lentement le long de ma poitrine. La brûlure creuse un sillage sur ma peau – c'est du moins l'impression que j'ai. Incapable de bouger, je ne puis que me mordre la langue jusqu'au sang pour contenir des cris de douleur.

– As-tu peur de la force ou de l'intelligence ? Du muscle ou du cerveau ?

Il retire son doigt. À nouveau, la température de mon corps s'emballe un instant avant de retomber.

– La ferme ! Laisse-moi !

– De l'homme ou de l'animal ?

– La ferme !

J'envoie valser la peur panique qui me paralyse. Je me redresse d'un bloc et me mets à le cogner. Quand la rage libère ma vue, je m'aperçois que mon père encaisse mes coups sans rien dire. Je me dégage précipitamment.

– Papa… pourquoi…

– Du calme Dylan, tout va bien.

– Tout va bien ?

Je suis hystérique. Je me fiche que l'on m'entende depuis le pont. Je me fiche de tout. J'ai juste envie de comprendre.

– Un mec me hante jour et nuit, il engendre des catastrophes, me fait passer pour un fou, et tu dis que tout va bien ?

Je bondis hors du lit. Ma vue vacille un moment, mais je n'y prête pas attention.

– Tu connais cet homme, papa, j'en suis sûr. Tu me caches des choses, ça ne peut plus durer ! Tu n'as pas le droit de me faire ça !

Mes mains réagissent d'elles-mêmes. Elles empoignent mon père par le col, un geste que je ne me serais jamais permis avant le voyage. Je plante mon regard dans le sien. J'halète. Je délire.

– Tu vas me dire ce que tu sais, sinon... sinon...

Je cherche quelque chose de fort qui le fera réagir.

– Sinon, je me suicide ! Je te jure que je vais le faire !

Mon père ferme les yeux et, à ma grande surprise, deux larmes s'en échappent. Ça me fait perdre tous mes moyens. Voir mon père pleurer, c'est comme voir Logan se promener avec des fleurs dans les cheveux : c'est improbable.

– Je suis désolé, dit-il dans un souffle.

Je relâche son col, attendant la suite.

– Plus je te dis des choses, plus je te mets en garde, et plus ça le provoque, dit-il. Chaque fois que j'essaie de te protéger ou de te prévenir, une catastrophe encore plus grande se produit.

Mes jambes se dérobent et je me laisse tomber sur le lit. Je ne suis pas fou ! Quel soulagement...

– Tu connais Shamès, pas vrai ?

Il hésite avant d'acquiescer.

– Je ne t'ai jamais parlé de lui ou des autres parce que ça te mettrait en danger. Il m'a prévenu, ce jour-là. Il m'a dit qu'il me ferait payer chaque confidence.

– Ce jour-là ?

Mon père semble anéanti.

– Je suis en train de le provoquer en t'en parlant, Dylan.

– Qui est-il ? Quel est ce pouvoir qu'il possède ?

– Ta mère et moi avons toujours fait en sorte de te laisser en paix et de nous occuper en priorité de Logan afin de t'éloigner du danger. Mais il a commencé à te suivre et à agir. Je suis intervenu dans l'ombre, mais il s'en est pris à toi et à tes proches. Ça ne devait pas se passer ainsi.

Je repense au tronc d'Ethan complètement consumé. Je repense au cerf égorgé. Au viol de Loïs. Le jour de l'agression il est arrivé si vite sur les lieux… à croire qu'il savait ce qui allait se passer.

– Tu me protèges de quoi, au juste ?

– Dylan, ta mère et moi avons fait une terrible erreur en te concevant.

J'en perds mes mots. N'y a-t-il pas phrase plus horrible à entendre de la bouche de son propre père ?

– C'est trop tard, maintenant. Mais tant que tu es en vie, je vais tout faire pour te protéger. J'avais tort de te laisser de côté. À partir de maintenant, tu vas rester auprès de moi. Nous n'avons pas affaire à des débutants, fiston.

– Pourquoi va-t-on à Orgue ? Ce n'est pas pour la guerre, pas vrai ?

– Eux y vont pour faire la guerre, dit-il en désignant la porte derrière laquelle les soldats s'entraînent. Moi, j'y vais pour couper le mal à la racine. J'y vais pour que tu aies une chance de voir ton fils grandir.

Ou ma *fille*… Je n'ai pas le temps de le dire. Le bateau commence à gîter violemment, comme possédé par un esprit puissant. Je manque tomber du lit.

– Que se passe-t-il ?

Mon père se met sur pied rapidement et dégaine sa guitare.

– Il se venge.

– Shamès ?

Il ne répond pas. J'ai encore un milliard de questions à lui poser, mais il ne m'en laisse pas le temps.

– J'en ai trop dit, lâche-t-il. Pardonne-moi, mais il vaut mieux que tu dormes pour le moment.

Quand je vois son poing s'abattre sur ma tête, je ne sais pas si je dois me réjouir ou pleurer d'avoir un père aussi attentionné.

Je me sens sombrer. Assommer pour protéger. Quelle étrange méthode…

J'entends les sanglots avant même d'avoir émergé totalement. Ma poitrine se serre sans que je sache pourquoi, je redoute d'ouvrir les paupières. Quelque chose me dit que je vais le regretter. Mais je le fais quand même. Je me redresse très lentement. Je ne cherche pas à savoir où je me trouve exactement. Je n'en ai pas le cœur. Ma vision est aimantée par autre chose.

Blotti par terre, Luca pleure sans retenue. Ainsi recroquevillé, le visage inondé de larmes, il semble faible et petit. Je comprends la nature de son chagrin quand je vois le violon posé à côté de lui. Je le reconnais : c'est celui du chef Toma. L'instrument est fendu en deux. Irrévocablement. À jamais.

L'image me poignarde. Que s'est-il passé ? Est-ce à cause de moi ? Que fait-il sur notre bateau ? Ou suis-je sur le sien ? Où est mon père ? Je crains les réponses à ces questions. Alors je me rallonge et ferme à nouveau les yeux, faisant comme si mes rêves ne m'avaient jamais livré à la dure réalité.

Pick up my heart that you left on the floor…
Mika, *Stardust*

XIX

La fumée pénètre ma gorge et envahit mes poumons. Je vomis ma peur. J'ai froid. Je suis gelé, même. Je n'ai pas l'habitude d'avoir froid ou d'être gelé. Dans le Sud, le temps est toujours clément.

J'ouvre les yeux. Je ne vois rien. Je suis aveugle. Ah non ! J'aperçois une forme dans la pénombre. Puis une flamme. Je suis trempé. Quelqu'un passe son bras autour de mes épaules. J'ai mal aux épaules. J'ai mal à la tête. J'ai mal au cœur. Je ne suis plus qu'une plaie à vif.

Je ferme les yeux un instant, puis les rouvre. Cette fois-ci, je distingue tout plus clairement. Notre embarcation, ravagée par les flammes, s'éloigne sur des eaux modérées, torche vive sur fond sombre. L'incendie a laissé dans son sillage une énorme fumée noire. La lueur du feu éclaire les corps et les instruments qui flottent sans vie autour de nous. Tout mon être est ankylosé. J'ai la nausée. Je n'ose pas regarder qui me soutient. Je n'ose pas dénombrer les survivants. J'ai peur que mon père ne soit pas là. S'il lui est arrivé quelque chose, je ne me priverai pas pour faire de l'océan ma tombe.

Je ne peux envisager que l'histoire de ma vie se poursuive sans l'écrivain qui m'a créé.

– Dylan.

Je relâche la pression. Mon père me serre contre lui. Je ne le regarde toujours pas cependant, trop occupé à fixer le corps du père de Loïs qui passe sous mes yeux avant d'être englouti par une vague.

– Il est parti, m'annonce mon père.

Sa voix est à peine audible. Il est à bout de forces. Combien de temps ai-je dormi ? Comment ai-je pu dormir sans me rendre compte que notre bateau brûlait ?

– Il a décimé notre armée.

Shamès.

– Et… Ethan ?

– Toujours là, mon pote.

Sa voix achève de me détendre. Et je trouve ça bizarre d'être détendu alors que je flotte sur un radeau au beau milieu de l'océan en pleine nuit.

– Je… me sens… vaseux.

– Navré, s'excuse Ethan dans mon dos.

Je ne lui demande pas encore ce qu'il m'a fait. J'ai décidé d'affronter la réalité. Lentement, je me décolle de mon père pour tourner la tête.

C'est moins petit que ce que je croyais. Nous nous trouvons sur le second bateau. Toute sa partie supérieure a brûlé sans qu'on puisse maîtriser l'incendie. Ne reste qu'une demi-coque de noix à moitié carbonisée qui tient plus du vaisseau fantôme que du navire de guerre. Sans voiles ni gouvernail, nous devrions être à la merci des courants. Heureusement que Julian peut les contrôler pour nous mener à destination. Notre passeur, collé à son côté, joue de sa flûte de Pan. Sa mélo-âme est entraînante. J'en découvre vite les effets. Un sillage de sel se forme devant notre embarcation. Il bifurque, zigzague, s'étire à l'infini sans jamais s'effacer ; c'est la route à suivre la plus sûre.

Près d'Aimée, Kaïs astique sa basse, le regard si sombre que je me demande s'il n'a pas coloré ses yeux. Allongé près de lui, inconsolable, Luca. Il serre son violon et ce qui reste de celui de son père contre son cœur. Ainsi donc, le chef Toma de Classique nous a quittés pour de bon. Je détourne les yeux pour ne pas éclater en sanglots face au deuil de Luca.

– Que s'est-il passé ? murmuré-je.

Le regard d'Ethan se voile.

– Le chef Toma a tout fait pour nous protéger de... de lui.

Je ne peux y croire. Le chef Toma était puissant. Il maîtrisait la faune et la flore. Il pouvait ordonner aux animaux de dévorer nos assaillants. Il pouvait contrôler les arbres et les fleurs, les rivières et les océans. Alors, comment... ?

Rohan a survécu aussi, tout comme mon père, Ethan et quelques autres gaillards de Classique et Hard. Nous ne sommes pas plus de vingt. Une armée aussi amputée n'a pas la moindre chance de gagner ne serait-ce qu'un combat de rue.

– Coral ? m'enquiers-je.

Mon père me presse l'épaule.

– Son entêtement l'a tuée.

– Comment ça ?

– Elle n'a pas suffisamment soigné sa guitare, ces dernières années. Elle n'a jamais pris la peine de la guérir ou de la bichonner après un combat. Son instrument s'est retourné contre elle en refusant de produire sa mélo-âme.

Je devrais être dans tous mes états. Mais je n'y arrive pas. La mort est nouvelle dans ma vie. Je lui laisse le temps de s'installer et de faire connaissance avec mes émotions avant de réagir.

– Je me sens... lent...

– Normal, fait Ethan.

– Vous m'avez drogué.

– Bien vu, confirme-t-il. Il valait mieux que tu restes sagement dans les vapes pendant qu'on s'occupait du reste.

– Vous l'avez vu ?

– Non, répond mon père qui sait de qui je parle. On a juste entendu son orgue. Mais ça a suffi à créer l'enfer.

Je ne sais pas si je tremble de peur ou de froid. Quoi qu'il en soit, Ethan s'éloigne à quatre pattes et revient avec une couverture humide qu'il place sur mes épaules.

– Peut-être que c'est toi que j'aurais dû épouser, Than.

Je ne sais plus ce que je dis. Je divague. Je délire. Je m'endors.

J'ai l'impression d'avoir passé tout le voyage dans un demi-sommeil. En fait, ce n'est pas une impression. J'ouvre les yeux pour la cent millième fois ces derniers jours, mais je ne bouge pas encore. Je prends le temps de faire l'autopsie de mon moral. Les résultats ne sont pas bons. Je tombe dans la gueule grande ouverte de la dépression. J'ai ce sentiment d'être un boulon de trop dans l'engrenage qu'est le monde. Vous vous rendez compte que la Terre tourne très bien sans vous. Que la musique continue. Que vous n'êtes qu'une nuisance.

– Tu pleures ?

Ethan apparaît dans mon champ de vision. Je pourrais faire croire que c'est à force de fixer le soleil, mais je n'en ai pas envie. Pourquoi cacher ma faiblesse ?

– Je t'ai apporté à manger. J'ai arrêté de te droguer, ne t'inquiète pas.

Je saisis la main qu'il me tend et me redresse tant bien que mal. Il fait doux, aujourd'hui. L'océan fait la sieste, et il n'est pas le seul : à part mon père et Aimée, tous dorment sur le pont, épuisés d'avoir pleuré leurs morts. Je regarde la silhouette recroquevillée de Luca. J'ai envie de lui offrir mon épaule. Mes bras. Du réconfort. Mais j'ai à peine la force de bouger. Je suis en pénurie d'énergie.

– Tiens, mange.

Du poisson cuit et une pomme survivante de notre réserve à provisions.

– Comment as-tu cuit le poisson ?

– On a fait un feu, ce matin. Maintenant c'est sûrement froid.

– On est donc l'après-midi ?

– Ouais.

– On est où ?

– En plein milieu de nulle part, mon pote.

Ça me rassure à moitié. Être nulle part, c'est mieux que d'être à Orgue.

– Aimée dit qu'à ce rythme on arrivera sur les îles Silencieuses demain. On a deux jours de retard sur notre programme, mais ça nous a permis de nous remettre de nos émotions. Et de vider nos provisions.

Je l'écoute tout en dévorant trois poissons d'affilée.

– Que s'est-il passé exactement ?

Ethan rit jaune.

– Dyl, si on t'a drogué et envoyé dans le néant, c'est pour que tu ne saches pas ce qui s'est passé, justement.

Je repense à ce que mon père a dit. Plus j'en sais, plus ça provoque Shamès. Je ne pose plus de questions, et Ethan ne dit rien de plus. Il se contente de sortir une partition vierge de son escarcelle et de travailler sa mélo-âme. J'en profite pour l'observer. Il est parsemé de bleus. Et de rouges. Des brûlures, des boursouflures qui le font grimacer parfois. Shamès le torture quand j'ai le dos tourné. Et Ethan endure tout ça. Pour quelle raison ? Pour quelle foutue raison ? Aurai-je seulement une ébauche de réponse un jour ?

– Où est Rubby ?

Ethan désigne mon père sans lâcher sa partition des yeux. Ce dernier porte en bandoulière sa guitare et la mienne. Sur son dos, son sac de voyage. Il n'a pas l'air de faire grandement confiance aux autres, sinon il ne trimballerait pas ses affaires partout !

– Quel est le programme de la journée ?

– Rester en vie jusqu'à demain.

– Ça devrait le faire. On ne va pas mourir parce qu'on jeûne un jour !

Sur les îles Silencieuses, il existe encore une communauté qui pratique le jeûne trente jours tous les ans. Comme moi, ils ne mettent pas entièrement leur vie entre les mains de leur instrument. Ils prient une divinité omniprésente dans leur cœur et dans leurs mœurs. Leur courage et leur fidélité m'ont toujours impressionné. Ils ont tout mon respect.

– Mais si vraiment tu as faim, je peux te donner ma pomme, proposé-je en faisant rouler le fruit jusqu'à lui.

Pomme. Kana adore les pommes. Je chasse immédiatement son image. Il n'est pas l'heure de pleurer.

Ethan lève les yeux de ses notes. Depuis quand sont-ils aussi bleus ?

– Je ne parlais pas de survivre à la faim, Dyl.

Il désigne les cabines du menton.

– Là-dedans, il y a des survivants de l'incendie qui sont en train de s'éteindre à cause de leur instrument. Certains n'ont pas supporté le choc ou n'étaient tout simplement pas aussi coriaces qu'ils le paraissaient. Deux soldats sont morts d'épuisement pendant que tu dormais. L'océan s'est transformé en fosse commune, ces derniers jours.

Je jette un œil à la guitare d'Ethan. Son cœur bat un peu plus lentement que d'habitude. Elle est épuisée.

– Tu devrais la ménager.

Il hausse les épaules.

– En guerre, on n'a pas le temps de ménager qui que ce soit. Anges était prévenue.

Je ne dis rien. La mort est plus présente qu'on ne le croit, je m'en rends compte. Elle est dans la fatigue, dans la peine, dans la douleur et même dans le rire !

– C'est quoi, son problème ?

– À qui ? s'étonne Ethan.

– À la mort.

Mon ami réfléchit quelques instants avant de m'annoncer :

– Je crois que la vie et la mort étaient autrefois deux amantes inséparables. Mais il y a eu divorce et, depuis, chacune essaie d'obtenir notre garde. Si tu veux mon avis, la mort s'en sort mieux que son ex !

Ses mots se répercutent dans ma tête. Je suis soudain inspiré.

– Où sont mes affaires ?

– Là.

Il me montre ma besace, sagement posée sur le pont. Mes muscles me font souffrir lorsque je m'étire pour l'attraper. Je l'ouvre et en sors une plaquette de bois vierge ainsi qu'un graveur. Là, je me replie sur moi-même et passe le reste de la journée emmuré dans mes pensées.

Si mes yeux se ferment dans ce monde,
Ils s'ouvriront dans l'autre.
La mort n'est qu'une autre vie,
La vie, qu'une mort moins triste.

Si tes yeux s'ouvrent dans mon monde,
Peut-être pourra-t-on recommencer
Notre vie
Là où on l'a égarée.

Harmonie, couplet 4, Dylan de Hard

L'aube me réveille en douceur. Je suis le dernier à me lever. Tous les autres sont penchés par-dessus le pont de notre embarcation, visiblement excités par quelque chose. Je me lève avec mille précautions. J'essaie d'ignorer les douleurs qui assaillent mon corps.

Là, à l'horizon, un trait épais et sombre se dessine : les îles Silencieuses. Mais ce n'est pas ça que tout le monde observe. Les regards sont braqués sur les gigantesques statues qui sortent de l'eau et encadrent les Îles, tels des gardiens immobiles. Nous sommes encore à quelques heures de notre destination, mais les statues sont bien visibles. Elles me rappellent mon premier voyage aux îles Silencieuses. Je les avais oubliées jusqu'à présent, ces imposantes et intimidantes statues.

La première rangée de statues jette une ombre éternelle sur notre histoire. Les pionniers de notre monde, Dogan de Hard, Jasmin de Clavier, Mathias de Vent, Iris de Tam, Léa de Classique, Adel de Ténor, Désirée de Cuivre, Clément de Bois, Chelsea de Cordes et Lyès d'Orgue se tiennent la main, formant ainsi une alliance brisée depuis longtemps. Derrière eux, humblement cachées, des statues plus petites, mais tout aussi impressionnantes. Elvis Presley, Kurt Cobain, Mika, Carlos Nuñez, Michael Jackson, Mick Jagger, Ray Charles, Yiruma nous regardent arriver de loin de leurs yeux vides.

Je sais que, de l'autre côté de l'île, d'autres statues trônent fièrement dont celle de Yoann, mon arrière-grand-père. D'après les livres d'histoire, c'était un prodige et pas seulement avec sa basse. Mon père tient sûrement son talent de lui. Je suis sûr qu'après la mort de mon paternel, Symphonie Sud érigera une statue semblable en son honneur.

Mon regard dévie vers mon père, justement. Son uniforme est ruiné. Un morceau de tunique pend de son bras droit, qui ne parvient pas tout à fait à masquer la brûlure qui s'y étend. Il saigne par endroits, son corps est couvert de bleus. C'est là que je me demande à quoi servent tous nos muscles.

Quand il me regarde à son tour, je me détourne. J'ai honte. Je culpabilise. La dépression continue à creuser son trou pour m'enterrer. Sur le moment, je ne vois absolument rien de positif à l'horizon.

Je suis un criminel.

There's no place in heaven for someone like me...
Mika, ***No Place in Heaven***

XX

Je suis le dernier à descendre de bateau. Quand je sens le sol sablonneux et immobile sous mes pieds, j'ai envie de chanter. C'est fou comme on est bien sur terre !

– Grand Kellan, Grand Toma, je vous souhaite la bienv...

L'homme en jupe qui accueille papa sur la plage se fige devant le deuil de Luca. L'esprit de ce dernier semble à des kilomètres de nous. Son cœur et ses pensées sont encore avec son père, dans les profondeurs des eaux. Il tangue imperceptiblement.

Mon père passe un bras solide autour de ses épaules, bien décidé à le réveiller.

– Grand Maé, je vous présente le chef remplaçant Luca de Classique. Il officie à la place de son frère Mika, resté à Symphonie Sud.

Il ne dit rien de la mort de Toma ; elle est évidente, puisque ses fils le remplacent. Un silence gênant s'installe. J'en profite pour détailler les environs.

La grève au sable corail qui s'étend jusqu'à un bois touffu est bondée. L'accostage de notre navire fantôme à moitié calciné sur la plage, et non au port comme il se doit, a attiré l'attention.

La foule est divisée en petits groupes. Les habitants des îles Silencieuses sont plutôt étranges. Venus à l'origine pour exploiter les arbres à cuir, ils ont développé des traditions que j'ai encore du mal à comprendre. Ils sont adeptes de plusieurs religions qui cohabitent en harmonie, vénérant le Solfège, mais choisissant chacun une note. Maé est le Grand Prêtre de Ré, et il est entouré de ses dièses, ses cinq femmes.

– Le voyage a visiblement été éprouvant, constate le Grand Maé en avisant notre équipage réduit. Venez vous reposer.

Je suis le premier à lui emboîter le pas, pressé de roupiller dans un lit qui ne m'envoie pas au tapis quand il est secoué par les vagues.

Les îles Silencieuses portent assez mal leur nom. La forêt, dont certains arbres sont étrangement dépourvus d'écorce, bruit de cris d'oiseaux et de travailleurs.

Au détour d'un sentier, Kaïs s'exclame :

– Bordel, c'est quoi ce merdier ?

Face à nous s'étale une grande langue grise et charbonneuse qui a dévoré une partie de la forêt. Je regarde avec horreur ce vestige d'une catastrophe.

– Nous avons subi quelques incendies ces derniers mois, explique le Grand Maé d'un ton neutre. L'été fut très sec.

– C'est un coup à transformer votre peuple en barbecue ! ricane Ethan.

Mon père lui intime le silence d'un regard et il semble ravaler sa langue.

– C'est la volonté de Ré, répond Maé d'un ton las.

La religion a une immense importance pour ceux des îles.

Les religions, d'ailleurs. Leurs diverses croyances forment des clans qui se partagent la forêt, chacun ayant en charge le travail d'un textile.

Pour les adorateurs de Ré, ce sont les arbres à cuir. Il faut les écorcer, assouplir l'écorce et la teindre avant de commercer avec Symphonie Sud. On nous conduit chez eux. Leur accueil n'est pas que diplomatique, nous avons d'excellents rapports commerciaux avec eux, le cuir étant notre signature.

Leur communauté diffère grandement de ce que j'ai pu voir à Symphonie Sud. Elle s'étend dans une clairière où fleurissent des dizaines et des dizaines de tentes, comme des fleurs colorées. Le tissu qui les compose se marie à la végétation environnante. Au-dessus, des habitations plus solides, accrochées aux arbres comme des cocons, fournissent un abri en cas d'intempéries. Une tente centrale fait office de temple renfermant leurs reliques. Le tout déborde de vie, ça crie, ça jacasse, les gens discutent, des marchands vendent des fruits exotiques.

En chemin, je croise deux femmes étranges. Leurs lèvres sont closes et elles portent de très longues tresses nouées au niveau de la poitrine. Ce sont des adoratrices du Soupir, qui ont fait vœu de silence pour honorer la musique. Voilà au moins des gens qui ne font pas de bruit !

On a réservé une tente à mon père et à Luca, mais les soldats ordinaires devront se passer de commodités et se contenter du ciel comme plafond. Le temps est le plus souvent clément sur les îles, et visiblement dormir dehors est la norme. Je peste en réalisant qu'une bonne nuit de sommeil dans un lit vient encore de m'échapper, et m'installe bon gré mal gré dans la clairière que je devrai partager avec les survivants. Au moins, nous avons quelques rouleaux de tissu qui nous serviront d'oreillers.

Aimée nous rejoint, encadrée de deux enfants.

– Voici Daphné et Noé, mon frère et ma sœur, dit-elle en me désignant les deux marmots qui ont exactement le même visage, la même flûte de Pan et la même longueur de cheveux. Je ne sais pas qui est la fille et qui est le garçon, mais je n'ose pas demander.

– Tu es de Hard ? me demande l'enfant à ma droite.

– Oui, Daphné, tenté-je.

– Moi, c'est Noé.

Bien. Je peux maintenant les différencier d'après leur emplacement.

– Je suis Dylan de Hard.

Je passe la demi-heure suivante à répondre à des questions extravagantes, telles que « Pourquoi tu n'es pas vieux ? », au lieu de dormir, comme je l'avais prévu. Mais ça ne m'embête pas, finalement. Être avec ces deux-là me fait oublier un moment l'horreur que nous avons subie en mer. J'oublie les corps, Shamès, et le visage en peine de Luca. J'oublie que la mort est aussi bien derrière nous que devant, et qu'elle a hâte de nous accueillir à bras ouverts.

– Il paraît qu'ils ont une bouffe orgasmique ! s'exclame Ethan.

– Oui, et nous serons ravis de vous la faire découvrir, répond Aimée avec un sourire.

Je me relève en m'étirant. Mon ami est excité comme une puce, mais je le connais assez pour savoir que lui aussi lutte contre le chagrin à sa façon. S'il y en a un qui rejette la mort de tout son être, c'est bien lui.

Je le rejoins en quelques enjambées.

– Dylan de Hard, tu n'emportes pas ton instrument ?

Je me fige. Quel imbécile ! Je fais volte-face pour constater que Daphné et Noé portent Rubby, et qu'ils ont ouvert son étui.

– Pourquoi elle est rouge ? demande Noé.

– Elle saigne ? renchérit Daphné.

Je me rue sur eux et saisis mon instrument un peu plus brutalement que je ne l'aurais voulu. Ça ne semble pas échapper aux quelques badauds alentour. Deux hommes en particulier me fixent intensément, avant de faire de même avec Rubby. Je décide qu'on ne sera pas amis et je m'empresse de quitter les lieux, Ethan sur mes talons.

𝄽

Oui, la nourriture est délicieuse même si elle a un arrière-goût franchement spécial. Oui, la plage où nous nous trouvons autour de feux de bois est agréable. Mais je me sens tout de même mal à l'aise. De l'autre côté du brasier, dix paires d'yeux sont fixées sur moi. Pas des yeux débordants d'amour. Je lis de la colère dans leurs regards. Je me sens vaseux.

– Je vais appeler des renforts du Sud, annonce papa en vidant son écuelle de soupe aux fruits de mer.

– Le nombre d'hommes que j'ai réunis pour vous accompagner sera suffisant, Grand Kellan, assure le chef Maé. Ils maîtrisent des mélo-âmes de combat très efficaces.

J'ai dû mal entendre. Les habitants des îles Silencieuses restent généralement neutres. Mon père a dû leur promettre un contrat bien juteux pour qu'ils se décident à prendre parti.

Mon père secoue la tête.

– Plus nous serons nombreux, mieux ce sera.

Sur ce, il sort Slash de son étui et la positionne sur ses genoux. Tous les regards sont braqués sur l'instrument majestueux de mon père. Les habitants des îles Silencieuses se trimballent pour la plupart avec des flûtes de Pan, petites et pas vraiment jolies. À côté d'elles, la guitare de mon père est un vrai joyau. Mon géniteur pince les cordes de son instrument et libère quatre notes que je connais bien.

– Le chef Kellan de Hard pour Logan de Hard. Envoie les renforts directement dans le Nord. Terminé.

J'ai un rire bref. Mon père ne demande jamais de nouvelles de la famille quand il est en guerre. Il donne ses ordres, point. Comme tous les autres, je regarde les mots s'inscrire dans les airs avant d'être emportés par un courant d'air, direction Hard. Les mélo-missives sont indestructibles. Elles ne craignent ni les intempéries ni les itinéraires dangereux. Encore une mélodie basique que je ne sais pas maîtriser…

– Dyl, y a des gars qui bloquent sur toi depuis tout à l'heure, me chuchote Ethan.

Je reporte mon attention sur une dizaine d'adorateurs de Fa. Ils portent tous un anneau dans le nez, comme l'exige leur religion. Et ils m'écorchent du regard, comme ils écorcent leurs troncs à tissu.

– Ta vessie tient le coup ? se marre Ethan.

Je ne réponds pas. Mon père m'a toujours dit du bien des îles Silencieuses, et j'ai pu moi-même apprécier mes quelques escapades ici, dans le passé. Mais à présent, je n'ai qu'une envie, arriver vite dans le Nord. Je sens une tension. Une aura étrange. Je crains que ma réputation ne m'ait précédé et que j'aie plus d'ennemis que je ne pensais.

𝄽

Voilà deux heures que je compte les ronflements d'Ethan, espérant tomber de fatigue. Mais ce n'est pas le cas. Je ne suis pas à mon aise, par terre. Mon corps de privilégié est habitué au confort et à la chaleur, et ce n'est pas leur maigre rouleau de tissu qui change la donne. Mais, surtout, je suis sur mes gardes. Préoccupé par l'animosité que certains semblent nourrir à mon égard. Et par les incendies. Je ne peux m'empêcher d'imaginer qu'ils sont le fait de Shamès.

Incapable de dormir, je me redresse pour jeter un œil à notre campement. Les musiciens-soldats de Hard et Classique dorment profondément, leurs instruments à l'abri dans leurs étuis. Mon père dort sur un coude, la tête posée sur son sac de voyage : il a refusé de dormir sous une tente alors que ses hommes devaient dormir dehors. Plus loin, adossé contre Kaïs qui parle dans son sommeil, Luca. Il somnole à côté des débris de l'instrument de son père. Ça me déchire l'âme de le voir ainsi, mais même maintenant, alors que je pourrais aller le consoler, je n'en fais rien. Cette lâcheté qui m'habite est la pire des locataires. Et elle refuse de déménager.

Quand je ferme enfin les yeux, je sens que la nuit va me réveiller à nouveau.

– *Dylan…*

Je suis trempé de sueur. Le diable est à mon chevet.

– À ta place, je ferais gaffe à mes copains…

J'ouvre brusquement les yeux. Un homme lève son silex à écorce au-dessus de moi. Je pousse un cri étouffé et me recroqueville à une vitesse surhumaine, envoyant au passage un coup de pied parfaitement involontaire dans les parties de mon potentiel assassin.

Celui-ci pousse un hurlement et roule sur le côté.

Mon père, alerté par le bruit, saisit instinctivement sa guitare et se dresse comme un ressort.

Debout au milieu de soldats mal réveillés, il se met à jouer *Requiem d'un trépassé*, qui envoie valser mon agresseur à une dizaine de mètres de moi. Encore dans les vapes, je ne comprends pas bien la situation. Nos soldats se mettent à parler et crier tous en même temps. Bientôt, j'entends *Respire* se mêler au combat, mais pas la version soft et agréable que je connais. Les notes qu'Ethan joue sont plus brusques, plus rapprochées. Des notes nouvelles qu'il a griffonnées pendant le voyage. Autour de moi, le sol tremblote, les cailloux frétillent. Papa, Kaïs et Ethan commencent lentement : c'est un avertissement. Quand je retrouve enfin mes esprits, je comprends qu'ils se battent contre une dizaine d'hommes et de femmes aux longs cheveux tressés. Les adorateurs du Soupir ! Qui veulent visiblement nous faire rendre notre dernier.

– Foutre de fion ! C'est comme ça que vous accueillez vos invités ? crache Kaïs.

– Ils sont complètement allumés... commente Ethan.

Les Soupirs ne répondent pas. Forcément, un assassin qui fait vœu de silence, c'est pratique. En en geste prompt, ils portent leurs instruments à leurs lèvres. Mais ils n'ont pas le temps de jouer leur premier accord : deux énormes racines d'arbres fendent brusquement la terre pour foncer vers trois d'entre eux, qui se retrouvent projetés contre leurs acolytes. Avec un mélange de stupéfaction et d'admiration, j'observe Luca préparer sa prochaine attaque. Il accélère le mouvement. Son archet frotte les cordes de Jack sans discontinuer, déclenchant une pluie d'étincelles. Il écume de rage, transpire de rancœur. Son deuil se transforme en vengeance. Il veut faire payer sa perte au monde entier. Je suppose que, pour le moment, c'est bon signe.

Les notes sont rapides, vives. Nos ennemis n'ont pas le temps de les éviter. Elles creusent des cratères sous leurs pieds. Certains tombent dedans, d'autres les évitent prestement. De ces cavités surgissent des fourmis, des sauterelles, des vers, des racines d'arbres. Le chef Toma n'a jamais négligé de transmettre son art à ses fils. Ainsi, Luca sait maîtriser la faune et la flore, comme son père le lui a enseigné. Il n'est pas encore aussi doué que ce dernier, mais il se débrouille très bien.

C'est là que ma vision devient floue. Je distingue la silhouette de mon père qui flanche et s'effondre, et cette scène est la plus terrifiante de toute ma vie.

Je repense un instant à ces hommes qui nous attaquent. À ceux qui me toisaient au dîner. Du goût étrange dans la soupe.

Nous avons été drogués !

Nous n'allons pas nous réveiller.

Ou peut-être dans un cercueil ?

Défonce-toi, mais tu vas te faire défoncer…
Stromae, ***Ta fête***

XXI

Contrairement à ce que je craignais, je me réveille.

Quand j'ouvre les yeux, un écureuil me fait face. Je hurle de surprise avant de me mettre à gémir. Mon enveloppe corporelle dans son ensemble est une épaisse gangue de douleur. Quand le choc est passé, je m'aperçois que c'est surtout mon gros orteil droit qui m'élance le plus.

J'essaie de me redresser et de voir où je suis. Rubby est à côté de moi. La lumière me brûle les yeux. Le soleil est levé depuis longtemps. Je me trouve dans une sorte de cathédrale végétale. Des arbres immenses me dominent de toute leur hauteur et leurs branches s'entrecroisent, formant une voûte de lianes solides. Le feuillage laisse filtrer les rayons acérés du soleil, qui m'arrosent de milliers d'éclats verts et or. Je me relève en titubant et m'éloigne, surpris que personne ne me surveille. Où sont mes amis ? Où est mon père ? Où suis-je ?

Qui a gagné ?

Je m'arrête avant qu'il ne soit trop tard, avant de marcher dans le ciel : un immense précipice dans la montagne éventrée. À mes pieds, un tapis de vide qui ne demande qu'à m'accueillir. Je doute qu'il soit moelleux…

Je me retourne. Évidemment, je n'étais pas seul. Un homme à l'air autoritaire se redresse de derrière d'épaisses racines. La quarantaine, une musculature solide, un visage barbu et strict. Je me sens ridicule face à son assurance.

– Je suis Timothée, et tu es un homme mort.

Il s'approche de moi et, avant que je puisse réagir, m'attrape par les cheveux.

Il me traîne derrière lui avec force avant de me jeter à terre comme un mégot d'ornac.

Je gémis sous le choc, mais encore sous l'effet de la drogue je suis trop faible pour lutter.

– Nous devions juste vous accueillir un jour, puis vous escorter jusqu'au nord de Symphonie avec quelques-uns de nos soldats en renfort. C'est ce qui était prévu dans le contrat de ma fille.

Le visage d'Aimée se grave aussitôt dans mon esprit. Nous a-t-elle trahis ? Je ne sais pas. En tout cas, cet homme a l'air plutôt mécontent. Je me demande depuis combien de temps j'ai disparu.

– Ne t'en fais pas pour les tiens, ils sont juste drogués. Un organisme s'habitue au piment, comme aux autres épices. Et vous n'êtes pas encore habitués à la noix de somme.

– De ?

– Somme. Sommeil. Dormir. Tu es donc aussi stupide qu'on le dit, crache-t-il. En plus d'être un porte-poisse. Cela fait des semaines que nos îles sont ravagées par des incendies. Et devine à qui nous les devons ?

– La sécheresse ?

Il me donne un coup de pied dans le ventre et je regrette mon trait d'esprit. Il le double d'un deuxième, au visage.

– Tu ne la ramènes plus ?

J'ai du mal à répondre. Et pour cause, je tousse et rejette un crachat de sang garni de deux dents. Je suis complètement paniqué. Et si je me mettais à zozoter ? Ethan en rirait jusqu'à la mort si ça arrivait !

– Vous comptez juste me tabasser ?

Grand Dieu merci, je ne zozote pas.

– Non. C'est à cause de toi que ces incendies nous menacent. À cause de toi que certains d'entre nous ne peuvent plus dormir, harcelés par d'incessantes voix qui scandent ton nom. Qui prédisent que tu amènes le malheur. Les Soupirs les ont entendues aussi. Ils ont accepté de m'aider. Nous allons nous débarrasser de toi. Mais sois sans craintes, les tiens ont été épargnés. Ils doivent se réveiller à l'heure qu'il est. On ne va pas non plus déclencher une guerre.

– C'est moi qui porte malheur ? C'est qui qui tabasse qui ? Et c'est quoi, votre plan ?

– C'est simple. Montre-moi ce que tu caches sous tes muscles !

– Sans doute du sang et des veines, ironisé-je.

Il a un rire sans joie.

– Je t'ai observé de loin, tu as assisté au combat sans te battre. Tu étais protégé en permanence. Tu n'as rien fait, avec ou sans instrument. Tu n'es pas un homme !

Je hausse un sourcil.

– Je vous garantis que si. Vous voulez voir ?

Malgré la douleur, je me redresse et essaie de me tenir le plus droit possible. Cet homme essaie de faire de moi un bouc émissaire.

– En quoi ce que vous me reprochez serait de ma faute ? Je viens tout juste d'arriver sur l'île.

Il serre les poings.

– C'est à cause de toi ! C'est ton nom que nous entendons toutes les nuits !

– C'est pas ma faute si vous fantasmez sur moi !

– Espèce de…

Il ne termine pas son injure et se jette sur moi. Mes réflexes se montrent paresseux. Je suis un coulis de miel.

– Crève !

Je me retrouve à embrasser le sol, mais je n'ai pas le temps de lui offrir un baiser langoureux. Mon assaillant m'attrape à nouveau par le col et me rebalance. Je comprends à présent ce que ça fait d'être un morceau de viande qu'on cuisine.

Je n'ai aucun équilibre. Je vois des étoiles. Mon cœur bat trop vite.

– Pourquoi tu ne te défends pas, Hard ? raille-t-il.

– Parce que je suis drogué, connard !

De là où je suis, je le vois attraper Rubby et la balancer dans le précipice, sans état d'âme. Il arbore un air triomphant et sadique. Il me regarde fixement et attend que je me contorsionne, que je hurle, que je pleure. Que je meure, comme Rubby. Mais je n'en fais rien. Et pour cause, je ne suis pas un musicien comme les autres.

– Un problème, Timothée ?

Son sourire vacille. Il vire au blanc. Comme pour se raisonner, il jette un œil au ravin et semble se dire que Rubby est forcément pulvérisée. Il reporte son attention sur moi.

– Comment… Pourquoi…

Mais c'est qu'il tremble ! Parfait.

– Pourquoi je ne suis pas mort en même temps que ma guitare ?

Je me relève à nouveau et supplie mes jambes de tenir encore un peu. C'est ma chance de jouer les héros.

J'avance vers lui d'une démarche lente et contrôlée. Pas par envie. Mes parties me font souffrir et marcher plus vite déclencherait mes sanglots…

Il recule avant de faire un pas en avant, il a failli tomber stupidement dans le vide.

– C'est parce que je suis déjà mort, avancé-je.

– Déjà… mort ?

Je suis à un centimètre de lui. Et lui à quelques centimètres de l'abîme. Il transpire à grosses gouttes. Il pense que je vais le tuer. Je devrais le faire. Mais j'en suis incapable. Je n'ai jamais écrasé ne serait-ce qu'une fourmi volontairement. Mais surtout, cet homme est père de famille. Aimée doit l'aimer, Daphné et Noé l'attendent sagement chez lui, comme un jour mon enfant m'attendra chez moi. Quel droit ai-je d'en faire des orphelins ?

– Tu vas me tuer ?

– J'ai pas encore décidé. Je suis plutôt pacifiste, mais vous me donnez envie de changer d'avis. Vous voyez, je ne suis pas comme les autres. Je n'ai pas besoin d'instrument pour vivre. Je suis capable de bien des choses. Des choses que vous ne pouvez pas imaginer. Si vous voulez voir grandir vos enfants, c'est le moment d'aller les retrouver et de ne plus chercher à me nuire.

Je mens ouvertement, mais ça fonctionne. Timothée rassemble les derniers grammes de dignité qui lui restent pour me cracher au visage. Puis il déguerpit.

Je reste là, les bras ballants. L'humiliation et le déshonneur dégoulinant sur mon visage. Kana m'aurait défendu, si elle avait été là. Elle ne se serait pas préoccupée du danger. Elle m'aurait protégé. Penser à elle me fait soudain plus mal que mes blessures. Une semaine a passé depuis que je l'ai quittée. En une semaine, j'ai l'impression d'avoir vécu mille choses. Que des choses horribles. Que des choses que j'ai déclenchées sans même le vouloir. Le bateau qui a sombré, l'attaque de cette nuit… Combien de morts ?

S'approcher de moi, c'est se mettre en danger. Et si, par vengeance, mes ennemis décidaient de s'en prendre à Kana et à notre enfant ? À Ethan ? Ou à ma mère ? Je ne pourrais pas le supporter.

Je ne sais pas quel est ce sentiment qui m'étreint, mais je

sens l'obscurité me gagner malgré le soleil qui me baigne de sa lumière.

Il darde ses rayons sur ma peau sans la réchauffer. Je me sens mort à l'intérieur.

Je fixe une liane éclairée par le soleil. Je réfléchis. Les événements de ces derniers jours me reviennent en détail à l'esprit. C'est insupportable. La mort gravite autour de moi. Je suis cette petite pierre qui déclenche une avalanche.

Et je me dis que le seul moyen que mes proches ont de m'aimer en toute sécurité, c'est dans leurs souvenirs.

La liane qui me fait face m'a soudain l'air terriblement accueillante. Une délivrance. Maintenant que Rubby est sans doute fracassée en bas de la falaise, je ne peux plus réapparaître devant les miens. Sans instrument, sans mélo-âme. Je suis un monstre qui a perdu son masque.

Je fais le nœud machinalement, enfile la liane autour de mon cou.

C'est seulement alors que mes jambes battent dans le vide que je réalise ce que je suis en train de faire.

Ce que tant de gens m'ont demandé.

Je débarrasse le monde d'une menace.

𝄽

J'étouffe.

– *Dylan.*

J'étouffe, et maintenant j'hallucine. Sérieusement, y a pas moyen de mourir en paix ?

Un éclat aussi rouge que doit l'être mon visage fait plisser mes yeux déjà exorbités par la pression.

Rubby.

C'est impossible, mais elle est entière. Et elle flotte dans le vide.

À son côté, détendu comme s'il n'était pas en suspension en plein air, Shamès me fait un sourire depuis son orgue.

– Tu nous quittes déjà ?

Je ne saisis qu'à moitié ses paroles. L'air me manque, je m'agite avec l'énergie du désespoir.

J'ai beau avoir cherché la mort, je suis en train de lutter contre. Va falloir m'expliquer la logique humaine !

– Je vois qu'on prend son indépendance, susurre Shamès en rejetant ses longs cheveux noirs en arrière.

C'est peine perdue, le vent les lui ramène dans le visage et il les crache avec un tic nerveux. Je pense que si la liane n'entaillait aussi profondément ma gorge, je l'utiliserais pour rire.

– Bon, tu es quasiment bleu, je pense qu'il est temps d'arrêter ta petite rébellion !

Shamès pose un doigt à l'ongle noirci sur la liane, qui se consume et laisse une traînée de feu sur mon cou.

Je tombe.

Sur l'orgue de Shamès, qui tangue dangereusement sous notre poids. Heureusement que le diable est assis sur le clavier supérieur, sinon j'aurais pris feu à son contact.

– Dylan, Dylan… Tu n'as pas le droit de mourir. Ce n'est pas écrit.

J'essaie de répondre, mais ma voix a disparu. Ça ne m'empêche pas d'articuler silencieusement un « va te faire foutre » qui manque de panache.

Pour plus d'effet, je me jette en arrière.

Je ne me raterai pas deux fois.

I'll be the light to guide you...
Bruno Mars, ***Count on Me***

XXII

Je me suis raté deux fois.

Qu'importent la morphologie, le sexe, les croyances, la couleur, le caractère, le statut, nous sommes tous égaux devant la douleur.

J'ouvre un seul œil. L'autre ne veut pas. J'ai des fourmis dans le cerveau et aux cuisses. Qui aurait cru qu'on pouvait avoir des fourmis à ces endroits-là ?

Ma bouche est comme paralysée. Elle refuse de s'ouvrir.

Je me suis réincarné en plaie géante.

– Dyl.

Ethan apparaît dans mon champ de vision restreint.

– Dyl, tu es enfin revenu !

J'essaie d'articuler un mot, mais j'ai beau fouiller je n'arrive pas à trouver ma voix.

– Ne me refais plus jamais ça. J'ai eu tellement peur ! T'as cette manie de mourir sans prévenir.

Je le regarde et, tout à coup, je me rends compte qu'il m'est aussi précieux que Kana. Tous les deux sont deux bijoux rares que je garde précieusement dans un même écrin.

– On a arrêté le père d'Aimée. Elle a un sacré caractère, elle est allée jusqu'à le renier en place publique. Je ne l'avais jamais vue comme ça, c'était impressionnant. Je n'arrive pas à croire qu'il t'ait jeté dans le vide… Heureusement que tu as atterri sur des fougères à taffetas, c'est ce qui t'a sans doute sauvé la vie. Comme à Rubby.

Je ne comprends rien, et je ne cherche pas vraiment à comprendre. Mais quand je penche la tête sur le côté, Rubby est bel et bien là, rouge comme un cœur.

Ou comme la brûlure qui traverse ma gorge.

Je suis surpris de ne pas avoir de séquelles. À croire que l'air lui-même m'a servi de matelas. Je passe quelques jours dans une sorte de brouillard, avant de revenir peu à peu à la vie. Ethan passe le plus clair de son temps avec moi, et sa présence parvient petit à petit à dissiper le brouillard glacé qui m'étreignait.

– On part demain pour le Nord, m'annonce-t-il.

Nous sommes tous deux installés à la lisière du bois, les fesses dans l'herbe mais les pieds dans le sable. Le soleil darde ses derniers rayons sur l'eau turquoise de la mer.

– On est de vraies graines de guerriers, murmuré-je.

Comme chaque fois que je prends la parole ces derniers temps, je suis surpris par ma propre voix. Elle est hachée, basse. Je ne sais pas si je retrouverai mon timbre naturel un jour. Pourquoi me suis-je donc passé cette foutue liane autour du cou ? Si elle n'a pas pris ma vie, elle a décidé de garder une partie de ma voix, comme pour me reprocher de m'être loupé.

– Dyl ! Une graine peut donner un arbre ! s'exclame Ethan, la voix pleine d'optimisme.

– Un arbre peut donner une forêt ! réponds-je, rentrant dans notre jeu habituel.

– Une forêt peut abriter une maison !

– Une maison peut abriter des gens.

– Ces gens peuvent former une famille.

– Une famille peut abriter des frères !

– Un frère ne laisse pas tomber son frère.

– Un frère... un frère...

Je ne sais pas quoi dire.

– Voilà ton gage, Dyl : ne lâche pas.

J'ai pas le temps de répondre qu'une autre voix nous interrompt.

– Comment vas-tu ?

Luca surgit des bois et vient se planter devant nous. Il a beaucoup changé en quelques jours, et pas seulement physiquement. Son esprit s'est aiguisé.

Je convoque ma voix brisée.

– Ça dépend des jours.

Ethan et lui hochent la tête.

– Ton père dit que tu dois te reposer un max. Il entraîne les autres, sur la plage.

Je regarde dans la direction qu'il pointe d'un doigt serti de sa chevalière. Chevalière que mon père ne m'a toujours pas donnée !

Sur la grève, mon paternel supervise la préparation des soldats qui s'appliquent à détruire avec leur mélo-âme des châteaux de sable que des enfants construisent au fur et à mesure, visiblement ravis de pouvoir aider. Son sac de voyage est toujours sur ses épaules. Je commence à avoir des soupçons. Que transporte-t-il bon sang ?

– C'est à cause de moi qu'on n'est pas encore partis, pas vrai ?

Luca croise les bras et regarde au loin.

– Oui, répond-il enfin. On attendait que tu récupères, mais ce n'est pas pour nous déplaire. Plus on retarde notre invasion, plus ils seront pris de court. J'ai passé ces dernières semaines à recruter des soldats, ça va faire du bien à notre armée de grossir ses rangs.

– Combien tu as pu en recruter ?

– Quelques adorateurs de Ré, des illuminés de Mi et deux ou trois superstitieux de Fa.

Je ne dis rien. La perspective du départ me terrifie. Mon Sud me manque. Kana me manque. Et même cet imbécile de Violin !

– Toutes les blessures finissent par se refermer, lâche Luca d'un ton presque neutre.

J'ai capté l'infime tremblement dans sa voix.

La vie est vraiment étrange.

– Quand tout sera fini, j'amènerai Anaïs se reposer ici.

Il désigne un coin reculé de la plage ; un espace privé. Sur l'eau paresseuse, d'énormes sphères transparentes flottent calmement, stabilisées par des ancres. Le soleil les fait briller telles des étoiles aquatiques. À l'intérieur, des lits et des rideaux, tout ce qu'il faut pour passer une lune de miel de rêve.

– Je ne savais pas qu'Anaïs était du genre à se reposer, ironisé-je.

Il rit. C'est la première fois qu'il rit avec moi.

– Elle ne dévoile que son côté furie et rebelle, mais crois-moi, elle a un cœur en or. C'est elle qui m'a cassé les oreilles pour qu'on te soutienne et qu'on se teigne les cheveux en bleu.

J'en reste sans voix. Qui l'eût cru ?...

Now, I'm not afraid to do the Lord's work…
John Legend, ***Who Did That to You ?***

XXIII

Notre armée tient sur un seul bateau, cette fois. Bien que des Îliens nous aient rejoints, nous sommes à peine soixante. Les soldats déposent leurs affaires à bord de l'embarcation. Les plus superstitieux font une courte prière sur le pont. D'autres jettent à la mer des mixtures censées nous porter chance. Quand la procession s'est terminée, elle regagne la terre ferme.

– Que Melody nous porte chance, conclut mon père pour lui-même.

Il est le dernier à descendre de l'embarcation. Elle partira à l'aube sous le commandement d'Aimée. Son père s'est férocement opposé à ce qu'elle prenne les opérations en main, mais elle l'a défié. Je ne comprends pas son entêtement à nous suivre et à nous protéger. Ethan pense qu'elle est amoureuse de moi. Je pense surtout qu'elle est motivée par son goût de l'action, et que porte-poisse comme je suis, ce n'est pas ce qui va nous manquer.

– Allons-y, Dylan, m'appelle mon père.

– Je vous rejoins dans un instant.

Il hésite.

– J'ai besoin d'être seul, s'il te plaît. J'aimerais… pleurer.

C'est faux, pour une fois. Mais si mon père le pense, il va éviter de m'épier. Question d'honneur… Il finit par hocher la tête, l'air grave, et fait demi-tour.

Le programme de notre dernière journée est simple : nous reposer un maximum, remercier ceux qui nous ont accueillis, puis prendre le large pour Symphonie Nord. Nous avons décidé d'un commun accord de laisser Timothée et ses illuminés en paix. Ils sont trop traumatisés par Rubby pour oser revenir vers moi. Et de toute façon, j'ai d'autres plans.

Je cours le long de la plage à grandes foulées. L'endroit est désert. De ce côté de l'île, le sable est rugueux, il n'y a pas d'ombre, et la mer semble peu encline à se montrer sage. Les rouleaux sont énormes. L'eau est plus noire que bleue. Un vrai monstre inapprivoisable.

Je cours malgré le point de côté qui me transperce. Je passe entre deux chevaux sauvages qui hennissent sur mon passage avant de s'enfuir. Je ne m'arrête pas.

– Shamès !

J'attends la chaleur. J'attends les flammes. Rien ne vient. Je cours encore.

– Shamès ! Montre-toi, sale lâche !

La fatigue finit par avoir raison de moi. Je me laisse tomber dans le sable. Je respire avec difficulté, mon cœur bat si vite qu'il semble sur le point d'exploser. J'essaie de me contenir, mais je n'y arrive plus, j'éclate en sanglots. Je n'avais pas prévu ça. Je voulais une confrontation avec Shamès. Je voulais des réponses. Je n'aurais rien. J'ai l'impression de tomber sans jamais atterrir. Que fais-je ici, loin de Hard, loin du Sud, loin de ma Kana ? La réponse est au fond de moi : si je m'éloigne, c'est tout simplement parce que ma présence condamne ceux qui m'entourent. Ma mère, mes amis. Kana.

– Kana…

Prononcer son nom semble adoucir ma voix. Lentement, je roule sur le dos et me redresse, le regard perdu à l'horizon. Tomber amoureux a été la pire idée du siècle. Ma femme me manque. Mon chez-moi me manque. Et ils sont douloureusement inaccessibles comme jamais. Y a-t-il pire punition que d'être le plus grand malheur de ses proches ?

– Kana…

Je lève mon poignet à la hauteur de mes yeux. La lanière de cuir de mon mariage qui y est attachée, preuve de notre amour, me redonne un peu de courage. Je dois continuer. Pour Kana, pour notre enfant.

– La vie n'est pas forcément sympa.

Je sursaute.

Mon père m'a rejoint je ne sais comment. Visiblement, je ne cours pas aussi vite que je ne l'aurais cru. Il pose son lourd sac de cuir et se laisse tomber à mon côté avant de ramener Slash sur ses genoux. Les organes de sa guitare semblent aller bien, mais la caisse de verre est fissurée et le bois du manche est brûlé par endroits. Mon père porte des marques similaires sur son corps. Il n'a jamais autant utilisé *Requiem d'un trépassé* que ces derniers temps.

Je serre les poings. Les mélo-âmes et les instruments ont leurs limites. Si on ne les ménage pas, ils s'affaiblissent. Les instruments risquent de ne plus être en mesure de produire le moindre son, et les mélo-âmes d'être rappelées au cœur de Melody. D'après les miens, c'est la rivière-mère qui punit ainsi.

J'ai peur pour mon père.

– À quoi tu penses ?

– À ma femme.

Mon père me lance un regard interrogateur.

– Ta femme ?

– Oui, ma femme ! Kana !

Je suis plus agressif que je ne l'aurais voulu, mais c'est plus fort que moi. Mon père rit légèrement.

– Si mon fils s'était marié, je l'aurais su, tu ne crois pas ?

J'en tombe des nues. Mon père me fixe avec perplexité. Il n'est pas bon comédien habituellement, et le voir soudainement si bon acteur me glace le sang.

– Tu te fiches de moi, pas vrai ?

– C'est plutôt toi qui te fiches de moi ! De quel mariage parles-tu ?

Je bondis sur mes jambes.

– Mon mariage avec Kana, papa ! Avant notre départ pour le Nord !

Il se lève à son tour, après avoir déposé Slash sur son sac. Il me regarde comme si j'étais devenu un animal étrange.

– Toi, Dylan de Hard tu t'es marié ? Toi, mon fils ? Sans me le dire !

Il m'attrape par le col et me ramène violemment à lui. Je retiens ma vessie *in extremis*. Il ne simule pas. Il est en colère.

– Pas sans te le dire ! Tu étais là, bordel !

– Si j'avais marié mon fils je m'en serais souvenu ! Qui diable est cette Kana ?

L'angoisse commence à se répandre en moi. Elle picote mes nerfs.

– Tu as apposé ton nom sur le registre des mariages, à côté de celui d'Ezra de Classique !

– Le père de Léna ?

– Et de Kana, sa jumelle !

Mon père est devenu muet. La surprise lui mange goulûment le visage.

– Papa, je me suis marié. Et ma femme attend un enfant.

On dirait que quelqu'un vient de lui verser de l'eau froide sur la tête. Je déglutis avec peine.

– Tu…

Il laisse tomber son bras. Il me fixe sans ciller. Sa bouche s'ouvre sans qu'un son n'en sorte.

– Euh... p'pa ?

Je m'apprête à le secouer, mais il me devance. La gifle qu'il me colle m'envoie à terre.

– Tu t'es marié en secret. Tu vas devenir père. Et quoi encore ?

Je ne me relève pas, trop sonné par ce qu'il me dit. Quelque chose ne va pas.

– ÉCOUTE-MOI ! hurlé-je, hystérique. Regarde !

Je brandis mon poignet sous son nez.

– Mon alliance de cuir. Je ne suis pas fou, je me suis marié avant de partir, souviens-toi !

– Que suis-je censé voir ?

Mon cœur s'arrête pour de bon. Je ne porte plus la lanière de mon mariage.

– Non...

– Dylan, tu délires, tu...

– Non ! Non, non, non...

Je fais volte-face. Je me jette par terre. Je fouille le sable. Je creuse. Je souffre.

– Kana...

Non. Ma femme est bien réelle.

– Shamès ! C'est lui qui fait ça ! Il l'a effacée !

– Dylan, calme-toi !

Je ne l'écoute pas. Je peux tout pardonner. Tout. Mais pas qu'on m'arrache Kana !

Je revois son visage. Non. Je ne le vois plus.

– Oh mon Dieu...

Je ne parviens plus à visualiser les traits de ma femme. Ne m'apparaît plus d'elle qu'une silhouette floue.

– Kellan de Hard à Ethan de Hard, viens sur la plage du départ immédiatement ! Urgence ! Terminé.

Mon père ponctue sa phrase de quelques accords familiers.

C'est la combinaison de notes qui permet d'envoyer un mélo-missive. Le message passe sous mon nez sous forme de courant d'air avant de gagner les bois à la recherche d'Ethan. Mon ami va m'aider. Il doit m'aider.

– Dyl, ça va aller.

Ethan, accroupi près de moi, caresse mes cheveux comme si j'étais un enfant en bas âge. Je le repousse.

– Kana était avec nous quand on s'est teint les cheveux en bleu, dis-je, la voix vibrante de colère.

Mon ami soupire.

– Je te le répète, c'était Léna, Dyl.

– C'était Kana ! Elle était là quand tu as été élu Mister Clan !

– Je ne me souviens pas d'elle. Je suis désolé, Dylan.

Je ferme les yeux. Je sens le regard transperçant de mon père sur moi.

– Avec qui ai-je partagé ma couche tout ce temps ? Qui ai-je mise enceinte ? C'était Léna aussi, peut-être ?

– Je ne sais pas avec qui tu as partagé ton lit Dylan, tu ne nous présentes jamais tes conquêtes.

– Conquêtes…

Je me mords la langue jusqu'au sang. Je mords de toutes mes forces. Bientôt, la température augmente d'un coup. Je souris.

– Tu es fort, Shamès. Tu es très fort.

Je rouvre les yeux. Je ne prête plus attention à mon père et Ethan qui tentent de me raisonner. Je ne regarde que Shamès, assis sur son orgue à quelques mètres de moi. Mon père et Ethan ne semblent pas remarquer sa présence, ni le changement de température. Shamès pianote sur son orgue et deux accords stridents plongent mes proches dans l'inconscience. Je vérifie qu'ils respirent toujours, puis me concentre sur mon ennemi. La chaleur qui irradie de son corps fait accélérer mon rythme cardiaque, et je sens la colère se répandre dans mes veines.

– Merci du compliment, cher Dylan. Pourquoi penses-tu cela ?

– Ma femme. Tu as fait disparaître ma femme de leurs esprits.

Il hausse un sourcil.

– Ta femme ?

– Ne joue pas les innocents avec moi ! KANA ! Tu connais son nom. Tu as menacé de la tuer si je ne me rendais pas à Orgue !

Dans ses yeux, je lis de l'incompréhension. Je ne me laisse pas prendre.

– Tu peux peut-être l'effacer de leurs souvenirs, dis-je en désignant mon père et Ethan d'un geste de la main, mais tu n'arriveras jamais à la faire disparaître !

– J'entends bien, mais je n'y comprends goutte, mon bon Dylan. Cette Kana est la fille qui fait battre ton petit cœur ?

En ce moment mon cœur n'a rien de petit. Et il ne bat pas, il tambourine littéralement contre ma poitrine.

– C'est ma femme !

– Tu m'as appelé pour m'annoncer que tu étais tombé amoureux ? C'est très gentil de me mettre au courant.

Je sursaute brusquement. Un haut-le-cœur fait tressauter mon corps. Mon sang bouillonne dans mes veines, sous l'effet de ma brûlante colère. Quelque chose se produit alors en moi et je ne sens plus ce cœur qui me faisait souffrir il y a un instant seulement. C'est comme si je venais de m'embraser totalement et qu'il n'était plus qu'une flamme parmi les autres. J'inspire profondément. Je souris. Je me sens bien. Si bien ! Et fort. Si fort !

Quand je reporte mon attention sur Shamès, une excitation qui m'était jusque-là inconnue s'empare de moi. Une excitation qui ne peut être mienne. Mon corps est comme le sien, irradiant de chaleur, mais ma détermination est de glace.

– Je vais te buter !

Il rit.

Et je me jette sur lui. Shamès lévite quelques mètres plus haut, sur son orgue, mais je l'atteins sans peine. Mon bond est surhumain. Ce ne sont plus des jambes que j'ai, ce sont des ressorts. Mes mains se referment autour de son cou. Sa chaleur me caresse gentiment.

– Tu es bouillant, susurré-je. Je vais t'aider à te rafraîchir !

Son expression vaut tous les trésors du monde. Ces yeux rouges qui s'agrandissent de surprise. Cette bouche qui se tord de douleur. Oh oui, Shamès souffre ! Ses mains agrippent les miennes et me griffent sans parvenir à entailler ma peau. Il essaie de se dégager de mon emprise. Alors, je le balance plus loin, comme je sais si bien le faire. Quand il glisse sur plusieurs mètres et qu'il se met à tousser des flammes, je suis pris d'un fou rire incontrôlable.

– Qu'est-ce que… Marwan ! Edem !

Il regarde le ciel et crie ces noms maudits. Ça décuple mon excitation. Il a à peine le temps de se remettre sur pied que je suis déjà devant lui. D'une main, je saisis ses cheveux et tire sa tête en arrière. De l'autre, j'arrache un à un les cadenas accrochés à son torse. Ses hurlements alimentent mon sadisme. Un sadisme qui ne me ressemble pas, mais délicieusement libérateur. Le tourmenté devient tourmenteur, et c'est la plus fatale des ironies.

– Crie, hurle, supplie !

Il se débat. Sa chair est à vif.

– Tu es un monstre, susurré-je. Une abomination.

Il m'envoie un coup de pied que j'esquive, puis me souffle son haleine incandescente au visage. Je le supporte sans mal. À nouveau, je le jette par-dessus mon épaule avant de faire volte-face pour marcher droit sur son orgue. Mon père et Ethan sont toujours inanimés.

– C'est ton moyen de locomotion, pas vrai, Shamès ?

– N'y touche pas ! Bâtard ! Marwan, Edem !

Je lève la jambe.

– Si je le brise, tu ne peux plus rentrer, n'est-ce pas ? Mais c'est le cadet de tes soucis, n'est-ce pas ? Un musicien ne peut pas vivre sans son instrument.

– NON !

J'abats ma jambe sur le clavier supérieur. Plusieurs touches dégringolent dans une mélodie désaccordée.

– NOON !!

Il rampe. Il se remet debout. Il tombe. Rampe encore. Il est pitoyable ! Quand il arrive enfin à ma hauteur, j'achève de détruire son orgue. Il gît à mes pieds, tas de bois, de verre et d'ivoire sans valeur. Sans organes.

– À ton tour.

Pour la première fois depuis mon départ, je me sens acteur dans cette histoire. *Mon* histoire. Je suis en train d'anéantir un premier ennemi. Seul et sans instrument.

Je ne suis pas moi-même. Ces mains qui le redressent et le frappent ne sont pas les miennes. Ces pieds qui cognent un homme à terre ne sont pas à moi. Ces bras qui le transportent jusqu'à l'eau me sont étrangers. Ce sadisme qui m'anime m'est inconnu. Comme si on me transfusait une colère étrangère.

Je m'enfonce dans l'océan glacé et agité, jusqu'aux cuisses. Le courant essaie de me faire un croche-pied, mais je résiste.

– J'espère que tu sais nager !

Et je balance son corps. Le choc thermique fait hurler Shamès qui lutte désespérément. Il crie. Il se noie. L'eau bouillonne, chuinte, siffle et engendre un geyser de vapeur. Mais je ne bouge pas. Je le regarde disparaître vers les profondeurs, emporté dans un tourbillon de bulles, incapable de résister aux courants.

Ce n'est que quand il disparaît totalement, que quand mon cœur s'apaise et retrouve un rythme normal, que je me dis que ce n'est jamais arrivé. Je n'ai pas tué un homme. Je ne suis pas un criminel.

I wanna hold you high and steal your pain away…
Amy Lee, Seether, ***Broken***

XXIV

Shamès est mort. Et nous n'allons pas tarder à le rejoindre.

Le bateau est secoué comme une goutte d'eau sur la peau d'un tambour que l'on frappe. Les vagues se creusent comme des gueules affamées, prêtes à nous dévorer. Le vent siffle à nos oreilles une étrange mélodie. Et si la tempête ne se calme pas bientôt, elle sera notre requiem. Tout le monde s'accroche à ce qu'il peut et vomit tripes et boyaux. Julian a beau essayer de calmer l'agitation avec sa mélo-âme, la nature prend le dessus. La plupart des soldats et des officiers sont réfugiés dans les cales, pendant que les marins des îles Silencieuses s'affairent à nous sauver des éléments. S'il n'est pas déjà trop tard. Et s'ils sont suffisamment nombreux.

Trois d'entre eux sont déjà passés par-dessus bord depuis notre départ, quelques hommes de Classique et de Hard leur prêtent désormais main-forte. Aimée et son second sont aux prises avec le gouvernail. Le ciel est bas et sombre.

Nous allons mourir.

Depuis la sécurité toute relative de ma cabine, je n'arrive pas à croire que j'ai tué un homme.

Quand la tempête se calme enfin, que les derniers trémolos du vent se taisent, nous devons faire face à un autre type de tempête.

– Je ne le trouve, pas je vous dis ! Il a été emporté !

Un soldat de Classique s'égosille devant un Luca soucieux. L'homme blêmit de seconde en seconde.

– Mon violon… répète-t-il faiblement. Mon violon…

Il tombe à genoux. Il cherche son souffle. Il agonise.

– Cherchez-le ! ordonne Luca, prenant ses responsabilités de chef. Cherchez partout !

Mais c'est trop tard. Le bateau continue sa course et le soldat la sienne, vers la mort. Ses derniers instants sont rapides, il étouffe comme a dû se noyer son violon. Cependant, face à son corps violacé, à son expression torturée, à sa souffrance, je ne ressens aucune crainte. C'est étrange, on dirait que je suis guéri de la peur de mourir. Peut-être me considéré-je déjà en sursis ? Pendant que tout le monde se presse autour du malheureux, je gagne ma cabine. Là, je sors Rubby et me mets à jouer et chanter *Tomorrow is My Turn*, de Nina Simone.

***

– QUOI ?!

J'en avale ma langue. Mon père a les yeux qui sortent de leurs orbites, tant il est choqué. Il a viré au blanc cadavre.

– Tu as… tu…

Oh ! mon Dieu. Il fait une crise. Ses yeux papillonnent tous seuls.

– Papa…

– Tu…

Il se rue sur moi et me colle un coup de poing phénoménal. Mon œil semble hurler à ma place. Mais je fais rapidement abstraction de la douleur, tant l'état de mon père m'inquiète. Je lui ai juste dit que j'avais tué Shamès. Pourquoi le prend-il aussi mal ? Shamès est un ennemi ! *Était.*

– Tu délires complètement, Dylan ! Comment aurais-tu pu vaincre ce monstre ?

– Je…

Il se rassoit et a soudain l'air plus vieux que jamais. Ses rides se creusent au fur et à mesure de notre périple, à croire qu'il vieillit à mon contact. Décidément, j'abîme tout ce que je touche…

– Tu ne comprends pas, Dylan. Tu ne peux pas le vaincre. Pas alors que tu n'arrives même pas à faire tomber une cible avec ta mélo-âme et Rubby.

– Justement, je l'ai fait sans. Je n'ai pas eu besoin d'un instrument stupide. C'était juste moi, je…

– Foutaises ! explose mon père, soudain rouge de rage. Un homme ne vaut que par sa mélodie. Un combat, que par ses accords ! Pour qui te prends-tu ?

– Je te garantis pourtant que…

– Et moi, je te garantis que tu as l'intelligence d'un fion de cerf !

Quand on frappe à la porte, mon père sursaute. Il a visiblement oublié que nous n'étions pas seuls au monde.

– Entrez.

Ethan passe la tête dans l'entrebâillement et avise nos visages déconfits.

– Je peux arrêter, chef ? J'en ai marre de faire le guet. Des gars n'arrêtent pas de me demander combien je prends pour la nuit…

Ethan parvient à dérider mon père, mais sa colère contre moi n'est pas passée.

– Tu vas rester ici jusqu'à la fin du voyage. Si tu oses sortir, je te corrigerai devant tout le monde, tu entends ? me prévient-il.

Sans me laisser l'occasion de répondre, il empoigne Ethan,

son lourd sac de cuir, et sort avant de claquer la porte. Et de la verrouiller. Je me sens comme une mauvaise herbe qu'on a jetée de côté.

Ne sachant que faire pour tuer le temps, je vais m'installer avec Rubby sur mon lit, puis je sors de ma besace plusieurs plaquettes de bois. Je prends le temps d'observer ma guitare. Son vernis est écaillé par endroits à cause de tout ce que je lui ai fait subir ces derniers jours. Mais malgré ces accrocs, elle est encore fonctionnelle.

– T'es plus solide que moi, murmuré-je.

Je me penche sur une plaquette vierge et entreprends de compléter les paroles que j'ai commencé à rédiger pour *Harmonie*. Mon graveur court sans arrêt. Ma main m'élance, mais je ne l'écoute pas. Je suis inspiré comme jamais.

Je grave toutes mes plaquettes vierges pendant des heures. Après ça, je joue les sept notes d'*Harmonie* confiées par Melody à ma naissance, avant d'improviser le reste du morceau. C'est la première fois que je travaille là-dessus. Ça me détend.

Je ne chante pas encore. Je ne fais que fredonner ma création. J'essaie de trouver le bon rythme. J'essaie de créer une belle mélodie. Quand j'en ai assez, je dépose mon matériel et je me lève. Je me déshabille entièrement, curieux de me redécouvrir après un mois sans miroir. Je me place devant la glace en pied, face à la porte.

Je m'observe attentivement pour la première fois depuis que nous avons quitté Vent. Mon corps est une toile rafistolée. Moi qui voulais un maximum d'égratignures pour me vanter auprès de… Kana, me voilà servi !

Mon visage s'est creusé, mais j'ai taillé ma barbe sur les îles Silencieuses, de façon que ça ne se voie pas trop. Mes cheveux ont poussé. La teinture bleue n'est pas partie, mais ma couleur naturelle réapparaît peu à peu. J'ai des cernes énormes et violacés. Mon teint a beau s'être hâlé, on devine quand même ma mine maladive. Je suis un Dylan en très mauvais état. Ce qui attire le plus mon attention cependant, ce n'est pas mon visage.

Rouge, boursouflée et affreuse, la marque que m'a laissée la liane avec laquelle j'ai voulu me pendre s'étale autour de mon cou, indélébile. J'ai eu beaucoup de chance de retrouver ma voix. Je l'apprivoise peu à peu chaque jour. Même maintenant, je me demande dans quel courage et dans quelle folie j'ai bien pu puiser la volonté de mettre fin à mes jours. Comme si cela allait empêcher le Nord de nous attaquer et Shamès, s'il n'est finalement pas mort, de tourmenter ceux que j'aime. Je n'arrive pas à croire que j'ai osé vouloir fuir. Ma lâcheté est donc sans limite…

Mais ce qui m'interroge le plus, c'est d'avoir réussi à vaincre Shamès. En apparence, tout du moins… Je ne sais pas d'où m'est venu ce pouvoir qui a décuplé mes forces. Je n'en ai pas la moindre idée. Et je comprends que mon père refuse de le croire. Même moi j'ai du mal… Après tout, il a peut-être raison. Si l'attaque de Hard n'était qu'une illusion, cette victoire en était peut-être une également ?

Un reflet attire mon regard dans le miroir, mettant fin à mes amères pensées. Derrière moi, sur le lit, quelque chose se passe. Je me retourne précipitamment.

Rubby brille d'un étrange éclat avant de retrouver sa couleur originelle. J'essaie de l'ignorer. Sans doute un rayon de soleil. Je jette un œil par le hublot et découvre un ciel bas et sombre. Bizarre… J'essaie d'ignorer Rubby, mais je n'y arrive pas. Plus je m'efforce de ne pas la regarder, plus elle me fascine… et plus un point lumineux s'élargit en elle. Je me rapproche prudemment, monte sur le lit et me penche par-dessus elle. Ce n'est pas mon imagination, ma guitare irradie ! Pris de panique, je la saisis et la jette par terre. Elle atterrit avec un bruit sourd, mais sa lumière ne faiblit pas. Accroupi sur mon lit, je n'ose même pas poser un pied sur le sol. Je tends le cou vers ma guitare et attends que quelque chose se produise. J'ai l'impression d'être une grenouille perchée sur son nénuphar, guettant l'arrivée d'un prédateur.

– Rubby ?

Le silence de la cabine me répond. Malgré tout, une minuscule flamme d'espoir s'allume en moi. Rubby a donné signe de vie. Son tout premier depuis ma naissance !

C'est au même moment que quelque chose bouge en moi. Littéralement. J'ai l'impression qu'une créature cherche à s'extirper de mon abdomen. J'ai un haut-le-cœur que je ne parviens pas à réprimer. Je réussis tout juste à tourner la tête pour ne pas arroser Rubby avant de vomir tout mon soûl. Un nouveau haut-le-cœur m'agite alors que je dégueule une substance qui ne ressemble pas au poisson que l'on sert sur ce bateau. Elle est visqueuse, blanchâtre et opalescente comme de la sève, et son goût doucereux me colle au palais.

Un troisième haut-le-cœur me secoue et mon estomac se contracte une dernière fois. Le liquide brillant emplit la pièce d'une odeur étrangement sucrée. Je tourne mes yeux embués vers Rubby. Sa lumière s'est éteinte comme une bougie que l'on souffle.

– Dyl ?

Ethan tape à la porte, déverrouille et entre.

– Je t'ai apporté à manger. J'ai fait du…

Il se fige avec ses deux écuelles sur le seuil. Quand il me voit perché sur mon lit nu comme un ver, il ne fait aucun commentaire. C'est de loin la chose la moins bizarre que j'aie faite depuis longtemps.

The pieces of my heart are missing you…
Avril Lavigne, *When You're Gone*

XXV

Mes oreilles sifflent. Mon crâne sature. Ça crie trop fort. Je sors de chez moi et tends l'oreille, incommodé par tout ce raffut. J'entends des hurlements, des supplications. Ça me rappelle Loïs violentée par Justin. Je ne veux pas que ça se reproduise. Je me mets à courir pour trouver la victime. Mais en chemin, je tombe et m'évanouis. Quand je me réveille, Kana est couchée près de moi, mais elle n'est pas la seule. Une autre fille m'enlace, qui sommeille paisiblement. Je ne la connais pas, mais je ne la repousse pas. Je m'endors. Quand j'ouvre les yeux à nouveau, la fille est dressée devant moi. Je sursaute. Elle est nue, mais je ne m'attarde pas là-dessus. Elle est rouge sang. Tout son corps est lacéré. Sa jambe fait un angle bizarre. Elle me regarde avec des yeux emplis de douleur et de douceur. Elle agonise.

– J'ai mal, Dylan. J'ai mal…

Je la regarde dégouliner de sang et de larmes sans me lâcher des yeux. Sa voix est brisée. Elle fait des ricochets.

– Dylan… viens… me chercher.

Tant de détresse dans sa voix. Tant de douleur.

– Je…

Kana se redresse près de moi. Je la sens frissonner. Elle passe ses bras autour de ma taille, pose sa tête contre mon épaule, son visage reste dans l'ombre.

– Tu dois y aller, monsieur le géant, me souffle-t-elle.

– Aller où ?

– Va voir cette fille. Elle a besoin de toi.

– Mais je ne la connais pas !

– Et alors ? Elle est en train de mourir. Tu dois l'aider.

Kana se décolle de moi et me pousse. Je me retrouve debout devant cette femme sans âge ni peau qui ne me lâche pas des yeux.

– Comment puis-je t'aider ?

– Aime-moi. Si tu m'aimes, tu me sauves.

Je me tourne brusquement vers Kana qui s'est rendormie. Je ne comprends pas.

– Dylan.

L'autre fille m'ouvre ses bras. Je n'ai pas envie de répondre à son appel, mais mes jambes se meuvent toutes seules. Elles me mènent jusqu'à elle, et me voilà qui l'enlace. Je la serre contre moi. Elle me serre contre elle. J'ai envie d'interrompre cette étreinte qui s'éternise, mais mon corps est collé au sien, comme des siamois. Sa douleur devient la mienne et je hurle :

– Kana, aide-moi !

Elle ne vient pas m'aider.

– Aime-moi, et tout ira bien.

Je me redresse d'un bloc en criant. L'obscurité maquille ma vision quelques minutes avant de me rendre un peu de lumière. Quelqu'un allume une lanterne près de moi.

– Bien dormi ?

Than. Il s'assoit au bord du lit et attend une réponse. Un rêve. Un songe qui paraissait si réel. Je sens encore son corps fragile et tremblotant contre le mien. Je la vois encore ensanglantée me demander de l'aide.

– Dyl ?

Je ne connais pas cette fille qui me demandait de l'aimer, et je ne reconnaissais pas ma Kana. Une bizarrerie de plus est une bizarrerie de trop me concernant. Alors je fais comme certaines filles, je simule :

– J'ai fait un… rêve érotique.

Ethan rejette la tête en arrière et éclate de rire.

– Ce sont des choses qui arrivent !

Ce n'est pas Ethan qui a parlé. Nous nous tournons tous deux vers la porte, dans l'encadrement de laquelle se tient mon père.

– Si tu te sens prêt à obéir aux ordres et à ne parler que de choses qui existent vraiment, je veux bien te laisser sortir.

J'acquiesce machinalement. Je sens encore l'odeur métallique du sang de cette fille. Sa détresse est encore palpable. Je ne me souviens plus de son visage, mais il m'est pourtant étrangement familier. Qui était-elle ?

– Dyl, tu saignes.

Je baisse les yeux sur ma tunique mouchetée de sang sec. Le sien, pas le mien. J'en suis sûr.

– Tu veux peut-être qu'on te laisse te rendormir ? se moque Ethan.

Je ne réponds pas.

Cette fille m'est bizarrement familière. Je l'ai peut-être croisée à Symphonie Sud. Qui est-elle ? Où l'ai-je vue ?

– Papa, tu penses que Kana va bien ?

Il fronce les sourcils.

– Dylan, dit-il d'un air contrarié.

– J'ai rêvé d'elle. Je me souviens encore de son odeur de lavande sauvage, de ses…

– Tu confonds avec Léna, glisse Ethan.

– Non ! Kana existe. Vous ne vous en rappelez pas, c'est tout. C'est Shamès qui a fait ça, il…

Je m'interromps. Si c'était Shamès, ça ne marcherait plus. Il est censé être mort. Une mélodie ne peut ensorceler que tant que quelqu'un la joue.

Et visiblement, Shamès semble jouer une gigue endiablée avec mon existence.

Ça ne devrait pas être le cas, mais ça me rassure.

Je ne suis pas un meurtrier.

𝄽

Le bateau file comme le vent. Il fend les vagues comme si elles étaient de mousse légère. On dirait qu'il glisse sur l'eau, qu'il n'a plus de voiles mais des ailes, portées par un vent favorable. Je ne suis pas le seul à trouver ça bizarre.

– Encore un de leurs tours, s'inquiète mon père.

Nous sommes tous deux accoudés au bastingage, regardant les soldats de Symphonie Sud s'entraîner sous les ordres bourrus de Kaïs. J'ai un pincement au cœur quand il s'arrête au moment où Coral prenait autrefois le relais, administrant à ses soldats une bonne dose d'amour vache. Elle ne pourra plus jamais le faire. L'équipage, lui, profite de cette accalmie pour se reposer, pendant que Luca s'entretient avec Aimée. Cette dernière a les sourcils froncés, les lèvres pincées. Elle a beau manœuvrer le gouvernail, le bateau semble suivre son itinéraire propre.

– Allons-nous dans la bonne direction ? s'enquiert mon père.

– Oui, mais on va trop vite ! répond Aimée. À ce rythme-là, on sera arrivés demain ! La mer de Cordes n'est qu'à quelques milles.

– Demain ? m'étonné-je.

– Ils s'impatientent, dit mon père pour lui-même. Ils ont fini de jouer avec nous…

Je n'ai pas le temps de l'interroger pour en savoir plus qu'il reprend d'une voix ferme :

– Rassemblement ! Chef Luca, veuillez me rejoindre.

Les soldats se redressent, luisants de sueur, et nous font face au garde-à-vous. Les voir tous là, rassemblés devant nous, me fait peur. Oh, ils ont l'air forts, coriaces, prêts à se battre… Mais nous ne sommes qu'une poignée d'hommes et de femmes qui partons vers un continent ennemi où seule la mort nous attend. Je frissonne de notre inconscience.

– Notre embarcation avance très rapidement. Nous allons bientôt entrer dans les eaux territoriales de Cordes, et donc en territoire ennemi. Vous devez vous montrer prêts quoi qu'il arrive.

Julian lève la main.

– Je t'écoute.

Le soldat s'exprime par des signes que je ne comprends pas. Mon père, lui, hoche la tête et répond sans hésitation :

– Je ne sais pas. Julian vient de demander si nous serons attendus. J'aimerais vous dire que non, mais cela m'étonnerait.

– Chef ?

Kaïs lève la main.

– Avons-nous un plan d'attaque particulier ? À part foncer dans le tas, je veux dire…

Mon père jette un regard à Luca avant d'expliquer :

– Avant de quitter Vent, le chef Toma avait établi une stratégie d'attaque bien précise. Il voulait envoyer les troupes en deux fois : une tout d'abord par le port de Cordes, afin de le détruire ainsi que sa flotte, et une seconde ensuite par l'estuaire de Cuivre pour détruire leur chantier naval. Je n'étais pas d'accord avec ce plan. Nous ne sommes pas assez nombreux. Selon moi, mieux vaudrait y aller tous ensemble afin d'amputer leur flotte du maximum de navires. Cependant…

Il se tourne vers Luca avant de passer un bras paternel autour de ses épaules.

– … Si le chef Luca décidait de maintenir le plan de son père, je m'y plierais.

Ça ne ressemble pas à mon père. Il n'a pas l'habitude de discourir longtemps sur quoi que ce soit. Pour lui, foncer est la seule solution.

– Le plan que mon père avait mis en place aurait pu fonctionner si nous savions avec certitude à quoi nous attendre, annonce Luca. Je suis de votre avis, chef Kellan. Les vaisseaux du Nord n'ont que trop défiguré nos cités. Nous les détruirons à la racine.

Mon père hoche la tête.

– Très bien. Maintenant, nous n'avons plus qu'à arriver aussi discrètement que possible.

– Comment ? demande Ethan.

– Tu ne pensais tout de même pas que ton chef allait t'envoyer au casse-pipe ? s'exclame mon père avec un grand rire. Nous n'avons pas le nombre de notre côté, mais nous sommes capables d'opérer une frappe chirurgicale. Indétectable.

Il fait signe à Aimée. Cette dernière hoche la tête et son second prend le gouvernail, qui n'en fait toujours qu'à sa tête. Elle vient à notre rencontre et, tout en descendant les marches de l'étage supérieur, elle dégaine sa flûte de Pan. Elle entame quelques notes timides.

Sa mélodie résonne d'une musicalité fraîche. Sa mélo-âme remonte le long de son corps, l'enveloppant d'un voile étrange et translucide qui soudain disparaît. Et Aimée avec lui. Elle est tout bonnement devenue invisible !

– Waouh ! s'exclame Ethan.

Je sens un léger courant d'air remonter le long de ma nuque qui me fait frissonner et, derrière mon dos, Aimée réapparaît. Elle exécute une pirouette autour de moi avec un sourire avant de faire face aux soldats de Symphonie.

– Océane, ma flûte, a la capacité de dérober ce que je souhaite aux regards indésirables. À la demande du chef Kellan, je me suis entraînée, et depuis peu j'arrive à opérer sur d'autres êtres humains et les animaux qui les accompagnent, mais les effets se dissipent plus vite que sur les objets.

– Quoi ? m'étonné-je. Mais je croyais que la capacité de ta mélo-âme était de créer des routes dans la nature et sur les eaux.

Elle tourne la tête vers moi et me sourit.

– Je suis bi, m'apprend-elle avec un clin d'œil.

Je n'en crois pas mes oreilles ! Les bi sont extrêmement rares. Il s'agit de musiciens et musiciennes surdoués qui peuvent développer plusieurs facettes de leur mélo-âme. Avec deux âmes musicales et une âme humaine, Aimée a trois âmes !

Quand je pense que je n'en ai qu'une…

Parfaitement concentrée, Aimée joue une nouvelle partition, plus complexe. Lorsque les derniers échos de sa flûte de Pan se dissipent au large, un courant d'air me fait frissonner ainsi que le reste de l'équipage.

– Trop waouh !

Ethan s'observe sous tous les angles.

– On est invisibles, là, tout de suite ?

– C'est ça !

Nous sommes tous émerveillés.

– Nous pouvons nous voir les uns les autres ainsi que notre embarcation, mais les personnes que je n'ai pas incluses en sont incapables. De cette manière nous allons pouvoir pénétrer sans qu'ils le sachent dans le port de Cordes et disposer de leurs navires.

– Trop bien cette capacité ! Je veux la même ! s'exclame Ethan.

– Pour épier des filles pendant la nuit ? le taquine Kaïs.

– Comment as-tu deviné ?

Des éclats de rire fusent sur le pont. Mon ami a un don naturel pour détendre l'ambiance même la plus tendue ! Et, l'espace d'un instant nous oublions tous l'imminence de la guerre.

– Moi aussi j'aimerais épier quelqu'un, dit Rohan.

Il lance un regard plein de sous-entendus à Ethan. Ce dernier file se cacher derrière Kaïs en riant. Je ne parviens pas à m'amuser avec eux. Quelque chose me travaille.

– Papa, je peux te parler ?

Il hoche la tête.

– Chef Luca, puis-je vous laisser gérer les débordements ?

– Bien sûr.

Mon père me fait signe de le suivre pendant que Luca rabroue sèchement Ethan, Rohan et Kaïs. Nous nous isolons à l'étage inférieur où sont amassées les provisions.

– Concernant ce que tu as dit, tu…

– Nous n'allons pas avec eux.

Je lui lance un regard interrogateur.

– Il est certes important d'empêcher le Nord d'attaquer d'autres de nos villes. Mais nous avons un combat personnel à mener.

– Tu veux les abandonner ?

– Pour ton bien, je suis prêt à tout.

Je secoue la tête.

– Mon bien n'a rien à voir là-dedans. Je suis déjà au plus mal, sans Kana. Écoute, tu es respecté, ils te font confiance, nous devons…

– Ce n'est pas possible. Marwan, Shamès et Edem veulent nous tourmenter tous les deux. Regarde comme le bateau avance vite. C'est une preuve suffisante.

– Edem ? Papa, tu dois absolument m'en dire plus sur eux !

Mais il garde obstinément le silence.

Je fais de même quelques instants. Je ne sais plus quoi dire ou faire. Quand ma vie est-elle devenue une blague dont je suis malgré moi la chute ?

– On ne laissera pas Ethan. Il n'a jamais combattu, il n'est pas prêt et…

Mon père hoche la tête.

– Je pense qu'Ethan ne va pas mourir de sitôt…

– Pourquoi ? Qu'est-ce que tu en sais ? Pourquoi a-t-il embarqué alors qu'il n'est même pas soldat, d'ailleurs ?

– C'est sa récompense pour avoir remporté le concours de Mister Clan.

– Non ! Il y a autre chose ! Je sais que…

Une bombe explose dans ma poitrine. C'est si soudain que j'en reste sans voix, dans un premier temps. Puis, une douleur aiguë s'empare de tout mon être, et là je m'écroule. Je hurle. Je griffe le sol. Je ne vois plus rien, tant c'est horrible.

– Dylan !

La voix de mon père me perfore les tympans.

– Dylan !

Il essaie de me relever, mais je retombe encore. Encore et encore. Ma voix, déjà cassée à cause de mon inconsciente tentative, se brise davantage.

Mais même sans son, je continue de hurler à la mort.

– Tuez… moi… tuez… moi…

Je les supplie. Je les implore. Mais ils ne m'achèvent pas. Quelque chose bouge dans ma poitrine. Mon cœur bat à une cadence extraordinaire. Je l'entends se défouler contre ce corps idiot qui l'abrite.

– Dyl, tiens bon !

Ethan me pose un foutu linge sur le front. Comme si j'avais besoin de ça !

– Than, tue-moi…

Quand la douleur atteint son paroxysme, on ne pense plus qu'à la faire cesser. Quitte à mourir. Et j'ai déjà pris ma décision. La souffrance est insoutenable. Elle me torture. Quand je tousse, un crachat de sang coule sur mon menton pour s'étaler sur mon ventre. Que mes ennemis invisibles le veuillent ou non, je ne vais certainement pas vivre assez longtemps pour les rencontrer et les défier. Mon cœur est en train de lâcher. J'utilise les rares forces qu'il me reste pour tâter le lit à la recherche d'un objet tranchant. Je ne trouve que la main d'Ethan qui serre la mienne. J'essaie de le regarder, mais je ne le vois plus.

– Chante-moi ton amour, Dylan.

La Mutilée est de retour. Je remarque cependant qu'elle n'a plus la jambe cassée. Elle est toujours couverte de plaies, mais elle sourit. Elle me couve des yeux. Je regarde autour de moi. Tout est obscur, indéfinissable.

– Dylan, chante-moi ton amour, insiste-t-elle avant de virevolter jusqu'à moi.

– Je ne te connais pas ! Dis-moi au moins ton prénom !

– Est-ce que tu m'aimes ?

– Non !

Pourtant, je suis en train de la prendre dans mes bras et de la serrer contre mon cœur. Mes pensées sont en contradiction avec mes gestes. Je n'y peux rien.

– Qui es-tu ?

– Je suis à toi pour toujours.

– Non !

Mes bras la maintiennent scotchée à moi. Quand elle lève les yeux vers moi, je sais que je la connais. Je mets ma vie sur pause pour repartir dans le passé. Où l'ai-je rencontrée ? Je passe en revue toutes les filles de ma classe, toutes les filles de ma connaissance, toutes les filles de ma famille. Mais je ne la trouve pas parmi ces différentes listes.

– Je te connais. Qui es-tu ? Où t'ai-je vue ?

– Je suis partout dans ton cœur.

Je ne souffre plus. Mais je suis taché de sang. Je réalise maintenant que ce n'est pas celui de la Mutilée, comme je l'ai d'abord cru. C'est le mien. Celui que verse mon cœur blessé.

– Chef, vous êtes fou ! Vous auriez dû me le demander à moi !

Les cris hystériques d'Ethan m'interpellent. Quand il déboule dans la cabine avec mon père, je le vois pleurer et se griffer le visage.

– Que se pa…

Mon père s'approche du lit et je perds tous mes mots. Un dicton de chez nous dit qu'un œil sert à voir les bons côtés de la vie quand l'autre ne voit que les mauvais. Je me demande ce que voit mon père.

À la place de son œil droit, une boursouflure. Je demeure pétrifié sur ma couche.

– C'était le seul moyen de faire cesser les souffrances de Dylan. Ne sous-estime pas Shamès. Il fonctionne ainsi, c'est donnant-donnant.

– Mais…

– Et tu le sais aussi bien que moi, Ethan !

Mon ami tient sa tête entre ses mains. Moi je ne fais que regarder l'œil manquant de mon père. Œil qu'il s'est arraché pour me sauver, si j'ai bien compris. Pour conclure un quelconque pacte avec ce diable aux yeux rouges.

– Ne t'avise pas de culpabiliser, Dylan ! tonne brusquement mon père. Je l'ai fait de mon plein gré et si c'était à refaire, je le refer…

– C'est comme ça que ça marche ? m'indigné-je. Pour qu'il cesse de nous emmerder, tu donnes des choses ? C'est un vulgaire troc ?

Mon père ne prend pas le risque d'acquiescer.

– Je donnerais ma vie pour te protéger, Dylan. Je donnerais tout, comme je le fais depuis ta naissance.

Pourquoi va-t-on aussi loin pour moi ? Pourquoi les gens souffrent à cause de moi ? J'avais raison de vouloir m'éteindre. De vouloir mourir. Mon existence ne semble qu'alimenter les souffrances de ceux que j'aime.

Je me lève d'un bond et me rue hors de la cabine. Je dévale les marches, traverse le pont, prends mon élan, et je saute.

L'impact que je subis n'est pas celui de mon corps rencontrant la surface de l'océan, mais celui de la gifle d'une bourrasque qui me renvoie sur le pont avec une force inouïe. Je roule comme un tonneau.

– Dylan ! Est-ce que ça va ?

Luca est penché au-dessus de moi. Tout le monde est penché au-dessus de moi. Tout à coup, j'ai envie de rire. Alors je ris. J'explose de rire. Même mourir m'est interdit, tant que mes ennemis ne l'ont pas décidé ? C'est un comble ! Je ris, je ris, je ris. Ça ne leur a pas suffi de réduire Kana à l'état de souvenir, il faut maintenant qu'ils me refusent l'au-delà !

J'étouffe. Je vomis un liquide rougeâtre qui s'étale paresseusement sur le pont.

Dans cette flaque opaque, je vois mon avenir.

Un avenir de sang et de souffrance.

À cet instant, Aimée crie, me tirant de ma folie. Cordes est en vue.

À cet instant, Aimée crie, me plongeant dans l'horreur. Notre bateau se disloque.

When you love someone, you got to learn to let them go...

Stevie B., ***When I Dream About You***

XXVI

Notre embarcation se délite, les planches s'effondrent, coulent, nous entraînent vers le fond. Tous se débattent autour de moi. Ils essaient de regagner la surface. L'océan les malmène. Le port de Cordes est juste là, à deux encablures, mais le rejoindre à la nage est une épreuve insurmontable. Papa m'a repêché pour me mettre en sécurité dans un canot de sauvetage. Ethan et lui s'évertuent à sauver un maximum de gens. Moi, je suis trop choqué pour les aider. Trop en colère pour ne pas la passer sur quelqu'un.

Mon père a bien pris soin d'installer son précieux sac de voyage dans l'embarcation de fortune avant de s'attaquer au sauvetage des nôtres. Ils font tanguer notre chaloupe, mais ce n'est pas grave. On ne va pas mourir maintenant. Ça n'aurait aucun sens.

– Dylan, aide-moi !

Ethan me demande de remonter un Julian à demi noyé mais je l'entends à peine par-dessus le tambour de mon cœur. Il s'est réveillé, mais sans douleur cette fois-ci. Juste une chaleur. Une chaleur plus forte et violente que jamais qui embrase tout mon corps comme la colère embrase mon esprit.

Soudain, deux mains sortent de l'eau et s'agrippent au bastingage. Aimée ! Elle halète, recrache de l'eau en essayant en vain de se hisser en sécurité. Sa flûte flotte près d'elle, reliée à son cou par une tresse végétale, je vois son cœur se gorger d'eau. Aimée étouffe.

Papa est occupé à hisser Kaïs sur l'embarcation. Ethan en fait de même avec Julian. Luca, qui est parvenu à s'extirper des flots, cherche à secourir ceux de ses hommes qui n'ont pas trouvé refuge dans l'autre canot de sauvetage. Le battement de mon cœur est assourdissant. La chaleur dans mon corps est inconcevable. Mais je décide de les surmonter. Et alors, je m'occupe d'Aimée.

Je lève le poing et lui décoche un coup dans le visage. Elle bascule en arrière avant de disparaître sous la surface.

Ils sont six. Six à nous avoir quittés à quelques mètres à peine du port. Cinq d'entre eux sont morts d'avoir perdu leur instrument dans le naufrage.

– Dylan, ça va ?

Mon père s'inquiète, comme d'habitude. Depuis que j'ai tenté de me pendre, il est encore plus anxieux à mon sujet. Il pense que je ne l'ai pas vu, pendant le voyage, écarter les objets tranchants et les soustraire à ma vue. Il me croit suicidaire.

Je hoche la tête. Ma poitrine est encore brûlante. Elle est comme consumée de l'intérieur, mais je ne dis rien de mon inconfort. Que pourrait-il faire, de toute façon ? Chaque fois que je vois son orbite vide, je me rappelle que je lui dois bien plus que je ne pourrai jamais lui offrir.

– Ça va être dur, putain !

Kaïs ne se rend même pas compte à quel point le mot est faible.

Nous regardons, hébétés, le port de Cordes dans lequel nous avons trouvé refuge. Il est désert. Pas un navire, pas même un radeau. Rien. Nous sommes venus pour rien.

– Y a pas un oiseau, fait remarquer Kaïs.

Il a raison. Aussi bien le port de Cordes que le ciel sont abandonnés.

La fatigue me donne un léger tournis, mais l'air glacial me réveille vite. Dans mon Sud natal, il pleut rarement et l'hiver est assez clément, en général. Ici, j'ai l'impression d'être enveloppé d'un drap de glace. Autour de nous, la ville est plus silencieuse qu'une tombe.

– Il est passé où, le soleil ? peste Ethan en se frictionnant les bras.

– Resté dans le Sud, répond Kaïs de mauvaise humeur.

Le ciel de Cordes est entièrement tissé d'épais nuages noirs et gras, et la ville semble couverte d'une lourde pellicule de neige. Je frissonne à nouveau alors qu'Ethan se penche pour en ramasser avant de pousser un cri.

Il lâche le contenu de ses mains en les secouant avec un regard d'effroi.

Ce n'est pas de la neige, mais de la cendre.

Il n'y a pas que la lave du volcan de Ténor qui fait des ravages…

– Restez sur vos gardes ! ordonne mon père, qui paraît pour la première fois réaliser les conséquences de ses exploits guerriers. Si la ville est bel et bien désertée, ce n'est pas bon signe. Vous ! dit-il en s'adressant au second d'Aimée, devenu capitaine bien malgré lui, vous allez faire parvenir une mélo-missive aux îles Silencieuses : qu'ils organisent votre rapatriement d'urgence. Notre mission est un échec. Nous allons nous assurer que les environs sont sûrs. En attendant, réfugiez-vous en contrebas de la ville et dressez un camp. Mais évitez autant que possible de faire du feu, ne signalez pas votre présence.

– Oui, chef, répond le nouveau capitaine d'une voix hésitante.

– Chef Luca, j'aurai besoin de vous et de quelques-uns de vos hommes pour nous assurer que nous ne sommes pas tombés dans un piège.

Ethan, Luca, Kaïs, Julian, mon père et moi dégainons nos instruments, imités par nos soldats, puis nous quittons le port. Nous laissons derrière nous l'océan et les noyés. Nos soldats.

Mon père avait raison, rien ne s'est passé comme prévu.

Nous marchons sur une épaisse couche de cendres. Nous ne savons ni l'heure qu'il est, ni quel jour nous sommes, mais mon père dit que c'est sans importance.

Nous traversons la ville portuaire de Cordes : des maisonnettes en chaux ou en torchis, des boutiques aux enseignes brisées par dizaines, abandonnées. Un marché fantôme occupe une place publique, recouvert d'une épaisse couche de cendres. Au beau milieu, un puits condamné trône tristement. Les toiles d'araignées et la poussière envahissent l'intérieur des bâtisses épargnées par la cendre. Les échoppes ont été désertées à la va-vite lors de l'éruption.

– Ça fait peur, lâche Ethan.

Il a beau faire jour, le froid et le spectacle de cette ville fantôme recouverte d'une neige mortuaire mettent effectivement nos nerfs à l'épreuve.

– Visiblement, la ville est abandonnée. On va se séparer en groupes de trois : un senior et deux novices. On va explorer les environs à la recherche de vivres, propose mon père. Fouillez les maisons, les caves et les puits. Il nous faut de l'eau douce et de la nourriture de toute urgence. Mais soyez prudents, si quelqu'un découvre quoi que ce soit de suspect, qu'il prévienne les autres par mélo-missive. Dylan, Ethan, vous venez avec moi.

Je m'en doutais. Nous nous séparons et partons dans des directions opposées. Mon père, Ethan et moi empruntons un étroit passage qui manque me faire vomir tripes et boyaux. Une odeur abominable flotte dans l'air et le vent soulève les cendres qui tapissent nos poumons. Je remonte ma chemise sur ma bouche et mon nez. Nous enjambons des caisses éventrées et vides, des paniers et des choses non identifiables. Ça craque sous nos pieds. Ça glisse parfois. Mon père finit par bifurquer sur la gauche et entrer dans un établissement à pas de loup. Ça ne sent pas meilleur ici. Ethan s'enfonce courageusement dans la bâtisse d'en face. Seul. Le fou. Je talonne mon père d'un pas vif.

– La ville a été abandonnée à cause de l'éruption, annonce-t-il.

Je vois parfaitement de quoi il parle, à son retour il s'est vanté bien des fois de ce coup de génie de sa mélo-âme. C'était pour lui une punition bien méritée pour le Nord. Un moyen de venger les habitants des villes de nos clans côtiers décimés par leurs attaques. Mais là, il semble vieux, usé. Et son unique œil brille de honte. Il a sacrifié des milliers d'innocents par ses actes irréfléchis.

– Tous ces gens… murmure-t-il en fouillant un garde-manger. Ils ont dû fuir… Regarde partout, Dylan. Des provisions ont été oubliées.

Je ne sais pas ce qu'il s'attend à trouver dans une ville aussi dévastée. Je suis néanmoins son conseil et fouille les environs des yeux. La besogne n'est pas simple. Il fait très sombre et l'espace est encombré. Entre le bar et la salle, un véritable fatras s'amoncelle. Chaises renversées, tables cassées, verre brisé, trucs, choses, machins en tous genres sous une pellicule grise de cendres.

Une forme noire passe entre mes pieds et je bondis sur le côté.

– Des rats, dit mon père. S'il y a des rats, il y a forcément à manger quelque part !

Un cortège d'ailes sombres frôle sa tête, mais il ne cille même pas.

– Des charognards, fait-il d'une voix inerte.

– Des charognards ?!

Les habitants de cette ville de Cordes ne sont peut-être pas tous partis… Qui sait ce que cache cette épaisse couche de cendres ?

Nous explorons la taverne avant de tomber sur un escalier menant à l'étage. Mon père passe devant et teste chaque marche. Malgré les craquements, elles semblent solides. Nous montons tout en évitant les rongeurs qui fuient notre présence. Je me demande si Kana les trouverait toujours aussi « mignons », si elle les voyait gros et sales comme ils sont.

Kana…

– Kana adore les animaux, lancé-je.

Mon père se fige. Je vois les muscles de ses épaules se tendre.

– Dylan. Ça fait mal, je le sais, mais tu dois te rendre à l'évidence. Ce n'est qu'une illusion.

Je ris.

– Kana est réelle. Elle attend mon enfant et mon retour à Symphonie Sud.

Je me sens obligé de le dire et de le répéter. Il faut que je le fasse, jusqu'à ce que mon père se souvienne d'elle. Jusqu'à ce que *je* me souvienne d'elle.

Ses traits ne m'apparaissent plus, mais sa silhouette voluptueuse est encore présente dans mon esprit. Je la revois dans sa robe de mariée. Mon corps se rappelle encore du sien. Mes sens ont enregistré l'odeur de sa peau. Dix ans que je la connais. Dix ans que je gravite autour d'elle. Elle est mon Soleil, et sans elle, je n'ai plus d'orbite. Plus rien ne tourne rond.

– Kana existe.

– Dylan…

– Papa, tu as vu de quoi Shamès est capable. Je suis certain qu'il a fait exprès d'effacer le souvenir de ma femme de vos esprits. C'est encore un de ses tours. Tu te souviens de la bataille de Hard ? Le jour de ma première crise, ils ont rasé Hard. c'était une illusion, mais tu l'as vue tout aussi bien que moi !

– Dylan… Je n'ai jamais vu Hard être attaquée.

– Tu mens ! Tu tenais ton médiator, j'ai vu dans tes yeux que tu…

– Shamès est venu me dire qu'on t'attendait dans le Nord, répond-il, encore glacé d'épouvante à ce souvenir. Comment voulais-tu que je sois dans un état normal ?

– Mais je l'ai vu…

– Dylan. Il n'y a que toi qui subisses ces visions. Que toi qui voies des choses qui n'existent pas. Comme…

Il se retourne. Il a une expression désolée sur le visage.

– Je refuse de le croire. Je ne me suis pas marié à un fantôme. Je n'ai pas fait d'enfant à un songe. C'était Kana.

Kana ? Ou peut-être Ana.

– Ana.

Un sentiment d'effroi se répand dans mes veines, tel un poison mortel.

Comment s'appelle ma femme ?

– Nous avons une mission Dylan, allons-y.

Mon père reprend sa route. J'ai envie d'écourter la mienne.

L'odeur est insupportable. Je n'arrive pas à m'y faire. Je me vois obligé de m'arrêter un moment pour chercher de l'oxygène.

– Dylan !

– Ça va, j'ai besoin de souffler, c'est tout.

Ce que je fais. Je souffle. J'inspire, j'expire, même si c'est douloureux, jusqu'à ce que mon corps se soit habitué aux atroces odeurs.

– Ça va, répété-je.

À nouveau, son orbite vide accapare toute mon attention. Je n'ai pas le droit d'avoir mal. Je n'ai pas le droit de me plaindre quand lui s'est mutilé pour moi.

– Ne regarde pas si c'est dur, Dylan, me dit-il. Attends.

Il se détourne, et je ne vois pas ce qu'il fait pendant plusieurs secondes. Quand il me fait face à nouveau, son œil vide a disparu derrière un bandeau de tissu.

– C'est mieux, hein ?

– Tu as mal.

Ce n'est pas une question. Ses tempes palpitent, ses lèvres frémissent imperceptiblement. Il lutte.

– Aucune douleur ne serait comparable à celle de te perdre, Dylan.

Je me sens bizarre. J'ai l'impression que ma poitrine se comprime. Je ne savais pas que papa m'aimait à ce point. Tous les pères sont-ils ainsi ?

– Allez, au travail !

Je hoche la tête avant de me mettre à explorer la demeure sans rien ajouter. Si j'ouvrais la bouche maintenant, des sanglots mêlés de sang en profiteraient pour s'en échapper.

J'avance dans la pièce très faiblement éclairée. Les couches de poussière qui maculent la seule fenêtre empêchent le jour d'entrer à son aise. Je regarde autour de moi. Un lit à deux places, un tapis rongé par les mites. Un berceau. Je me fige. Je revois ma femme dont j'ai oublié le nom m'annoncer qu'elle est enceinte. Ses mains posées sur son ventre. Je ferme les yeux un instant. Son image ne réapparaît pas. Même sa silhouette commence à s'estomper. Je m'empresse de rouvrir les paupières, inquiet à l'idée de ne plus jamais la revoir.

Je me remets à avancer et vais m'accroupir devant le berceau en osier tressé, légèrement éclairé par la lumière déclinante du jour. Ce n'est pas là que je trouverai des vivres, mais je pose ma tête contre lui et attends que la pièce cesse de tourner. Je suis en très mauvais état. Je suis une loque malmenée par mes souvenirs.

Je me revois brusquement sur le canot, en train de donner un coup de poing à Aimée. Je sursaute. Ce n'était pas un rêve. C'était bien moi. Je l'ai noyée ! Je tremble. C'est incontrôlable. Qu'ai-je fait ? Pourquoi ? Je me dégoûte. Je vomis au pied du berceau. Du sang se mélange à une flaque blanchâtre et opalescente à l'odeur doucereuse.

– Papa…

– Oui ?

Sa voix est lointaine. Je me retourne, il se tient à l'autre bout de la pièce, occupé à feuilleter un livre près d'une bibliothèque bancale. Il ne m'a pas entendu dégueuler. Lui aussi a l'air résigné à ne pas trouver de provisions.

– Papa, où est Aimée ?

Je le vois se figer, fermer l'ouvrage, secouer la tête.

– Elle s'est noyée, fiston.

Je serre le berceau qui craque sous mes doigts.

– Comment ?

– Elle est tombée et elle s'est noyée, Dylan. N'y pense plus.

Ne plus y penser. Comme ne plus penser à tous ceux que nous avons perdus en route. Comme ne plus penser qu'Aimée avait confiance en moi.

– Partons, Dylan. Il n'y a rien, ici.

Je m'essuie la bouche d'un revers de main. Au contraire, il y a tout, ici. Un quotidien brisé, de l'amour envolé, une chaleur évaporée. Les gens sont partis mais les souvenirs hantent encore cet endroit. Les fantômes du passé demeureront.

Je me redresse et jette un dernier regard au berceau. Le drap miteux roulé en boule à l'intérieur bouge. Un rongeur a dû s'y glisser. Je retire le tissu pour faire fuir l'animal, mais c'est mon courage qui se fait la malle.

Posé là comme on l'a laissé en sécurité, un squelette de bébé. Un squelette jauni et minuscule. Ai-je encore une hallucination ? Je l'ai pourtant bien vu bouger… Même si papa me prend par les épaules et m'entraîne, même s'il prononce des mots rassurants, cette image ne désertera jamais mes pensées.

« C'est à cause de toi, Dylan », voilà ce que je me répète.

Respire.

Ce n'est pas ce que je me dis, c'est ce que j'entends. La mélo-âme d'Ethan !

Mon père et moi nous figeons, échangeant un regard paniqué. Si Ethan joue, c'est qu'il est en danger.

Mon père dégaine sa guitare, et je dresse Rubby devant moi comme un bouclier. Nous nous précipitons à l'extérieur et mon cœur tombe immédiatement dans mes chevilles.

Je n'ai jamais rien vu de tel.

Jamais rien vu de plus effrayant.

Un squelette nous fait face, comme si c'était on ne peut plus ordinaire.

Dans une ville dévastée, admettons, mais certainement pas en train de bouger, et avec un cœur bien palpitant ! Rouge, vibrant, comme une boule de magma en fusion. Ses os noircis scintillent bizarrement, comme recouverts de paillettes. On croirait le personnage d'une de ces pochettes de vinyles disco que l'on trouve au musée de Hard. La noirceur de ses os tranche avec le rouge de son cœur au battement audible et régulier. Comme un tam-tam.

Mon père a déjà commencé à jouer *Requiem d'un trépassé*. Celui-ci, de trépassé, n'a aucune chance. Il est immédiatement pulvérisé par les accords meurtriers de la mélo-âme du chef de Hard. Ethan sort en courant de la maison d'en face, sa guitare à la main. Il a l'air tout aussi paniqué que nous. Derrière lui, le bâtiment s'effondre. Mon ami a dû interpréter sa mélo-âme pour vaincre sans doute un autre squelette. Moi qui pensais que j'avais atteint le quota maximum de choses bizarres pouvant arriver à une seule personne !

Je prends mon ami dans mes bras, rassuré qu'il soit indemne alors que mon père scrute les environs. Un boumboum régulier se fait entendre, comme si la ville avait un cœur et qu'il venait de se réveiller. Ce son est telle une mélodie. Entêtante et inquiétante. Et qui accélère.

Ethan et moi avons le même réflexe : nous hurlons. Ma voix éraillée m'égratigne la gorge. Toute la lassitude et la mélancolie qui m'entravaient depuis un moment s'envolent subitement pour laisser place à une peur vive.

De chaque côté de la rue, des dizaines et des dizaines de cœurs rougeoyants scintillent dans l'obscurité de la nuit, illuminant des os noirs par centaines.

Nous sommes encerclés.

Je jette un œil discret aux carcasses qui nous font face, dépouillées du moindre bout de chair, du moindre cheveu. Ils sont tous identiques, et c'est là que je me dis que l'homme est con comme un ver : dans cette marée d'os, je ne distingue pas de Noirs. Pas de peaux basanées. Je ne distingue pas de gros. Pas de riche, de pauvre, de beau, ni de laid. Je ne distingue pas de citoyens du Nord ou du Sud. Simplement l'image de ce qui nous attend tous.

Au loin, j'entends le son d'un violon, et je devine que Luca est en aussi mauvaise posture que nous. Mon père ne laisse pas le temps à nos ennemis d'attaquer. Il enchaîne immédiatement sur de violents accords qui pulvérisent deux rangées de morts-vivants. De mon côté, je m'emploie à être aussi utile que possible : à savoir, je m'efforce de ne pas entraver les mouvements de mes protecteurs.

L'inutilité est vraiment ma vocation.

Ça, et me faire enlever.

Des doigts squelettiques se sont agrippés à mon armure de cuir, et m'entraînent en arrière. Je suis ballotté d'ossature en ossature alors que mon père hurle mon nom. Mais son pouvoir est trop destructeur pour qu'il l'utilise pour me venir en aide. Il intime une série d'ordres à Ethan alors que sa mélo-âme maintient nos ennemis à distance. Mon ami enchaîne quelques notes qui font s'effondrer les squelettes. Mais ça ne les arrête pas. Ils sont certes immobilisés, mais ils me font passer de main en main. Ou plus exactement de phalanges en phalanges.

Et dire que certaines personnes rêvent d'être au centre de l'attention… Qu'est-ce que je ne donnerais pas pour qu'on me fiche la paix !

Mais ce n'est pas en me laissant faire que ça arrivera. Je donne un grand coup de ma botte coquée au squelette qui allait me réceptionner, et il explose en un feu d'artifice d'ossements qui retombent avec un bruit de xylophone.

Il se reforme rapidement, comme si chaque articulation de son corps en pièces détachées était aimantée. Mais ça m'a laissé une seconde pour avancer. Je me dégage des cinq squelettes qui essaient de m'immobiliser, en leur donnant de grands coups avec Rubby. Ce n'est pas très éthique, voire même carrément blasphématoire, mais la fin justifie les moyens. Je réussis à me dépêtrer de leurs os éparpillés pour me réfugier dans une rue déserte. Ils se lancent cependant rapidement à ma poursuite. Il faut dire que je suis aisément repérable à mes hurlements.

Et à ma stupidité.

Parce que je viens de me précipiter dans une impasse.

Un nombre incalculable de squelettes me fait face. Ils sont des dizaines et des dizaines, qui grimpent les uns sur les autres comme d'étranges siamois aux corps tortueux. Leurs cœurs battent à un rythme endiablé qui m'étourdit.

Si Shamès me voulait vivant, c'est raté.

En repensant un instant à lui, je me souviens de cette puissance qui est apparue soudainement en moi lorsque je l'ai noyé. Je ferme brièvement les yeux et l'invoque de toutes mes forces. Mais je n'arrive pas à saisir ce pouvoir que je ne comprends pas, et seule la peur fait battre mon cœur.

Les squelettes se jettent alors sur moi comme un raz-de-marée.

Ils ne sont accueillis que par un déluge de flammes.

– *Dylan.*

Je ne le vois pas, mais je sais qu'il est là. Je le sens. La chaleur grimpe d'un cran. J'ai les yeux levés au ciel pour tenter d'apercevoir son orgue volant. Lorsque je baisse les yeux, il me fait face.

Son pouvoir est si brut, si violent, que sa déferlante de feu a fait fondre les squelettes qui s'apprêtaient à m'attaquer.

Je ne sais pas exactement si je dois le remercier, mais moi qui cherchais la mort quelque temps auparavant, je suis content de ne pas l'avoir trouvée dans ces conditions.

Mon ennemi me fait face, assis tranquillement sur un tas d'os fondus en guise de trône.

– Tu peux me reprocher beaucoup de choses, Dylan, mais certainement pas de manquer de panache ! s'exclame Shamès en s'étirant sur son fauteuil improvisé.

Je regarde autour de lui. Aucune trace de son orgue. S'il n'a pas survécu à ma colère, comment peut-il en avoir réchappé ?

– Je pense que la moindre des choses, ce serait de me remercier, non ? Je suis un peu ton diable gardien. Ça fait déjà deux fois.

Des squelettes s'avisent de pénétrer dans l'impasse, mais Shamès agit comme un répulsif. Il brûle comme un soleil et ça semble les effrayer.

– Qu'est-ce que tu fais là ? T'étais pas mort ?

– Il va falloir arrêter avec ça. Le truc que tu as le plus blessé, c'est ma fierté. Surtout que les bains, c'est vraiment pas mon truc.

Je le détaille d'un œil méfiant. Son torse est zébré de plaies rouges, là où j'ai arraché les cadenas enchâssés dans sa peau.

– Ça n'aurait tenu qu'à moi, je ne vous aurais pas fait passer par là, avoue Shamès. C'est une idée de Marwan, tu pourras le remercier. Il a un truc avec les morts-vivants.

– Qu'est-ce que tu veux dire ? Qui est-ce ? Et pourquoi faites-vous tout ça ? Et c'est quoi, ce délire avec les squelettes, sérieusement ?

Je ne sais pas d'où me vient mon assurance, étant donné la situation, mais s'il y a une chose que j'ai retenue de ma dernière rencontre avec l'homme incandescent, c'est que je n'ai plus peur de lui. Tout au plus, il m'intrigue. Pourquoi me maintenir en vie à tout prix ? Qu'est-ce qu'il a à y gagner ?

– Rien de spécial. Tu verras bien. Parce qu'on peut. Les squelettes, c'est ton père qui les a créés.

– Comment ça ? m'exclamé-je d'une voix si aiguë que je ne la reconnais pas.

Au loin, j'entends toujours le boum-boum mortuaire de la ville, et les mélo-âmes de mes compagnons qui luttent pour leur vie.

– Vous l'aimez, votre petite rivière, hein ? Mais ce n'est pas la seule chose magique de ce monde. Tu vois, le volcan de Ténor en est gorgé. Vraiment. Et en en déclenchant l'éruption, ton petit papounet a condamné toute une partie du continent à mort.

Mon estomac se noue. Mon père pensait qu'une ville avait payé le tribut de ses exploits. Pas qu'il était à l'origine d'un véritable génocide.

– En fait, vois-tu, comme Melody qui donne et reprend vos mélo-âmes, le volcan de Ténor a fait un cadeau à ses victimes. Enfin, si on peut appeler ça ainsi. Vois-tu, elles ne sont pas exactement mortes. Et pas tout à fait vivantes. Disons qu'elles ne vivent que sous l'effet de la lumière de la lune.

Je lève les yeux vers le ciel obscur de la nuit et, même dans le noir, je devine les épais nuages qui nous surplombent.

– Enfin, c'est une expression, explique Shamès avec un hochement de tête. Ils se réveillent la nuit quoi, le jour ils sont vraiment morts. Et quand ils se réveillent, ils ne sont pas vraiment contents. Ils sont morts en colère, avec une soif de vengeance. Ça ne s'oublie pas si facilement.

Je ne sais que dire. Mon père a détruit la vie de ces innocents. Leur vengeance est juste. Mais je ne peux pas me résoudre à laisser ceux que j'aime mourir.

– Si tu me veux vivant, il vaudrait mieux que mon père le soit aussi.

– Oh, sa mort n'est pas encore écrite, ricane Shamès. Tu peux le rejoindre, je t'ai ouvert la voie.

Je regarde par-dessus son épaule : en effet, les squelettes ont arrêté de se jeter dans l'impasse. Lorsque je reporte mon attention sur le trône macabre improvisé par mon diable gardien, je me rends compte qu'il s'est volatilisé. Peut-il devenir invisible comme le pouvait Aimée, ou carrément disparaître à volonté ?

Pour le moment, c'est le cadet de mes soucis. Je me jette dans l'ouverture et cours rejoindre les miens le plus rapidement possible. Ils ne sont plus attaqués que d'un côté, et Kaïs a dû profiter de l'ouverture créée par Shamès pour rejoindre mon père et Ethan. Seul un des soldats des îles Silencieuses qui l'accompagnait est à son côté. Ils forment un orchestre disparate et grotesque qui joue une mélodie bizarrement entêtante. Je me joins à eux et je vois le soulagement se peindre sur le visage de mon père.

– Ils ne vivent que la nuit, hurlé-je à leur intention. Nous devons tenir jusqu'au matin.

– Génial, grogne Kaïs entre deux accords de basse meurtriers. C'est pas comme si le soleil venait de se coucher !

– Je te trouve un peu négatif, marmonne Ethan, au moins, il ne pleut pas.

Comme si le ciel n'avait attendu que ce moment, des trombes d'eau se déversent sur nous. J'hésite entre embrasser Ethan, que je suis ravi de voir en un seul morceau, et le mettre en morceaux.

– Nous allons nous réfugier dans la maison. J'ai un plan, explique mon père.

Il a un plan, on ne sait pas lequel, mais comme c'est le chef, on obéit. Ni une ni deux, nous nous engouffrons dans la bâtisse que nous explorions tout à l'heure. Kaïs se précipite sur les différentes portes pour les verrouiller, claque les volets pour nous protéger au maximum.

– Je ne veux pas jouer les rabat-joie, papa, mais il y a une cheminée, marmonné-je. Et un squelette, ça peut passer dans une cheminée, non ?

– Justement, fait mon père qui s'arrête enfin de jouer.

Le cœur de son instrument bat trop vite.

– Ethan, j'ai besoin de toi. *Respire* peut nous protéger.

– Nous protéger de quoi ? demande mon ami.

– Es-tu capable de jouer toute la nuit ?

– Non.

– Il va falloir !

Les grincements atroces des squelettes qui grattent aux murs et aux portes font se dresser les poils de ma nuque.

– J'ai besoin que tu nous protèges des débris.

– Quels débris ?

– Ceux du sol, quand j'aurai tout fait s'effondrer sur nous.

– Oh, rien que ça ? C'est vrai qu'une fois morts, on sera peinards !

Mon père lui jette un regard noir. Lui et l'humour…

– C'est notre seule chance de nous protéger. Tu vas jouer pour nous empêcher d'être écrasés. Gagnons le cellier à l'étage inférieur.

Nous descendons dans le noir total, l'insulaire qui nous accompagne invoque une mélo-lueur en quelques notes. La lumière dorée illumine un cellier vide et ordinaire. Rempli de poussière.

Requiem d'un trépassé résonne immédiatement. Je sens le sol vibrer. Le plafond, les murs. Tout s'effrite et s'effondre sur nous, nous enterrant vivants, à l'abri des squelettes.

Ethan joue *Respire*, et son pouvoir maintient ce qui devrait nous écraser à distance, suspendu dans les airs.

Je l'avais vu faire léviter des cailloux, des petits rochers, quelques objets, mais jamais rien d'aussi impressionnant. Il est terriblement concentré, les yeux fermés, grimaçant sous l'effort, des gouttes de sueur tombant de son front sur son instrument dont les poumons visibles palpitent.

– Sans vouloir vous offenser, c'est le plan le plus stupide que j'aie jamais vu, fait le soldat qui nous accompagne.

Je lui jette un regard assassin, mais je ne dis rien, je ne veux pas déconcentrer Ethan. Cependant, je suis plutôt d'accord avec ce type.

Des débris tombent, échappant au pouvoir d'Ethan. Le garde-manger qu'explorait mon père tout à l'heure manque de tomber sur Kaïs, et je reçois le berceau contenant le bébé squelette sur la tête.

Je suis sonné un instant, mais Ethan s'est déjà ressaisi. Son médiator lui a échappé des mains sur une note particulièrement ardue, mais il s'est repris. Il joue avec ses doigts, que les cordes rigides de son instrument commencent à entailler. Il commence à saigner.

Il nous reste des heures à tenir.

𝄽

Il me semble que cela fait une éternité que nous sommes cloîtrés sous terre. Mais ça ne fait sans doute pas plus d'une heure ou deux. Les doigts d'Ethan sont en charpie, son instrument est couvert de sang, son verre se voile. Il n'est pas encore opaque, mais ce n'est pas bon signe. Ethan s'épuise. Pire, il se tue à la tâche.

– On doit trouver une autre solution, m'écrié-je. Papa ! Fais quelque chose.

Mon père me lance un regard creux, épuisé.

– Je n'ai pas d'autre solution, Dylan. Ma mélo-âme détruit, jamais je ne pourrai vous protéger avec.

Je lance un regard plein d'espoir à Kaïs, mais ce gros bourrin baisse les yeux, tristement.

Ethan se sacrifie pour nous, et nous ne pouvons rien faire pour lui.

– C'est incroyable, murmure le soldat des îles. Ma grand-mère m'a parlé du pouvoir du volcan. Elle m'a dit qu'il ne donnait pas la mort, mais une demi-vie consacrée à la nuit…

Ethan est concentré sur sa mélodie. Ou sur le simple fait de ne pas s'évanouir d'épuisement. Son instrument est de plus en plus mal en point. Et il pâlit de seconde en seconde.

Le pire, c'est l'impuissance. Regarder tout le monde s'agiter en étant impuissant. Je ne sais pas comment les aider. Ethan tient debout par miracle. Le cœur de son instrument bat faiblement et une corde a lâché, lui lacérant le cou. Je fais tout pour ne pas tourner en rond, ne pas le déconcentrer. Au moins, les squelettes n'ont pas réussi à nous rejoindre. C'est déjà ça.

Le berceau s'agite bizarrement.

Je me penche au-dessus, et je me rends compte que je me suis trompé : un squelette nous a rejoints.

Tout petit.

Presque mignon.

– Pa… pa…

Il n'y a que moi qui ai entendu ces paroles, j'en suis sûr, sinon Ethan en aurait lâché sa guitare d'horreur. Ce petit squelette noirci vient de m'appeler « papa ». J'en ai la nausée, mais émerge également le souvenir de ma femme et de notre enfant à venir. Je ne sais pas quoi faire, alors je m'adosse au berceau, et je ferme les yeux.

Sans même réfléchir, comme pour me rassurer, je me mets à fredonner les paroles que j'ai écrites pour *Harmonie*. Elles m'enveloppent de quelque chose de doux et de chaud.

Quand je rouvre les yeux, Ethan a l'air de se sentir mieux. Ses doigts ne saignent plus, son instrument s'est éclairci. J'ai dû rêver sa corde cassée, car elles sont toutes intactes. Alors je reprends ma mélodie. Après tout, je ne sais rien faire d'autre.

Le temps semble suspendu. Ethan continue ses prouesses.

L'insulaire qui nous accompagne joue quelques notes sur son cor. Il se retourne :

– Le soleil se lève.

– Et on peut savoir comment il sait ça, le mec en jupe ? demande Kaïs.

Ethan lâche un petit rire et loupe une note. L'amas de débris au-dessus de nous tangue dangereusement et Kaïs reçoit une brique sur la tête.

– Je suis éclaireur, ma mélo-âme me permet de voir à distance, explique le soldat. Et je vois que le soleil se lève.

– Et vous ne pouviez pas faire ça plus tôt ? dit mon père d'une voix glaciale.

– Bah vous me l'avez pas demandé. De plus, pour être honnête, ça n'aurait pas accéléré le lever du soleil, hein.

Je ferme les yeux. *Requiem d'un trépassé* prend la relève sur *Respire*. Les débris qui nous protégeaient, maintenus en lévitation par Ethan, explosent littéralement. Nous sommes englués dans un épais nuage de poussière. Je tousse à m'en arracher les poumons et tente de trouver mon chemin à tâtons. Je bascule en avant et m'effondre.

La poussière se dissipe peu à peu. *Requiem d'un trépassé* ne plaisante pas, sa puissance a troué les nuages. Nous sommes désormais à l'air libre et baignons dans la généreuse lumière du soleil.

Et juste à côté de ma joue, chanceux que je n'aie pas atterri complètement dessus, se trouve la chose la plus incroyable que j'aie vue de toute ma vie.

Un bébé.

Your pain is painful and it's tearing me down…
Pink, *Family Portrait*

XXVII

Je tiens l'enfant serré contre mon cœur. C'est vraiment étrange, je n'ai pas vraiment eu le temps de me préparer à la grossesse de ma femme, et voilà que je me retrouve père par intérim d'un squelette redevenu humain !

J'escalade péniblement la montagne de débris qui nous sépare de la liberté. Le soleil brille dans le cratère engendré par *Requiem d'un trépassé*, et les centaines de squelettes qui s'amassent autour de notre trou sont figés, leurs os noirs scintillent à la lumière et le spectacle est étrangement beau, malgré son aspect morbide. Ils se sont usé les phalanges à creuser pour nous rejoindre. Je serre la petite créature contre moi.

Nous marchons en silence, encore traumatisés. Ethan tient debout comme par enchantement. À vrai dire, c'est un pur miracle si nous avons survécu. Nous titubons au milieu des os et de la cendre et je me demande ce que sont devenus nos autres compagnons.

– Comment est-ce que ce truc a pu survivre ? demande Kaïs, fixant la petite chose emmaillotée dans un drap que je porte précautionneusement.

Petite chose qui a d'ailleurs eu l'excellente idée de dormir. Cet enfant a un grand sens du timing.

– Je ne sais pas, marmonné-je, évitant soigneusement d'aborder le fait que ce bébé était un squelette quelque temps auparavant ; on ne sait jamais, il pourrait encore s'agir d'une hallucination.

La mélo-âme d'Ethan a dû accomplir des prouesses dont j'ignorais tout.

– En tout cas, nous n'allons pas l'abandonner aux squelettes, marmonne mon père dans sa barbe. Notre priorité est de trouver des survivants.

Malgré l'absence de « si » dans sa phrase, j'entends bien qu'il a peu d'espoir. Nous en avons réchappé miraculeusement, j'ai encore du mal à y croire.

Cela fait des heures que nous cherchons les nôtres. Nous avons déjà retrouvé trois corps en lambeaux, identifiables seulement à leurs instruments. Je ne connais pas leurs noms, mais leurs cadavres resteront gravés dans ma mémoire. Nous n'osons pas vraiment nous séparer, mais nous y sommes bien obligés si nous voulons parcourir l'ensemble de la ville avant le coucher du soleil. Kaïs, le soldat des îles et mon père essaient de couvrir le plus gros de la ville pendant qu'Ethan et moi nous occupons d'un autre secteur. Mon père a l'air très inquiet pour Julian.

Je lève le regard vers le ciel, redevenu sombre et lourd. Semblable à la mer de cendres qui s'étale à nos pieds. Il ne reste plus beaucoup d'espoir.

– Il y a quelqu'un ? hurle Ethan pour la énième fois.

Je protège les oreilles du bébé en lui jetant un regard courroucé. Qu'il n'aille pas me le réveiller, je ne saurais pas gérer des pleurs !

Nous continuons notre exploration et un son strident fait se dresser mes cheveux sur ma nuque. On dirait un chat qui hurlerait à la mort.

Je me retourne, mais je ne vois rien alentour. Je fais quelques pas en direction du puits qui se dresse non loin, et le bruit me transperce à nouveau les tympans. Tout le monde a décidé de réveiller mon nouveau bébé !

Ethan a l'air aussi surpris que moi. Je me souviens avoir déjà entendu un son pareil. Les enfants de Classique débutent avec des instruments plus exigeants que les nôtres, et avant qu'ils ne parviennent à maîtriser leur violon, ce dernier passe des années à miauler les maltraitances que lui font subir les bambins.

Luca.

Je me précipite vers le puits accompagné d'Ethan, qui semble avoir réalisé cela en même temps que moi. Là, tout au fond du puits, dans l'obscurité, dans un tas de boue cendreuse, brille le reflet d'une chevelure blonde.

– Luca ! crie Ethan.

Son visage d'une pâleur lunaire se lève vers nous.

– Tu es blessé ? demandé-je d'une voix inquiète.

Dire que quelques semaines auparavant, nous étions des ennemis jurés…

Il secoue la tête sans que j'arrive vraiment à comprendre ce que cela signifie. Il a l'air trop épuisé pour parler, ou peut-être s'est-il brisé la voix à force de hurler.

Ethan est déjà passé à l'action, il s'empare de la corde du puits et la jette à Luca. Sa mélo-âme est trop usée par la nuit pour lui servir.

– Agrippe-toi, on te remonte.

Je dépose avec une grimace dégoûtée l'enfant encore endormi dans un berceau improvisé – une cage thoracique ! Nous usons nos dernières forces pour hisser notre compagnon en sûreté. Luca est sale et traumatisé, je ne l'ai jamais vu dans cet état. Il ne s'est accroché à la corde que d'une main, et je comprends pourquoi : son autre bras, nu, est recouvert d'une épaisse croûte de sang et de cendres. Sa peau est bleutée et il a l'air à deux doigts de l'hypothermie. Ces soldats de Classique et leur manie de se battre à poil ! J'enlève immédiatement mon plastron et ma chemise pour les lui passer et le frictionne afin de le réchauffer. Je passe le bras de cette poupée un peu trop masculine sur mes épaules pour le soutenir, et nous nous dirigeons vers le lieu de rendez-vous fixé par mon père. À mi-chemin, je manque de lâcher mon compagnon. Non mais quel père indigne je ferai ! J'ai totalement oublié le bébé ! Je confie Luca encore grelottant dans les bras d'Ethan, qui n'a pas l'air mécontent.

Je me précipite vers le puits à toute vitesse, provoquant un épais nuage de cendres dans mon sillage. Là, toujours endormi, l'enfant repose dans son berceau macabre.

Je ne suis qu'à quelques pas de lui quand je me prends le pied dans un tibia – heureusement inanimé – et que je m'étale de tout mon long, glissant sur le ventre et dans les ossements comme une boule dans un jeu de quilles. Je m'écroule à un cheveu du bébé et constate avec joie que ça n'a en rien perturbé son sommeil. Ça en fait au moins un !

Je me redresse en crachant la cendre que j'ai malencontreusement avalée, et je prends le bébé dans mes bras. Alors une note de guitare résonne.

Je scrute les environs, autour de moi il n'y a que des squelettes figés et une étendue sombre de cendres. Mais je n'ai pas rêvé, un nouveau son retentit. Ils ont tous perdu leur voix ou quoi ?

Je me précipite dans la direction du son et tombe nez à guitare avec Julian.

– Tu es vivant ! hurlé-je presque, me retenant de justesse de secouer le bébé d'excitation.

Il ne me répond pas, il a l'air bizarre. Comme en transe. Il continue à jouer, mais cette fois aucun son ne sort de son instrument, et je remarque avec effroi qu'il ne reste plus qu'une corde à sa Captain's.

– Julian, ça va aller, on va la réparer. Tout va bien se passer. Mon père va être rassuré de savoir que tu es en vie.

Je remarque alors ses doigts ensanglantés, ses yeux exorbités, et le verre de sa guitare qui commence lentement à s'opacifier.

Julian est en train de mourir.

Ses yeux se posent sur moi, et son regard n'est plus que colère et haine. Il pousse un hurlement silencieux en me fixant, et je regrette de ne jamais avoir pris le temps d'apprendre à le connaître.

Il se jette sur moi, sa guitare tombe et se fend et il pousse un nouveau cri mutique. Ses ongles griffent la peau de mes bras alors que je fais tout pour protéger le bébé. Lequel se met d'ailleurs à brailler. C'est bien ma chance !

Je roule péniblement à terre en esquivant les coups redoublés de Julian, qui cherche désespérément à me dire quelque chose. Il est parvenu à rester en vie toute la nuit, mais la journée lui sera fatale. Sa mélo-âme n'a pas résisté. Il devient fou, il bave, il crache. Julian ramasse sa guitare. Alors que je m'apprête à prendre la fuite, il gratte son ultime corde.

Là, suite à une explosion de cendres, un geyser d'eau surgit du puits, fonçant sur moi. Je me mets à courir pour sauver nos vies, mais Julian lance une nouvelle attaque, sa mélo-âme devient aussi folle que lui et les puits du quartier explosent tout à tour sur mon passage. Je sens un courant d'air froid sur ma peau. Et j'ai une crampe.

Sérieusement !

On n'a jamais rien vu de plus trivial que ça. Il faudra

sérieusement censurer les aventures de ma vie, parce que je refuse de léguer cette image de moi aux générations futures.

Je serre le bébé contre moi en priant pour qu'il soit devenu myope. Julian, dont les doigts sont en charpie, manque sa cible. Alors que sa colère se déchaîne, pas une fois son regard ne croise le mien. Je ne comprends pas.

La dernière corde de la Captain's cède dans un bruit métallique et Julian et son instrument tombent à terre.

C'est fini.

Je n'arrive pas à croire que j'ai réussi à lui échapper. Ou plus exactement qu'il ait tenté de me tuer. Cette nuit passée à résister à des vagues de morts-vivants a dû avoir raison de sa santé mentale. Enfin, je suppose.

C'est alors qu'un autre-mort vivant se dresse face à moi.

Un fantôme à la peau hâlée et aux épais cheveux noirs.

Aimée.

Nous nous dévisageons, sans vraiment parvenir à croire ce que nous voyons.

– Dylan… murmure-t-elle en lâchant sa flûte de Pan qui retombe sur sa poitrine.

Je comprends alors que je lui dois ma survie. Si Julian ne m'a pas vu lors de sa destructrice agonie, c'est grâce au pouvoir d'Aimée !

– Comment est-ce possible ? Tu étais morte, je…

La honte me noue la gorge. J'ai tenté de la tuer, et je ne sais même pas pourquoi.

– J'avais trois âmes Dylan, il m'en reste deux. Je ne me souviens pas de comment notre navire a coulé, ni même de comment je suis arrivée sur la plage, mais mon second a eu l'amabilité de me réanimer et de m'indiquer où vous trouver, vu que j'ai perdu mon don d'orientation. Vous faites donc chavirer tous les vaisseaux sur lesquels vous montez, jeune Hard ?

– Aimée… murmuré-je d'une voix blanche.

Elle est bien vivante face à moi, l'ai-je donc frappée ? Ou n'était-ce qu'une illusion ? Elle ne s'en souvient manifestement pas, et mon esprit n'est plus aussi fiable qu'autrefois…

– Comptes-tu t'occuper un jour de cet enfant qui nous vrille les tympans, Dylan ?

– Oh, ça ? C'est ma mélo-âme. C'est joli, non ? dis-je en levant le bébé à la hauteur de mes yeux.

Aimée me jette un regard sévère. En quelques enjambées elle est sur moi et m'enlève l'enfant, puis le serre contre son sein.

– Julian…

Mon père est derrière nous. Toute cette agitation ne pouvait pas passer inaperçue. Il fixe d'un regard brillant celui qu'il considérait comme son troisième fils.

𝄽

J'ai vu papa pleurer pour la seconde fois de mon existence. Julian et lui étaient très proches. Papa est le seul qui se soit donné la peine d'inventer un langage pour le comprendre et l'intégrer dans la vie quotidienne. Il ne l'a jamais considéré comme un handicapé malgré son mutisme.

Mon père ressemble à un cadavre. Les joues creuses, le teint terne, les dreadlocks dans tous les sens, il fait peine à voir. Il ne m'a pas adressé un seul mot depuis la fin des hostilités. Je suppose que c'est mieux ainsi. Je ne vois pas ce qu'on pourrait se dire.

Aimée nous guide jusqu'au campement de fortune installé par nos hommes en début d'après-midi au milieu de la forêt. Même sans sa mélo-âme, elle a un sens aigu de l'orientation.

Pour une raison que j'ignore, il n'a heureusement pas été attaqué par les squelettes. Si la ville est leur tombe, peut-être ne peuvent-ils pas la quitter ?

Un petit ruisseau coule non loin, trop vif pour que les cendres s'y amassent. L'eau est fraîche et nous buvons notre soûl avant de manger des poissons gras pêchés par les marins.

Kaïs et Ethan, épuisés, s'endorment l'un contre l'autre. La nuit a été très longue, et savoir qu'aucun squelette ne viendra la troubler suffit à leur bonheur. Mais je n'arrive pas vraiment à dormir.

Je vais m'asseoir à côté du chef de Classique, qui a retrouvé des couleurs, mais pas son sourire. Au milieu de toute cette végétation, j'ai l'impression de retrouver mon chez-moi. Sauf que chez moi, Luca est en pleine santé.

– Tu tiens le coup ? demandé-je bêtement.

Il ouvre ses paupières qui papillonnent quelques instants.

– Si je n'avais pas d'épaule droite en ce moment, tout irait très bien.

– Je compatis.

– Mes hommes m'ont jeté dans un puits pour me protéger. Ils ont attiré l'attention des squelettes et je n'ai rien pu faire pour les sauver. Ils se sont sacrifiés pour moi.

– En retour, tu dois alors célébrer la vie, murmuré-je, me sentant soudain philosophe.

Il sourit.

– C'est sûr. Je compte rentrer chez moi et assister à la naissance de Toma.

– Toma ?

– J'ai décidé de l'appeler comme ça. En hommage à mon père.

Je hoche la tête.

– Mais si c'est une fille ?

Luca hausse son épaule valide.

– Elle n'aura plus qu'à se travestir !

Je ris et, comme ça m'arrive rarement ces derniers temps, mes zygomatiques m'élancent.

C'est une forêt semblable à toutes les forêts, à la différence que la main de l'homme n'est pas passée par là pour la dénaturer. Ici, pas de troncs d'arbres aménagés, pas de jolis buissons taillés. Tout pousse au gré de ses envies, sans se soucier de laisser paraître un sentier pour les humains. En gros, la forêt que j'explore semble dire : « Démerde-toi ! »

Notre petit groupe – papa, Kaïs, Ethan, Luca, Aimée et moi – a quitté les rescapés du naufrage. Ceux-ci attendent encore une équipe de sauvetage en provenance des îles Silencieuses. Papa et moi devons absolument nous rendre à Orgue. C'est là que Shamès me révélera tout. C'est là que je saurai enfin la vérité.

Les autres ont refusé de nous abandonner. Et papa a refusé d'abandonner Julian sur place. Ne pouvant emporter son corps, il a pris son instrument pour lui donner une sépulture digne de ce nom.

Savoir qu'ils risquent leur vie pour moi ne me remonte pas spécialement le moral, mais je me sens également plus en sécurité. Et plus aimé…

Je saute d'une énorme racine grouillante de mille-pattes à une autre. Mon ventre gargouillant est le seul bruit dans ce méli-mélo vert et or. Des gouttes d'eau parsèment les troncs d'arbres obèses. Leur cime n'est pas très haute, mais assez pour me faire me sentir minuscule. Le sol est un mélange de feuilles mortes, d'insectes et de pluie.

J'avance en imprimant mes traces de pas dans la boue, histoire de retrouver mon chemin.

Je m'arrête devant un arbre aux branches basses. On dirait des mains tendues vers moi. Je pose le pied sur une racine pour prendre appui et me hisse sur la première branche. Je décide de ne pas tenter le diable et de rester à cette hauteur. D'ici, j'ai une vue dégagée sur la petite clairière en contrebas. Je reste là, dans l'humidité et la fraîcheur, et m'accorde un moment d'égarement. Je ferme les yeux. J'effectue un demi-tour mental pour retrouver le passé.

Je me glisse sous les draps confortables de mon lit, à Hard. Je m'étire avant de ramener une fille endormie contre mon cœur. Ma femme. Mon corps se souvient de la chaleur de ses étreintes. De l'odeur de lavande de ses cheveux. De la douceur de ses baisers.

– Ma femme.

Dire ces mots me fend l'âme. Je ne retiens pas les larmes qui s'échappent de mes yeux. Elles sont pour elle. Je ressens un manque comme jamais auparavant. C'est en m'éloignant que j'ai compris à quel point je l'aimais. Toutes mes pensées hurlent son nom dont je ne me souviens plus. Mon corps tout entier la réclame.

J'ouvre les yeux pour m'apercevoir qu'un serpent noir luisant se tient immobile dans la clairière. Sa queue est sagement enroulée derrière lui, et il dresse la tête, immobile. On dirait qu'il attend quelqu'un. Même d'ici, je peux apercevoir la lueur vive et intelligente briller dans ses yeux fluorescents. Une lueur qui me rappelle mon frère. Je fouille dans la poche de ma veste et en sors le médiator en forme de losange qu'il m'a donné.

Logan aussi me manque. La résurgence de notre dernière étreinte, au bord de notre ruisseau familial, me réchauffe un peu. Je le vois différemment maintenant. Logan a toujours accompagné papa dans des périples comme celui-ci, et il en est toujours revenu indemne. Il a dû en voir des horreurs, pourtant. Pas une fois, il n'a montré ses émotions. Pas une fois je ne lui ai demandé s'il allait bien.

Un lapin entre dans mon champ de vision. Il fait face au serpent, immobile. Le lapin n'est pas difficile à cerner : c'est un trouillard. Sa poitrine à la fourrure touffue palpite à un rythme effréné. Il a un regard paniqué. Il est pathétique. Comme moi. Maman me dirait d'apprendre à célébrer la vie en menant une existence saine et droite.

Maman. L'étreinte qu'elle m'a donnée me réchauffe autant que l'accolade de Logan. Je l'imagine en train de travailler sa mélo-âme en pensant à papa. Et à moi, je suppose.

Le serpent s'est rapproché du lapin. Un timide espace les sépare. Le serpent s'immobilise à nouveau, concentré sur sa proie tétanisée.

Le serpent s'est jeté sur le lapin. Sa gueule s'est refermée autour de son cou. Le lapin se débat. Ses oreilles et ses pattes s'agitent, mais il sait très bien que c'est la fin. Je regarde le spectacle sans bouger un cil. Je suis ce lapin qui court faire face à la mort. Je suis cet animal stupide et trouillard qui ne sait pas se défendre.

Le lapin ne bouge plus. Le serpent le laisse tomber par terre avant de commencer à s'enrouler autour de son corps. Il prend son temps. Il savoure sa victoire. Je m'imagine à la place de ce lapin, mort sans avoir lutté. Bête. Peureux. Inutile.

Mais le lapin se redresse subitement et le serpent sursaute, comme moi. Malgré sa blessure, il bondit hors du cercle dangereux formé par la queue du serpent. Ce dernier lui donne la chasse, mais c'est trop tard, il a disparu dans les fougères.

Je me surprends à rire. Je ris aux éclats. Je suis mort de rire. J'en pleure. C'est le spectacle le plus divertissant qu'il m'ait été donné de voir. Je regarde la flaque de sang brun qu'a laissée le lapin sur l'herbe humide et me dis que, finalement, même le faible recèle une part de force.

Et c'est une bonne chose.

Le poisson n'est pas très gros, mais je pourrais pleurer d'en avoir sous la dent. Nous avons établi notre campement de fortune au bord d'un petit cours d'eau et dînons près d'un maigre feu de bois. Ethan et Kaïs ont pêché une quinzaine de petits poissons que l'on dévore avec avidité. Je savoure mon dernier avec patience.

– J'ai envie d'une cuisse de cerf, lâche Kaïs, occupé à se curer une dent avec une branche.

– Moi d'une omelette, renchérit Ethan.

– J'ai envie d'un verre de sève de saule, dit Luca.

Son état s'est beaucoup amélioré grâce à Aimée. Cette dernière nous tourne le dos, occupée à nourrir l'enfant.

– Le fier capitaine a la fibre maternelle, visiblement, s'exclame Kaïs.

– Mon brave lourdaud, répond Aimée en le crucifiant d'un regard par-dessus son épaule, j'ai une fille. Ce n'est pas compatible avec ma vie mouvementée. Tu l'aurais remarqué si tu arrivais à garder une femme.

Kaïs rougit, piqué au vif. C'est vrai qu'il se fait vieux pour être un coureur. Je ne sais pas comment Aimée a deviné qu'il était célibataire, mais elle a l'œil. Ça me fait bizarre de me dire qu'elle est mère. Ses mains, si habiles sur un gouvernail, savent aussi se faire douces, visiblement. En tout cas, le bébé a l'air calmé.

– Je n'ai pas de leçon à recevoir d'une femme qui abandonne ses enfants !

Kaïs lâche un grognement étouffé lorsqu'il reçoit la chaussure qu'Aimée lui lance en pleine tête. Elle est plutôt adroite ! Dire que je n'arrive même pas à faire trembler une de mes cibles avec ma mélo-âme…

– Mon père a jugé plus bénéfique pour notre clan que ma fille soit confiée à une nourrice. Et vu mon métier, je suis sûre qu'effectivement elle est plus en sécurité sur terre.

– La sève des arbres ici est dégueulasse, nous apprend Ethan, essayant de changer de sujet. J'y ai goûté en allant pisser.

– Toutes les sèves ne sont pas bonnes à boire, dit Kaïs en se frottant le crâne.

– Ce qui est certain, c'est que dès mon retour je m'enfile un tonneau de vin de baies et je fume tout l'ornac de Tam. Je suis en manque, pleurniche Ethan.

– Qu'est-ce que ces saletés t'apportent ? lui demande Aimée avec une pointe de dédain.

– Ça me permettait de me détendre. D'oublier… certains trucs pas joyeux.

– Y a les amis, pour ça, lui fait-elle remarquer.

Ethan me jette un rapide coup d'œil sans répondre. Je détourne les yeux. Lui et moi savons très bien que je ne suis pas l'ami idéal. Je n'ai jamais été présent pour lui dans les moments difficiles. Ça ne m'étonne pas qu'il ait préféré se réfugier dans le tabac et la boisson.

– Où est papa ? je m'enquiers.

– Parti se recueillir sur la tombe de Julian, m'annonce Luca.

Je hoche la tête. Nous avons inhumé son instrument au crépuscule, dans une clairière. Papa a beaucoup hésité. Il sait que Julian aurait détesté être enterré dans le Nord, mais nous n'avions pas le choix. Papa a également gravé le nom de Coral, sur la tombe. Je pense qu'à notre retour à Hard, il érigera un monument aux morts en hommage aux disparus. Je décide de ne pas le déranger dans son deuil.

Au lieu de ça, je me lève pour aller me rasseoir à côté d'Aimée qui a fini de nourrir le bébé.

– Comment s'appelle ta fille ?

– Alizée.

– Eh bien, Alizée a de la chance d'avoir une maman comme toi. Tu sauras la protéger en cas de danger, tu n'hésiterais pas une seule seconde à te jeter sur l'ennemi. Tu es si volontaire et indépendante !

– C'est pour ça que je suis devenue passeur. Un capitaine ne rend de comptes à personne. Et on ne peut lutter contre l'appel du large…

– Alizée n'a pas de père ?

Elle rit.

– Bien sûr que si. Tout le monde a un père, Dylan. C'est juste que je ne me sens pas obligée de lui rendre des comptes à lui non plus.

Je lui donne un coup d'épaule.

– Je veux dire, où est son père ?

– J'aimerais le savoir. Il s'est évaporé trois mois avant la naissance.

– Oh !

– Mais je m'en fiche, en fait. Je n'ai pas besoin d'un homme pour subsister.

Je la regarde discrètement. Ses cheveux sont encore humides. Elle est la seule à avoir pensé à donner un bain au bébé et elle en a profité au passage. Sa peau mate a l'air douce. Sans gouvernail entre les mains, elle a l'air plus jeune, plus accessible.

– J'ai un truc sur le visage ?

Je me détourne.

– Non.

J'essaie de contrôler mes pulsions. J'ai peur des sentiments qui naissent dans ma poitrine. Aimée n'est personne pour moi. J'essaie juste de me racheter après ce que je lui ai fait. Pas vrai ? Par précaution, je préfère quand même m'éloigner et aller dormir près d'Ethan.

– Ça caille, sifflé-je en me rapprochant du feu.

– Pourquoi tu ne lui demandes pas de te réchauffer ? me demande mon ami d'un ton agacé en désignant Aimée du menton.

– Qu'est-ce que tu racontes ?

Il se hisse sur un coude et me fixe sans ciller. Même dans la nuit, le bleu de ses yeux ressort vivement.

– T'es en train de tomber amoureux ?

– Quoi ? Je… non…

– T'as plutôt pas intérêt.

Son ton est cassant.

– Tu es en mission, ici.

– Je le sais ! Pourquoi tu t'énerves ?

– Parce que je ne suis pas con. Je comprends ces choses-là, et ça ne doit pas t'arriver. Ne te laisse pas mener par tes hormones.

Mes hormones ? J'espère que ce n'est que ça…

– Il n'y a que ma femme dans ma tête et dans mon cœur. Elle est gravée partout en moi. Je ne compte pas la tromper de sitôt !

Mon ami soupire. Il me lance un regard plein de pitié.

– Comment tu t'es débrouillé pour t'amouracher d'un rêve ?

Je préfère ne pas répondre. Ethan se rallonge. Bientôt, sa respiration se fait plus profonde. Il s'est endormi.

Moi, je n'y arrive pas. La silhouette d'Aimée se découpe de l'autre côté du feu. J'essaie de faire le point sur la situation.

Qu'est-ce que je veux ? Son corps, ou son cœur ? Son amour ou son amitié ? Quand je ferme les yeux, l'image très floue de ma femme apparaît dans mon esprit. Ça me suffit, tout à coup. Je ne rouvre pas les paupières. Jamais je ne trahirai cet amour auquel je m'accroche, si faible soit mon corps.

There's still time to change the road you're on…
Led Zeppelin, ***Stairway to Heaven***

XXVIII

J'ouvre les paupières, mais son image met du temps à disparaître. J'ai encore rêvé de la Mutilée, cette nuit. Ethan avait sans doute raison, je suis un foutu pervers aux hormones en ébullition. Cette fille qui hante mes nuits remplace ma femme alors qu'elle ne devrait pas !

– Le p'tit déj est servi !

Ethan revient fièrement de la chasse avec un lapin blessé qui se débat. Il le tient par les oreilles et l'agite comme un trophée.

– Je n'ai même pas eu besoin de courir. Il était là, allongé au pied d'un arbre, nous apprend-il.

L'animal a du sang au niveau du cou. Je le reconnais immédiatement. C'est le lapin qui a été attaqué par le serpent dans la clairière et qui a fait le mort avant de déguerpir. Ainsi, il a passé la nuit !

– Je vais le dépecer, propose Aimée qui était jusque-là en pleine discussion avec papa.

– Non !

Je bondis jusqu'à Ethan et lui prends l'animal des mains.

– Pas celui-là.

On me regarde comme si j'étais un drôle d'oiseau, mais je m'en moque. Aussi ridicule que ça puisse paraître, je m'identifie à ce lapin. Il n'est pas question qu'il meure d'une façon aussi stupide.

– Mangeons du poisson, c'est très bien, insisté-je.

Sans leur laisser l'occasion de répondre, je m'en vais dans la forêt où je relâche l'animal.

– Débrouille-toi pour survivre. Montre-leur que tu n'es pas un faible !

– CHÂTIMENT ! hurle papa.

Je ne sais pas ce qui se passe, mais mon sang ne fait qu'un tour. Pourquoi crie-t-il ainsi ?

– C'est une fille, s'exclame Aimée, exaspérée. Et « Châtiment », ce n'est pas un prénom de fille. Ni de garçon d'ailleurs, non mais qu'est-ce que vous avez dans le crâne, les gens du continent ?

J'accours vers eux. Papa tient le bébé, nu comme un ver, entre ses mains. C'est bel et bien une fille. Avec des fesses potelées et toutes roses. Sa touffe de cheveux châtains est presque blonde dans la lumière du matin. Les nuages de Corde ne nous ont pas suivis.

– « Châtiment », c'est un prénom unisexe, insiste papa les sourcils froncés, pendant que Châtiment joue avec une de ses dreadlocks.

– Je ne crois pas que ce soit une excellente idée, interviens-je. Et pourquoi « Châtiment » ? Sérieusement, papa…

– Parce que, en grandissant, elle vaincra nos ennemis ! dit-il avant de partir d'un rire tonitruant.

La mort de Julian a creusé ses traits, mais ce bébé lui redonne un peu de lumière intérieure. Son œil unique pétille.

– Je serais d'avis de choisir quelque chose de plus classique, insiste Aimée. « Rosemonde » c'est joli, non ?

– Je ne voudrais pas vous frustrer, mais il y a un nom

écrit sur son drap, marmonne Kaïs, de corvée de lessive sous les ordres du capitaine.

Nous nous retournons tous vers lui alors qu'il déchiffre péniblement les signes brodés. La lecture, c'est pas son fort.

– Kel-sea fa-bri-que de ti-ssu, dit-il, tout fier.

Aimée éclate de rire et je la rejoins, rapidement imité par Ethan.

– C'est le nom de l'artisan, Kaïs !

– Moi je trouve ça mignon, « Kelsea », dit papa en haussant les épaules. Aimée ?

« Mignon » ? Je n'ai jamais entendu mon père qualifier quoi que ce soit de « mignon ». Ce bébé est vraiment en train de lui tourner la tête !

Mais alors que tout le monde se met d'accord pour baptiser l'enfant Kelsea, nous ignorons tous volontairement deux choses.

Comment un bébé a-t-il pu naître de toute la mort qui nous entourait ?

Et où diable est son instrument ?

Le Nord ne connaît ni été ni chaleur. Pendant que ceux de chez moi sont sûrement en train de prendre le soleil, ici, nous mettons difficilement un pied devant l'autre. Le vent est d'une violence inouïe ! Nous sommes obligés de marcher serrés les uns contre les autres pour ne pas nous éparpiller. Le contenu de l'énorme sac de cuir que papa ne lâche jamais s'est révélé plutôt utile : il n'avait pas de quoi vêtir tout le monde mais, au moins, Luca est désormais plus habillé qu'une danseuse de charme. Même si sa chemise de cuir est carrément trop grande.

– Papa, c'est normal que ce soit aussi désert ? demandé-je.

Nous avons quitté les forêts et bois qui constituaient le

paysage jusqu'à maintenant pour traverser un village clandestin en ruines. Heureusement non peuplé de squelettes.

– C'est mauvais signe, répond-il seulement.

– Votre histoire d'Orgue là, je la sens pas trop... La région est maudite il paraît, bougonne Kaïs.

Papa ne répond pas.

– On n'est que six adultes. Cinq soldats épuisés, dont un qui ne peut pas utiliser son instrument malade, et un passeur avec un bébé, continue-t-il. C'est du suicide, non ?

– Je préfère que tu m'appelles capitaine ! le reprend Aimée sèchement.

Papa s'arrête. Tout le monde s'arrête.

– Nous avons déjà eu cette discussion. Dylan et moi devons nous rendre à Orgue. Faire ce qui doit être fait.

– Mourir ?

Kaïs n'a jamais osé remettre le commandement de papa en question, mais cette fois, il semble atteindre ses limites.

– Je ne veux pas mourir bêtement, chef. Et si nous rejoignons Orgue, nous allons mourir bêtement. Nous devrions accepter notre défaite, cette fois.

– Tu es libre de repartir.

Kaïs se crispe.

– Je ne déserterai pas !

– Dans ce cas, ta gueule.

Papa se remet en route en l'ignorant, et nous l'imitons. Je préférerais que Kaïs s'en aille comme il en a envie. De cette façon, il ne serait pas pris entre les griffes d'ennemis qui ne sont pas vraiment les siens. Mais il n'en fait rien. Sa loyauté est plus forte que son instinct de survie.

𝄽

Nous apercevons les premières rizières en fin d'aprèsmidi. Nous avançons prudemment le long d'un chemin de terre que la pluie a rendu boueux et peu praticable. Il est si étroit que nous sommes obligés de nous mettre en file indienne. Les rizières de part et d'autre ressemblent à d'immenses marais visqueux. Les plants semblent avoir été abandonnés depuis longtemps. Ils dégagent une odeur infecte. Je ne suis pas rassuré. Et j'ai raison de ne pas l'être.

Tout se passe très vite : je me retrouve dans l'eau immonde en moins de temps qu'il n'en faut pour le dire. Quelque chose enserre ma gorge. Je bois la tasse, mes poumons se remplissent de boue. Je suis aveugle, muet. Je n'arrive même pas à me débattre tant l'eau épaisse entrave mes mouvements. Je me sens couler. J'étouffe.

On me sort de là *in extremis* et j'entends *Respire.* J'essaie de respirer moi-même, mais je peine à reprendre mon souffle. Je tremble de froid.

– Dylan !

Aimée dépose Kelsea en hâte et se jette près de moi pour comprimer ma cage thoracique afin d'en faire sortir l'eau, mais elle me torture sans s'en rendre compte. J'agonise en silence.

– Reviens, Dylan !

– Dyyl !

J'entends leurs voix mais je ne parviens pas à répondre.

– Chef ! Cheeef !

La boule boueuse qui m'étouffe remonte d'un coup et je la vomis. Je tousse abondamment.

– Dylan !

Aimée m'aide à me débarrasser de l'eau sale qui m'aveugle. Quand je vois clair à nouveau, je me rue vers Kaïs qui essaie de remonter papa.

– Papaaa !!

Il est totalement immergé. Seule sa main dépasse et Kaïs fait son possible pour le sortir de là.

– Lâchez-le, chef ! crie-t-il.

– Qu'il lâche quoi ?

– Son sac. Il s'est jeté à l'eau pour récupérer son foutu sac !

Je n'en crois pas mes oreilles. Mais qu'est-ce qu'il peut bien transporter de si précieux là-dedans ?

– Papa !

Je me penche pour aider Kaïs. L'eau épaisse aspire tous nos efforts, mais nous ne lâchons rien. La tête de papa émerge un instant et je constate avec horreur qu'une paire de mains l'agrippe.

– C'est quoi, ces choses ?!

– Dyl, baisse-toi !

Je me jette à plat ventre. Au même moment, quelque chose passe au-dessus de moi, projeté par la mélodie de Than. La pluie se met à tomber d'un bloc, nous trempant rapidement jusqu'aux os. Quand une silhouette se redresse, je constate qu'il s'agit d'un enfant couvert de boue que la pluie rince petit à petit. Il fait volte-face. Je hurle. Plus la pluie tombe, plus ses traits m'apparaissent clairement.

Sa peau est morte. Elle tombe en lambeaux de son visage. Il lui manque un œil. Son corps est barré de cicatrices et d'ecchymoses. Sa jambe droite fait un angle bizarre. Il n'a plus de cheveux. Un cadavre en décomposition. Il profite de ma stupeur pour se jeter à mon cou.

– Bouge, Dyl !

Les mains glacées de l'enfant se referment à peine sur mon cou qu'Ethan me sauve la mise à nouveau. Une de ses notes génère un projectile de boue qui envoie valser l'enfant jusque dans son marais. D'autres cadavres en sortent ; d'enfants âgés de cinq à dix ans. Une horreur. Il manque des membres à certains. Un visage à d'autres.

– Purée de merde ! juré-je.

Derrière moi, ça s'agite. Aimée se bat à mains nues sans prendre le temps d'utiliser son instrument. Elle a solidement calé Kelsea dans sa robe contre son sein et joue des poings comme une bagarreuse professionnelle. Ça me déchire le cœur de voir des enfants se faire frapper par une mère, mais nous n'avons pas le choix.

– Ils ne sont pas bien forts, Dylan, frappe-les aussi !

J'en suis incapable. Je laisse Ethan et Aimée s'en occuper pour me porter à nouveau au secours de papa. Kaïs a sauvé Slash et l'a sortie de la boue, mais papa est en passe d'y retourner car il refuse de lâcher son sac, toujours coincé. Des cadavres le tirent par en dessous mais il n'abandonne pas.

– Y a quoi dans ce fichu sac ? s'égosille Kaïs, à bout de forces.

Il tire papa par la taille dans un ultime effort. Je lui prête main-forte et, ensemble, nous finissons par le remonter, lui et son sac adoré. Essoufflé, il le serre contre lui avec un soulagement évident. Il peut se brosser s'il pense que je vais rester indifférent à ça ! Je compte bien découvrir ce qu'il trimballe avec lui depuis Hard.

– Fuyons ! Ma mélodie fait effet ! lance Aimée.

Elle passe devant nous en courant. Nous la suivons à la hâte. Je me retourne dans ma course pour regarder une dernière fois les enfants qui s'agitent dans le marécage. À mesure qu'on s'éloigne, cette vision cauchemardesque disparaît. Je ne vois plus que des silhouettes fragiles et innocentes se dessiner à l'horizon.

Alors que nous courons, je me rends compte que quelqu'un manque parmi nous.

– Papa ! Où est Luca ?

Tout le monde s'arrête. Nous scrutons les alentours, mais pas de trace de Luca. Je fais immédiatement demi-tour.

– Dylan, c'est trop tard !

Papa peut toujours brailler. Luca est le soldat le plus méritant que j'aie vu jusqu'ici. Mais surtout, c'est un futur père qui n'a jamais enterré l'espoir de rentrer chez lui un jour. Je cours. Je glisse, mais je cours. Je souffre, mais je cours. Je tombe, mais je me relève.

Quand j'arrive aux rizières à nouveau, le lieu est désert. Ou presque. Je pousse sur mes jambes tremblantes qui finissent par me lâcher. Je fais le reste du chemin en rampant.

– Luca !

La pluie tombe sur lui mollement. Il est étalé en plein milieu du chemin, recouvert d'une boue visqueuse et épaisse. Son violon gît près de lui.

– Non…

Je cherche son pouls. Je ne le trouve pas. Je cherche les battements de son cœur. Je ne les entends pas. Alors, je me redresse et lui fais un massage cardiaque sans perdre une seconde. Je masse, je masse. Je prie. Je pleure.

– Lu, reviens, je t'en supplie. Pense à Anaïs !

Je masse avec plus de force.

– Pense à bébé Toma !

Je saisis son violon et le vide de l'eau noire qui l'encombre. Je guette un signe de vie chez Luca. J'attends que ce geste le soulage. Il ne se passe rien. J'inspecte l'intérieur de son instrument. Le cœur ne bat plus. Les poumons, noyés de boue, ne se gonflent plus d'air. Et je ne sais pas jouer de mélodie des premiers secours…

Je le repose, ferme les yeux et laisse couler mes larmes. Quand les enfants cadavres sortent à nouveau de l'eau, je ne tente rien pour fuir. Eux non plus. Ils se contentent de m'encercler et de me regarder pleurer misérablement. Je les ignore pour me remettre à l'œuvre. Je martèle la poitrine de Luca. Je lui fais du bouche-à-bouche. Je lui parle. Je le secoue. J'essaie encore et encore.

– Il est mort, monsieur.

Une fillette pose sa main déchiquetée sur mon épaule. Ce geste, simple et spontané, me donne un courage inespéré.

Je m'évertue à vouloir sauver Luca. Même quand les autres me rejoignent. Même quand papa m'ordonne d'arrêter. Je mets toute ma force, toutes mes pensées et tous mes espoirs dans mes gestes.

Kelsea ne veut pas se taire. Voilà une heure qu'elle s'époumone à nous rendre sourds.

– Tu vas la fermer, putain !

Kaïs est à bout de nerfs. Aimée est désespérée. Elle a tenté de la nourrir plusieurs fois, en vain.

– Je pense qu'elle souffre, dit-elle.

– Abandonnez ce bébé, Aimée.

Cette dernière se fige. Papa continue à avancer, considérant son ordre comme déjà accompli.

– Vous rigolez ?

– Comme vous le voyez, ce n'est pas le cas. Abandonnez-la et continuons. Nous sommes aux portes de Ténor. Elle est trop bruyante.

Au loin, au-delà d'une forêt dense, une muraille brisée et des ruines émergent du brouillard. Ténor. Ce n'est plus un carré sur la carte du monde, mais tout un territoire réel qui se dresse sous mes yeux. Un territoire que les miens ont effacé de leurs mappemondes et de leurs mémoires, mais qui est plus vrai que jamais.

– Je ne la laisserai pas.

Plantée au milieu de la route, Aimée serre Kelsea contre elle. Papa soupire. Il se tourne vers elle et lui annonce :

– Dans ce cas, ne nous suivez pas non plus. Restez avec elle.

Mon cœur se serre. Je n'ai pas envie qu'Aimée et Kelsea nous quittent.

– Papa, faisons un effort. On ne va pas la laisser alors que…

– Nous sommes en guerre ! Tu penses qu'on a le temps de s'occu…

Il s'écroule comme une chiffe molle à mes pieds.

– Papa !

Je me jette à genoux devant lui. Il respire encore mais ses yeux sont fermés. Il s'est évanoui.

– Il est épuisé, constate Luca qui s'accroupit près de moi. Il n'est plus lui-même… Jamais le Kellan que je connais n'aurait dit ça.

Je me détourne de papa et le regarde lui, me disant une fois encore qu'il a une sacrément bonne étoile. C'est un miracle qu'il soit encore parmi nous. Malgré son teint cadavérique qui laisse apparaître les sinuosités de ses veines, il est bien vivant. Aimée lui a concocté une tisane à base de plantes sauvages ramassées en chemin, qui l'a fait vomir au moins quatre fois, mais ça lui a permis de débarrasser ses poumons des impuretés qui s'y étaient logées. Malgré tout, le risque de maladie n'est pas écarté. Nous le surveillons de très près.

– Nous camperons dans les environs pour cette nuit, annonce Luca qui remplace spontanément papa au commandement. Ethan, va chercher de quoi faire un feu. Kaïs, Dylan, transportez chef Kellan, nous l'installerons confortablement pour qu'il se réchauffe. Aimée, je compte sur vous pour calmer cette enfant. Trouvez rapidement l'origine de son mal. Je veux bien la garder, mais le chef Kellan ne reviendra pas sur sa décision. Faites de votre mieux. Je prends le premier tour de garde.

Je suis impressionné par les talents de Luca. On dirait qu'il a dirigé des gens toute sa vie !

Je suis ses ordres en aidant Kaïs à transporter papa sous le couvert d'un arbre, en lisière du bois. Je le couvre de sa cape et de la mienne pour qu'il ait plus chaud.

– Je m'occupe du reste, annoncé-je à Kaïs.

– Tant mieux ! Je vais pisser.

Quand il s'éloigne, j'observe attentivement mon père, je l'admire. Même endormi, il est impressionnant. Malgré toutes les épreuves qu'il a traversées, c'est la première fois que je le vois flancher. Je m'attarde sur le foulard qui couvre son œil absent. Il s'est mutilé pour moi. Cela m'a permis de me rendre compte à quel point son amour est profond. Je me sens aimé. Pas aimé comme on aime un plat. C'est un amour plus absolu, plus beau, en quelque sorte.

Je pose ma main sur son front en sueur et essuie les gouttes qui y perlent. Aurais-je été prêt à aller aussi loin pour papa ? Aurais-je pu m'arracher un œil pour le sauver ? J'ai peur de la réponse, alors je détourne le regard. Il va se poser sur l'étui à guitare de papa que je ramène contre lui sous les capes. Puis, je me redresse lentement pour aller m'accroupir devant l'énorme sac de voyage en cuir qui me tourmente. Kaïs l'a déposé à quelques mètres de son chef. Je le fixe sans le toucher, dans un premier temps. Il est assez gros. Pendant de longues minutes, j'essaie de deviner ce qu'il contient. Des vêtements de rechange ? Sûrement pas. Papa n'aurait pas risqué sa vie pour sauver des vêtements. J'ai beau chercher, je ne vois pas ce qu'il pourrait contenir de précieux. Alors, j'attrape la lanière de cuir qui le ferme, et…

– N'y pense même pas !

Je sursaute. Papa me retient par la manche. Les yeux mi-clos, il semble faire un effort phénoménal pour parler.

– Papa, qu'est-ce qu'il y a dans ce sac ?

– Ça ne te regarde pas.

– Mais tu as risqué ta vie pour le récupérer !

– C'est important.

Je fronce les sourcils.

– C'est encore quelque chose qui me concerne ? C'est pour me protéger ?

– Bien évidemment.

– Alors je n'en veux pas ! Laisse-moi me protéger tout seul, tu en as assez fait.

– C'est mon rôle de te préserver.

– Pas à ce point.

– Si. Et plus encore. Quand tu seras père, tu comprendras.

Je soupire, contrarié comme jamais.

– Donne-moi le sac, Dylan.

Je le lui tends à contrecœur et le regarde le caler sous son bras.

– N'essaie plus jamais de l'ouvrir. C'est un ordre.

Ordre ou pas, la tentation est trop forte. Je bous de curiosité, maintenant !

– Chef, vous êtes réveillé ! Je vais vous réchauffer, annonce Ethan en s'accroupissant près de nous.

– Non merci, Ethan, je ne suis pas de ce bord.

Mon ami ouvre des yeux ronds. Je m'accorde un sourire. Papa le taquine, mais cet idiot ne le voit pas.

– Pour qui me prenez-vous ? Je parlais de faire un feu. Jamais je n'oserais vous… mais dis-le-lui, Dylan !

Je n'en fais rien. Depuis tout à l'heure, les pleurs de Kelsea n'ont pas cessé. Ils se répercutent contre les arbres et j'imagine sans peine la fatigue d'Aimée. Rien qu'à l'imaginer seule en train de s'occuper de la petite, j'ai honte. Pourquoi devrait-elle s'épuiser avec un bébé, parce qu'elle est une femme ? Un homme a autant de bras qu'elle !

– Je reviens.

Je passe devant Luca qui s'est assis avec son violon. Il travaille sur sa mélodie tout en faisant le guet. Je presse son épaule au passage, histoire de lui faire comprendre que son retour parmi nous me ravit.

Aimée semble à deux doigts de s'évanouir. Assise sur une racine humide, elle berce Kelsea mollement.

– Tu as besoin d'aide ?

Elle me regarde à peine quand j'arrive.

– Pas la peine. Les crises comme celles-ci, je connais. Elle finira bien par se taire.

J'en doute.

– Allez, donne-la-moi.

Je prends l'enfant précautionneusement. Quand je touche par mégarde sa jambe gauche et qu'elle se met à hurler, je découvre d'où vient son mal.

– Sa jambe la fait souffrir.

– Oui, j'ai remarqué. J'ai fait mon possible pour la protéger quand je me battais, mais elle est peut-être cassée. Je ne réponds pas et me contente de passer Kelsea sous ma tunique pour ne laisser dépasser que sa tête. La chaleur de mon corps semble lui faire du bien, car elle cesse de gigoter. Ou la douleur l'a épuisée.

– Comment tu as fait ? me demande Aimée, intriguée.

– Quoi ?

– Elle ne pleure plus.

Je baisse les yeux vers la tête de Kelsea pour constater qu'elle dort.

– Elle avait sans doute besoin de chaleur, avancé-je en chuchotant pour ne pas la réveiller.

Le plus doucement possible, je vais m'asseoir à côté d'Aimée.

– Tu peux dormir, je m'occupe d'elle.

Elle secoue la tête avant de la poser sur mon épaule. J'ai envie de lui demander ce qu'elle fait. Mais au final, je ne tiens pas à le savoir.

– J'ai entendu quand tu parlais à ton père… de ta femme enceinte.

– Oui.

– Je ne savais pas que tu étais marié.

Encore ça…

– Pourtant, quand on s'est rencontrés, à Vent, tu m'as félicité pour mon mariage, tu m'as même dit avoir entendu les applaudissements depuis le port.

Elle fronce les sourcils.

– Je ne m'en souviens pas. Tu es certain ?

– Oui.

– Peut-être que…

– Peu importe. Ma femme m'attend à Hard, et mon enfant aussi.

– Tu te sens prêt ?

– Non, réponds-je sans hésiter. Je suis encore un gamin à problèmes qui sait à peine prendre soin de sa petite personne. J'ai du mal à m'imaginer père !

Elle rit doucement.

– Tu vas vite t'oublier une fois que tu l'auras dans les bras.

Je ne dis rien. Si ce jour pouvait arriver, ce serait magique. Pour l'instant, ce n'est qu'un rêve.

– Ne tombe pas amoureux de moi, Dylan.

Je sursaute, ce qui manque de réveiller Kelsea. Aimée ne me regarde pas.

– Ce n'est pas que ça me déplairait, mais tu es déjà pris.

– Tu me fais une déclaration indirecte, si je comprends bien ?

– C'est ça.

Aimée est belle. Aimée est chaleureuse, courageuse et généreuse. Peut-être que, dans un moment de faiblesse, je l'ai désirée. Mais maintenant qu'elle est là, collée contre moi à me révéler ses sentiments, je me rends compte que je suis loin d'éprouver la même chose. Ma femme dont le nom m'échappe toujours est la seule pour qui mon cœur veut bien s'exprimer. Son amour m'a marqué au fer rouge. Il est indéfectible.

Ça n'échappe pas à Aimée.

– Ta femme a beaucoup de chance, me dit-elle avant de passer une main sur le crâne fragile de Kelsea. J'aurais aimé, moi aussi, que mon compagnon m'aime au point de m'épouser. J'aurais aimé qu'il rencontre Alizée.

– Tu l'aimes encore ?

– On n'éteint pas si facilement une flamme qui s'est allumée, mais...

Je hoche la tête.

– Ça m'a pris du temps, mais je l'ai éteinte. Je suis passée à autre chose. Une autre flamme a remplacé la première.

Elle se redresse et me regarde enfin. Ses joues sont roses. Ses yeux brillent. Elle se mord la lèvre, se noie dans mes yeux. Je ne sais pas comment réagir. Maintenant qu'elle m'a dévoilé ses sentiments, je crains de la blesser en la repoussant.

– Tu trouveras un homme qui te mérite, Aimée. Il y en a des tas sur terre.

– Je l'ai déjà trouvé, c'est ce que j'essaie de te dire.

Je détourne les yeux. Les siens, pleins d'espoir, me font mal. Et comment elle a bien pu tomber amoureuse d'un mec comme moi, d'abord ? Elle est aveugle ?

– Aimée, j'aime ma femme. Je l'aime assez pour qu'elle me suffise. Je suis désolé.

Elle ne part pas. Elle ne se met pas en colère. Je l'entends soupirer lentement.

– Tu es un homme honnête, Dylan.

Quand je lève les yeux vers elle, je me heurte à un sourire meurtri et à des yeux embués de larmes.

– Je ne vais pas pleurer pour un homme, me dit-elle alors

que ses larmes dévalent déjà ses joues, pressées de la contredire.

– Aimée…

Comme je ne sais pas la réconforter avec des mots, je me penche et l'embrasse. Ce baiser ne veut rien dire, pour moi. Elle, elle me le rend comme si c'était la chose la plus importante du monde. Je la laisse faire, peu désireux de briser son cœur une seconde fois.

Le cœur, c'est faible. Un sentiment de travers et hop, il se pète. Une coupure et bam, il s'arrête. Tu parles d'un muscle…

Le lendemain, nous sommes tous de bonne humeur. La jambe de Kelsea est miraculeusement guérie, et Luca se porte comme un charme. Le ciel est plus clément. Les nuages se sont dispersés et un timide soleil nous salue.

– Il était temps qu'il se montre, peste Ethan avant d'éternuer trois fois de suite.

– Je connais un remède contre les rhumes, annonce Aimée. Si sur ta route tu croises une plante à tige rouge et pétales noirs en forme d'étoile, cueille-m'en, je te le concocterai.

– Avec des feuilles transparentes et du pollen doré aussi, non ? ironise mon ami avant d'éternuer à nouveau.

Je les laisse parler. Je regarde papa. Son teint est verdâtre. Il met difficilement un pied devant l'autre. Mais il demeure silencieux. Plusieurs fois, je le vois vaciller puis se reprendre comme si de rien n'était.

– On devrait faire une pause, proposé-je.

– On en a fait une il y a à peine vingt min…

Ethan s'interrompt devant mon regard réprobateur.

– Pas de pause, lâche mon père.

Je serre les poings.

– Tu tiens à peine sur tes jambes ! Reposons-nous.

– J'ai dit pas de pause ! Nous arrivons à Ténor.

– Justement ! S'ils nous attendent, comment pourras-tu te battre dans cet état ?

– Ils ne nous attendent pas. Nous nous reposerons à Ténor.

– Qu'est-ce que t'en sais ?

– Dylan, tu avances et tu te tais.

Je me tais mais je n'avance pas. J'ai décidé de ne plus obéir à mon père, pour son bien. Je pose ma guitare par terre et je m'assois en plein milieu du chemin, bien décidé à prendre racine. Ethan me regarde avec des yeux ronds avant de jeter un œil à papa. Finalement, il vient me rejoindre et s'assoit près de moi.

– C'est pas contre vous, chef, mais Dylan va vous succéder un jour. J'ai pas envie d'en faire mon ennemi maintenant, vous comprenez ?

Mon paternel ne répond pas. Il nous fait face et je me rends compte qu'il a pris dix ans.

– Partons, qu'on en finisse, dit-il.

Il a prononcé ces mots sur un ton désespéré qui me donne envie de retarder l'inéluctable vers lequel il se précipite. Alors, je simule. Je me plie en deux, je me tiens la poitrine. Je fais semblant de souffrir. Les autres accourent vers moi, lui le premier.

– Dylan, dis quelque chose !

Je n'en fais rien. L'inquiétude dans ses yeux me déchire, mais je ne cesse pas mon petit manège. Je profite d'être un bon comédien pour tourner la situation à mon avantage. Je simule, jusqu'à ce que l'ironie décide de me rire au nez.

La douleur explose dans ma poitrine.

No hell below us, above us only sky…
John Lennon, ***Imagine***

XXIX

De quel mal suis-je atteint exactement ? Est-ce que ça se soigne ? Papa et maman m'ont-ils tout dit ? Aurais-je finalement dû rompre avec ma femme au lieu de m'unir à elle ?

Je n'en sais rien. Même si la douleur s'est calmée, son spectre est encore là, tout comme les taches de sang que je ne cherche plus à nettoyer.

– Tu as une pneumonie ? me demande Aimée d'une voix tremblante en épongeant mon cou poisseux.

– Non.

– Une infection du sang ? Un poumon perforé ?

Je secoue la tête. Je n'ai pas envie de parler. Je ne le peux pas. Je suis trop subjugué. La Mutilée est là. Assise à mon chevet, elle me regarde avec une tristesse infinie. Je n'ai même pas besoin de demander à Aimée si elle la voit : mon amie se penche au-dessus de moi pour attraper une écuelle de poisson froid. Ce faisant, elle passe sa main à travers le corps de la Mutilée sans même s'en rendre compte.

– Mange un peu, Dylan.

J'obéis sans rechigner, trop pressé qu'Aimée parte et de pouvoir questionner l'apparition en toute tranquillité. Quand

Aimée s'en va enfin veiller sur Kelsea, je ne bouge pas pour ne pas attirer l'attention des autres.

– Qui es-tu ?

Elle se contente de rester là et de me regarder d'un air peiné. Je la détaille. On dirait qu'elle est sortie de ma tête pour prendre corps dans le monde réel. C'est une jeune femme sans âge et sans couleur. Elle ne saigne plus, mais des cicatrices diverses creusent sa chair. En dehors de ça, elle semble dénuée de maux physiques. Elle est à la limite de la transparence. Ses cheveux lui font un halo discret. Ses yeux hésitent entre le bleu cristal et le gris perle. Elle est d'une maigreur effroyable. Son squelette ne demande qu'à déchirer cette peau fragile et translucide.

Je fais un geste pour toucher sa main, afin de m'assurer que je ne suis pas en train de rêver. Mes doigts heurtent les siens : des bâtonnets glacés. Elle ne réagit pas. Ne cligne pas des paupières. Elle m'est si familière !

– Peut-on parler ? chuchoté-je.

Elle hoche la tête. Je jette un coup d'œil derrière moi. Ethan est occupé à répertorier sur une plaquette le nombre de fois où il a éternué dans la journée. Luca fait un feu. Kaïs sort nos dernières provisions. Et papa me regarde. Assis au milieu du campement, son sac de voyage serré contre lui, il me fixe. Je reporte mon attention sur mon interlocutrice. Elle a disparu. Je me redresse brusquement et scrute les alentours : aucune trace d'elle. Je suis tellement déçu ! J'ai l'impression d'avoir raté une ultime chance. Chance de quoi ? Je n'en sais rien.

– Reviens, soufflé-je, au bord des larmes.

Son absence me fend le cœur.

– Reviens.

Dépité, je caresse l'endroit où elle se trouvait un instant plus tôt. Rien ne laisse penser que quelqu'un se tenait là il y a à peine trente secondes. Rien, ou presque rien. Mes doigts cessent d'effleurer la terre juste à temps. J'ai failli effacer le signe que m'a laissé la Mutilée avant de partir : un manche de guitare à six cordes.

𝄽

– Ainsi, voilà Ténor, dit Ethan.

Nous venons de franchir les ruines qui faisaient autrefois office de portes principales du clan. Nous nous trouvons sur un terrain accidenté et infertile, souligné d'un trait épais et clair, l'océan. Comme Cordes, Ténor est un clan côtier.

– Liwath fume encore !

Luca a raison, le mythique volcan de Ténor, qui s'est réveillé pour la première fois depuis des siècles à cause de papa, se dresse au loin, point rougeoyant sur la terre brune. Une fumée noire et épaisse s'en échappe.

– Ça me rappelle des souvenirs, lâche Kaïs d'une voix sombre.

Je jette un œil à papa. Des centaines d'émotions semblent passer sur son visage. Elles sont trop rapides, je ne les cerne pas.

– Dégainez, ordonne-t-il.

Nous sortons nos instruments et nous tenons sur nos gardes. J'ai une boule au ventre. C'est étrange d'être ici pour de vrai. C'est bizarre de se dire que mon expédition sera retranscrite dans les livres d'histoire de Symphonie. On parlera de moi comme de celui qui a épaulé et secondé le chef de Hard pendant la guerre, mais ce sera un odieux mensonge.

Nous avançons sans que rien ne bouge ni ne surgisse. Au bout d'une heure, la mer est derrière nous, Liwath droit devant.

– Kelsea a besoin d'être changée, annonce Aimée.

Papa ne l'écoute pas. Il a été suffisamment clair depuis le début : c'est la guerre.

– Je vous rejoins, dit-elle avant de s'arrêter.

– Il n'est pas prudent que vous restiez seule, intervient Luca. Chef Kellan ?

Papa vacille, puis cesse d'avancer. Il tente vainement de retenir une grimace de douleur. Son pied lui fait mal. Voilà un moment que je m'en suis rendu compte.

– Than ?

– Ouais ?

– Tu te rappelles la fois où je t'ai volé ton morceau de viande en plein banquet et que tu m'as ceinturé si fort pour le reprendre que je me suis évanoui ?

– Heu... oui ?

Je désigne papa d'un rapide signe de tête. Mon ami ouvre de grands yeux, mais je n'ai pas besoin de le supplier. Il me soutiendra toujours, même si c'est pour agresser son propre chef. Ni une ni deux, le voilà qui se rue sur papa, ce dernier étant trop faible pour réagir. Je m'élance en même temps que lui. Mon ami fait basculer papa, moi j'amortis sa chute.

– Dylan !

Papa est furieux, mais il a à peine la force de se débattre.

– Pardon, p'pa, mais c'est pour ton bien !

Je le plaque au sol et bloque ses bras avec mes genoux, Ethan immobilise ses jambes.

– Qu'est-ce que tu fais ? s'indigne Kaïs.

– Relâche-le, Dylan ! renchérit Luca.

– Enlève-lui ses chaussures ! intimé-je.

– Quoi ? beugle Kaïs.

– Enlève-lui ses chaussures !

– Lâche-moi, espèce de...

Papa a beau m'insulter, je ne le libère pas. Il ne peut plus bouger, juste éructer trois insultes à la seconde. Aimée a posé Kelsea par terre et la change sans nous quitter des yeux, visiblement interloquée.

– Enlève-lui ses foutues chaussures, Kaïs ! m'égosillé-je.

La montagne Kaïs cède. Moi-même, j'aurais cédé à mon propre ton si je n'étais pas occupé à maltraiter papa. Quand Kaïs lui retire enfin ses chaussures, ce dernier cesse de se débattre. Je le relâche. Je me laisse tomber en arrière.

– Chef… souffle Kaïs.

– Grand Kellan, tremble Luca.

Le pied droit de papa est mutilé. Il lui manque deux orteils dont les moignons non soignés commencent à s'infecter. Papa se redresse et soupire d'un air las.

– Tu es satisfait ?

Je ne lui réponds pas. Comme si j'avais perdu la parole.

– Chef, quand est-ce arrivé ? demande Kaïs doucement.

– Nous sommes en guerre, s'exaspère papa, pas en villégiature !

Il se rechausse et se relève.

– Nous sommes presque à Orgue. Allons-y.

Le choc passé, tout le monde se remet en route, moi excepté.

– Tu veux la porter, Dylan ?

Aimée m'aide à me lever et me met Kelsea dans les bras. Elle me guide à la suite des autres et je me laisse faire. Je suis absent.

– C'est moi, ou les nuages viennent caresser nos têtes ? lance Ethan au bout d'un moment.

Je ne suis donc pas le seul à avoir remarqué que le ciel était étrangement bas.

– Ça fait flipper, ajoute Ethan.

Moi, je trouve ça merveilleux. Les masses informes et vaporeuses descendent sans se décomposer. Nous finissons par nous arrêter complètement, subjugués par le spectacle. La température elle aussi chute lentement. Des gouttelettes se déposent sur nos vêtements et mouillent nos cheveux. Kelsea se met à pleurer, incommodée par la situation. Je la berce machinalement.

– Dylan, où es-tu ?

Je cale le bébé sur un bras pour chercher Aimée de l'autre. Sa main se referme sur la mienne. On ne voit plus rien. Les nuages se sont fondus les uns dans les autres pour former un brouillard opaque.

– Kaïs ? appelé-je.

– Suis là !

– Luca ?

– Là aussi.

– Papa ? Ethan ?

Pas de réponse.

– Papa ! Than !

– Silence ! Tu veux nous faire repérer ? s'agace mon père d'une voix inquiète.

– Repérer par qui ?

Un souffle chaud caresse mon oreille.

– *Dylan.*

Cette voix suave et masculine ne m'avait pas manqué ! J'en fais littéralement tomber Kelsea. Les cris stridents du bébé m'indiquent qu'elle ne s'est pas fracassée sur le sol. Mieux, un nuage a amorti sa chute. La voilà qui flotte étrangement au-dessus du brouillard.

– Kelsea ! panique Aimée. Dylan, rattrape-la !

Je n'en fais rien. Quelqu'un d'autre m'attend.

– J'ai chaud, se plaint Kaïs.

C'est une chaleur qui provient d'un seul et même être. Le brouillard de nuages se dissipe d'un coup. Kelsea chute, mais un heureux réflexe d'Aimée la sauve. Celle-ci s'est jetée par terre pour la rattraper. Je ne me soucie plus d'elles.

Je suis trop occupé à tenter de comprendre : nous nous trouvons soudain au pied de Liwath alors qu'il nous restait encore plusieurs heures de marche.

– Bonjour, grand Kellan de Hard ! Bonjour, chef Luca de Classique ! Bonjour, Kaïs de Hard. Bonjour, Aimée des Îles. Bonjour, Kelsea de Cordes. Et bonjour et bienvenue à toi, Dylan de Hard !

Au sommet du volcan, perché sur un orgue abîmé, un homme prend un bain de lave.

Mama, we all go to hell, it's really quite pleasant, except for the smell…

My Chemical Romance, *Mama*

XXX

Shamès rit comme si le plus beau jour de sa vie était arrivé. C'est sans doute le cas. Il agite quelque chose au-dessus du cratère, sans bouger de son orgue.

– THAN !

C'est mon ami là-haut. Shamès le tient par le cou d'une seule main et le secoue au-dessus de la lave en fusion qui crache des gerbes rouges. Ethan serre fermement Anges contre lui. Il se débat.

– THAN ! THAN !

Je deviens fou. Pas Ethan !

– Comment tu t'es retrouvé là-haut, bordel ?! jure Kaïs qui ne parvient pas à maîtriser les tremblements de sa voix.

– Je suis heureux de te revoir, Dylan de Hard.

– Relâche Ethan ! C'est moi que tu veux, alors relâche-le !

Shamès fait mine de réfléchir. Mon ami lutte. Je vois clairement de la fumée sortir des mains de son tortionnaire. Ethan n'a non seulement plus de souffle, mais en plus il brûle.

– Non. Pas envie.

– Shamès !

– Regardez-moi ça, fait-il. Tu m'as noyé dans l'océan, et maintenant tu veux que je te rende ce musicien sans contrepartie ? Tu rêves. Je suis rancunier, figure-toi !

– Prends-moi à sa place ! hurlé-je, désespéré.

– Non, tu appartiens déjà à Marwan et Edem.

Un violent frisson me parcourt. Il me fait vibrer des cheveux aux orteils. La seconde suivante, je me retrouve à remonter la pente abrupte qui mène au sommet de Liwath. Je ne tombe pas. Je me l'interdis !

– Si tu ne t'arrêtes pas, je le lâche.

Je stoppe d'un coup. Je n'ai pas besoin de jeter un œil pardessus mon épaule pour comprendre que la distance que je viens de parcourir est incroyable. Anormale.

Shamès semble relâcher la pression autour de cou d'Ethan puisque ce dernier dit quelque chose que je n'entends pas.

– Il dit que c'était écrit, me traduit Shamès.

Sa voix résonne dans la gueule profonde du volcan.

– Relâche-le !

– Dylan, ça suffit. Poursuivons notre route !

J'hallucine ou quoi ? Papa, en contrebas, m'ordonne de revenir. Il n'a pas l'air affecté plus que ça par le sort d'Ethan !

– Qu'est-ce que tu dis ?

– Nous avons encore du chemin à faire.

– Papa !

– Il a raison, Dylan de Hard. Ton papa t'emmène dans un lieu bien plus chaleureux que celui-ci, ricane Shamès.

– Rends-moi Ethan, je t'en supplie !

Ethan prononce à nouveau des paroles que je ne saisis pas. Ses mots sont avalés par ses gémissements. La peau de son cou tombe en lambeaux !

– Il ne veut pas, traduit Shamès.

– Menteur !

– Écoute !

Il envoie Ethan valser sur la paroi du cratère. Mon ami tombe lourdement. Sa toux est horrible.

– C'est qui ce type ! Je vais le buter ! s'exclame Kaïs avant se saisir son médiator, prêt à jouer.

– Non ! Ça va être pire, l'arrête mon père.

– Mais chef...

– J'ai dit non !

Ethan se redresse péniblement.

– Dyl !

Sa voix est bizarre. Atrophiée. Sifflante. Il fait un effort pour crier. Il pleure mais sourit. Le contraste est étrange.

– Than, descends !

Il secoue la tête.

– Non. Je reste ici, Dyl.

– Pourquoi ? Descends ou je viens de te chercher par les...

– Je ne peux pas. C'est écrit, Dylan. Mon chemin s'arrête ici, je ne peux pas aller plus loin.

– Qu'est-ce que tu racontes ?

Ethan cherche le regard de papa.

– Il serait temps de le lui dire, Grand Kellan, pas vrai ?

Encore un secret qu'on me cache. Encore un mensonge ! Encore de ma faute !

– Qu'est-ce qui est écrit ? De quoi il parle ?

– On en discutera plus tard. En route ! déclare papa.

– Pas si vite, l'arrête Shamès. Maintenant que j'ai Ethan de Hard, je devrais effectivement vous laisser partir. Mais j'ai changé d'avis. Dylan m'a contrarié en essayant de me tuer, et ce garçon au visage de poupée m'a dupé, lui aussi.

Shamès pointe Luca du doigt. Ce dernier est perplexe. Il ne sait pas de quoi Shamès parle, et moi non plus.

– Tu étais censé mourir dans les rizières, c'était écrit aussi, mais Dylan t'a sauvé et a modifié le cours des choses. Je me suis dit que les cadavres cachés dans les rizières devaient t'achever, mais ces incapables ont le cœur tendre bien que la mort les ait pris depuis longtemps. Mort que vous, gars du Sud, avez vous-mêmes répandue avec vos guerres. Allez comprendre !

Je repense aux squelettes de Cordes d'où vient Kelsea. Je repense aux boum-boum de leurs cœurs. Je revois les enfants cadavres des rizières m'encercler alors que je tentais de ranimer Luca. Je revois la fillette poser sa main sur mon épaule avec humanité.

– Ils ont un cœur. Ils sont humains avant tout, dis-je pour moi-même. Ils sont maudits par ce foutu volcan.

– Je m'en fiche, dit Shamès. Tout ce que je sais, c'est que ces incapables n'ont pas fait leur travail, et que vous m'avez tous contrarié. Même vous, Grand Kellan, que je croyais raisonnable, vous n'avez pas hésité à vous mutiler pour accorder un sursis supplémentaire à Dylan !

– Papa, tes orteils...

– Je fais comme bon me semble ! Si tu veux me remercier, fais en sorte de ne pas mourir !

Shamès applaudit.

– En voilà une bonne idée ! Alors voici les règles du jeu : vous devez survivre. Si vous y arrivez, vous aurez le choix entre deux lots, Ethan de Hard, ou bien Kelsea de Cordes. Si vous échouez, tous deux mourront.

– Nous n'avons pas le temps de jouer ! hurle papa.

– Oh ! si, nous avons le temps pour une partie ! À Orgue, il y a bien trop de monde en ce moment, profitons de tout cet espace qui s'offre à nous.

Sur ces paroles, il enfonce une touche de son orgue. Le son désaccordé résonne dans ma tête. Un petit nuage de fumée noire se détache du volcan pour venir flotter jusqu'à Aimée.

– Douce enfant, veuillez déposer le lot là-dessus, que nous puissions commencer.

– Il n'en est pas question !

Aimée tremble de peur, mais elle ne cède pas. Ses yeux sont ceux d'une mère.

– Ne le contrariez pas, Aimée, siffle papa. Finissons-en.

– Tout de suite, ou je la tue sur-le-champ !

– Salaud !

Aimée dépose l'enfant sur le nuage qui l'emmène directement près de Shamès. L'enfant se met à hurler.

– Silence ! Nous allons commencer. Mesdames et messieurs, les règles sont simples : tentez de survivre. En cas de succès, deux lots sont à votre disposition. À ma droite, un jeune musicien de Hard, beau et fort ! À ma gauche, un bébé braillard ! Une victoire, un seul lot.

– Chef, qu'est-ce qui se passe ? s'écrie Kaïs.

– Je suis perdu aussi, admet Luca.

Entre Aimée et Kelsea qui s'égosillent, Ethan qui crache ses poumons en haut du volcan et papa qui reste insensible, je peux comprendre que la situation leur échappe. Elle m'échappe aussi.

– Si vous êtes prêts, commençons.

– Dylan, descends !

Papa a crié si fort que mes jambes ont obéi d'elles-mêmes. Je termine ma course à plat ventre, couvert d'égratignures.

– Un, deux… chantonne Shamès.

– DYLAAN, COURS !

La voix d'Ethan pénètre en moi douloureusement. C'est une piqûre. Un avertissement. Du désespoir. De l'affection. De la peine. Comment une voix peut-elle contenir autant de choses ?

Le « trois » de Shamès est avalé par un ronflement venu du cœur de la Terre. Un grondement qui va me hanter longtemps, jusqu'à ma mort.

Je cours comme un dératé, je dévale la pente, mi-courant, mi-tombant.

Nous courons tous, pour échapper à la lave qui commence à surgir du volcan. Elle coule, paresseuse, vers nous, mais tout fond à son contact.

J'entends un cri alors que papa passe devant moi. Aimée est tombée. Quelle idée aussi, de porter une robe ! Bon, à sa décharge, elle n'a pas eu l'occasion de faire du shopping depuis notre départ.

La manche de sa robe se consume. Elle hurle à la mort et je ne sais pas ce qui me prend. Shamès ne peut pas me tuer, n'est-ce pas ?

Je remonte en direction du cratère aussi rapidement que possible, me précipite sur elle et l'attire à moi. Je sens la chaleur insupportable de la lave griller ma peau avant de s'estomper, étouffant au passage les flammes qui dévoraient mon amie.

J'avais raison. Shamès ne peut pas me tuer. Je peux être un bouclier humain.

Je charge le capitaine sur mon épaule, terriblement inquiet pour nos compagnons. Je me rue de nouveau vers le bas de la pente, la flûte de Pan d'Aimée, bien accrochée à la tresse passée à son cou, bat contre mon cœur à chaque foulée.

Elle ne doit pas mourir.

J'aime que la mort dans cette vie d'merde…
Renaud, *Deuxième génération*

XXXI

Shamès rayonne au sommet de son volcan. Les volutes de fumée noire qui s'élèvent derrière son dos octroient au personnage un aspect encore plus obscur.

Je cours rejoindre les autres au pied de Liwath. D'après ce que je peux constater, seul Kaïs ne s'en est pas sorti. Son corps gît par-dessus sa basse brisée. Il a dû tomber de haut. Je me détourne vivement pour ne pas garder cette image ancrée dans ma tête.

Aimée a le bras noir de suie et une partie de ses cheveux ont brûlé. Elle est en aussi bon état qu'on peut l'être après avoir échappé à de la lave en fusion. Luca et papa ressemblent à des pantins de paille qu'on aurait secoués. Si j'en crois les bras de papa serrés autour de son sac de voyage, il a encore privilégié la préservation de son foutu sac plutôt que sa propre survie. Ça me donne envie d'y mettre le feu ! Mais je suis soulagé de les voir vivants.

– Une seule victime. Et si on faisait un deuxième round ? propose Shamès en sautillant, visiblement excité.

Toujours étendue sur son nuage, Kelsea a cessé de pleurer

pour hoqueter et trembler. Ethan, lui, n'a pas changé de position. Il a l'air faible et minuscule, vu d'ici.

– Ça suffit ! tonne papa. Laisse-nous repartir.

– Vous voulez ajouter quelque chose à la liste, chef Kellan ? Si vous le faites, peut-être que je laisserai tomber l'idée d'un deuxième round...

Mon père ferme les yeux un instant. Finalement, il les rouvre avant de mettre une main dans sa bouche. Sans prévenir, il s'arrache une dent à mains nues. Je hurle.

– T'es cinglé ?

Il ne m'écoute pas et la balance à Shamès qui la fait léviter jusqu'à lui, apparemment satisfait.

– Oh merci, merci ! Maintenant, je suis content. Alors pas de second round, je vous laisse choisir votre lot. Kelsea de Cordes ou Ethan de Hard ?

La réponse est évidente. Même si papa s'est mutilé pour garder Kelsea en vie, Ethan est le seul qui m'importe. Les autres pensent la même chose.

– Dyl, écoute-moi !

Ethan a des sanglots dans la voix.

– On va te sortir de là, Than !

– Dyl, un livre n'a pas toujours une fin agréable !

Je serre les poings et réfléchis.

– L'agréable rend les gens heureux !

– Les gens heureux meurent quand même !

– Même... même...

Je cherche, je ne trouve pas. Et je le vis comme un échec.

– Voilà ton gage, Dylan : sois heureux.

C'est un adieu. Shamès sourit. Il avait tout prévu depuis le début. Il ne comptait pas épargner Ethan, même si on l'avait choisi. Pas plus que Kelsea. Il commence par elle, d'ailleurs. Il joue quelques notes de son instrument et le nuage soutenant le bébé s'évapore. Kelsea chute droit dans le cratère. Ses jérémiades cessent aussitôt.

– NOOOON !!

Les hurlements d'Aimée réveillent les morts. Au sens propre du terme. Ils sortent de terre. Ils sortent de la lave. Je suis trop choqué pour reculer.

Les corps se reconstituent. Les cadavres abandonnés lors de la dernière guerre se réveillent dans l'état dans lequel on les a laissés. Ils viennent vers nous. Ils vont vers Aimée. Ils la prennent dans leurs bras morts. Un garçon me saisit la main. D'autres en font de même avec Luca et papa. Et j'entends leurs cœurs qui battent. La personne qui les a ressuscités contrôle leurs corps, pas leurs cœurs. Personne n'a d'emprise sur les sentiments. Ils sont là, ils nous témoignent leur soutien malgré leur propre misère. Ils pleurent avec Aimée. Ça me donne de la force. Ça me donne du courage.

– Rends-nous Ethan !

– Dylan, je t'aime.

Ce sont les derniers mots de mon ami. Tout se passe très vite. Shamès l'empoigne pour le relâcher au-dessus du cratère fumant. Ethan tombe et disparaît à jamais.

Quelque chose se brise en moi. Un trou perce ma poitrine et s'élargit. Je vois rouge. Une bête féroce rugit en moi. Elle essaye de sortir. Une bête engendrée par la douleur, le chagrin, le deuil profond, la rage. Dylan s'évanouit pour lui laisser le monopole. Ethan. *Mon Ethan* n'est plus. Ça fait si mal que je me jette par terre. Mes foutus souvenirs rappliquent à ce moment-là pour me renvoyer son visage rieur, ses blagues pas drôles, sa douleur muette.

J'ai trop chaud, soudain. J'arrache ma tunique. Je me déchire la peau.

Je ne vois que l'obscurité de ma dépression. Je ne vois que le néant de ce qui est en moi. Je rejette la tête en arrière et je hurle comme je n'ai jamais hurlé.

– Dylan !

Je repousse papa et Luca qui essaient de m'arrêter. Ils volent sur plusieurs mètres avant d'atterrir sourdement. J'ai l'impression que je pourrais fendre la terre en deux que ça ne suffirait pas à enterrer mon chagrin.

Je m'élance d'un coup. Un désordre de couleurs défile devant mes yeux. Je ne vois que Shamès qui recule prestement, déstabilisé. Il ne s'attendait pas à ça. Je lui fais peur. Je me fais peur aussi. Je ne sais pas qui je suis. Je ne sais pas d'où me vient cette force féroce ni cette endurance. Je gravis la montagne sans m'essouffler. La lave giclant qui atteint ma peau me picote à peine.

– Arrête-toi…

Shamès est plaqué contre son orgue. Les yeux exorbités, il me regarde comme si j'étais le démon et pas lui. Je me jette à son cou et l'enserre de mes mains. Sa peau fume contre mes paumes, mais je ne ressens aucune douleur. J'ai peur de moi-même. Peur de ces mains qui sont en train de tuer, comme j'ai eu peur de mon poing qui a tenté de noyer Aimée, peur de mes bras qui un jour ont jeté le corps d'un homme à l'eau.

– Je vais t'anéantir !

Et *cette voix*. Elle ne m'appartient pas. Shamès ouvre des yeux ahuris. Dans ses pupilles rougeoyantes brille une vraie terreur. Celle d'un homme qui ne contrôle plus rien et qui craint la mort. Il dit quelque chose que je ne saisis pas. Mon visage se fend d'un large sourire grimaçant.

– Tu es un incapable, lui dis-je.

Je relâche la pression autour de son cou pour lui donner un coup de poing en pleine face. L'arête de son nez se brise avec un craquement. Le sang qui s'en écoule me fait saliver. Ça m'excite. Alors, je recommence. Je lui assène une série de coups, et ça me fait sourire de plus belle de le voir se rabougrir peu à peu.

– DYLAN, ARRÊTE !

Papa a beau s'égosiller, c'est plus fort que moi. Je ne peux me contrôler. Moi aussi j'aimerais que ça s'arrête.

Shamès finit par vaciller comme un ivrogne. Il tombe et va s'écraser plus bas. Pour parachever le combat, je pousse son orgue du sommet. Si la chute n'a pas tué Shamès, son instrument ne devrait pas en réchapper.

– Dyl.

Je me redresse si promptement que les os de ma nuque craquent.

– THAN !

Je n'ai pas inventé sa voix. Elle provient du cratère où il a disparu il y a quelques minutes. Je vais m'y pencher et assiste alors à un spectacle étrange. Ethan est assis là, sur un trampoline de chair : des cadavres couverts de suie et dont les visages ont fondu forment une chaîne humaine pour soutenir le poids de mon ami. Bien vivant. Salement amoché. Brûlé. Mais vivant.

Je plonge le bras dans la cavité pour attraper son col. Avec cette force qui m'est inconnue, je le sors de là. Il atterrit mollement dans mes bras, non sans gémir. Je n'en crois pas ma chance. Sa chance. Je le serre contre moi si fort que sa respiration se raréfie, mais je m'en fiche. Il est là, entier.

Il est vivant comme moi. Mort comme moi.

Brisé comme nous tous.

Ses bras roussis et meurtris se soulèvent quand même pour me rendre mon étreinte. Un immense soulagement m'envahit. Quand je suis avec Ethan, j'ai toujours l'impression que je lui dois quelque chose et que sa survie est primordiale à mon équilibre.

La bête déserte mon être. Je m'écroule. C'est seulement maintenant que mon corps ressent la fatigue d'avoir couru, sauté, et la douleur d'avoir hurlé. Je me sens si faible…

Kelsea, comme Ethan, a été sauvée par les cadavres du volcan. Nous portons à tour de rôle la dépouille de Kaïs sur nos épaules. Pour mes camarades, il semble peser une tonne. Moi cependant, je ne parviens pas à le pleurer comme il se doit. Kaïs était un précieux ami, une sorte d'oncle que personne ne remplacera jamais, mais pour le moment je ne peux lui dire adieu. J'ai eu si peur pour Ethan qu'à cet instant, dans mon cœur, il n'y a pas de place pour une autre émotion que le soulagement. Je pleurerai Kaïs plus tard.

– Tu peux me lâcher, je vais pas m'envoler !

Je n'en fais rien. Mon bras refuse de quitter les épaules bien réelles de mon meilleur ami.

Je ne savais pas que je tenais à lui à ce point.

À la nuit tombée, Shamès, Ténor et nos amis les cadavres sont loin derrière nous. Nous nous retrouvons à nouveau sur la route vers notre destination : Orgue.

Nous finissons par nous laisser tomber quelque part entre Ténor et Orgue. Entre deux enfers. Nous n'allumons pas de feu, nous ne cherchons pas à nous nourrir. Cette nuit-là est dédiée au deuil. Nous allons essorer notre chagrin toute la nuit.

– Chef Kellan, pouvez-vous m'éclairer sur ce qui vient de se passer ? Je n'ai rien compris à la situation ! Quelle est cette guerre étrange ?

Je n'en veux pas à Luca d'être au bord de la crise de nerfs. Je le comprends. Papa ne lui répond pas, cependant. Assis en tailleur, il berce son sac de voyage machinalement, le regard vide et sec. Après Julian et Coral, il vient de perdre notre Kaïs. Il lutte à sa façon.

Pendant qu'Aimée s'éloigne pour s'occuper de Kelsea en paix, qu'Ethan se remet de ses émotions et que Luca parle tout seul, essayant de trouver sa propre logique, moi je me retiens. J'essaie de toutes mes forces. Mais je n'y arrive plus. Je m'élance.

– C'est quoi, cette liste ?

Je secoue brutalement mon père par le col. Je ne peux plus attendre. Qu'importe le danger s'il me révèle ce qu'il sait. Qu'importe tout !

– Dis-le-moi tout de suite !

Il me regarde avec une espèce de crainte doublée d'angoisse.

– Cette force de tout à l'heure, souffle-t-il. C'était quoi ? Tu allais si vite, tu cognais si fort !

Voilà au moins une chose que nous sommes deux à ignorer…

– C'est quoi, la liste ? DIS-MOI TOUT !

Je le secoue encore avant de le repousser, ignorant ses gémissements de douleur. Je saisis le sac qu'il protège depuis le début.

Il s'y agrippe comme un forcené.

– Non Dylan, pas ça !

Il lutte pour conserver son précieux bagage. Je lutte pour ne pas céder. Son état me fait de la peine. Mais je n'ai pas le choix. Ce mystère va me rendre fou si je ne le perce pas. Malgré mes efforts, papa tient bon et je ne parviens pas à lui arracher son sac. Alors, je choisis la rapidité. D'un geste brusque, je dénoue la lanière de cuir et plonge ma main dans le bagage. Je saisis la première chose que je touche parmi le tas d'objets à l'intérieur : une plaquette de bois ordinaire sur laquelle sont gravés des mots. Une liste.

– Dylan, je t'en prie…

C'est trop tard. Je vais découvrir une partie du secret qu'il me dissimule.

La musique pour les débutants, tome 1
***Partitions* Coldplay**
Comptines du Père de Hard
Collier de saphirs
Médiator
Cheval
Œil

Je m'efforce de trouver une logique à ces mots.

Tunique bleue brodée par grand-mère Anne
Poule Kuta
Boussole fabriquée par grand-père Allan
Luca
Orteils
Ethan

À la lecture de ces derniers mots, le puzzle prend forme dans mon esprit. Mes partitions de Coldplay qui ont disparu un soir. La poule que j'avais apprivoisée et baptisée Kuta. Un matin, elle s'était envolée, elle aussi. Mes livres. Les cadeaux de mes grands-parents. Je reste pétrifié de très longues minutes avant d'oser ouvrir la bouche.

– C'est…

Je n'arrive pas à formuler mon hypothèse. Papa le fait à ma place. Les bras enlacés autour de son sac, il se décharge du secret qu'il tait depuis des années :

– C'est une liste destinée à gagner du temps. Ce sont des cadeaux de patience pour nos ennemis.

Il ferme les yeux quelques instants et je lutte pour ne pas le secouer à nouveau.

– Marwan me hait. Il veut me faire souffrir en te faisant souffrir toi… Le seul moyen de le convaincre de ne pas déchaîner sa colère, c'est de lui offrir des présents. Shamès et Edem sont ses âmes damnées, ils nous tourmentent.

– Qui est Marwan, papa ? Qui est Edem ? D'où me connaissent-ils ?

Papa s'interrompt pour inspirer profondément. Quand il reprend la parole, il élude mes questions :

– Marwan a accepté de marchander avec moi. C'est un sadique qui aime prendre son temps, alors je lui ai proposé de lui offrir des choses chaque mois pour le tenir écarté de toi. C'est là qu'on a convenu d'une liste de cadeaux de patience. Je ne pensais pas que ça irait aussi loin. Je pensais à des cadeaux de valeur, mais ordinaires. Marwan s'est réservé le droit d'annoter tout ce qui lui passait par la tête et de s'en emparer. Tout avait un rapport avec toi, bien évidemment. ..

– Les autres clans…

– Ils sont sous le joug de Marwan, d'Edem et de Shamès et de leurs pouvoirs. Ils les font vivre dans la peur, la paranoïa et, bien sûr, les belles promesses. Et la malédiction du volcan ne leur laisse pas de répit. Pas le temps de s'organiser pour riposter. Les cadeaux de patience sont une preuve suffisante de son sadisme. Il voulait que tu souffres crescendo. Que tu perdes petit à petit ce à quoi tu tenais le plus. Du simple bavoir à ton meilleur ami.

Je me tourne vers Ethan. Ce dernier hoche la tête avec un sourire amer avant de répondre à ma question muette.

– Je me suis retrouvé sur cette liste. Marwan m'y a inscrit et mon nom est apparu sur la liste du chef Kellan. Il est venu m'expliquer la situation, il y a longtemps, peu après la mort de mes parents. J'aurais dû t'en vouloir et te haïr à mort pour tout ça, mais je n'y arrive pas, c'est plus fort que moi. Je t'aime trop. Je me suis même dit que mourir pour un ami, c'était mieux que de mourir bêtement. Depuis que ton père m'a appris que j'étais destiné à me sacrifier quand mon tour sur la liste serait venu, Shamès n'a pas arrêté de me rendre visite en cachette. Pour m'intimider. Pour me rappeler que je n'avais pas intérêt à tenter d'échapper à mon destin. Ce jour où il a détruit mon tronc d'arbre, j'avais essayé de le tuer à coups de couteau. Je me suis dit que ça nous débarrasserait d'un poids. J'ai eu tort. Après ça, il n'a pas arrêté de se montrer pour nous intimider davantage. La catastrophe simulée de Hard, c'était à cause de moi.

– Par tous les bordels de Symphonie, de quoi vous parlez ?

Luca s'arrache les cheveux. Il a l'air d'une poupée qui se rebelle. J'aurais ri dans d'autres circonstances. Là, je mets toute mon énergie à essayer de digérer les informations trop grasses qu'on me donne.

– Marwan peut écrire ce qu'il veut sur cette liste, reprend papa sans prêter attention à Luca. Son pouvoir est inimaginable. Mais je peux aussi ajouter des choses ou les remplacer, de mon côté. Dans les rizières, je savais que Luca allait y rester. C'était écrit. Mais tu l'as quand même sauvé et, pour qu'ils t'y autorisent, j'ai troqué autre chose. Ça a contrarié Shamès qui a donc organisé ce jeu où Kaïs a péri et où Kelsea a bien failli y rester.

– Et vos orteils ? s'enquiert Ethan.

J'ai beau m'écrouler, papa continue à parler.

– Je ne suis pas un sans-cœur. J'ai des enfants, moi aussi. Alors, j'ai troqué deux de mes orteils contre la guérison de Kelsea et Luca. Je n'ai plus rien de bien précieux sur moi, alors j'ai dû donner des parties de mon corps.

Je pleure bruyamment depuis un moment déjà, mais papa ne s'arrête pas de me parler. Il me dit tout, comme je l'ai exigé. Et c'est une torture abominable qu'il m'inflige.

– Je me suis arraché un œil et l'ai troqué pour mettre fin

à tes douleurs, sur le bateau. Le mal que tu endures au quotidien, c'est à cause de Marwan.

Je suis en train de mourir de culpabilité. Je ferme les yeux. J'aimerais être sourd. J'aimerais être mort.

– Ma présence ici, au final, à quoi sert-elle ? Les cadeaux de patience ne peuvent pas être offerts éternellement !

– Le cadeau final, c'est toi, Dyl.

Je m'en doutais.

– Mais je ne le permettrai pas, annonce papa. Je te protégerai jusqu'au bout. Les renforts que j'ai envoyés de chez nous jusqu'au Nord, c'est pour les prendre par surprise. Pour les détruire.

– Pourquoi ? Pourquoi tu dois me protéger ? Pourquoi ces mecs m'en veulent ?

Papa n'a pas le temps d'ouvrir la bouche que nos ennemis se vengent de ces révélations.

La terre s'embrase comme une torche.

So light'em up...
Fall Out Boy, ***My Songs Know What You Did in the Dark***

XXXII

Les flammes sont d'une hauteur incroyable. L'orgue joue, joue, joue encore. Tout explose, se mêle. Tout fond. Ethan, papa, Aimée et Luca ont dégainé leurs instruments. Moi je cours de l'un à l'autre, faisant mon possible pour jouer les boucliers humains. Ils n'ont pas prévu de me tuer pour le moment.

Je suis sonné par les révélations de papa. Même si j'ignore encore tout de mes ennemis sans visage, je sais qu'ils sont la cause de tous mes malheurs. Et je sais surtout que papa me protège depuis des années sans que je ne m'en sois aperçu. Et maman aussi. Mes jouets disparus, mes souvenirs d'enfance, mes livres de contes, mes vêtements, nos portraits de famille, tout a été donné en échange de ma survie. Mes parents se sont sacrifiés pour moi au quotidien, pendant que je faisais tout pour leur faire honte. Même Ethan. Cet ami à qui je n'ai jamais vraiment prêté l'oreille. Ce garçon triste et seul depuis toujours a été troqué comme un vulgaire objet pour me préserver moi, l'inutile. Je me dégoûte. Je me déteste à un point !

– DYLAAN !

Je ne bouge pas pour éviter la boule de feu qui fond sur moi. Elle finit par dévier d'elle-même de sa trajectoire. Je le savais. Je ne suis pas destiné à mourir tout de suite. Alors, je me relève lentement. Je retombe. Je me relève encore et je retombe, jusqu'à retrouver mon équilibre.

Papa joue sans relâche mais, très vite, il doit se rendre à l'évidence : il ne peut rien contre l'enfer.

Les flammes dévorent tout. Shamès est perché quelque part sur son orgue, et pimente la scène ardente de quelques notes explosives. Il est abîmé. Son visage est déformé par sa chute. Il est couvert de sang séché et la peau de son torse est toujours déchirée par endroits. Son orgue semble avoir été réparé à la va-vite. Il est déglingué. Affreux. Les sons qu'il émet sont plus effroyables encore.

Luca est projeté sous mon nez, à la suite de son instrument. Il est brûlé par endroits. Ethan ne tarde pas à le rejoindre. Il hurle de douleur, et quand je vois les cordes de sa guitare se consumer, mon cœur tombe dans mes chevilles. Papa atterrit à son tour lourdement. Il est couvert de sang, si bien que je ne distingue plus ses traits. Il ne bouge presque plus. Sa guitare est cabossée et cette vision me fait enrager.

Je me sens grignoté de l'intérieur, dévoré par la colère. Mon cœur s'emballe, brûle. Le sang qu'il pompe dans mon corps n'est brusquement plus le mien. Dylan se retire pour laisser place à cet autre homme puissant et dangereux.

Mes mains creusent la terre avec une facilité déconcertante. Je gratte avec fureur, jusqu'à déterrer une pierre aussi grosse que ma tête, puis la propulse sur Shamès. Ce dernier a le réflexe de se jeter sur le côté pour éviter le projectile. Je me rue sur lui comme je l'ai fait au sommet du volcan. Je l'attrape par les cheveux. Je tire.

– Increvable ! Tu as forcément une faiblesse, sale chien !

Il tremble de peur. Même lui ne comprend pas ce qui m'arrive, visiblement. Il essaie de se dégager, j'enserre son cou de ma main libre.

– Si je t'arrachais la tête, tu reviendrais ?

C'est une vraie question. Que faire contre une flamme tenace qui ne craint ni l'eau ni la terre ?

Il se débat, les yeux exorbités.

– Arrête les flammes immédiatement.

Il n'en fait rien, alors je tire sur ses cheveux jusqu'à ce qu'il se mette à hurler comme un animal qu'on égorge. L'incendie autour de nous s'évapore. Je ne le relâche pas pour autant. Je pense au médiator que Logan m'a donné, plonge une main dans la poche de ma veste pour le sortir. Je comprends pourquoi il voulait que je le prenne, à présent : il voulait que je puisse le troquer contre ma survie en cas de danger.

Je fixe l'objet. Un losange miroitant qui va me servir, sinon à me battre, au moins à me venger. Je le plaque contre sa gorge. Son expression me fait jubiler.

Face à la mort, nous sommes tous égaux.

– Pi… tié…

Ça me fait éclater de rire. Ainsi, même les monstres ont peur de l'au-delà !

– Dylan… arrête…

Papa est étendu non loin, mal en point. Tout comme Ethan. Et Luca. Constatant l'état dans lequel il les a mis, je passe à l'acte. Je lève le médiator de Logan avant de l'abattre sur la gorge de Shamès avec un cri sauvage, avalé par la plainte d'un orgue.

Je ne l'atteins pas.

Le médiator s'enfonce dans la terre. Pas la terre de Ténor. Un sol herbeux et douillet se déploie sous mes yeux. Surpris, je constate que les miens ont disparu. Je me trouve dans une prairie vaste et magnifique. Un soleil d'été brille dans le ciel immaculé. Le beau temps a toujours un effet apaisant sur moi. Je me surprends à sourire, ma colère s'évaporant sous la chaleur de l'astre. Je ne cherche pas à comprendre où j'ai atterri. Quelque chose me dit que je ne vais pas tarder à le savoir…

La foule surgit de nulle part. Râteau, lance ou pelle à la main, une dizaine de personnes passent devant moi en hurlant. Personne ne semble me voir. Ils sont trop occupés à injurier quelqu'un.

– Non !…

Je me retourne pour découvrir à qui appartient cette voix brisée de sanglots. Un garçonnet d'environ sept ans tente de fuir la foule. Il trébuche sur ce qui me paraît être un os étrangement pailleté, et s'étale avant de continuer à reculer sur les fesses. Il est terrorisé. Ses grands yeux marron tirant sur le bordeaux sont humides. Ses cheveux sombres dégoulinent de sueur.

– Pitié…

Les villageois qui sont d'Orgue, si j'en crois leur accoutrement, s'élancent sur lui sans retenue. C'en est trop pour moi. J'ignore ce qu'a fait cet enfant pour mettre en colère ces gens, mais s'en prendre à une personne aussi petite et faible, c'est un crime que je ne pardonne pas !

Je me remets prestement sur mes jambes avant de me lancer à sa rescousse.

– N'avancez p…

Ils passent littéralement à travers moi. Perplexe, je me tâte pour constater que je suis bien entier.

– Non !

L'enfant est en train de grimper à un arbre immense, large et rugueux, aussi vite que possible. Il s'égratigne les mains. C'est là que je comprends ce qui me gêne depuis que je l'ai aperçu.

Il n'a pas d'instrument.

– Descends ! Porteur de malheur !

Le petit pleure de plus belle.

– Non, pitié…

Je sens le monstre qui est en moi se mettre à rugir. Je vais tous les embrocher sur leurs fourches !

L'arbre où l'enfant a trouvé refuge s'agite rapidement sous l'effet d'un vent violent, qui devient vite tempête. Le sifflement entre ses branches est étrangement mélodieux. Les villageois se mettent à voler en tous sens, comme de vulgaires feuilles, soulevés par les violentes bourrasques qui ne m'atteignent pas. Ils finissent par retomber lourdement, inanimés. J'observe la scène, médusé. C'est la première fois que j'assiste à un tel phénomène.

Une fois la tempête calmée, le petit se laisse glisser de la branche où il avait trouvé refuge, avec un soulagement mêlé de curiosité.

– Bonjour, Kaïne, susurre une voix aiguë comme un couteau qui semble provenir des tréfonds mêmes de l'écorce de l'arbre.

L'enfant sursaute, regardant autour de lui, mais ne voit rien. Il est seul, surpris et apeuré. Et je dois avouer que je ressens la même chose que lui.

– Je vais te donner un pouvoir, Kaïne, reprend la voix aiguë. Plus jamais tu n'auras peur…

Le garçonnet regarde l'arbre avec effarement, observe quelque chose que je n'arrive pas à distinguer. J'essaie de me déplacer, mais ma vision est floue. J'ai l'impression que l'enfant boit la sève de l'arbre.

Il titube, la bouche dégoulinante d'un liquide nacré et poisseux. Son petit corps est agité de spasmes, et il s'écroule brusquement.

Le ciel s'obscurcit soudainement, et les lourdes gouttes d'une pluie d'été tombent sur le petit corps inanimé. Chaque goutte qui entre en contact avec sa peau crépite, puis fume. L'enfant est vite entouré de vapeur alors que sa température ne cesse d'augmenter. L'herbe à ses pieds s'embrase. Je recule en poussant un cri d'horreur, mais il est trop tard. Le feu se répand, lasso mortifère qui entoure prestement les paysans inanimés d'Orgue.

Mes mains immatérielles ne peuvent pas les sauver. Je ne peux que détourner les yeux.

Lorsque l'incendie se calme, ne reste de la forêt luxuriante qu'un tas de cendres et des arbres torturés, brûlés et noircis, dont les branches cassées sont tendues vers le ciel comme des mains implorantes. Celui qu'on a appelé Kaïne est toujours allongé auprès de l'immense arbre miraculeusement indemne. Il ouvre les yeux et découvre la forêt carbonisée, le sol recouvert de charbon noir, les corps torturés des paysans dont il ne reste plus que des ossements. Bizarrement, il y a plus de squelettes qu'il n'y avait de paysans, et certains scintillent étrangement, me rappelant les cadavres maudits de Cordes. Il écarquille ses yeux bordeaux, qui s'embuent brusquement.

– Ne pleure jamais ceux qui ne veulent pas de toi, susurre la voix aiguë.

Kaïne se retourne vers l'arbre, surpris.

– Je t'ai donné un pouvoir. Un pouvoir qui te protégera à jamais de ceux qui te veulent du mal.

Kaïne hoche la tête après une hésitation. Je vois dans ses yeux une immense peur.

– J'ai… brûlé la… forêt… articule l'enfant péniblement. J'ai tué ces gens !

Un silence s'installe entre l'enfant et la voix dont je ne parviens pas à deviner l'origine. Une bourrasque de vent parcourt les branchages de l'arbre, faisant jaillir des milliers de notes de musique de ses feuilles.

– Ne t'en fais pas, dit la voix aiguë après une hésitation. Maintenant je peux voir jusqu'à l'horizon. Mais j'aurai besoin de toi pour voir au-delà. Tu parcourras le monde comme le soleil, Kaïne. Soleil… C'est un nom qui t'irait bien, tu ne trouves pas ?

L'enfant ne dit rien, sa peau continue à fumer et à crépiter à chaque goutte de pluie.

– Je vais te rebaptiser. À partir d'aujourd'hui, tu t'appelleras Shamès !

Le monde autour de moi devient flou, et je me retrouve à côté de deux garçons.

– Tu vas enlever cette foutue cape, ou je te pends avec !

Kaïne, désormais plus vieux d'une dizaine d'années, marque une pause avant de s'exécuter. La nuit s'est installée. Il a l'air de faire froid, mais je ne ressens rien. Je suis l'adolescent dans la forêt carbonisée. L'incendie l'a ravagée bien des années auparavant, mais pourtant rien n'a repoussé. Kaïne est accompagné d'un garçon qui semble du même âge, mais dont tous les cheveux ont déjà blanchi. Leur masse diaphane s'agite et flotte autour de son visage, comme animée par un vent invisible qui n'atteint pas son compagnon. Son visage est inexpressif, perpétuellement blasé. Derrière eux, deux orgues vernies lévitent sagement.

– Je ne voulais pas attirer l'attention, ni qu'ils se remettent à me poursuivre, marmonne Shamès

– C'est justement en te baladant avec une cape de mailles métalliques que tu attires l'attention, cervelle de…

– Oh ! ça va ! Tu n'as qu'à aller te plaindre à Marwan, c'est à cause de lui que je suis comme ça ! Je le déteste.

– Qu'on le veuille ou non, il nous a aidés. Deux mutants sans instruments, sans mélo-âmes sur un continent maudit… tu penses vraiment que personne ne nous aurait tués pour apaiser je ne sais quel dieu ?

Je frissonne à cette déclaration. Naître sans mélo-âme, sans instrument… je sais ce que c'est, avec ma mélo-âme absente et Rubby mort-née. Je n'imagine même pas ce que j'aurais subi si je n'étais pas parvenu à le cacher. Le garçon aux cheveux blancs en parle d'une voix monocorde, comme si rien ne pouvait l'émouvoir.

– Mon cul !

Kaïne crache avant de se remettre en route.

– Arrête de…

– Tu sais pas ce que je vis, Edem !

– Ah oui ? demande l'autre d'une voix plate. Je te rappelle que, moi aussi, j'ai payé le prix fort pour mon don.

Kaïne lui jette un regard assassin que l'autre accueille d'un œil placide.

– Je vais utiliser le mien pour le cramer !

Je dois avouer que je suis surpris, ce Shamès qui est en train de me supplier dans un autre monde avait un ami et des problèmes comme tout un chacun.

– Vois le bon côté des choses, dit Edem d'une voix monocorde, on est deux.

– Ouais, mais toi au moins t'es pas l'incarnation du feu !

– Je suis celle du vent, c'est déjà bien assez.

J'essaie de digérer ce que je viens d'entendre.

– Ce… truc nous a créés pour mieux nous sacrifier. On est ses joujoux. On est condamnés.

– On a été créés pour un but précis, Shamès. Nous ne sommes pas comme les autres. Nous avons un destin.

Le garçon a parlé de son ton inexpressif. Il pose une main qui aurait pu sembler compatissante, si son visage n'était pas figé, sur la joue de son compagnon. Il la retire brusquement, elle est couverte de cloques.

– T'as toujours pas compris que tu devais pas me toucher ? siffle Kaïne, la voix tremblante.

Sur ce, il s'enfuit.

J'ai clairement perçu les sanglots dans sa voix.

I should just be my own best friend…
Amy Winehouse, *Tears Dry on Their Own*

XXXIII

– On ne peut pas, Kaïne.

J'essaie de me faire tout petit dans cette pièce déjà minuscule. J'ai été emporté par un nouveau tourbillon de vent et j'ai atterri dans cette cabane délabrée au bord d'une rizière. Il fait nuit noire, mais Kaïne ne dort pas. Et pour cause ! Il est en charmante compagnie. À la lueur d'une unique bougie, j'observe son visage soucieux. Il a encore vieilli de quelques années. À première vue, il semble beau, en pleine santé, confiant. Mais en y regardant de plus près, on se rend compte que ce n'est qu'une illusion. Ses yeux de plus en plus rouges envoient valser la beauté. Ses poings serrés et tremblants révèlent son manque de confiance en lui, et les marques et cicatrices qui maculent son torse imberbe ne sont pas l'apanage d'un corps en bonne santé.

– On peut essayer.

– On a essayé.

La fille qui lui fait face est vraiment pas mal. Shamès a bon goût… Assise en tailleur sur un drap, elle le regarde avec des yeux en amande couleur automne. Ses cheveux clairs brillent à la lueur de la bougie. Elle a des lèvres pulpeuses, des pommettes roses, des fossettes. Un joli bonbon. À son côté, un petit orgue transparent, avec un cœur et des poumons, contrairement à ceux de Kaïne et d'Edem. Shamès porte une longue cotte de mailles, le seul vêtement à ne pas s'embraser à son contact. Elle porte une tunique en tissu, ceinturée d'un ruban. Sa tenue, qui couvre à peine ses cuisses, est beaucoup plus courte que celle de mon ennemi. De ce que j'en sais, c'est une chose propre aux femmes d'Orgue. Elles sont les plus légèrement vêtues des dix clans réunis.

– Kaïne, j'ai tellement attendu. J'ai toujours rêvé du jour où on pourrait se marier et partir loin de tout ça.

Ça me rappelle quelque chose…

– J'en ai autant envie que toi, et tu le sais !

– Mais tu ne peux même pas me toucher, déplore-t-elle.

J'entends la tristesse dans sa voix.

– Je vais trouver une solution, Ness, je te le promets. Je ne peux pas rester comme ça indéfiniment !

La dénommée Ness secoue la tête.

– Et si tu ne trouves pas ? Suis-je condamnée à t'aimer de loin ? Suis-je condamnée à renoncer à avoir des enfants ? J'aimerais connaître la chaleur de tes bras. La vraie. Pas celle qui m'étouffe en ce moment.

Je ne la ressens pas, cette chaleur dont elle parle, mais leurs visages rougis et la sueur qui perle à leurs fronts me donnent une indication de la température qui règne là. Un vrai sauna ambulant, ce Shamès !

– Je n'y suis pour rien…

– Je le sais bien. J'ai fait avec jusqu'à présent, mais… je ne peux plus.

L'expression de Kaïne à ce moment me fait compatir, alors que je n'en ai pas envie.

– Je t'aime Kaïne, et ça ne changera pas. Mais je ne veux pas m'engager sans garantie.

Elle se lève lentement et lui envoie un baiser avant de sortir. La porte se referme. Kaïne n'essaie pas de la retenir.

Dans le silence de la nuit, j'entends son cœur se briser.

Je suis de nouveau emporté par une brusque bourrasque. Je me retrouve dehors, en train de regarder par la fenêtre d'une maison. Kaïne est à mon côté. Le nez collé à la vitre, il ne fait rien pour retenir ses larmes. Dans leur reflet, je vois la scène qui se joue face à nous. Dans un salon douillet, Ness est blottie dans les bras d'Edem, au visage toujours inexpressif. La double trahison que Kaïne subit me fait mal pour lui. Perdre sa compagne et son meilleur ami le même jour, c'est la pire chose qui puisse arriver.

Il se détourne lentement. Je le regarde enfoncer les mains dans ses poches, puis aller se percher sur son orgue étrange. Je me dépêche de sauter à son côté avant que l'instrument ne lévite. Il nous porte lentement hors du clan d'Orgue. Nous survolons des champs et des rizières où des gens sont occupés à travailler. Nous n'évitons pas les jets de pierres que nous lancent les habitants que nous surplombons. Moi parce qu'ils passent à travers mon corps éthéré, Shamès parce qu'il n'en a plus rien à faire.

– Démon ! Bâtard !

Autant d'insultes qu'ils adressent sans remords. Autant de meurtres que j'ai envie de commettre. Ce jeune homme à mon côté tournera mal dans le futur, certes. Il essayera de tuer Ethan, certes. Mais je comprends mieux pourquoi. Il est des passés douloureux qui engendrent des futurs désastreux.

Shamès n'a pas eu de chance.

L'orgue finit par se poser au milieu de la forêt calcinée, en sortie de clan.

Kaïne bondit sur la terre ferme, puis se précipite contre un arbre. Il essaie de se retenir, mais il ne tient pas bien longtemps. Là, il laisse libre court à sa peine. Les arbres calcinés qui l'entourent sont frappés par la chaleur et les flammes qui échappent à Kaïne comme des vomissures incontrôlables.

– Une peine de cœur, et on met le feu à ma forêt ?

L'arbre contre lequel il s'est blotti s'est animé. Seule une bouche pâle et luisante apparaît, le reste de son visage caché par une résille d'écorce.

– Foutez-moi la paix ou je vous crame, vous aussi !

La voix éclate d'un rire paresseux. Le genre de rire qui veut dire « petit, tu ne sais pas à qui tu as affaire ».

– Tu es enfin prêt, Shamès.

Kaïne hausse un sourcil.

– Je m'appelle pas Shamès !

– Tu ne t'appelles pas Kaïne non plus.

– Ça suffit, avec ce surnom débile.

À nouveau ce rire de Monsieur Je-sais-tout.

– Je te connais mieux que toi-même, jeune diablotin. Aurais-tu oublié qui t'a créé ?

Shamès serre les poings, s'éloignant de l'arbre comme s'il l'avait giflé.

– Tu as bu la sève de mon arbre. Tu t'es nourri de ma magie. Tu es né mutant, sans mélo-âme, mais je t'ai sauvé. Je t'ai donné un don plus puissant que n'importe quelle mélo-âme dans un but précis : pour accomplir un destin.

– Je…

– Tu vas me trouver insistant, mais Shamès est un nom qui t'irait comme un gant.

– Je ne veux pas d'un prénom pareil ! Je m'appelle Kaïne !

– Pourquoi ça ? Le Soleil, contrairement à un incendie, réchauffe sans consumer, lui.

Comme Kaïne, je prends le temps de comprendre ces paroles. Elle n'a pas tort, cette bizarre créature mi-homme mi-végétal.

– Cette peine que tu portes en toi. Cette frustration de ne pouvoir toucher ni être touché. Ce chagrin qui t'étouffe.

– C'est à cause de vous que ma vie est un enfer !

– Je pourrais y mettre fin, tu sais…

– Alors, faites-le !

– Tu devras d'abord faire quelque chose pour moi. C'est pour ça que tu as été créé. Tu m'as déjà apporté ce que je te demandais une première fois… mais désormais, j'ai décidé de reprendre ce qui m'appartient. Mais je ne peux pas bouger, l'Arbre est la seule chose qui me maintienne en vie… Tu vas aller chercher ce qui me revient de droit. Tu vas laver mon honneur.

Sans attendre la réponse de Kaïne, un pan d'écorce se détache de l'arbre, sur lequel sont gravés une cinquantaine de mots.

– Ma patience est grande, dit la créature végétale. Mais elle exige des honneurs.

– Intimider par une liste… ricane Kaïne en secouant la tête, c'est n'importe quoi !

– Cette liste n'est pas ordinaire, Shamès.

– Je ne m'appelle…

– Tout ce qui y figure est irrévocable. C'est moi qui l'ai créée. Et mon dernier cadeau sera la vie de Dylan de Hard. Accomplis ma volonté, et je te libérerai de ton fardeau.

– Pourquoi voudrais-je causer du tort à un garçon que je ne connais même pas ?

– Tu le connaîtras, Shamès. Mais nous avons tout notre temps. Laissons-le grandir. Je veux qu'il me parvienne brisé. Je veux qu'il s'épanouisse, qu'il soit au firmament, puis qu'il

tombe du plus haut possible afin que sa chute soit d'une crucifiante longueur.

– C'est cruel…

J'ai le cœur rempli de sentiments contradictoires. Le fait que Shamès me défende me paraît bizarre.

Je suis emporté par une rafale.

My body is a cage that keeps me from dancing with the one I love...

Peter Gabriel, ***My Body Is a Cage***

XXXIV

Shamès saigne et gémit, les dents serrées, mais il parvient à refermer le dernier cadenas. En sueur, la respiration sifflante, il se regarde dans le reflet de son orgue. Vingt petits cadenas percent son torse. Il dégouline de sang.

– Pourquoi s'infliger ça ?

La voix ironique de l'arbre résonne d'un écho amusé.

– Cela a-t-il une signification ? demande-t-il. Est-ce que chaque cadenas représente un secret de ta vie ?

– J'ai juste besoin d'avoir mal, c'est tout. La douleur, c'est la seule sensation que je partage avec les autres.

– La solitude est une maîtresse capricieuse, n'est-ce pas ?

Marwan a plus l'air de se moquer que de compatir. Shamès ne répond pas. Son regard est perdu vers l'horizon. Vers l'endroit où ses espoirs se sont envolés.

– Cette Ness que tu aimes tant, tu aimerais pouvoir la toucher, non ?

– J'aimerais être normal ! Je veux lui offrir une vie ordinaire et la protéger.

– C'est pourquoi ta mission est importante, Shamès. Prendre du recul fait du bien au... cœur.

Le vent souffle plus fort que nécessaire. Il m'embarque avec lui.

Sous le clair d'une lune pleine et rousse, Shamès se coud patiemment les lèvres. Son reflet dans l'eau fait la même chose, et je me demande si ce Shamès-là est heureux. C'est super bizarre comme pensée, mais je trouve la scène magnifique. Une fois de retour à Hard, je l'immortaliserai sur une toile. J'intitulerai le tableau : Le silence coud la nuit.

Une bourrasque me ramène à la réalité. Je me retrouve de nouveau penché par-dessus un Shamès terrorisé, le médiator de Logan toujours contre sa gorge. Rien n'a bougé. On dirait que je ne suis jamais parti dans le passé. Quelques mètres plus loin, le musicien aux cheveux blancs. Edem. Perché sur son orgue, il ne me quitte pas de ses yeux inexpressifs, il joue deux uniques accords qui alimentent un vent puissant.

– Ne le tue pas, dit-il dans comme on demande à quelqu'un de lui passer le sel.

Peut-être n'a-t-il vraiment pas d'émotions...

– *Vent de regret*, c'est mon pouvoir. Il brasse les souvenirs et les imprime dans les rafales de vent que je crée. Ma capacité me permet de torturer mentalement mes ennemis. Elle fait ressurgir les péchés et les abominations que l'on préfère oublier. Mais je ne l'ai pas utilisé dans ce but sur toi. Je t'ai montré mes péchés. L'innocence de Shamès. Marwan a promis de lui rendre un corps normal si nous te capturons.

Il a même promis de lui ramener Ness. Tu le comprends. Alors, ne le tue pas.

Cette amitié qu'il a pour Shamès, j'ai la même pour Ethan. Mais je n'arrive pas à compatir totalement.

– C'est pour Ness que tu as fait tout ça ? Tu l'aimes encore ?

Je le sens se raidir.

– Où est-elle ? demandé-je, face à son silence.

– Morte dans l'éruption de Ténor. Maudite à cause de ton père et de toi.

La flamme d'amour qu'il entretenait pour cette fille brûle encore en lui. Je le vois dans son regard qui s'est fait ardent à l'évocation du prénom de son aimée. Et je pense à ma femme. Je pense à cette femme dont je ne sais plus grand-chose, qui s'évapore un peu plus chaque jour de mon esprit, mais qui est pourtant présente partout dans mon être.

Je relâche un peu la pression sur la gorge de ma proie.

– Je te hais. Mais je te comprends mieux, Kaïne.

Il me crache au visage.

– Ne m'appelle pas comme ça !

Je n'ai pas le temps de riposter.

Mon cœur s'emballe tout à coup, échappant totalement à mon contrôle. La douleur est si intense que je suis persuadé qu'elle a creusé un trou dans ma poitrine. Je vomis un liquide blanc et opalescent parsemé de traces rouges sur Shamès. Puis, tout s'enchaîne.

Je m'effondre sur le sol, aux prises avec un mal qui me dépasse. Du coin de l'œil, je vois papa, Aimée et Luca reprendre leurs instruments pour se battre contre Shamès et Edem. Tornades et feu fondent sur les miens. Ethan, lui, n'arrive pas à bouger, paralysé par l'état alarmant de sa guitare.

Et ma vue doit me jouer des tours, car Logan est soudain à mon côté !

Les renforts ! Papa lui a demandé de les envoyer. Il a dû venir lui-même. Pourquoi Shamès ne l'a-t-il pas arrêté ? C'est à croire qu'ils veulent réunir toute la famille ! Je me demande si maman va arriver…

– Dylan, reprends-toi !

C'est bien mon frère qui me supplie de me relever.

Je n'y parviens pas. Étendu dans une mare sucrée, je regarde ses riffs mettre le feu. Sa mélo-âme et ses accords de guitare font naître des flammes. Il affronte Shamès qui a le même pouvoir. J'ai peur pour Logan.

– Dylan !

Je tourne légèrement la tête.

– Dylan, chante-moi !

C'est la Mutilée qui me parle. Elle est là, penchée sur moi. Elle caresse mes cheveux. Et je sombre.

𝄽

J'ai l'impression de voler. Je ne sais pas ce qui se passe, mais on me déplace. Je sombre de nouveau.

𝄽

Je me réveille au milieu d'une forêt calcinée. Je la reconnais aussitôt, un froid glacial me saisit. Mais je n'ai pas le temps de me préoccuper de ce qui s'est passé, je cherche les miens des yeux, je tends l'oreille.

Papa est à quelques mètres de moi. Affalé contre son sac de voyage, il pleure silencieusement. Il est si amoché que je me demande si maman le reconnaîtrait si elle le voyait . À côté de lui, les corps de Luca et d'Aimée gisent, gravement brûlés, je n'arrive pas à savoir s'ils sont vivants ou morts. Mon amie est recroquevillée sur le corps de Kelsea pour protéger le bébé que je vois encore s'agiter, la vision de son bras calciné me fait souffrir. Le violon de Luca est à moitié consumé, et la flûte d'Aimée noircie à un point inquiétant. Mon chagrin est paralysé dans ma gorge. Je ne veux pas y croire, alors je détourne les yeux. Logan est là, appuyé contre un Ethan blême qui serre sa guitare mutilée contre lui, il souffre en silence. Je ne sais pas où sont Shamès et Edem. Je sais juste qu'ils ont épargné les miens pour qu'ils puissent assister au coup final.

J'ignore ce qu'on attend de moi, à présent.

– Grand Kellan, il est temps de nous remettre les derniers cadeaux de patience.

Je cherche des yeux Shamès qui vient de parler. Il est vraiment increvable, celui-là ! Les cheveux en bataille, le nez cassé, le visage en sang, il vient se planter devant papa. Il n'a plus cette expression ironique qu'il arbore d'habitude. On dirait qu'il est las. Je peux clairement lire la question qui tourne en boucle dans sa tête : tout ceci en valait-il la peine ?

– Non ! Je refuse !

Papa s'accroche bras et jambes à son sac. Je puise dans les dernières forces qu'il me reste pour aller m'accroupir à côté de lui. Je l'observe attentivement.

– Papa, ne le fais pas. Je vais troquer quelque chose d'autre.

Il me regarde avec des yeux horrifiés. Je ne lui laisse pas le temps de dire quoi que ce soit. Je me redresse et vais faire face à Shamès.

– Prends quelque chose de moi. Un bras, une jambe. Ma tête.

– NON !

Papa devient fou. Je ne le reconnais pas.

– Ne fais pas ça, Dylan !

– Je prends exemple sur toi, papa. Tu n'as pas hésité à te mutiler pour moi et pour Luca. Je ferai pareil, sinon je ne serai définitivement pas digne d'être ton héritier.

– Marwan te veut vivant et entier, m'apprend Shamès.

– Je suis vivant et entier.

– Le cadeau d'abord.

Je prends une profonde inspiration. Papa a l'air de tenir au contenu de ce sac plus qu'à sa propre vie. Il a assez donné comme ça, il est hors de question que je le fasse souffrir d'avantage. Et Shamès ne compte pas lui laisser le choix. Il ne veut pas d'une partie de moi.

– Échange ce cadeau contre autre chose, lui proposé-je. Demande ce que tu veux à la place.

Shamès croise les bras sur une poitrine maculée de sang et de cicatrices. Je regrette immédiatement mes paroles. Faire un pacte avec le diable n'aboutit pas à une fin heureuse.

Il semble réfléchir.

– Nulle échappatoire à la liste. On ne peut rien lui refuser, et tu le sais.

– NON !

Papa a réagi avant que je ne comprenne le sens des paroles de Shamès. Il est soudain debout, en train de le rouer de coups. Sa jambe est fléchie de manière inquiétante, à croire qu'il n'a plus un os entier là-dedans ! Son orbite vide pisse le sang et ses dreads ont brûlé. Chaque coup qu'il donne à Shamès le fait souffrir un peu plus, mais il ne s'arrête pas.

– Ne touche pas... à... ma famille !

Je veux aller l'aider, mais c'est trop tard. Un tourbillon de vent est déjà en train d'emporter le sac de papa. Edem, aussi inexpressif qu'à son habitude, le fait voler jusqu'à lui.

– Fin du jeu, déclare-t-il.

On perçoit comme un soupir général. La fin du jeu.

La fin de ma vie.

– Non, rendez-la-moi je vous en supplie !

Papa s'écroule. La tête contre le sol, il marmonne des paroles incompréhensibles. Logan se traîne jusqu'à lui pour le prendre dans ses bras. Lui aussi semble anéanti.

– Logan, y a quoi dans ce sac ?

Mon frère va me donner la réponse. Mais je ne veux plus l'entendre, soudain. J'ai peur.

– On va le découvrir tout de suite, si tu permets, me répond platement Edem.

Lentement, il détache la lanière de cuir. Les pleurs de mon père redoublent. Je serre les poings. Je retiens mon souffle. Jamais je n'aurais pensé voir papa, ce guerrier invincible, aussi désespéré.

Edem prend son temps pour sortir ce qui encombre le sac – les plaquettes de bois comportant la liste des cadeaux de patience, des bibelots, des bijoux, de l'or, mais ce n'est pas ce qui met papa et mon frère dans cet état. Après quelques instants qui me paraissent des heures, Edem sort enfin l'objet mystérieux.

Celui de toutes les convoitises.

Ma mère.

If I could help you forget, would you take my regrets ?...
Five Finger Death Punch, *Remember Everything*

XXXV

J'ai cette impression déstabilisante d'être un énorme morceau de pâte à sel. Je ne ressens plus rien. Je suis mou et vide. Il n'y a plus aucune cohérence dans mon monde. La scène qui se déroule sous mes yeux ne peut être qu'un cauchemar. Ça ne peut tout simplement pas être réel.

Edem brandit haut Blue, la guitare de maman. Une couche transparente m'offre une vue plongeante sur son cœur. Il bat encore, mais c'est tout juste. La guitare s'est déjà pas mal opacifiée. Éloigner un instrument de son propriétaire, c'est une torture. Tout ce temps, maman agonisait. Pendant que nous voyagions, nous battions, fuyions, riions, papa transportait l'âme de maman dans ce sac de cuir. Quelque part à Hard, elle mourait un peu plus chaque jour. Seule. Je repense à la dernière étreinte qu'elle m'a donnée. Un adieu. Je repense à son comportement distant avec moi. Elle me préparait à ce jour.

Elle se sacrifie pour sauver ma vie sans importance.

– Non...

Je ne sais pas si c'est moi qui ai parlé. J'ai l'impression que ma vue se brouille. Je perds l'équilibre. Le monstre en moi commence à se réveiller, prêt à charcuter Shamès, Edem et ce lâche de Marwan que je compte bien faire sortir des entrailles de la terre s'il s'y cache. Mais je me reprends. Une espèce d'alizé tourbillonne, mêlant sons et couleurs. Edem joue de son instrument. Il se sert de son pouvoir sur moi.

Quand l'alizé me libère, tout le monde braque son regard sur la scène fantomatique qui se déroule sous nos yeux.

Je suis en train de jouer dans la chambre de mes parents. Maman est dans la cuisine, elle prépare des galettes au coulis de sève. Papa est à une réunion de chefs de clans avec Logan. Moi je m'ennuie. Je roule sur le tapis. Je saute sur le lit. Je fouille dans les tiroirs. Je trébuche puis tombe sans que maman ne vienne me voir. Je me relève. Je fouille encore. Je pénètre dans la penderie et m'amuse à y mettre le fouillis. Je fais plein de bruit pour que maman vienne à moi. Elle ne le fait pas. Je me laisse tomber dans l'armoire et j'attrape la plaquette qui dépasse d'un sac de papa. Je déchiffre les mots qui y sont inscrits. Ce n'est pas une histoire. J'aurais voulu que ça en soit une. Mes livres préférés ont disparu. Maman ne veut plus m'en acheter.

Je regarde encore la plaquette pleine de mots, puis je décide d'en ajouter, moi aussi. Je déniche un graveur dans les affaires étalées à mes pieds, et j'inscris le mot « Maman ». À ce moment-là, j'entends les notes de sa mélo-âme me parvenir depuis la cuisine. Elle passe beaucoup de temps avec Blue et ça me peine. Devant le mot « maman », j'écris le mot « guitare ».

L'alizé d'Edem reprend ce souvenir que j'avais oublié. Mon péché. Cette plaquette de bois qui m'a paru ordinaire à cette époque était en fait une des listes des cadeaux de patience. Maman s'est retrouvée parmi les autres cadeaux par ma faute. Maman est en train de mourir par ma faute. Je la tue.

Mon existence est toxique. Même en me le disant, je n'arrive pas à y croire.

– Tu es sous le choc.

Edem n'a aucune émotion dans la voix. Il brandit toujours la guitare de maman et, soudain, la voir entre ses mains me sort de ma torpeur. Il tient le dernier souvenir que j'ai de Léane Kristie de Hard.

– Repose-la.

Je comprends pourquoi certains sursautent et d'autres me dévisagent étrangement. Cette voix n'est pas la mienne. Elle est grave. Sombre. Pleine de froideur et de menaces. Remplie de haine et de rage. C'est une voix arme.

– Repose ma mère.

Edem se racle la gorge. Il jette un rapide coup d'œil à Shamès. Ce dernier ne me lâche pas des yeux.

– Elle est à Marwan, dit enfin Shamès.

Je ne me rappelle pas avoir bougé, et pourtant je suis devant Edem. Je lui décoche un coup de poing qui le met à terre. Je profite de sa surprise pour lui exploser la mâchoire.

– Lâche-le !

Shamès ne parvient pas jusqu'à moi : Logan est en train de le tirer en arrière pour me défendre. Je suis aveuglé par ma douleur. Je ressens un vide énorme dans mon cœur. Plus je cogne, moins j'en ai la force. Ma mère est en train de mourir.

J'ai beau frapper, griffer, pleurer, il est sans doute trop tard.

Même quand Edem ne bouge plus, je continue. Je continue à m'en ouvrir les poings. Et lorsque son visage est maculé de mon propre sang, tellement inexpressif que je me demande s'il ressent de la douleur, je m'arrête.

Le silence se fait oppressant, je relève la tête. Face à moi se dresse l'arbre. Marwan. Mon ennemi. Je ne l'avais pas vu jusqu'alors. Ses branches semblent centenaires, son tronc millénaire. Le bois rugueux qui le compose est orné de bijoux, de livres, de souvenirs. D'autres cadeaux de patience pendent de ses branches comme une étrange parure. Sa vision me captive. Une étrange lumière se dégage de ses feuilles, nous éclairant dans la nuit noire.

– Bonsoir, Dylan de Hard.

Je laisse le corps inerte d'Edem pour me redresser lentement.

Le tronc semble en mouvement, l'écorce ondule le long de l'arbre avant de s'ouvrir, libérant une coulure de sève. Une bouche est apparue, une bouche qui me parle d'une voix étrange, familière.

– Tu...Tu...

– Bonsoir chef Kellan de Hard.

Cette voix est décidément très familière. Trop familière. L'écorce qui bouillonne et qui crépite autour de lui se fend, laissant apparaître un corps squelettique et blafard, et là, je comprends. Ou plutôt, je ne comprends pas. En fait, c'est si insolite que j'en perds ma voix. J'ai un début de fou rire mais je le ravale vite.

– Tu as perdu ta langue ? demande l'apparition.

Le jeune homme qui me fait face, à moitié engoncé dans l'écorce comme dans un étrange sarcophage vivant, n'est nul autre que moi. Mon reflet craché. Mon double fidèle. Je crois que je suis réellement en train de devenir fou.

Les mêmes yeux, la même bouche, la même voix. La seule chose qui diffère, c'est sa maladive maigreur.

– Marwan ? tenté-je.

Il sourit.

– Marwan de Hard. Enchanté, petit frère.

Petit frère. Petit. Frère.

– Je suis né une minute avant toi, je peux donc te considérer comme mon petit frère. Chez les jumeaux, il y en a toujours un qui sort avant l'autre. Tu ne le savais pas ?

Ce que je sais, c'est que mon fou rire surgit brusquement. La nausée aussi. Je ris, je vomis. Je vomis, je ris.

Quand je me sens partir, je prie pour ne jamais me réveiller.

J'ouvre les yeux devant d'épaisses racines. La nuit s'est définitivement installée au-dessus de nos têtes. Elle est aux premières loges pour assister à ma chute.

J'ai mal à la poitrine. Je n'ai plus de larmes pour pleurer ma mère qui agonise sans espoir. Je n'ai plus de voix pour hurler mon malheur. Je n'ai plus de forces pour me tuer.

Je me redresse péniblement. Papa est avachi contre Logan qui le soutient. Mon frère n'a plus de couleurs. Sa LogOne est perforée sur le côté. Une partie de son visage est à vif. Plus je le regarde, plus j'ai envie de le frapper, mais aussi de le serrer contre moi. Il était au courant de tout ça. Il savait que maman allait se sacrifier. Il savait pourquoi elle ne me prenait jamais dans ses bras. Il savait que ce jour arriverait et avait prévu de nous y rejoindre en secret. S'il a toujours été la priorité numéro un de mes parents, c'était pour que je puisse vivre dans la paix ces quelques années. Je me rends compte que ma famille déborde d'amour à mon égard, et ça me donne encore plus envie de mettre fin à mes jours.

– Tu es ici, Dylan, afin de me restituer mon dû.

À nouveau, je suis surpris de la similitude de nos voix. Je cherche Marwan des yeux. Il s'est en partie extirpé de son tronc, son torse maigrelet et luisant de sève jaillit de l'écorce comme une branche mutante, mais ses bras et ses jambes y restent prisonniers. Sa peau est bien plus claire que la mienne, habituée au soleil du Sud. Son torse est aussi imberbe que le mien, mais moins robuste. Il est lisse et immaculé. Et troué.

Sur la poitrine, au niveau du cœur, le manche d'une guitare à six cordes. Comme le dessin de la Mutilée. Il est enfoncé dans la chair avec laquelle il fusionne, formant une espèce de barrière qui empêche de voir clairement l'intérieur de ce trou improbable.

– Je suis originellement de Hard, j'ai donc hérité d'une guitare, me lance-t-il, amusé par mon expression.

Je ne dis rien. Personne ne parle. Je jette un œil à papa qui fixe Marwan avec une expression indéfinissable. C'est à lui que je m'adresse quand j'ouvre la bouche :

– Papa, est-il vraiment… mon jumeau ?

C'est indéniable : ce mec est mon portrait craché ! Mais j'ai quand même besoin de l'entendre de sa bouche. Mon père ferme les yeux un instant. Quand il les rouvre, les larmes dévalent ses joues pour aller se perdre dans sa barbe.

– Marwan, Kellan de Hard, né la seizième nuit de décembre de la dixième génération, fils de Kellan et Léane, frère de Dylan et Logan, annonce-t-il.

– On vous écoute, Grand Kellan. Racontez donc les circonstances particulières de notre naissance. Éclairez-nous sur la situation, lance Marwan, cassant.

Papa hoche lentement la tête. Logan m'adresse un regard meurtri. Je ne tente pas de me lever, de peur de retomber. Immobile comme tout le monde, j'attends qu'on m'explique pourquoi je suis maudit.

– Quand vous êtes nés tous les deux, vous étiez dans un très sale état, annonce papa. Marwan ne respirait pas et toi Dylan… toi tu es né avec un souci de cœur. En fait, tu n'avais pas de cœur.

Je sursaute si fort, que je m'en mords la langue.

– Qu… Quoi ?

– Écoute bien, mon frère, c'est très intéressant, dit Marwan avec dédain.

– Pour être précis, tu n'avais pas de cœur du côté gauche, comme tout le monde. Tu en avais un du côté droit. Il y est toujours, d'ailleurs.

Je tâte machinalement ma poitrine.

– Tu avais du mal à respirer. Ton cœur à droite battait très très faiblement, tu n'allais pas tarder à nous quitter pour de bon. Les guérisseurs nous ont dit que la seule chance de sauver au moins un de nos fils, c'était de tenter une greffe sur toi. Marwan était déjà mort malgré nos tentatives pour le ranimer, il n'y avait plus rien à faire pour lui.

Même si j'ai déjà compris la suite, je laisse papa continuer. Je suis submergé par une émotion que je ne parviens pas à identifier.

– Ça a été un choix très difficile. Mais nous avons décidé de tenter l'opération la plus dangereuse. Il nous fallait un cœur adapté à ton gabarit, nous avons donc utilisé celui de Marwan.

Je m'y attendais. Je l'ai compris quand j'ai vu la guitare greffée dans la poitrine de Marwan. Voici donc mon généreux donateur.

Je suis un voleur de cœur.

L'émotion qui entrave ma respiration continue à se répandre en moi. Je l'identifie enfin : la honte. Une honte tenace qui me fait baisser les yeux devant ce frère secret.

– J'espérais que l'opération échouerait, avoue papa d'une voix pleine de sanglots. Ainsi, il n'y aurait pas eu d'injustice. Vous seriez tous les deux morts. Sauf que tu as survécu. Et Marwan aussi.

– Comment est-ce possible ? soufflé-je.

– Nous vous avons fait baptiser tous les deux. Melody n'a offert que quelques notes. Elles te revenaient, Dylan, car tu étais vivant. Elle n'en a pas donné à Marwan. Nous avons fait construire des instruments pour vous deux. Nous ne voulions pas priver Marwan de la coutume. Comme le rituel l'exige, nous les avons plongés dans la rivière-mère pour parachever leur fabrication. Je me suis chargé de le faire quand ta mère s'est occupée de remettre le corps de Marwan à Melody. Nous pensions que c'était la meilleure des sépultures, que la rivière-mère en prendrait soin.

– Oh ! que oui, elle a pris soin de moi !

Marwan a un rire en trompe-l'œil, dans lequel résonne sa haine.

– C'est à ce moment-là que… reprend papa avant de s'interrompre.

Il me lance un regard dévasté.

– C'est à ce moment-là que ça s'est passé. Le courant m'a arraché des mains une des guitares que je tenais dans l'eau. Melody m'a pris celle que j'avais fait fabriquer pour toi, Dylan. Celle qui était destinée à te suivre toute ta vie et à te donner des capacités de musicien. Celle qui devait faire fonctionner ta mélo-âme. Melody me l'a arrachée et l'a emportée avec le corps de Marwan. Nous n'avons pas pu la récupérer.

Le puzzle achève de se mettre en place. Bizarrement, c'est un soulagement qui m'envahit. Voilà pourquoi Rubby n'a jamais vécu. C'est parce qu'elle appartient à mon frère !

– Papa, tu savais pour Rubby… murmuré-je.

– Tu pensais vraiment que personne ne le savait ? Ta mère, Logan, maître Ilan et les quelques personnes présentes lors de la cérémonie le savent. Mais j'ai pris mes dispositions afin qu'on ne vienne pas t'importuner ni te révéler le secret. Il fallait que tu vives le plus sereinement possible en pensant que ce n'était pas grave. C'est aussi pour cela que tu n'as jamais rejeté ta greffe. Le cœur que tu as reçu avait le même ADN que toi.

Je jette un œil à Logan. Il ne me regarde pas. Je repense à notre dernière séance d'entraînement. Il savait que je ne pouvais pas jouer. Que Rubby ne vivait pas. Mais il a fait comme si de rien n'était. Pour me préserver.

– C'est Marwan qui a mon instrument, dis-je.

– Et tu as gardé mon instrument mort-né, comme moi, rit Marwan. Edem !

L'homme aux cheveux blancs s'est relevé pendant ces révélations et joue quelques notes. Une bourrasque m'emporte dans des souvenirs qui ne sont pas les miens.

« L'enfant qui ne vit ni ne meurt, venu de la mer, poussera dans la terre », *scande une voix.*

Je ne vois rien. Je ne sais pas ce qui m'arrive, mais j'ai l'impression d'être ballotté dans des bras trop grands pour moi. Puis je sens une étreinte, quelque chose qui n'est ni chaud, ni froid. Quelque chose qui comble ce creux dans ma poitrine.

Lorsque j'ouvre les yeux, je ne peux pas bouger. Je suis immobilisé, prisonnier. Je réalise alors que je suis Marwan. Un Marwan enfant, placé dans cet arbre pour être sauvé. Un Marwan dans les veines duquel ne coule plus du sang mais de la sève, un Marwan dont le cœur a été remplacé par un arbre. Un sarcophage qui, loin de faire office de sépulture, est le seul moyen de le maintenir en vie.

Les sensations se dissipent autour de moi, et je suis de nouveau emporté. Marwan est plus grand, toujours prisonnier de l'arbre, qui s'épanouit au cœur d'une forêt luxuriante. Je me sens à sa place, j'ai fusionné avec l'écorce et au bois qui me… qui le *maintiennent en vie, remplaçant ce cœur qui n'a jamais battu dans sa poitrine.*

« L'enfant qui ne vit ni ne meurt, venu de la mer, poussera dans la terre », *scande à nouveau une voix.*

– Laissez-moi, maître ! implore Marwan d'une voix aiguë et épuisée.

Il ne doit pas avoir plus de huit ans.

– Notre vision t'a sauvé, Marwan de Hard, répond l'homme qui lui fait face, un homme au visage dur. Ma mélo-âme m'a donné une vision, et c'est toi qui détruiras ou uniras Symphonie. L'enfant venu de la mer, qui poussera dans la terre. Qu'un arbre de luthier préservera en son sein. Tu n'as pas d'instrument car l'arbre est ton instrument. Tu n'as pas de mélo-âme car tu es sa mélo-âme. Ton pouvoir est grand. Tu dois le contrôler ! Tu dois le partager !

Je ferme les yeux, ou est-ce Marwan ? Je ne sais plus vraiment. Je sens un pouvoir immense parcourir mon corps, mais également l'arbre qui en fait désormais partie. Du trou dans ma poitrine, celle de Marwan, s'écoule une sève épaisse et nacrée, chargée de magie. Cette sève que je vomis abondamment depuis quelque temps ; à croire que le cœur de Marwan qui bat dans ma poitrine était malgré tout relié à l'arbre.

– Marwan de Hard, tu comprends enfin ce que nous attendons de toi. Communiez, buvez à la source de la magie.

Une petite dizaine d'hommes et de femmes se pressent autour de moi, l'œil avide. Une coupe de métal froid est plaquée contre mon torse pour y recueillir le précieux liquide.

Ils s'y abreuvent à tour de rôle. S'en maculent le visage. Hurlent d'extase.

Les premières manifestations ne se font pas attendre. Certains lévitent, d'autres s'embrasent sans brûler, certains se métamorphosent…

Mais la magie est trop forte. Plus qu'ils ne le pensaient.

Elle leur échappe… les consume. Leurs chairs fondent comme la cire d'une bougie, mettant leurs os à nu alors qu'ils meurent sans même s'en rendre compte, enivrés de ce pouvoir qu'ils ont tant désiré.

Bientôt, Marwan est seul au milieu de la clairière.

Avec pour seule compagnie des ossements scintillants.

Ses seuls compagnons pour bien des années.

Je me sens tourbillonner, et je suis soudain à côté de Shamès. Marwan émerge à moitié du tronc, ses mains et ses jambes toujours prisonnières. Le torse de Shamès est vierge de toute mutilation. Il est encore jeune, et Marwan l'est encore plus.

– Shamès.

– Je ne m'appelle pas comme ça, et tu le sais, grince le garçon aux yeux bordeaux.

Marwan a un petit rire amusé.

– Moi aussi j'ai un nom, dit mon frère d'une voix rêveuse. Une famille à laquelle ils m'ont enlevé.

Il pointe du menton un crâne pailleté.

– Et toi Gladys, tu en penses quoi ? demande Marwan à la tête coupée. Je devrais les retrouver ?

Shamès observe son maître, un peu inquiet. Voilà qu'il parle aux morts maintenant.

Toute cette solitude, ça a de quoi rendre maboul, me dis-je.

– Gladys est d'accord avec moi. Va, Shamès, retrouve ma famille, je n'ai été que trop longtemps séparé d'elle. Du clan de Hard.

– Comment oses-tu ?

Papa, enfin, notre père, a l'air si jeune… Il fait face, furieux, à Shamès.

– Je vous le jure, Grand Kellan de Hard, Marwan, votre fils, est vivant. Il ne peut pas se déplacer car… Mais il est vivant, je le jure sur tout ce que j'ai de plus cher. Je le jure sur mon amour : Ness.

– Qui t'a raconté cette histoire ? tonne papa. Qui veut me

nuire en réveillant les fantômes de ma famille ? Mon fils est mort, j'ai tenu son petit corps sans vie entre mes mains.

– C'est pourtant lui qui m'envoie vous chercher, Grand Kellan. Il veut vous voir, il veut connaître sa famille.

– Tu mens.

Il saisit le bras maigre de l'adolescent d'une poigne de fer avant de pousser un gémissement. Il retire sa paume brûlée en grimaçant.

– Qu'est-ce que tu es ?

– Je ne suis qu'un messager, dit modestement Shamès. Mais je peux vous assurer que je ne mens pas. Marwan est vivant… Et Harmonie *aussi.*

Le monde s'efface devant moi en un tourbillon de couleurs, et la clairière calcinée me réapparaît avec plus de netteté que jamais.

Kellan est interdit, face à Marwan, fusionné à son arbre. Alors qu'il l'observe, des larmes grosses comme des perles roulent librement sur ses joues. Mais ce ne sont pas exactement des larmes de joie.

– Ainsi vous êtes mon père. Ainsi vous êtes ma famille. On m'a enlevé à vous, mais me revoici ! s'exclame Marwan, son visage baigné de larmes de sève, des larmes joyeuses, elles.

– C'est impossible. Melody a emporté ton corps. Tu étais mort !

– Je ne suis ni vivant ni mort, je suis l'enfant venu de la mer, qui poussera dans la terre. J'ai été sauvé par un fou qui a bâti mon destin et mon pouvoir. Il m'a placé dans le tronc d'un arbre luthier.

Papa hausse un sourcil sceptique. Il semble prendre conscience de ce qui l'entoure pour la première fois. La forêt brûlée, les corps sans vie… Il reporte son regard sur Marwan.

– Impossible, marmonne Kellan.

– C'est la vérité, je vous jure. Regardez, j'ai Harmonie, la guitare que vous m'avez fait confectionner. Mon âme.

Une branche se déroule jusqu'au chef du clan de Hard, présentant la plus belle guitare que j'aie vue de ma vie. Transparente, elle affiche fièrement un cœur qui bat fort, des poumons qui ne se gonflent d'air que pour la musique, des veines dans lesquelles coule ma mélo-âme.

Kellan sursaute. Pas de surprise, mais de dégoût. Il prend précautionneusement la guitare entre ses mains avant de reporter son regard sur le petit corps chétif enchâssé dans l'arbre.

– Ce n'est pas à toi. Tu n'as pas de mélo-âme, et tu n'en as jamais eu, dit-il en caressant le verre de l'instrument dont le cœur bat la chamade. Tu es mort-né, et rien de ce qui t'a touché ne peut vivre, dit durement papa.

Je n'arrive pas à croire que l'on puisse dire quelque chose d'aussi cruel à quelqu'un. À un enfant qui ne semble pas avoir plus de treize ans.

– Mon fils est mort. Et en mourant, il a sauvé mon autre fils, reprend le chef de Hard.

– Comment ?

Je peux voir dans les yeux de Marwan tout l'espoir du monde. Et soudain, je vois cet espoir se glacer, se fissurer peu à peu comme une fine couche de givre. Marwan n'est pas idiot, il sait qu'il a tout d'un monstre, bien plus que Shamès. Et je réalise avec horreur que tout l'amour que l'on m'a porté, c'était à ses dépens. Je n'ai pas volé que son cœur.

– Tu as un jumeau. Un enfant qui était vivant, contrairement à toi, mais qui était mourant. Toi tu n'as jamais respiré, mais ton cœur pouvait le sauver. Nous l'avons pris, nous le lui avons donné. Tu l'as sauvé.

Kellan tourne le dos à l'arbre et s'éloigne.

Je vois les yeux de Marwan s'agrandir et l'espoir givré fondre pour laisser place à une étincelle de désespoir.

– Attendez père, mon pouvoir est grand ! Je peux faire bien des choses. Je peux vous aider. Vous apporter plus que vous ne l'espérez.

Des rubans de lumière jaillissent du sol comme une plante étrange et mystique. Ils s'enroulent autour de l'arbre en scintillant. Kellan se retourne et je vois avec horreur l'espoir renaître dans les yeux de mon frère. Mais mon père secoue la tête.

– Te sauver, c'est le condamner.

– Mais je suis votre sang, père. Ne m'abandonnez pas ! s'écrie Marwan d'une voix qui vrille étrangement dans les aigus.

– Je ne le sacrifierai pas pour ramener l'écho d'un fils que j'ai déjà perdu.

Les rubans qui serpentaient autour de Marwan se hérissent avant de se disloquer dans une explosion de lumière alors que mon frère perd le contrôle. Papa et Shamès sont propulsés en arrière. Le garçon de feu atterrit lourdement sur une pile d'ossements qui se brisent sous son poids et papa, lui, s'effondre avec un bruit qui me retourne le cœur. Je sais qu'il n'est pas mort, ce n'est qu'un souvenir, mais mon âme se déchire.

Sous lui, brisée en deux, gît Harmonie.

Mon instrument, le seul corps que peut habiter ma mélo-âme, est détruit.

Papa pousse un cri d'horreur en voyant cela et l'arbre frissonne. Marwan, toujours prisonnier, n'ose même plus respirer.

– J'aurais voulu te sauver, dit Kellan sans pouvoir regarder mon frère dans les yeux, mais tu brises tout ce que tu touches. Tu viens de condamner ton frère Dylan. J'aurais préféré que tu sois mort.

Les derniers copeaux d'espérance finissent de se consumer

dans les yeux de Marwan, laissant place à quelque chose de froid et de fou.

Des branches d'arbre fondent sur papa, il pousse un cri de surprise, mais elles ne font que saisir les restes d'Harmonie. Les tentacules végétaux foncent sur la poitrine de Marwan et la transpercent brutalement. Le garçon hurle dans une explosion de sève. Il halète, convulse ; lorsque le végétal se retire mollement, le manche de ma guitare est fiché dans sa poitrine.

– Tu as pris mon cœur, susurre Marwan, encore en proie à la douleur. Je te prendrai tout, Kellan de Hard.

Le retour à la réalité est brutal. Mes amis et ma famille sont faibles, mourants. Je relève la tête vers l'arbre et me redresse, à la fois incrédule et peiné pour lui.

– Tu fais tout ça à cause de moi. C'est à moi que tu veux nuire.

– Le flash-back n'a visiblement pas été assez limpide, me répond Marwan, c'est plutôt à papounet que j'en veux. D'ailleurs, en parlant de famille, il me reste un détail à régler.

Les branches plongent sans prévenir vers Blue. Je n'ai pas le temps de réagir. Personne à vrai dire, n'esquisse ne serait-ce un mouvement. Marwan a fait des progrès, il ne brise pas la guitare de maman, il se contente de la transpercer d'un coup sec.

J'aimerais hurler, mais aucun son ne sort de ma bouche. Le verre s'opacifie lentement.

Maman est morte.

J'entends les hurlements de papa, comme s'ils me parvenaient de très loin. Je suis concentré sur Marwan.

– Tu viens de tuer ta mère, elle était innocente, elle ignorait tout.

Marwan éclate d'un rire complètement fou. Il se bidonne carrément dans sa prison végétale.

– Oui bien sûr, elle était totalement ignorante ! Franchement, Dylan, je ne sais pas d'où tu tires ta bêtise, car la plupart des gens de la famille sont plutôt malins. Jamais ils n'auraient pu te protéger s'ils n'avaient pas tous été au courant. Tu crois que l'un d'entre eux serait venu rendre visite au gentil petit Marwan ? Ne serait-ce qu'une fois ? Ne serait-ce que pour constater que son corps sans cœur vivait toujours ? Non ! Du coup, la seule conclusion logique, c'était de tous vous tuer. Surtout si ça pouvait torturer papounet. Hein, le vieux ?

Je tourne la tête vers papa, le souffle encore coupé par le choc. Il semble plus vieux que jamais, brisé.

Je n'arrive pas à me dire que maman est vraiment morte.

Et pourtant…

– Tu vois, mon cher Dylan, quand papa m'a appris que mon cœur battait dans ta poitrine, je me suis dit qu'il fallait bien que ça serve à quelque chose. Contrairement à toi, je n'ai pas de mélo-âme. Je ne canalise pas ma magie, je *suis* la magie. Brute, violente. Et grâce à ça, j'ai trouvé un moyen d'exploiter le lien qui nous unit, ce cœur que nous partageons.

– Loïs…

– C'était moi. Globalement, toutes ces petites choses qui t'ont quotidiennement pourri la vie, c'était moi. Vois-tu, je peux injecter des souvenirs, des illusions, des sentiments dans notre cœur. Moi aussi, je peux m'en servir. Mais c'est à double sens, et tu as pu parfois te servir de ma magie. De ma sève qui, en coulant dans tes veines, t'a octroyé une force surhumaine. Mais tu n'y parvenais qu'animé par la colère. *Ma* colère.

Je me souviens brusquement du radeau. De mon poing qui s'abat sur Aimée pour la noyer. Ce n'était pas moi. C'était Marwan. Je me sens soulagé.

– Et ta petite chérie, comment s'appelle-t-elle déjà ?

– C'est…

Je m'interromps brusquement. Je l'ai sur le bout de la langue. Je connais son prénom, j'en suis sûr, mais je suis incapable de le prononcer. La colère gagne brusquement mon cœur et je me demande un instant si c'est la mienne ou celle de Marwan. Je l'ignore et serre les paupières. Comment s'appelle cette femme qui m'a comblé toutes ces années ? Je me concentre de toutes mes forces. Une odeur de lavande enivre mes sens. Oui, elle sentait la lavande. Elle aimait les animaux. Ses baisers étaient des vortex qui nous menaient partout et nulle part.

– Où est-elle ?

– En sécurité. Dans ton imagination.

– Tu mens ! Pourquoi l'as-tu effacée de tous les esprits ?

C'est plus fort que moi, l'espoir me fait vibrer. Mon amour pour cette femme inconnue et que j'aime pourtant me réchauffe instantanément.

– Effacée ? Oh, petit frère, tu me tiens en haute estime. J'ai sans doute un des pouvoirs les plus puissants, mais je te rappelle que je suis plus ou moins coincé dans un arbre. Je sais qu'on ne s'en rend pas bien compte, vu mon immense charisme, mais je ne peux pas vraiment bouger. Du coup modifier les esprits de tout le monde, c'est un peu complexe. Alors que passer par notre cœur, pour implanter une illusion et des sentiments dans *ton* esprit, c'est un jeu d'enfant.

– Tu mens ! Tu mens ! Tu mens !

Je ne peux que répéter ces mots. Comme une litanie. Une incantation. Marwan a un sourire étrangement triste.

– Non. Je fais beaucoup de choses : je torture, je tue, je transforme, mais je ne mens pas. Ta petite chérie n'a jamais existé. Je m'ennuie assez régulièrement, comme tu peux l'imaginer, et Gladys n'est pas hyper bavarde. Du coup, je me suis offert une distraction. Une fille unique, spéciale, que j'ai enracinée plus profondément que je ne l'aurais cru dans ton esprit. À vrai dire, cette idée ne m'est venue qu'il y a six mois. Alors oui, le but, c'était de te faire t'effondrer devant ton père. Ça, il ne s'en remettrait pas. Mais je ne pensais pas y prendre autant goût. Tu sais, tous les plaisirs que j'ai mis sur ton chemin, j'en ai aussi profité. J'ai un peu vécu à travers toi. Mais je me disais que ce n'était pas suffisant. La grossesse, c'était un peu le coup de grâce. Tu ne t'en es pas relevé facilement, hein ! Pensais-tu vraiment que j'allais laisser *mon* cœur battre pour une femme dans *ton* corps, sans en profiter pour m'amuser ?

Il éclate de rire et me fait un clin d'œil. Bizarrement, sa déclaration ne me fait pas souffrir. J'ai l'impression qu'elle vient de définitivement s'évaporer. Elle ne m'appartient plus, elle n'était qu'un jouet de Marwan. Et au final, la seule chose que j'arrive à ressentir pour ce frère, c'est de la pitié.

– Je savais que tu étais incapable de faire ce dont on t'accusait, Dyl.

Ethan parle pour la première fois. Je suis obligé de me retourner pour confirmer que c'est bien sa voix. Il a les yeux fermés, les lèvres gercées, il serre fort Anges contre lui. Il va bientôt nous quitter. Mais je suppose que le sort qui m'attend n'est guère plus enviable. On se reverra dans l'au-delà.

– Kellan m'a tout dit pour que je te protège, je pensais que c'était ce mec qui se servait de ton apparence pour tromper les autres, pas qu'il prenait le contrôle de ton corps. C'est pour ça que j'ai proposé de nous faire cette teinture bleue. Je me suis dit que ça te différencierait de lui, et que les autres ne te soupçonneraient plus.

– Naïf que tu es, cher Ethan ! ricane Marwan.

Une branche glisse paresseusement autour du cou de mon jumeau. Elle est ornée d'un anneau d'or serti d'un rubis. Je me fige en réalisant ce que c'est.

– Eh oui, fait Marwan d'un ton amusé. Le seul héritage que papa m'ait légué. Ou presque.

– La chevalière !

Papa hoche lentement la tête. Cet anneau devait me revenir.

– J'ai légué l'originale à Logan, et j'ai fait forger celle-ci il y a plusieurs années pour toi, Dylan. Mais il l'a inscrite sur la liste des cadeaux de patience avant que j'aie pu te la remettre.

Je ne dis rien. La chevalière est pour le moment le cadet de mes soucis. Je suis fasciné par tout ce qui est accroché aux branches de l'arbre comme d'étranges guirlandes. Je n'y avais pas vraiment fait attention jusque-là, mais il y a des livres pour enfants, des objets, des vêtements, des portraits. Toute mon enfance, portée comme un bijou. J'aperçois mon recueil de comptines préféré. Plusieurs portraits de notre famille. La guitare de maman, empalée sur une branche, domine la multitude d'objets. Une douleur muette se dégage de cet amoncellement. Marwan ne le dit pas, mais rien qu'en regardant tout ça, je comprends son manque d'avoir grandi sans sa famille. Même si je ne lui pardonnerai jamais la mort de maman, je n'arrive pas à le haïr totalement.

– Et voilà, nous y sommes, reprend-il. Toi qui as vécu futilement toutes ces années, il est temps que tu rendes l'âme. Je parle de ton âme humaine, bien sûr. Ton âme musicale, c'est moi qui l'ai. Savais-tu qu'un musicien sans son instrument mourait ? Du coup, ne te demandes-tu pas pourquoi tu respires ?

À vrai dire, au point où nous en sommes, je me fiche de respirer.

– Parce que je l'ai permis, mon cher. J'ai sauvé ta médiocre existence pour pouvoir me délecter du spectacle de ta mort.

Ses branches commencent à s'agiter avant que je puisse réagir à ses propos. Elles tendent un nouvel objet. Un cocon.

– Allez, viens là, susurre-t-il.

Les appendices végétaux posent précautionneusement le cocon au sol. La gangue qui l’enveloppe, étrangement nacrée, se désagrège. Mais ce n’est pas ma guitare qui se trouve en son sein.

C’est une fille.

La Mutilée.

We pack demolition, we can't pack emotion…
Marilyn Manson, *Killing Strangers*

XXXVI

– Dylan.

C'est bien sa voix mélodieuse. Même si elle n'est plus en sang, son corps est brodé de cicatrices. Sa silhouette est entourée d'un halo étrange.

– Dis bonjour ! lui intime Marwan, goguenard.

Une branche s'enroule autour du cou de la jeune fille, prête à se faire bourreau si nécessaire.

– Tu es… tu…

– Je suis ton âme musicale, m'apprend-elle. Je t'ai été enlevée à la naissance. C'est moi, Harmonie.

– Tu es ma mélo-âme ?

Elle hoche la tête.

– Je suis ton instrument et ta mélo-âme. L'harmonie des deux.

– Mais alors… comment…

Je cherche mes mots.

– Pourquoi es-tu humaine ?

– Elle n'est pas humaine, m'apprend Marwan. Mais il fallait bien que je la cache dans un corps. Un cœur et des poumons d'instrument qui se baladent tout seuls, c'est pas esthétique. Une fois ta guitare brisée, je n'allais pas te laisser mourir aussi facilement. J'ai utilisé l'arbre pour la maintenir en vie, et Edem m'a trouvé un nouvel instrument pour abriter ta précieuse *Harmonie*. Puis je l'ai endormie, engoncée dans un cocon de sève qui l'a maintenue en état de stase. Même si, dernièrement, tu as vraiment essayé de la réveiller.

– À qui est ce corps ? On ne sacrifie pas quelqu'un pour y mettre un instrument !

Marwan a certes les mains et les avant-bras bloqués dans son tronc, mais ça ne l'empêche pas de hausser les épaules.

– Oh, je ne suis plus à ça près, c'est juste un joli cadavre ! Edem m'en a ramené plusieurs, j'ai seulement choisi le plus présentable. Tu me remercieras plus tard. Je suis peut-être cruel, méchant et sadique, mais on ne peut pas dire que j'aie mauvais goût !

Je serre les poings. Je n'en peux plus de cette vie. Je n'en peux plus des injustices et de ces horreurs. Je reporte mon attention sur la Mutilée… non, Harmonie. Comment puis-je me faire à son existence ?

– Je t'ai vue plusieurs fois en rêve, tu avais réussi à t'échapper, tu…

Elle secoue la tête.

– C'était grâce à toi. Quand tu écrivais des paroles de chanson pour moi et quand tu les interprétais, ça me sortait de mon sommeil. J'avais l'impression de t'entendre à l'intérieur de moi. Je ressentais un lien fort avec toi.

– Quand je chantais…

Les mots me semblent bizarres. Qui a jamais eu une mélo-âme qui se chante ? La musique, ce sont des instruments, c'est fait pour être joué, pas vécu.

Elle hoche la tête avec un sourire épanoui.

– Chante-moi Dylan. Si tu le fais, je…

– Pas si vite !

La branche de Marwan tire brusquement ma mélo-âme en arrière.

– C'est pas franchement l'heure de nous faire un concert. On est ici pour que je récupère mon cœur.

Je déglutis péniblement. J'aurais préféré une mort plus agréable. Mais ce qui me dérange le plus, c'est de savoir que je vais infliger cette vision à papa alors qu'il n'est pas en état de la supporter. Il a tout fait pour me protéger, mais ça n'a pas été suffisant.

– Avant que tu nous quittes, un dernier détail.

– Quoi ? Dis toujours.

– Tu te souviens du Sud, hein ? Melody, les casinos, les gens qui s'amusent, tout ça, tout ça. Eh bien, mes petits chéris Edem et Shamès ont organisé une surprise-partie : une bonne cinquantaine de navires qui vont gentiment aller expliquer à ton Sud chéri que le Nord se meurt à cause de lui et qu'ils en ont un peu marre. C'est dingue, comme les gens sont faciles à exciter, quand ils meurent de faim !

– Quoi ?

Papa, Logan, Ethan et moi avons sursauté en chœur. Ethan un peu plus lentement que les autres, il est tout de même en train de mourir. Ça fait rire Marwan.

– Vous ne trouviez pas étrange que les terres des clans du Nord soient désertes ? Que votre avancée soit si facile ? Le volcan et ses cendres ont maudit les trépassés, mais il y a des survivants.

Les squelettes, tous nos amis enterrés plus lui, il trouve ça facile ? Bon, en même temps, il est dans un tronc, et je suppose qu'un arbre n'a pas les mêmes soucis.

– Bon, c'est pas tout ça, mais j'ai quand même une vie à vivre, un cœur à récupérer et un continent à conquérir ! Dydyl chéri, je vais reprendre ce cœur que vous m'avez volé. C'est dingue quand même, vous me volez mon cœur, vous me jetez dans la rivière en me laissant pour mort, et c'est moi le méchant ? Non, mais sérieusement ! Bon, on se calme Marwan, on ne fait pas tout exploser.

Le sol tremble un instant, mais mon jumeau parvient à se contrôler. Je ne sais pas trop quoi dire, et je ne parviens pas à savoir si Marwan est juste blessé dans son orgueil, ou s'il est complètement siphonné du tronc. En même temps, quand je pense qu'il baigne dans la sève et que c'est quand même la drogue principale de Symphonie, ça me rassure pas des masses.

J'essaie de reprendre contenance, je vais quand même mourir, et c'est peut-être pas le meilleur moment pour se poser ce genre de questions.

Marwan sourit et quelque chose se rompt en moi. Je ne suis pas le seul à avoir entendu le bruit de déchirure qui se répercute dans la nuit. D'abord je ne ressens rien. Je me contente de vomir une pluie de sang noir. Puis, ma poitrine se met à bouillonner. J'y pose les mains pour constater que quelque chose bouge.

Boum-boum, boum-boum.

Ça bat trop fort. Ça me mutile. Je hurle à en perdre la voix. Mes jambes se dérobent, mais deux branches me rattrapent, me maintiennent en position verticale. C'est si douloureux que j'en deviens sourd et aveugle. Dans l'obscurité, dans le silence de mon être, je laisse le monstre en moi me dévorer. Un combat fait rage dans ma poitrine. Le cœur de Marwan essaie de prendre possession de mon corps, comme il l'a fait quand j'ai noyé Aimée, quand j'ai brutalisé Shamès, quand j'ai gravi Liwath. La sève coule dans mes veines. Avec cette force qu'il me donne, je pourrais vaincre mon jumeau et espérer vivre plus longtemps. Mais je n'en ai ni le droit ni l'envie. Marwan me doit sa misère.

– Dylan, Dylan, Dylan…

Harmonie scande mon nom sans cesse.

L'écorce autour du torse de Marwan craque. Elle se fendille, et des litres de sève coulent par les fissures. La douleur me paralyse déjà, mais si ça n'avait pas été le cas, je serais pétrifié d'horreur. Un bras maigre, blanc comme un os jaillit dans une gerbe de liquide poisseux, puis un second. Le corps de Marwan apparaît alors que la sève continue de s'écouler de l'arbre en un flot ininterrompu. Le bois craque encore, d'épais fragments de sa prison d'écorce se détachent et tombent avec un bruit mouillé.

Marwan est libre.

Mon jumeau enjambe les restes de son cocon de bois. Son pied se pose fermement sur le sol charbonneux et… il se casse la gueule.

Marwan est à terre, le cul en l'air et l'air très surpris de sa première confrontation avec la gravité.

Il dégueule une gerbe de sève à mes pieds alors que la douleur dans ma poitrine reflue brusquement. Shamès pousse un gloussement satisfait, tout sauf discret, de derrière l'arbre éventré.

Se reprenant rapidement, Marwan tend ses longs doigts squelettiques vers la cime de son arbre cocon. Branches et lianes répondent à son appel muet. Elles se penchent vers lui et caressent le bout de ses doigts comme les mains d'une mère aidant son enfant à marcher. Le végétal le redresse d'un coup. Marwan est debout, son corps nu et désarticulé est animé, tel un pantin, par l'arbre nourricier. Mais les apparences sont trompeuses, c'est bien Marwan qui commande.

Mon cœur semble de nouveau exploser dans ma poitrine alors qu'il titube vers moi, à moitié porté par les lianes. Je suis toujours debout, immobilisé par ses branches. Je devrais être en train de fuir, ou de tout faire pour, mais j'en suis incapable. Tout mon être est concentré sur ma poitrine, la souffrance est telle que mon seul objectif, avant d'échapper à mon jumeau, est de survivre.

Il fait glisser un index sur ma cicatrice qui s'ouvre comme un zip. Je le sentais battre de panique, désormais je peux voir mon cœur, celui que je pensais jusqu'ici être le mien, palpiter comme un lapin apeuré dans ma poitrine ouverte. Marwan s'en empare avidement de sa main décharnée. Sa petite paume peine à porter le poids de l'organe qui m'a maintenu en vie toutes ces années.

De ce cœur que j'ai volé.

Du sang et de la sève dégoulinent en un flot ininterrompu de mes artères qui ne sont plus reliées à rien. Bizarrement, la chose la plus gênante, c'est cette soudaine sensation de froid dans ma poitrine. Être séparé de ce cœur qui noyait mon corps de souffrances est presque un soulagement.

Marwan manque faire tomber notre cœur, il s'aide d'une branche pour guider sa main jusqu'au trou dans sa poitrine après qu'une autre lui a arraché le bout mutilé du manche de ma guitare Harmonie.

Je regarde, trop fasciné pour me sentir mourir, mon frère sertir son écrin de chair du plus précieux des organes. Il me regarde droit dans les yeux avec un sourire fou.

La douleur revient comme une vague. Elle me submerge et noie avec elle tous mes sens. Je ne vois plus rien, je n'entends plus rien, je ne sens plus rien.

Je ne sais pas si c'est ça, mourir, mais c'est franchement déstabilisant.

– Dylan…

Peut-on entendre de la lumière ? Car c'est vraiment l'impression que j'ai…

– Dylan…

C'est assez joli. Depuis l'intérieur de l'épave de mon corps, je perçois une voix qui résonne. Une voix mélodieuse. Familière. Plus douce que celle de ma mère. Plus chaleureuse que l'étreinte de papa.

– Dylan.

J'ouvre les yeux. La lumière est assourdissante.

Je meurs pour rien. Parce que, en face de moi, Marwan aussi est en train de mourir.

Le cœur dans sa poitrine ne bat pas, et toute la sève qui coulait dans ses veines se déverse désormais par l'ouverture béante de son torse. Il suffoque, emmêlé dans les branches qu'il maîtrisait un instant plus tôt. Le marionnettiste est devenu marionnette. Il s'agite faiblement avec l'énergie du désespoir, le regard plein d'incompréhension. Il voudrait regagner son arbre, mais les branches ne lui obéissent plus, et il est trop faible pour le faire lui-même.

À le voir comme ça, j'en oublierais presque que moi aussi, je suis en train de mourir.

Le sang qui coule depuis tout à l'heure de ma poitrine commence à sérieusement tacher le sol, sans parler de mon sarouel. À ce rythme-là, je ne vais pas faire long feu.

– Dylan…

Cette voix qui chante mon nom…

Je veux lui répondre. Trop faible pour chanter aussi, je fredonne péniblement. Peut-être que je deviens fou, que la douleur a dévoré ma raison, mais je chante les couplets que je destinais à *Harmonie*. Les paroles que j'ai écrites pour elle, je les connais par cœur, bien que j'en sois désormais dépourvu. Elles s'échappent de ma bouche avec autant d'aisance que la sève qui s'écoule de la poitrine de mon frère.

Une autre voix se joint à la mienne. Douce, chaleureuse, elle m'enveloppe d'un voile de lumière. Harmonie chante avec moi. Elle irradie comme un soleil terrestre. Je n'entends qu'elle, je ne vois qu'elle. Nos voix s'accordent à la perfection.

Le sang qui s'étalait autour de moi inverse son cours, il reflue dans mes veines, regagne ce corps mourant qu'il abandonnait quelques instants plus tôt. Une énergie pétillante m'envahit, le trou dans ma poitrine se referme.

Boum.

Je continue à chanter, ma voix s'amplifie. Harmonie s'est dégagée de la branche désormais inerte, et me tend une main que je saisis sans hésiter. Il y a encore quelques jours, le Dylan que j'étais n'aurait sans doute pas osé, mais il est mort avec le cœur qu'on m'a arraché.

Boum.

Nos mains sont soudées, nos voix se mélangent, nos êtres se répondent enfin.

Nous nous sommes trouvés.

Boum.

Mon cœur si faible. Ce cœur atrophié qui n'a jamais eu à faire ses preuves, à pleurer, à aimer, se réveille. Est-il possible d'avoir des fourmis dans le cœur ? En tout cas, moi j'en ai.

Ma mélo-âme s'éveille de son long sommeil, et avec elle, je sens la magie affluer dans mon corps. Mon instrument n'a jamais été Rubby… à vrai dire, je n'ai pas d'instrument. Les guitares que nos parents ont fait confectionner n'ont jamais résonné. La mienne a dérivé avec Marwan jusqu'au nord de Symphonie, et Rubby n'a cessé d'agoniser en ma présence.

Il est temps de rectifier cela.

Harmonie et moi créons une parfaite euphonie. Tous les regards sont rivés sur nous, et je me dégage à mon tour du branchage désormais sans vie.

Je sens la magie vibrer en moi, à tel point que je suis incapable de la maîtriser. Elle bouillonne et échappe à mon contrôle. Les cendres qui recouvraient le sol s'écartent alors qu'un parterre de fleurs transperce la terre brûlée. Je sens le trou dans ma poitrine finir de se refermer alors que mon cœur s'anime dans ce corps qu'il a toujours ignoré. Ce pouvoir est grisant et je me laisse aller avec Harmonie. Elle se glisse dans mon dos et nous unissons nos mains. Je déteste danser, mais Harmonie et moi sommes entraînés dans une lente chorégraphie. Je la laisse me guider. La forêt autour de nous répond à notre appel et se ranime, les arbres repoussent, les plantes reprennent leurs droits, la vie éclôt petit à petit. Les couleurs jaillissent dans un tourbillon. Émeraude, anis, pistache, menthe, des milliers de nuances de vert fleurissent autour de nous. Du rouge, du bleu, du jaune s'étalent par petites touches.

Me sentant plus puissant que jamais, je pense soudain aux miens. Aimée gît toujours un peu plus loin, grièvement brûlée, Kelsea et son bras mort serrés contre elle, peut-être que…

Je prends de l'assurance avec Harmonie, cela fait déjà quelques instants que nous n'avons plus de couplet à chanter, mais nous fredonnons avec toujours plus de vigueur. Notre magie s'enroule autour de mes proches, et leurs plaies se résorbent, leurs os se ressoudent, l'œil boursouflé de papa s'ouvre, plein de surprise, la chair repousse sur le membre brûlé d'Aimée qui serre plus fort Kelsea contre elle, d'étranges vrilles végétales entourent Anges, la guitare d'Ethan, remplaçant ses cordes brûlées et mon ami revient parmi nous. Luca, lui, ne s'est pas relevé, et pour la première fois mon nouveau cœur découvre la douleur.

Jamais je n'aurais imaginé, ou ne serait-ce qu'espéré, que ma mélo-âme puisse accomplir un tel miracle. Jamais je ne pourrai rembourser ma dette envers eux, mais c'est déjà un début.

Je repense subitement à maman, et mon regard se pose sur sa guitare transpercée. L'espoir germe en moi, puis envahit tout mon être. Je n'ai plus de limites. Moi qui n'ai jamais eu de pouvoir, je suis désormais capable de tout. Je serre les mains d'Harmonie et notre voix résonne de plus belle. Mais notre magie glisse sur l'instrument mort sans même le toucher. Il est trop tard…

Je réalise avec amertume que la magie n'est pas la solution à tout, et une étrange mélancolie emplit mon cœur, teinte ma voix. Harmonie me rejoint dans ma complainte. On ne peut se battre que jusqu'à la mort, après, c'est trop tard.

Mais ce n'est pas trop tard pour tout le monde. Mes yeux se posent sur le corps squelettique et meurtri de Marwan, ce frère à qui j'ai tout volé, et qui a voulu tout reprendre en retour. Malgré tout, je ne peux me résoudre à le haïr.

Je sens presque malgré moi, presque malgré elle, ma mélo-âme l'envelopper, panser ses plaies, guérir son corps atrophié.

Lui pardonner.

Mais ça ne suffit pas. Il est tout près, mais trop loin déjà. Son cœur ne bat plus.

Je sursaute, ma voix manquant dérailler sur une note lorsque j'entends quelques mesures de *Requiem d'un trépassé*. Mais ce n'est pas la mélodie destructrice à laquelle je suis habitué, elle est plus douce, bienveillante. La guitare de Logan s'associe à nous alors que les doigts de mon aîné grattent ses cordes. Une flûte de Pan nous accompagne.

Je sens mon pouvoir enfler dans des proportions incroyables, c'est comme si leurs mélo-âmes nourrissaient la mienne. Mais ce n'est toujours pas suffisant. Shamès et Edem observent la scène de loin. Edem est impassible, comme à son habitude, et on devra sans doute revisser la mâchoire du pyromane quand j'en aurai fini. Cela dit, tous deux sont peu désireux de s'impliquer pour un maître en mauvaise posture. Mon regard se porte alors sur Ethan, qui fait non de la tête. Ses yeux me demandent : « Pourquoi ? Pourquoi sauver celui qui m'a blessé ? Qui a voulu me tuer ? Qui ne me voit que comme un cadeau à livrer ? »

Je le supplie du regard et il cède. Son médiator glisse sur les nouvelles cordes d'Anges, et sa musique étrangement végétale génère le sursaut de pouvoir qu'il me manquait. Ou l'absolution que j'attendais. Toujours est-il que Marwan revient petit à petit.

Il tousse et vomit une incroyable quantité de sève. Mais je sens d'ici son cœur rebattre dans sa poitrine désormais refermée.

Il crache encore quelques gorgées de sève, goûtant au goût amer de la vie. Ses yeux embués de larmes s'ouvrent et me fixent.

Harmonie et moi nous nous arrêtons.

Silence.

– Pourquoi m'as-tu sauvé ? demande Marwan.

J'essaie de répondre, mais je m'étrangle. Parler après avoir autant chanté n'est pas si facile qu'on croit. Je me racle la gorge et reprends :

– Je n'ai pas fait exprès.

Marwan a les yeux ronds. Ce grand squelette ahuri tente péniblement de se redresser. Maintenant qu'il a repris vie, son arbre lui répond de nouveau et ses branches l'aident à se relever.

– J'ai pas fait exprès, précisé-je. Toute ma vie, je n'ai pas fait exprès. Je n'ai pas voulu voler ton cœur, je n'ai pas voulu que la guerre éclate, je n'ai pas voulu que tous se sacrifient pour moi, je n'ai pas voulu que maman meure pour ça… En fait, si. Je l'ai fait exprès. Je ne voulais plus que tu souffres. Je voulais vraiment te sauver, tu as fait des choses impardonnables, mais nous t'en avons fait de pires. J'ai pris ton cœur, donc je te devais la vie.

Marwan continue de me fixer. Il fait un signe de sa main suspendue à une branche, et Edem saute à son côté. Il passe le bras maigre de son maître autour de ses épaules, et le hisse sur son orgue.

Je croise une dernière fois le regard de mon frère alors que l'instrument lévite. Il est insaisissable : mélange de surprise et d'incompréhension, on y décèle aussi une pointe de quelque chose que je n'aurais jamais imaginé.

De l'humanité.

Épilogue

Je n'ai décidément pas le pied marin.

Je me redresse après avoir vomi sans doute pour la douzième fois de la journée. Du moins si j'en crois les traînées sur le bastingage du bateau.

Je me sens différent, plus fort, mais aussi plus mature. La mort m'entoure de ses bras glaciaux, elle a déjà emporté tant de monde. Ma mère, Luca, Kaïs, Coral… Leur absence est comme un couteau planté dans mon nouveau cœur. Désormais, cependant, je ne peux me résoudre à abandonner la vie, à les rejoindre. Je dois honorer leur sacrifice. Sinon entendre pleurer papa tous les soirs depuis ma cabine serait une torture inutile.

Je serai plus utile à Symphonie Sud. Enfin *nous* serons plus utiles. Harmonie et moi. Notre pouvoir dépasse toutes les espérances de mon père. Notre duo est improbable, mais on peut dire qu'il détone !

Aimée est à la barre, tout sourire. Notre bateau fend la mer avec une aisance incroyable, malgré le nouvel handicap de notre capitaine. Elle ne peut plus tracer de route maritime avec sa mélo-âme sacrifiée, mais elle reste la meilleure navigatrice des îles Silencieuses. En bandeau dans son dos, Kelsea s'amuse et gazouille en sentant les embruns sur sa peau.

J'ai un petit sourire en voyant mon amie épanouie. Elle me jette un regard plein de défi. Mais également de promesses.

Ethan pose sa tête sur mon épaule.

– Si j'étais toi, je boirais un coup, tu pues de la gueule !

Je grogne en acceptant la gourde qu'il me tend pour me rincer la bouche.

– Ta gueule est pas mieux, laisse-moi.

– Moi je veux pas te perdre.

Mes yeux sont happés par ceux d'Ethan. C'est bizarre, mais leur bleu est magnétique, je n'arrive pas à m'en détacher.

– Perd…

Aucune phrase ne me vient.

Moi non plus je n'ai pas du tout envie de le perdre, mais de le retrouver. On a déjà trop perdu. De temps, de gens.

– Je suppose que j'ai un gage, du coup ? demandé-je d'un air moqueur.

– Je te demanderais bien un baiser, mais c'est moi qui vais te vomir dessus avec ton haleine de baleine, plaisante Ethan. Soit tu changes les langes de Kelsea jusqu'à ce qu'on arrive à Hard, soit tu m'enlaces sur la proue du navire comme ce couple inconscient et stupide dont les statues traînent dans les musées.

Il me fait un clin d'œil, et je me résigne à changer des langes pour le restant du voyage.

Je cherche ma mélo-âme du regard. Harmonie est sur la proue justement, assise en tailleur, comme si la gravité et la peur de sombrer dans l'océan ne pouvaient pas l'atteindre. Sa robe dénichée à la va-vite flotte autour d'elle. Le résultat n'est pas très esthétique. Ce n'est pas parce qu'on transporte les instruments dans des sacs qu'ils sont obligés de s'habiller comme tels, non ? Quand je vois sa peau brodée de cicatrices et ses yeux brillants d'intelligence, j'ai du mal à croire qu'elle ne soit pas complètement humaine. Et même si son sens du style est catastrophique, je perçois qu'un lien extrêmement fort nous unit. Avec elle, je me sens entier.

Logan s'approche de moi et me prend par les épaules. Il s'est décoincé depuis notre mésaventure avec Marwan.

– Bon, frérot, c'est bien beau tout ça, mais je t'avais prêté mon médiator, je ne te l'ai pas donné. Va falloir que tu me le rendes !

J'émets un petit rire avant de lui tendre l'objet. Logan le saisit d'un air grave.

– J'en ai besoin pour… Une mélo-missive.

C'est vrai qu'il y a des milliards de choses à raconter. La mort de maman, l'étrange malédiction du Nord, leur armée en route. Mon autre frère.

Repenser à Marwan me serre le cœur, *le mien*, cette fois-ci. Je n'ai pas seulement le pressentiment que nous allons nous revoir, j'en suis certain. Ce n'est pas écrit sur une liste, mais au plus profond de moi.

Et bizarrement, j'ai hâte.

Mise en pages PCA
44400 Rezé

PEFC 10-31-1510

Imprimé en France

par Corlet Imprimeur
14110 Condé-sur-Noireau
N° d'imprimeur : 180009
Dépôt légal : avril 2016
ISBN : 978-2-7499-2441-0
LAF 1953

Lire en série

Découvrez nos coulisses,
nos actualités
et participez à des concours exclusifs sur :

Michellafonjeunesse

@ Serial Lecteur

Michel Lafon Jeunesse

Michellafon

Newsletter

Et retrouvez toutes nos parutions
sur notre site internet

www.lire-en-serie.com